DAS KIND

Sebastian Fitzek

DAS KIND

Thriller

Weltbild

Besuchen Sie uns im Internet:
www.weltbild.de

Genehmigte Lizenzausgabe
für Verlagsgruppe Weltbild GmbH,
Steinerne Furt, 86167 Augsburg

Ein Unternehmen der Droemerschen Verlagsanstalt
Th. Knaur Nachf. GmbH & Co. KG, München
Umschlaggestaltung: Hauptmann & Kompanie Werbeagentur AG, Zürich
Umschlagmotiv: Corbis, Düsseldorf (© Atlantide Phototravel/Guido Cozzi)
Gesamtherstellung: Bagel Roto-Offset GmbH & Co.KG, Schleinitz
Printed in the EU
ISBN 978-3-8289-9143-9

2011 2010 2009 2008
Die letzte Jahreszahl gibt die aktuelle Lizenzausgabe an.

Für meine Eltern und Viktor Larenz

Das Treffen

Kindermund tut Wahrheit kund

Lebensweisheit

1.

Als Robert Stern vor wenigen Stunden diesem ungewöhnlichen Treffen zugestimmt hatte, wusste er nicht, dass er damit eine Verabredung mit dem Tod einging. Noch weniger ahnte er, dass der Tod etwa hundertdreiundvierzig Zentimeter messen, Turnschuhe tragen und lächelnd auf einem gottverlassenen Industriegelände in sein Leben treten würde.

»Nein, sie ist noch nicht da. Und ich habe langsam keine Lust mehr, auf sie zu warten.«

Stern sah entnervt durch die regennasse Windschutzscheibe seiner Limousine auf das fensterlose Fabrikgebäude in hundert Metern Entfernung vor ihm und verwünschte seine Anwaltsgehilfin. Sie hatte vergessen, die Verabredung mit seinem Vater abzusagen, der in diesem Augenblick wütend an der anderen Leitung hing.

»Rufen Sie Carina an und fragen sie, wo sie verdammt noch mal bleibt!«

Stern drückte energisch auf einen Knopf am Lederlenkrad, und nach einem atmosphärischen Knacken hörte er seinen Alten Herrn über die Lautsprecher husten. Der 79-Jährige rauchte ununterbrochen. Jetzt hatte er sich sogar für die kurze Zeit in der Warteschleife eine Zigarette angesteckt.

»Tut mir leid, Papa«, sagte Stern. »Ich weiß, wir wollten heute zu Abend essen. Aber wir müssen das auf Sonntag verschieben. Ich bin zu einem völlig unerwarteten Termin gerufen worden.«

Du musst kommen. Bitte. Ich weiß nicht mehr weiter. Noch nie zuvor hatte Carinas Stimme am Telefon so ängstlich geklungen wie vorhin. Wenn es geschauspielert gewesen war, verdiente sie einen Oscar.

»Vielleicht sollte ich dir auch fünfhundert Euro die Stunde zahlen, damit ich dich mal wieder sehe«, fauchte sein Vater wütend.

Stern seufzte. Er besuchte ihn dreimal die Woche, aber es hatte überhaupt keinen Sinn, das jetzt zu erwähnen. Weder die Hundertschaften gewonnener Strafprozesse noch die verlorenen Schlachten seiner zerrütteten Ehe hatten ihn lehren können, wie er in einer Auseinandersetzung mit seinem Vater die Oberhand behielt. Sobald er mit dem Alten diskutierte, fühlte er sich wieder wie das kleine Kind mit den schlechten Schulnoten, und nicht wie der fünfundvierzigjährige Robert Stern, Seniorpartner von Langendorf, Stern und Dankwitz, den führenden Strafverteidigern Berlins.

»Ich habe, ehrlich gesagt, nicht die leiseste Ahnung, wo ich hier gerade bin«, versuchte er die Unterhaltung aufzulockern. »Wüsste ich es nicht besser, würde ich sagen, irgendwo in Tschetschenien. Mein Navigationssystem hat nur mit Mühe hierhergefunden.« Er schaltete das Fernlicht seines Wagens an und leuchtete damit Teile des ungepflasterten Vorplatzes aus, auf dem sich abgerissene Stahlträger, verrostete Kabelrollen und anderer Gewerbemüll türmten. Vermutlich waren hier einmal Farben und Lacke hergestellt worden, wenn er den Berg leerer Metallfässer richtig interpretierte. Vor der baufälligen Backsteinbaracke mit dem eingefallenen Schornstein sahen sie aus wie die Requisiten eines Weltuntergangsfilms.

»Hoffentlich findet dein Navigationsdingsbums später einmal den Weg zu meinem Grab«, hustete der Vater, und Stern fragte sich, ob diese Verbitterung erblich war. Immerhin trug er sie ansatzweise in sich selbst. Seit nunmehr zehn Jahren.

Seit Felix.

Die traumatischen Erlebnisse damals auf der Säuglingsstation hatten ihn auch äußerlich seinem Vater nähergebracht. Stern war vorzeitig gealtert. Früher war er noch jede freie Minute auf dem Basketballplatz gestanden, um seine Wurftechnik zu verbessern. Heute traf er kaum den Papierkorb seines Büros, wenn er vom Schreibtisch aus eine leere Getränkedose entsorgen wollte.

Die meisten Menschen, die ihm nicht zu nahekamen, ließen sich vielleicht durch seine großgewachsene, schlanke Gestalt und die breiten Schultern täuschen. In Wahrheit versteckten die perfekt sitzenden Maßanzüge seine mittlerweile untrainierten Muskeln, die Augenringe wurden durch eine naturgegebene Dauerbräune kaschiert, und ein geschickter Schnitt seiner dunklen Haare verhinderte, dass die lichten Stellen über den Schläfen durchschimmerten. Morgens brauchte er nun fast eine Stunde, um die Müdigkeit aus seinem Gesicht zu schrubben, und wenn er das Bad verließ, fühlte er sich mehr und mehr wie eine lebendige Mogelpackung; ein aufpoliertes Designermöbelstück, dessen verborgene Macken erst sichtbar wurden, wenn man es im schonungslosen Deckenlicht des heimischen Wohnzimmers aufgestellt hatte.

Es klopfte in der Leitung an.

»Entschuldige, ich bin gleich wieder dran«, floh Stern vor weiteren Vorwürfen seines Vaters und nahm den Rückruf seiner Sekretärin entgegen.

»Lassen Sie mich raten: Carina hat den Termin abgesagt?«

Das würde ihr ähnlich sehen. In ihrem Beruf war sie eine

zuverlässige und tüchtige Krankenschwester, ihre privaten Verpflichtungen organisierte sie hingegen genauso wie ihr Liebesleben: chaotisch, wechselhaft und absolut unkoordiniert. Obwohl ihre Beziehung schon vor drei Jahren nach nur wenigen Wochen in die Brüche gegangen war, telefonierten sie noch regelmäßig miteinander und trafen sich sogar manchmal auf einen Kaffee. Beides endete in der Regel im Streit.

»Nein, ich konnte Frau Freitag leider nicht erreichen.«

»Okay, danke.« Stern aktivierte die elektronische Zündung und zuckte nervös zusammen, als der Herbstwind unvermittelt einen Regenschwall auf die Windschutzscheibe klatschen ließ. Er schaltete die Wischer an und blieb mit seinem Blick kurz an einem rotbraunen Ahornblatt hängen, das sich außerhalb ihres Einzugsbereichs festgesaugt hatte. Dann drehte er sich um und setzte langsam mit knirschenden Reifen über den Rollsplitt zurück.

»Wenn Carina sich melden sollte, dann sagen Sie ihr bitte, dass ich hier unmöglich noch länger ...« Stern stockte, als er wieder nach vorne sah und den ersten Gang einlegen wollte. Was immer da mit blinkenden Warnleuchten in zweihundert Meter Entfernung frontal auf ihn zuraste – es war nicht Carinas altersschwacher Kleinwagen. Der weiß-rote Kastenwagen schoss mit der höchsten Geschwindigkeit die Zufahrt hoch, die die Schlaglöcher erlaubten.

Für einen kurzen Moment dachte Stern, der Fahrer wolle ihn tatsächlich rammen, doch dann drehte dieser ab, und der Krankenwagen kam seitlich von ihm zum Stehen.

»Papa?«, aktivierte Robert wieder die andere Leitung, nachdem er sich von seiner Sekretärin verabschiedet hatte. »Mein Termin ist da, ich muss Schluss machen«, erklärte er, obwohl sein Vater bereits aufgelegt hatte. Dann drückte er die schwere Limousinentür gegen eine Windböe nach außen und stieg aus.

Was zum Teufel will sie mit einem Krankenwagen?

Carina sprang von der Fahrerseite in eine Pfütze, aber es schien ihr nichts auszumachen, dass sie damit ihre weiße Schwesterntracht mit tiefschwarzen Dreckfäden besprenkelte. Sie trug ihr langes, rotweinfarbenes Haar zu einem strengen Pferdeschwanz gebunden und sah damit so blendend aus, dass Stern sie gerne in den Arm genommen hätte. Doch irgendetwas an ihrem Blick hielt ihn davon ab.

»Ich stecke echt verdammt tief in der Scheiße«, sagte sie und zog eine Packung Zigaretten hervor. »Ich glaube, dieses Mal habe ich wirklich Mist gebaut.«

»Was soll das Theater?«, fragte Stern. »Warum treffen wir uns nicht in meiner Kanzlei, sondern ausgerechnet hier, auf diesem … diesem Schlachtfeld?«

Jetzt, da er nicht mehr von den gut isolierten Türen seiner Limousine abgeschirmt wurde, spürte er die unangenehme Kälte des auffrischenden Oktoberwindes. Er zog seine Schultern fröstelnd zusammen.

»Lass uns keine Zeit verlieren, ja? Ich hab mir den Krankenwagen nur ausgeborgt und muss ihn ganz schnell zurückbringen.«

»Okay. Aber wenn du was ausgefressen hast, bespricht sich das bestimmt besser an einem zivilisierten Ort.«

»Nein, nein, nein.« Carina schüttelte den Kopf und hob dabei abwehrend die Hand. »Du verstehst nicht! Hier geht's nicht um mich.«

Sie ging mit festen Schritten um den Rettungswagen herum, öffnete die Hintertür und deutete ins Wageninnere.

»Dein Mandant liegt da drinnen.«

Stern warf Carina einen prüfenden Blick aus den Augenwinkeln zu. Er hatte schon viel erlebt, und der Anblick eines angeschossenen Bankräubers, eines Opfers von Bandenkriminalität oder sonst eines zwielichtigen Klienten, der dringend und vor allen Dingen anonym seine Hilfe brauchte, war nichts Neues für ihn. Er fragte sich nur, was Carina damit zu schaffen hatte.

Als sie nichts weiter zu ihm sagte, stieg er langsam die Metallstreben nach oben ins Innere des Rettungswagens. Sein Augenmerk fiel sofort auf den Körper, der reglos auf der Trage lag.

»Was soll das?« Er drehte sich ruckartig zu Carina um, die unten vor dem Wagen stehen geblieben war und sich eine Zigarette anzündete. Etwas, was sie nur selten tat, und immer nur dann, wenn sie extrem nervös war. »Du schleppst einen kleinen Jungen hier raus? Wozu?«

»Das soll er dir selber sagen.«

»Der Knirps sieht aber nicht so aus, als ob er ...«, *reden könnte,* hatte Stern den Satz vollenden wollen, denn das leichenblasse Kind machte auf ihn einen fast apathischen Eindruck. Doch als Robert sich wieder zu der Liege umwandte, richtete der Junge sich gerade auf und setzte sich, Beine baumelnd, auf deren Kante.

»Ich bin kein Knirps«, protestierte er. »Ich bin schon zehn! Vor zwei Tagen hatte ich Geburtstag.«

Unter einer gefütterten Cordjacke trug das Kind ein schwarzes T-Shirt mit einem aufgebügelten Totenschädel zu nagelneuen, aber nach Sterns Meinung viel zu großen Flickenjeans. Doch was kannte er sich schon aus? Wahrscheinlich war es gerade in Mode, Viertklässlern die Hosenbeine umzuschlagen und ihnen mit Filzstiften bemalte Skateboardturnschuhe anzuziehen.

»Sind Sie Anwalt?«, fragte der Junge etwas heiser. Das

Sprechen schien ihm Probleme zu bereiten, als hätte er lange nichts mehr getrunken.
»Ja, das bin ich. Strafverteidiger, um es genau zu sagen.«
»Gut.« Der Junge lächelte, wodurch er erstaunlich gerade und weiße Zähne entblößte. Dieser niedliche Kerl benötigte wahrlich keine Zahnlücke, um das Herz seiner Oma zum Schmelzen zu bringen. Dazu genügten schon seine streichholzlangen dunklen Wimpern und die vollen, leicht aufgesprungenen Lippen.
»Sehr gut«, wiederholte er und stieg vorsichtig von der Liege herunter, wobei er Robert für einen kurzen Moment den Rücken zukehrte. Seine frisch gewaschenen hellbraunen Haare fielen ihm leicht gelockt bis auf die Schultern, und von hinten betrachtet, hätte er gut und gerne als Mädchen durchgehen können. Robert fiel auf, dass seine Haare im Nacken ein kreditkartengroßes Pflaster überdeckten.
Als der Junge sich wieder zu ihm umdrehte, lächelte er immer noch.
»Ich bin Simon. Simon Sachs.«
Er streckte Robert seine zierliche Hand hin, die dieser zögernd schüttelte.
»Schön, und ich bin Robert Stern.«
»Ich weiß. Carina hat mir das Foto von Ihnen gezeigt, das sie in ihrer Handtasche hat. Sie sagt, Sie sind der Beste.«
»Danke sehr«, murmelte Stern etwas unbeholfen. Soweit er sich erinnern konnte, war das die längste Unterhaltung, die er seit Jahren mit einem Minderjährigen geführt hatte. »Was kann ich für dich tun?«, fragte er deshalb etwas ungelenk.
»Ich brauche einen Anwalt.«
»Alles klar!« Stern sah fragend über seine Schulter zu Carina, die mit unbewegter Miene den Rauch ihrer Zigarette inhalierte.

Warum tat sie ihm das an? Weshalb bestellte sie ihn auf ein Abrissgelände und brachte ihn hier mit einem Zehnjährigen zusammen, obwohl sie wusste, wie wenig er mit Kindern anfangen konnte? Und wie konsequent er sich von ihnen fernhielt, seitdem die Tragödie erst seine Ehe und dann ihn selbst zerstört hatte.

»Und warum, glaubst du, brauchst du einen Anwalt?«, fragte er und schluckte die aufkeimende Wut nur mühsam herunter. Vielleicht entwickelte diese skurrile Situation wenigstens noch einen gewissen Unterhaltungswert für die Sitzungspausen in der Kanzlei.

Stern deutete auf das Pflaster an Simons Nacken. »Ist es deswegen? Hat dir jemand auf dem Schulhof eins übergezogen?«

»Nein. Das nicht.«

»Was dann?«

»Ich habe getötet.«

»Wie bitte?« Stern stellte diese Frage erst nach einer kurzen Pause, fest davon überzeugt, dass diese brutalen Worte nicht aus dem Mund eines Zehnjährigen gekommen sein konnten. Sein Kopf wanderte jetzt wie der eines Zuschauers beim Tennis zwischen Carina und dem Jungen hin und her. So lange, bis Simon es noch einmal wiederholte. Laut und deutlich:

»Ich brauche einen Anwalt. Ich bin ein Mörder.«

Irgendwo in der Ferne bellte ein Hund, und das Geräusch mischte sich in das stetige Rauschen der nahe gelegenen Stadtautobahn, doch Stern hörte es genauso wenig wie die harten Regentropfen, die unregelmäßig auf das Blechdach des Krankenwagens ploppten.

»Okay. Du denkst, du hast jemanden umgebracht?«, fragte er, nachdem eine weitere Schrecksekunde vorüber war.

»Ja.«
»Darf ich fragen, wen?«
»Weiß nicht.«
»Aha, weißt du nicht.« Stern lachte trocken auf. »Und wahrscheinlich weißt du auch nicht, wie, warum oder wo es war, weil das Ganze hier nämlich ein Dummer-Jungen-Streich ist, und …«
»Mit einer Axt«, flüsterte Simon.
Trotzdem klang es für einen Moment so, als würde er schreien.
»Wie bitte?«
»Mit einer Axt. Auf den Kopf. Von einem Mann. Viel mehr weiß ich nicht. Ist schon lange her.«
Robert blinzelte nervös. »Was heißt lange? Wann war das denn?«
»Am 28. Oktober.«
Der Anwalt sah auf die Datumsanzeige seiner Armbanduhr.
»Das ist heute«, sagte er irritiert. »Eben hast du doch noch gesagt, es sei lange her. Was denn nun? Du musst dich schon entscheiden.«
Stern wünschte sich kurz, er hätte es im Kreuzverhör immer mit so einfachen Zeugen zu tun. Zehnjährige, die sich schon in den ersten Minuten ihrer Aussage in Widersprüche verstrickten. Doch dieser Wunsch währte nicht lange.
»Sie verstehen mich nicht.« Simon schüttelte traurig den Kopf. »Ich habe einen Mann getötet. Und zwar genau hier!«
»Hier?«, echote Stern und sah fassungslos zu, wie Simon sich sanft an ihm vorbeidrängte, aus dem Krankenwagen stieg und sich draußen interessiert umschaute. Soweit Stern seinen Blicken folgen konnte, blieben diese an einem her-

untergekommenen Geräteschuppen hängen, etwa hundert Meter entfernt neben einer kleinen Baumgruppe.
»Ja. Hier war es«, bestätigte Simon zufrieden und griff Carinas Hand. »Hier habe ich einen Mann erschlagen. Am 28. Oktober. Vor fünfzehn Jahren.«

2.

Robert stieg aus dem Rettungswagen und bat Simon, kurz zu warten. Dann packte er Carina grob am Handgelenk und führte die Krankenschwester drei Schritte weiter hinter den Kofferraum seiner Limousine. Der Nieselregen hatte etwas nachgelassen, dafür war es dunkler, windiger und vor allem kühler geworden. Weder Carina mit ihrem dünnen Dienstkittel noch er in seinem schwarzen Westenanzug war für dieses Schmuddelwetter passend angezogen. Doch im Gegensatz zu ihm schien sie überhaupt nicht zu frieren.
»Kurze Frage«, flüsterte er, obwohl Simon ihn aus dieser Entfernung sicher nicht hören konnte. Der Wind und das monotone Brandungsrauschen der Stadtautobahn schluckten alle anderen Geräusche. »Wer von euch beiden hat hier die größere Schraube locker?«
»Simon ist Patient bei mir auf der Neurologie«, sagte Carina, als hätte das irgendetwas erklären können.
»Auf der Psychiatrie wäre er vielleicht besser aufgehoben«, zischte Stern. »Was soll der Quatsch mit dem Mord vor fünfzehn Jahren? Kann er nicht rechnen oder ist er schizophren?«

Er öffnete mit der Funksteuerung seines Autoschlüssels den Kofferraum. Gleichzeitig aktivierte er das Innenlicht, damit man in dem regentrüben Halbdunkel hier draußen überhaupt etwas erkennen konnte.

»Er hat einen Hirntumor.« Carina formte mit Daumen und Zeigefinger einen Ring, um die Größe zu demonstrieren. »Sie geben ihm noch wenige Wochen. Vielleicht nur noch Tage.«

»Großer Gott, und das Ding hat *diese* Nebenwirkungen?« Stern nahm einen Regenschirm aus dem Kofferraum.

»Nein. Daran bin ich schuld.«

»Du?«

Er sah von seiner Hand auf, in der er das nagelneue Designerstück hielt, dessen Funktionsweise sich ihm gerade nicht erschloss. Er fand noch nicht einmal den Druckknopf, um den Schirm aufzuspannen.

»Ich sagte doch, ich hab Mist gebaut. Du musst wissen, der Kleine ist hochintelligent, unglaublich sensibel und für sein Alter erstaunlich gebildet, was angesichts der Verhältnisse, aus denen er stammt, für mich an ein Wunder grenzt. Als er vier Jahre alt war, hat man ihn von seiner asozialen Mutter befreit. Aus einer völlig verwahrlosten Wohnung – man fand ihn halb verhungert neben einer toten Ratte in der Badewanne. Dann kam er ins Heim. Dort fiel er auf, weil er lieber im Lexikon las, als mit Gleichaltrigen zu raufen. Seine Betreuer hielten es für normal, dass einem Kind, das so viel nachdenkt, ständig der Kopf wehtut. Doch dann wurde das Ding in seinem Gehirn entdeckt, und seit er auf meiner Station liegt, hat er niemanden mehr außer dem Krankenhauspersonal. Eigentlich hat er nur mich.«

Jetzt fröstelte Carina doch, denn ihre Lippen begannen zu zittern.

»Ich verstehe nicht, worauf du hinauswillst.«
»Simon hatte vorgestern Geburtstag, und da hab ich ihm ein besonderes Geschenk machen wollen. Ich meine, er ist zwar erst zehn. Aber er ist durch seine Lebenserfahrung und seine Krankheit um so vieles reifer als andere Kinder in diesem Alter. Ich dachte, er wäre nicht zu jung dafür.«
»Wofür? Was hast du ihm geschenkt?« Stern hatte es endgültig aufgegeben, den Schirm öffnen zu wollen, und hielt ihn jetzt wie einen Zeigestab auf ihre Brust gerichtet.
»Simon hat Angst vor dem Tod, also hab ich eine Rückführung organisiert.«
»Eine *was?*«, fragte Robert, obwohl er erst kürzlich etwas darüber im Fernsehen gesehen hatte.
Es war typisch für Carina, natürlich auch diesen esoterischen Trend mitzumachen. Die Idee, in einem früheren Leben schon einmal auf der Welt gewesen zu sein, faszinierte anscheinend Menschen aller Altersklassen. Diese Sehnsucht nach dem Übernatürlichen bot den idealen Nährboden für zwielichtige Therapeuten, die gerade wie Unkraut aus dem Boden schossen und gegen ein stattliches Honorar solche »Rückführungen« anboten: Reisen in die Vergangenheit vor der Geburt, auf denen man, meistens unter Hypnose, erfuhr, dass man vor sechshundert Jahren auf einem Scheiterhaufen verbrannt oder in Frankreich zum König gekrönt worden war.
»Guck mich nicht so an. Ich weiß, was du von so etwas hältst. Du liest ja noch nicht einmal dein Horoskop.«
»Wie konntest du diesen Jungen nur einem solchen Hokuspokus aussetzen?«
Stern war ehrlich entsetzt. In dem Fernsehbeitrag hatten sie vor schweren psychischen Schäden gewarnt. Labile Persönlichkeiten konnten es oft nicht verkraften, wenn ihnen ein

Quacksalber einredete, ihre gegenwärtigen seelischen Probleme hätten etwas mit einem ungelösten Konflikt in einem früheren Leben zu tun.
»Ich wollte Simon nur zeigen, dass es danach nicht vorbei ist. Nach dem Tod. Dass er nicht traurig sein muss, nur so kurz gelebt zu haben, weil es doch immer weitergeht.«
»Sag mir, dass das ein Scherz ist.«
Sie schüttelte den Kopf. »Ich brachte ihn zu Dr. Tiefensee. Er ist ein examinierter Psychologe und gibt Kurse an der Universität. Also kein Scharlatan, wie du sicher denkst.«
»Was ist passiert?«
»Er hypnotisierte Simon. Und eigentlich geschah nicht viel. Unter Hypnose konnte Simon kaum etwas erkennen. Später sagte er nur, er wäre in einem dunklen Keller gewesen, in dem er Stimmen gehört hätte. Grausame Stimmen.«
Stern verzog schmerzhaft sein Gesicht. Die Kälte, die ihm den Rücken heraufkroch, wurde von Sekunde zu Sekunde unangenehmer, aber das war nicht der einzige Grund, warum er so schnell wie möglich von hier fortwollte. Irgendwo in der Ferne grub sich ein Güterzug seinen Weg zum nächsten Bahnhof, und Carina flüsterte jetzt, so wie Stern zu Beginn ihrer Unterhaltung.
»Als Tiefensee ihn wieder aus der Hypnose zurückholen wollte, schaffte er es zuerst nicht. Simon war in einen tiefen Schlaf gefallen. Und als er wieder aufwachte, sagte er uns das Gleiche, was er eben dir erzählt hat. Er denkt, er war einmal ein Mörder.«
Stern wollte sich seine feuchten Hände an seinen dichten braunen Haaren abwischen, aber selbst die waren vollständig vom Nieselregen durchtränkt.
»Das ist alles Wahnsinn, Carina. Und das weißt du auch. Ich frag mich nur, was das alles mit mir zu tun hat?«

»Simon besitzt einen unglaublichen Gerechtigkeitssinn und will unbedingt zur Polizei gehen.«
»Genau.«
Robert und Carina drehten sich abrupt zu dem Jungen um, der während ihrer hitzigen Auseinandersetzung unbemerkt zu ihnen herübergekommen war. Der Wind wehte ihm seine lockigen Haare in die Stirn, und Stern fragte sich, warum er überhaupt noch welche besaß. Sicherlich hatte er doch eine Chemotherapie durchleiden müssen.
»Ich bin ein Mörder. Und das ist Unrecht. Ich will mich stellen. Aber ich sage nichts mehr ohne meinen Anwalt!«
Carina lächelte schwermütig. »Diesen Satz hat er aus dem Fernsehen aufgeschnappt. Und du bist leider der einzige Strafverteidiger, den ich kenne.«
Stern vermied es, ihr ins Gesicht zu sehen. Stattdessen starrte er nach unten auf den schlammigen Boden, als könnten ihm seine handgenähten Lederschuhe verraten, wie er am besten auf diesen Irrsinn reagieren sollte.
»Und?«, hörte er Simon fragen.
»Und was?« Er sah auf, dem Jungen direkt ins Gesicht, und wunderte sich, dass der Kleine wieder lächelte.
»Sind Sie jetzt mein Anwalt? Ich kann Sie auch bezahlen.« Simon fingerte etwas umständlich ein kleines Portemonnaie aus seiner Hosentasche hervor.
»Ich hab nämlich Geld.«
Stern schüttelte den Kopf. Erst unmerklich, dann immer heftiger.
»Doch, doch. Hab ich«, protestierte Simon. »Echt.«
»Nein«, sagte Stern, wobei er allerdings nicht den Jungen, sondern Carina wütend ansah. »Darum geht es doch gar nicht, hab ich recht? Du hast mich nicht als Anwalt hierherbestellt, oder?«

Jetzt war sie es, die zu Boden starrte.
»Nein. Hab ich nicht«, gestand sie leise.
Stern atmete tief aus und schmiss den unbenutzten Regenschirm zurück in den Kofferraum. Dann schob er eine Aktentasche beiseite, die darin lag, öffnete die Plastikabdeckung in der Seite und zog neben dem Verbandskasten eine Stabtaschenlampe hervor. Er prüfte den Lichtkegel, indem er ihn auf den windschiefen Geräteschuppen richtete, auf den Simon vorhin gezeigt hatte.
»Also gut, bringen wir es hinter uns.«
Er strich Simon mit der freien Hand über den Kopf und glaubte selbst nicht, dass er diese Worte wirklich zu einem Zehnjährigen sagte:
»Zeig mir doch mal genau, wo du den Mann erschlagen haben willst.«

3.

Simon führte sie um den Schuppen herum. Vor vielen Jahren musste sich hier einmal ein zweistöckiges Arbeitsgebäude befunden haben. Doch dann hatte es gebrannt, und jetzt ragten nur noch einzelne, verkohlte Wandteile wie verkrüppelte Handflächen in den bewölkten Abendhimmel.
»Siehst du, hier ist nichts.«
Sterns Taschenlampe wanderte langsam über die Ruine.
»Er muss hier aber irgendwo liegen«, antwortete Simon, als ginge es um einen verlorenen Handschuh und nicht um eine Leiche. Auch er war mit einem winzigen Leuchtstift ausge-

stattet. Einer Plastikstange, die im Dunkeln fluoreszierte, sobald man sie einmal umknickte.
»Aus seinem Zauberkasten«, war Stern von Carina aufgeklärt worden. Offenbar hatte das Kind neben der Rückführung auch noch normale Geburtstagsgeschenke erhalten.
»Ich glaube, da unten war es«, sagte Simon aufgeregt und ging einen Schritt nach vorne.
Stern folgte seinem ausgestreckten Arm und leuchtete in Richtung des ehemaligen Treppenhauses, von dem jetzt nur noch der Kellerzugang zu sehen war.
»Da können wir aber nicht runter. Das ist lebensgefährlich.«
»Wieso?«, fragte der Junge und stakste mit seinen Turnschuhen über eine lose Ansammlung von Ziegelsteinen.
»Bleib hier. Das kann alles einstürzen, Schatz.« Carina klang ungewöhnlich besorgt. Früher war sie in Roberts Gegenwart immer ein Ausbund an Fröhlichkeit gewesen. Fast so, als ob sie die permanent in ihm schwelende Melancholie durch ein Übermaß an Lebenslust wieder ausgleichen wollte. Doch gerade jetzt schien es ihr große Angst zu machen, dass sich Simon wie ein unerzogener Hund benahm, den man von der Leine gelassen hatte. Er lief einfach weiter.
»Schaut mal, da geht's rein!«, rief er plötzlich. Und noch während die beiden protestierten, verschwand sein Lockenkopf hinter einem Stahlbetonträger.
»Simon!«, brüllte Carina. Stern beeilte sich ebenfalls mit unbeholfenen Schritten, über den Schutt zu den beiden aufzuschließen. In der Dunkelheit knickte er mehrfach um und riss sich an einem rostigen Draht seine Anzughose auf. Als er endlich den Eingang zum Keller mit der dahinterliegenden, rußschwarzen Holztreppe erreichte, bog der Junge gerade zwanzig Stufen tiefer um die Ecke.

»Komm da sofort wieder raus!«, rief Stern in den Schacht hinein und verfluchte augenblicklich seine unbedachte Wortwahl. Er wusste in derselben Sekunde, dass die Erinnerung, die dieser Satz bei ihm auslöste, schlimmer war als alles, was ihm hier widerfahren konnte.

Komm da raus. Schatz, bitte. Ich kann dir helfen …

Es war nicht die einzige Lüge geblieben, die er Sophie damals durch die verschlossene Toilettentür zugerufen hatte. Ohne Erfolg. Vier Jahre lang hatten sie beide alles versucht. Jede Technik und Behandlungsmethode ausprobiert, bis sie endlich den ersehnten Anruf aus der Fertilitätsklinik erhielten. Positiv. Schwanger. Damals, vor fast genau zehn Jahren, kam es ihm vor, als ob eine höhere Macht die Kompassnadel seines Lebens völlig neu justiert hätte. Der Zeiger stand plötzlich auf Glück, und zwar in seiner reinsten Form. Leider verweilte er dort nur für die kurze Zeit, die Stern benötigte, um mit Leuchtaufklebern einen Sternenhimmel an die Decke des neuen Kinderzimmers zu basteln und gemeinsam mit Sophie die Babywäsche auszusuchen. Felix trug sie nicht ein einziges Mal. Er wurde noch in dem Strampler beerdigt, den die Schwestern ihm auf der Säuglingsstation angezogen hatten.

»Simon?«, rief der Anwalt so laut, dass er sich damit selbst aus seinen düsteren Gedanken riss. Er zuckte zusammen, als Carina neben ihm das Gleiche tat.

»Ich glaub, hier ist was!«, drang die Kinderstimme dumpf zu ihnen hoch.

Stern fluchte und prüfte mit seinem Fuß die erste Stufe. »Es hilft nichts, wir müssen da rein.«

Auch diese Worte erinnerten ihn wieder an den grausamsten Moment seines Lebens. Als Sophie mit ihrem toten Baby in ihren Armen auf die Krankenhaustoilette geflüchtet war und es nicht mehr hergeben wollte. »Plötzlicher Kindstod« lautete damals die Diagnose, die sie nicht akzeptieren wollte. Zwei Tage nach der Entbindung.

»Ich komm mit«, erklärte Carina.

»Blödsinn.« Stern zog vorsichtig sein anderes Bein nach. Die Treppe hatte fünfunddreißig Kilo ausgehalten, mal sehen, was sie zu der mehr als doppelten Belastung sagte.

»Wir haben nur eine Lampe, und irgendjemand muss Hilfe holen, wenn wir in zwei Minuten nicht wieder oben sind.«

Das morsche Holz knackte bei jedem Schritt wie die Takelage eines Segelbootes bei leichtem Wellengang. Stern war sich nicht sicher, ob sein Gleichgewichtssinn ihm einen Streich spielte oder ob das Geländer wirklich immer mehr schwankte, je weiter er hinabstieg.

»Simon?«, rief er bestimmt zum fünften Mal, doch als Antwort hörte er es nur in einiger Entfernung metallisch klirren. So, als würde der Junge mit einem Schraubenzieher gegen ein Heizungsrohr schlagen.

Wenig später stand er mit pochendem Herzen am Fuße der Treppe und schaute sich um. Die Dunkelheit draußen war jetzt so tief, dass er oben von Carina nicht einmal mehr die Umrisse ausmachen konnte. Er leuchtete nach rechts in den Kellervorraum, der sich in zwei Gänge aufteilte. In beiden stand brackiges Schlammwasser etwa fünf Zentimeter hoch.

Kaum zu glauben, dass der Junge sich freiwillig in diesen Industriesumpf hineintraut. Stern wählte den linken Gang, da bei dem anderen schon nach wenigen Metern ein umgekippter Sicherungskasten den Weg versperrte.

»Wo bist du?«, fragte er, während das kalte Wasser mit eisiger Hand seine Knöchel umschloss.

Simon antwortete wieder nicht, gab aber wenigstens ein Lebenszeichen von sich. Er hustete. Nur wenige Schritte von Stern entfernt. Trotzdem konnte Robert ihn nicht mit seiner Lampe erfassen.

Ich werde mir noch den Tod holen, dachte er, während er spürte, wie seine Hosenbeine die Nässe löschblattartig nach oben sogen. Sein Handy klingelte, als er etwa zehn Meter vor sich eine Holzwand ausmachte.

»Wo ist er?«, fragte Carina mit jetzt schon fast hysterischer Stimme.

»Keine Ahnung. Ich glaube, im Nebengang.«

»Was sagt er denn?«

»Nichts. Er hustet.«

»O mein Gott, hol ihn da raus!« Carinas Stimme überschlug sich vor Aufregung.

»Was glaubst du, was ich gerade vorhabe?«, raunzte er sie an.

»Du verstehst nicht. Der Tumor. Das passiert, wenn es wieder so weit ist.«

»Was meinst du damit? Was passiert?«

Stern hörte erneut Simon husten. Dieses Mal noch näher als zuvor.

»Bronchialkrämpfe gehen der Ohnmacht voraus. Er wird bald bewusstlos«, schrie Carina so laut, dass er sie gleichzeitig von draußen und über das Handy hören konnte.

Und er wird mit dem Kopf ins Wasser fallen. Und ersticken. So wie …

Stern rannte los und übersah in der anschwellenden Panik den schwarzen Holzbalken, der völlig verkohlt und dadurch wie unsichtbar von der Decke hing. Sein Kopf schlug mit voller Wucht dagegen. Weitaus größer als der Schmerz war jedoch der Schreck. Stern dachte, er würde angegriffen, und riss zur Verteidigung beide Arme nach oben. Als er seinen

Irrtum bemerkte, war es schon zu spät. Die Taschenlampe flackerte noch zwei Sekunden unter Wasser, dann erstarb das Licht an der Stelle, wo er sie fallen gelassen hatte.

»Verdammt!« Er streckte seine Finger nach rechts, um die Kellerwand zu berühren. Dann tastete er sich Schritt für Schritt vorwärts, immer darauf bedacht, hier unten in der Dunkelheit die Orientierung nicht zu verlieren. Aber momentan stellte das seine kleinste Sorge dar, schließlich war er bislang ja nur geradeaus gegangen. Viel mehr machte ihm zu schaffen, dass Simon jetzt noch nicht einmal mehr hustete.

»Hey, bist du noch da?«, brüllte er, und plötzlich knackte es in seinem Ohr. Wie ein Flugzeugpassagier beim Landeanflug musste er mehrfach schlucken, um den Druck von seinem Trommelfell zu nehmen. Dann hörte er es wieder leise röcheln. Vorne. Hinter der Holzwand, etwa zehn Meter, und dann um die Ecke. Er musste dorthin. In den Nebengang. Zu Simon. Seine Schritte wurden durch das Wasser gebremst, doch er besaß leider genug Tempo, um die unheilvolle Kettenreaktion auszulösen.

»Simon, kannst du mich … Hilfeeeee!«

Mit seinem letzten Wort riss es ihn in die Tiefe. Sein Fuß hatte sich in einem alten Telefonkabel verheddert, das wie eine Wildschweinfalle in dem stinkenden Brackwasser eine Schlinge gezogen hatte. Stern versuchte noch, mit seinen Fingern in dem feuchten Mörtel der Wand irgendeinen Halt zu finden, doch er brach sich dabei nur zwei Nägel ab, bevor er nach vorne schlug.

Beim Aufprall registrierte er, dass er offenbar am Ende des Kellerganges angelangt sein musste, denn er fiel nicht ins Wasser, sondern seine Hände stemmten sich gegen eine nachgiebige Holzwand. Es knackte, so wie bei seinem ersten

Schritt vorhin auf der Treppe, nur viel lauter, und dann brach er durch etwas hindurch, das dem Geräusch nach eine Sperrholzplatte sein musste. Oder eine Tür. In seiner Urangst sah er sich einen unbefestigten Bergbauschacht oder einen unendlichen Brunnen hinunterfallen, doch sein Sturz wurde schon nach wenigen Zentimetern brutal vom festgetretenen Erdboden abgefangen. Das einzig Positive an der neuen Lage war, dass das Wasser offenbar noch nicht in diese Ecke des Kellers eingedrungen war. Stattdessen lösten sich undefinierbare Gegenstände von Decke und Wänden und fielen unsanft auf ihn herab.

O mein Gott. Stern traute sich nicht, das mittelgroße, rundliche Etwas zu berühren, das gerade unsanft in seinem Schoß gelandet war. Zu sicher war er sich in einem ersten alptraumhaften Gedanken, er würde über bläuliche Lippen und ein aufgedunsenes Gesicht tasten: über das tote Gesicht von Felix.

Doch dann wurde es langsam heller um ihn herum. Er blinzelte, und es brauchte etwas länger, bis Stern registrierte, woher die unerwartete Lichtquelle kam. Erst als sie direkt vor ihm stand, erkannte er Carina, die mit ihrem grünlich schimmernden Handydisplay mehr schlecht als recht den Verschlag ausleuchtete, in den er gefallen war.

Stern sah ihre Schreie, noch bevor er sie hörte. Für den Bruchteil einer Sekunde hatte Carina ihren Mund lautlos geöffnet, bevor ihre gellende Stimme von den Betonwänden widerhallte. Stern schloss die Augen.

Schließlich nahm er doch allen Mut zusammen und sah an sich herunter.

Dann wollte er sich übergeben.

Der Kopf in seinem Schoß steckte wie der Knauf einer Gardinenstange an dem Rest einer teilweise skelettierten Leiche.

Mit einer Mischung aus Unglauben, Ekel und fassungslosem Entsetzen registrierte Stern den klaffenden Spalt, den die Axt in dem geschundenen Schädel hinterlassen hatte.

4.

Die Tränen schossen dem Polizisten schneller in die Augen, als er blinzeln konnte. Martin Engler stöhnte mit geschlossenem Mund, warf seinen Kopf in den Nacken und tastete blind mit einer Hand auf dem Verhörtisch umher, bis er endlich gefunden hatte, wonach er suchte. In letzter Sekunde riss er die Packung auf, fingerte ein Taschentuch heraus und hielt es sich vor die Nase.

Haaaaaatsschioooch …

»Entschuldigung.« Der Ermittler der Mordkommission schneuzte sich, und Stern überlegte, ob Engler gerade mit seinem gewaltigen Nieser auch ein kaum vernehmliches »Arschloch« ausgestoßen hatte.

Gepasst hätte es. Nachdem Stern für mehrere von Englers persönlichen Verhaftungen Freisprüche erwirkt hatte, zählte der Anwalt nicht gerade zu den engsten Freunden des Kommissars.

»Hhhmmm.«

Der übergewichtige Mann, der direkt neben Engler saß, hatte sich geräuspert. Stern wandte sich kurz dem Beamten zu, unter dessen Doppelkinn ein gewaltiger Adamsapfel herausstach. Beim Betreten des fensterlosen Verhandlungszimmers hatte er sich ihm als Thomas Brandmann vorgestellt. Ohne

Dienstgrad, ohne Funktionsbezeichnung. Und bis auf die gutturalen Grunzgeräusche, die er seitdem alle fünf Minuten aus seinem Kehlkopf presste, hatte er noch kein einziges Wort von sich gegeben. Stern wusste nicht, was er davon halten sollte. Anders als Engler, der seit über zwanzig Dienstjahren fast schon zum Inventar der Kripo zählte, hatte er diesen Hünen noch nie zuvor gesehen. Seine mangelnde Kommunikationsbereitschaft mochte bedeuten, dass er die Ermittlungen leitete. Oder das genaue Gegenteil.

»Wollen Sie auch?« Engler hielt eine Packung Aspirin in die Luft. »Sie sehen so aus, als ob Sie eine gebrauchen könnten.«

»Nein, danke.« Stern schüttelte den Kopf und griff sich an die schmerzende Beule, die auf seiner Stirn pochte. Nach dem Sturz im Keller dröhnte sein Schädel, und er ärgerte sich über die Tatsache, dass der Kommissar sogar jetzt, wo er mit geröteten Augen und laufender Nase vor ihm saß, einen vitaleren Gesamteindruck machte als er selbst. Sonnenbank und morgendliche Waldläufe erzielten eben eine andere Wirkung als lange Nächte vor dem Computer in der Kanzlei.

»Gut, dann fasse ich mal zusammen.«

Der Ermittler griff nach seinem Notizblock, und Stern konnte ein Grinsen nicht unterdrücken, als Brandmann sich schon wieder räusperte, obwohl er immer noch nichts zu sagen hatte.

»Sie fanden die Leiche heute Nachmittag, etwa gegen 17.30 Uhr. Ein Junge, Simon Sachs, hat Sie in Begleitung einer Krankenschwester, Carina Freitag, zu dem Fundort geführt. Besagter Simon ist zehn Jahre alt, an einem Hirntumor erkrankt und wird derzeit …«

Engler blätterte eine Seite um.

»... in der neurologischen Abteilung der Seehausklinik in Westend behandelt. Er behauptet, er selbst habe den Mann ermordet, und zwar in einem früheren Leben.«

»Vor fünfzehn Jahren, ja«, bestätigte Stern. »Wenn ich richtig mitzähle, habe ich Ihnen das jetzt schon zum achten Mal gesagt.«

»Ja, das haben Sie, aber ...«

Engler unterbrach sich mitten im Satz und legte zu Sterns Verwunderung erneut den Kopf in den Nacken. Dann presste er beide Nasenflügel mit Daumen und Zeigefinger gegen die Scheidewand.

»Gar nicht beachten«, sprach er mit nasaler Stimme und klang jetzt wie eine Comicfigur. »Verdammtes Nasenbluten. Das bekomme ich immer, wenn ich erkältet bin.«

»Dann sollten Sie besser kein Aspirin mehr schlucken.«

»Macht das Blut flüssiger, ich weiß. Aber wo waren wir stehengeblieben?« Engler redete immer noch zur grauen Zimmerdecke hin. »Ach ja. Achtmal. Stimmt. So oft haben Sie mir diese wirre Geschichte jetzt aufgetischt. Und jedes Mal habe ich mich gefragt, ob ich bei Ihnen nicht einen Drogentest veranlassen sollte.«

»Tun Sie sich keinen Zwang an. Wenn Sie noch mehr meiner Rechte verletzen wollen, gerne.« Stern drehte seine Handflächen einladend nach außen, als trüge er ein Tablett. »Ich hab zwar nicht mehr viel Spaß im Leben, aber Sie und Ihre gesamte Einrichtung zu verklagen wäre sicher eine amüsante Abwechslung.«

»Bitte regen Sie sich nicht auf, Herr Stern.«

Robert schrak zusammen.

Ein Wunder, dachte er. *Der Zwei-Meter-Klops neben Engler kann ja doch sprechen.*

»Sie stehen nicht unter Verdacht«, erklärte Brandmann.

Stern war sich nicht sicher, ob er da ein »noch« zwischen den Zeilen heraushörte.
»Nur damit hier keine Zweifel aufkommen.« Robert widerstand der Versuchung, sich ebenfalls zu räuspern. »Ich bin Anwalt, aber nicht bekloppt. Ich glaube nicht an Seelenwanderung, Reinkarnation und den ganzen Esoterikmist, und ich verplempere meine Freizeit auch nicht damit, Skelette auszubuddeln. Reden Sie mit dem Jungen, nicht mit mir.«
»Das werden wir, sobald er wieder aufgewacht ist«, nickte Brandmann.
Sie hatten Simon bewusstlos im Nebengang gefunden. Zum Glück war die Ohnmacht nicht so plötzlich gekommen wie der erste Anfall vor zwei Jahren. Damals, als der Tumor im Frontalhirn sich zum ersten Mal bemerkbar machte. Simon hatte sich am Lehrerpult die Stirn blutig geschlagen, als er auf seinem Weg zur Tafel mitten im Klassenzimmer zusammenbrach. Diesmal hatte er sich noch abstützen können, bevor er mit dem Rücken zur Wand in dem überschwemmten Kellergang sitzen blieb. Abgesehen davon, dass er in einen tiefen Schlaf versunken war, schien es ihm gutzugehen.
Carina hatte ihn so schnell wie möglich im Krankenwagen zur Klinik zurückgebracht, und daher war Stern der Einzige am Tatort gewesen, als Engler persönlich mit seinen Männern und dem Team der Spurensicherung erschien.
»Noch besser, Sie halten sich an den Therapeuten«, empfahl Stern weiter. »Wer weiß, was dieser Tiefensee Simon unter Hypnose alles eingeredet hat?«
»Hey, das ist eine gute Idee. Der Psychologe! Mann, da wär ich im Leben nie draufgekommen.«
Engler grinste zynisch. Sein Nasenbluten hatte aufgehört, und er sah Stern wieder direkt in die Augen.

»Sie sagen also, der Ermordete liegt dort jetzt schon seit fünfzehn Jahren?«
Stern stöhnte auf. »Nein. Nicht *ich* sage das, sondern Simon. Aber wahrscheinlich hat er damit sogar recht.«
»Warum?«
»Nun, ich bin zwar kein Pathologe, aber der Keller war feucht, und die Leiche befand sich in einem dunklen Holzverschlag, wo sie, wie in einem stabilen Sarg, keiner direkten Sauerstoffzufuhr ausgesetzt war. Trotzdem zeigte sie an einigen Körperstellen nahezu vollständige Verwesungserscheinungen. Leider auch an dem Kopf, den ich in meinen Händen halten durfte. Und das bedeutet ...«
»... dass der Tote dort nicht erst gestern entsorgt wurde. Korrekt.«
Stern drehte sich erstaunt nach hinten um. Er hatte den Mann gar nicht eintreten hören, der jetzt gewollt lässig im Türrahmen lehnte. Mit seinen grau-schwarzen Haaren und der getönten Goldrandbrille sah Christian Hertzlich eher wie ein alternder Tennistrainer aus, und nicht wie der Kommissariatsleiter beim Landeskriminalamt. Stern fragte sich, wie lange Englers direkter Vorgesetzter schon ihrer hitzigen Auseinandersetzung gelauscht hatte.
»Dank unserer modernen Gerichtsmedizin werden wir sehr bald den genauen Todeszeitpunkt erfahren«, sagte Hertzlich. »Doch egal ob der fünf, fünfzehn oder vielleicht fünfzig Jahre zurückliegt ...«, er kam einen Schritt näher, »... eines steht in jedem Falle fest: Simon kann's nicht gewesen sein.«
»Das sehe ich genauso. War's das?« Stern stand auf, schob entnervt den Ärmel seines Manschettenhemdes zurück und sah demonstrativ auf die Uhr an seinem Handgelenk. Es war kurz vor halb elf.

»Selbstverständlich, Sie können gehen. Ich hab mit den beiden Herren ohnehin etwas viel Dringenderes zu besprechen.«
Hertzlich nahm einen zusammengerollten Papphefter in die Hand, der ihm bislang unter dem Arm geklemmt hatte, und präsentierte ihn seinen Beamten wie eine Trophäe.
»Es gibt eine neue, ganz erstaunliche Entwicklung.«

5.

Martin Engler wartete ab, bis der Anwalt die Tür hinter sich zugezogen hatte. Dann konnte er seine Wut nicht mehr zügeln und sprang so abrupt auf, dass sein Holzstuhl nach hinten umkippte.
»Was war das denn für eine Scheiße?«
Brandmann räusperte sich und schien tatsächlich etwas sagen zu wollen. Doch diesmal kam ihm Hertzlich zuvor, der den Hefter mit der Rückseite nach oben auf den Tisch legte.
»Wieso? Das lief doch ganz phantastisch.«
»Quatsch, so kann man kein Verhör führen«, schleuderte Engler seinem Vorgesetzten entgegen. »So einen Mist mache ich nie wieder.«
»Was regen Sie sich denn so auf?«
»Weil ich mich eben lächerlich gemacht habe. Auf diese ›Guter Cop – Böser Cop‹-Nummer fällt doch keine Sau mehr rein. Erst recht nicht einer vom Kaliber eines Robert Stern.«
Hertzlich sah nach unten auf seine ungeputzten Glattleder-

schuhe, deren Schnürsenkel hoffnungslos verknotet waren. Dann schüttelte er verwundert den Kopf.
»Ich dachte eigentlich, Sie hätten die Methodik kapiert, Engler.«
Die Methodik. Was für ein Schwachsinn. Engler schäumte vor Wut.
Seitdem Brandmann zu ihnen gestoßen war, verging keine Woche, in der er nicht mindestens an einem Seminar in psychologischer Verhandlungsführung teilnehmen musste. Das Riesenbaby war vor drei Wochen im Rahmen eines Schulungsprogramms vom BKA ausgeborgt worden, wo der Kommissar als psychologisch versierter Profiler arbeitete. Offiziell war er Englers Team nur als Berater zugeteilt, doch es sah ganz danach aus, als ob sein Status soeben zu dem eines Sonderermittlers aufgewertet worden war. Immerhin musste Engler ihn sogar während des Verhörs an seiner Seite dulden.
»Ich muss Hauptkommissar Hertzlich recht geben«, warf der Kriminalpsychologe freundlich in die angespannte Runde. »Eigentlich funktionierte alles wie im Lehrbuch.« Er räusperte sich. »Erst wurde Stern durch die lange Wartezeit nervös. Dann konnte er mich durch mein Schweigen keinem konkreten Lager zuordnen. Hier liegt übrigens der Unterschied zu der veralteten Verhörtaktik, wie Sie sie eben beschrieben haben, Herr Engler.«
Brandmann machte eine Kunstpause, und Martin fragte sich, warum der Typ ihn auch noch dämlich angrinsen musste, wenn er ihm schon diesen Vortrag hielt.
»Gerade weil ich *nicht* den ›guten Cop‹ spielte, schlug Sterns Nervosität in Verwirrung um, und er suchte einen Zugang zu Ihnen. Als er den nicht fand, wurde er schließlich wütend.«

»Okay, vielleicht hätte ich ihn ja am Ende auch noch zum Bellen gebracht, wenn wir es darauf angelegt hätten. Ich frag mich nur, wozu das Theater gut sein sollte?«

»Wer wütend ist, macht Fehler«, tönte Hertzlich, und Engler dachte nicht zum ersten Mal darüber nach, wie unpassend manche Namen doch sein konnten. Auf dem gesamten Revier kannte er keinen, der vom Chef das »Du« auf der Weihnachtsfeier akzeptiert hätte.

»Außerdem brauchten wir die verschiedenen Emotionsschwankungen von Stern für die Auswertung seiner optischen Reflexanalyse.«

Optische Reflexanalyse. Eye-Tracking. Pupillometrie. Alles so ein neumodischer Mist. Seit einer Woche war der triste Verhörraum, in dem sie sich gerade angifteten, zu Testzwecken verkabelt worden. Eine von drei versteckten Kameras war auf die Augen der Verhörperson ausgerichtet. In der Theorie verriet sich ein Täter durch verstärktes Blinzeln, Kontraktionen der Iris und Veränderungen des Blickwinkels bei der Befragung. In der Praxis stimmte Engler dem zu, vertrat aber den Standpunkt, dass ein erfahrener Ermittler keinen technischen Firlefanz brauchte, um eine Lüge zu erkennen.

»Wir können nur beten, dass Stern nicht herausbekommt, dass wir ihn heimlich gefilmt haben.« Er deutete auf die Wand hinter sich. »Der Typ ist einer der fähigsten Anwälte der Stadt.«

»Und womöglich ein Mörder«, sagte Hertzlich.

»Das glauben Sie doch selbst nicht!« Engler schluckte und überlegte kurz, welche Notapotheke auf seinem Nachhauseweg lag. Er brauchte dringend ein örtliches Betäubungsmittel, das er sich in den Rachen sprühen konnte.

»Der Mann hat einen IQ höher als der Mount Everest. Der

ist doch nicht so dämlich und führt uns zur Leiche eines Mannes, den er selbst erschlagen hat.«
»Könnte doch gerade deshalb ein cleverer Schachzug sein.« Der Kommissariatsleiter hob seine schwere Brille etwas an, um sich die Druckstellen zu reiben, die sie auf seinen glänzenden Nasenflügeln hinterlassen hatte. Engler konnte sich nicht erinnern, seinem Chef jemals direkt in die Augen gesehen zu haben. Im Revier liefen Wetten, dass er mit dem Ungetüm sogar ins Bett stieg.
»Möglicherweise ist er auch durchgedreht«, überlegte Hertzlich laut in Brandmanns Richtung. »Die Geschichte mit dem wiedergeborenen Jungen hört sich für mich jedenfalls nicht sehr gesund an.«
»Er wirkt seelisch labil«, stimmte der Psychologe zu.
Engler verdrehte die Augen. »Ich sag's noch mal: Wir verschwenden unsere Zeit an den falschen Mann.«
Hertzlich drehte sich überrascht zu ihm um. »Ich dachte, Sie können ihn nicht leiden?«
»Ja, Stern ist ein Arschloch. Aber kein Mörder.«
»Und was sagt Ihnen das?«
»Dreiundzwanzig Jahre Erfahrung. Für so etwas habe ich eine Nase.«
»Nun, wir hören ja alle, wie gut sie heute funktioniert.« Hertzlich lachte als Einziger über seinen Witz, und Engler musste Brandmann zugutehalten, dass er offenbar doch noch nicht völlig im Hintern des Kommissariatsleiters verschwunden war. Leider kam er nicht mehr dazu, zu begründen, warum er Robert Stern für unfähig hielt, einen Menschen mit der Axt zu erschlagen. Seine Nase lief plötzlich in Sturzbächen. Als der Zellstoff seines Taschentuches sich dunkelrot verfärbte, musste er den Kopf wieder in den Nacken legen.

»Ah, nicht schon wieder …«

Hertzlich musterte ihn argwöhnisch. »Ich dachte vorhin, das Nasenbluten gehört zur Show. Sind Sie überhaupt dazu in der Lage, die Ermittlung in diesem Fall zu leiten?«

»Ja, ist nur ein leichter Schnupfen. Kein Problem.«

Er riss zwei saubere Fetzen vom Taschentuch ab, rollte sie zusammen und verstöpselte sich mit ihnen beide Nasenlöcher.

»Geht schon wieder.«

»Gut, sehr gut. Dann trommeln Sie mal das Team zusammen und kommen Sie in zehn Minuten in mein Büro.«

Engler stöhnte innerlich und sah auf die Uhr. Es war Viertel vor elf. Abgesehen von seinem Gesundheitszustand, musste er dringend Charlie rauslassen. Die arme Hundeseele wartete jetzt schon seit über zehn Stunden alleine auf ihn in seiner kleinen Wohnung.

»Ziehen Sie nicht so eine Fresse, Engler. Es dauert nicht lange. Lesen Sie die Akte. Danach werden Sie verstehen, warum ich will, dass Sie an Stern dranbleiben und ihm die Hölle heißmachen.«

Engler nahm den Hefter von der Tischplatte.

»Wieso? Was steht denn drin?«, rief er Hertzlich hinterher, der gerade das Verhörzimmer verlassen wollte.

»Der Name eines alten Bekannten.«

Hertzlich drehte sich um.

»Wir wissen jetzt, wer der Tote ist.«

6.

Stern war durch die traurige Stimme auf seiner Mailbox abgelenkt, als er einen Tag später, kurz nach elf Uhr abends, den Flur seiner Villa betrat. Carina hatte in den vergangenen vierundzwanzig Stunden mehrmals versucht, ihn zu erreichen, aber nur eine einzige Nachricht hinterlassen. In der Zwischenzeit war sie ebenfalls verhört und heute Morgen vom Klinikleiter bis auf weiteres beurlaubt worden.

»Simon geht es gut. Er fragt nach dir. Aber ich fürchte, jetzt hast du schon zwei Mandanten, die einen Anwalt brauchen«, versuchte sie müde zu scherzen. »Können die mich wirklich wegen Kindesentführung drankriegen, weil ich Simon aus dem Krankenhaus gebracht habe?« Carina lachte nervös, bevor sie auflegte.

Stern drückte zweimal die Sieben und löschte so die Nachricht. Er würde sie morgen, am Samstag, zurückrufen. Wenn überhaupt, denn eigentlich wollte er mit der ganzen Sache nichts mehr zu tun haben. Er hatte schon genug eigene Probleme am Hals.

Ohne sich seinen Mantel auszuziehen, ging er mit der Post unterm Arm ins Wohnzimmer. Als er hier für einen kurzen Moment das Deckenlicht anknipste, blickte er in einen Raum, der so aussah, als wäre eine organisierte Diebesbande mit einem Laster vorgefahren und hätte alle kostbaren Möbel und Wertgegenstände abtransportiert. Stern verharrte einen Augenblick bewegungslos, dann löschte er das unbequeme Licht, das ihn an das karge Zimmer erinnerte, in dem er gestern von Engler und Brandmann verhört worden war. Der Anblick seines verwahrlosten Zuhauses war etwas, das er

nach all den Ereignissen der Woche nun besser im Halbdunkel ertragen konnte.
Sterns Schritte auf dem Kirschholzparkett hallten von den bilderlosen Wänden wider. Auf seinem Weg zur Couch kam er an einem umgekippten Gartenstuhl und einer vertrockneten Zimmerpflanze vorbei. Weder Regale noch Vorhänge, Schränke oder Teppiche waren vorhanden. Nur eine schirmlose silbergraue Stehlampe stand schief neben dem Sofa. Selbst angeschaltet hätte sie die hallenartigen Ausmaße des Wohnzimmers nicht ausleuchten können, da ihr drei von vier Glühbirnen fehlten. Als eigentliche Lichtquelle fungierte daher meistens der altersschwache Röhrenfernseher, der zwei Meter entfernt vor dem leeren Kamin direkt auf dem Boden stand.
Stern setzte sich auf die Couch, griff zur Fernbedienung und schloss die Augen, als weißes Rauschen den Bildschirm ausfüllte.
Zehn Jahre, dachte er und ließ seine Hand über die leere Fläche neben sich gleiten. Er streichelte das aufgerauhte Leder, tastete nach dem Brandfleck, den die Wunderkerze hinterlassen hatte, die Sophie bei einer Silvesterfeier vor Lachen aus der Hand gefallen war. Vor zehn Jahren. Damals waren ihre Tage seit zwei Wochen überfällig gewesen.
Im Gegensatz zu ihm hatte Sophie es nach dem Tod von Felix geschafft, vor sich selbst zu fliehen. Als Versteck hatte sie sich eine zweite Ehe ausgesucht. Immerhin waren bislang zwei Kinder aus ihr hervorgegangen – Zwillinge. Die Mädchen waren sicherlich der einzige Grund, warum Sophie nicht in ihren Depressionen ertrunken war.
So wie ich.
Stern zerschnitt das Band der Erinnerung, indem er die Augen wieder öffnete. Dann zog er den Korken aus dem Hals

der halbleeren Weinflasche, die schon seit Tagen auf dem Boden stand. Der Geschmack war scheußlich, aber das Getränk erfüllte seinen Zweck. Da er nie Gäste erwartete, gab es sowieso nichts anderes im Kühlschrank – und selbst wenn einer seiner Kollegen sich unangemeldet hier zu ihm verirren sollte, was bislang noch nie vorgekommen war, würde er ihn nicht hereinlassen.

Nicht ohne Grund beauftragte er jedes Jahr eine Sicherheitsfirma damit, alle Fenster und Türen mit den neuesten Entwicklungen im Einbruchsschutz auszurüsten. Dabei war er sich sehr wohl bewusst, dass die Mechaniker ihn für einen Spinner halten mussten. Denn im gesamten Gebäude befand sich nichts von Wert.

Doch Stern hatte keine Angst vor Einbrechern. Er hatte Angst vor Entdeckern. Menschen, die hinter seine sorgfältig aufgebaute Fassade aus teuren Anzügen, hochglanzpolierten Dienstwagen und aufgeräumten Eckbüros mit Aussicht auf das Brandenburger Tor blickten, um dort die leeren Seelenräume des Robert Stern zu erkennen.

Er nahm einen weiteren Schluck aus der Flasche und verschüttete dabei ungeschickt etwas Rotwein, der sich auf seinem weißen Oberhemd ausbreitete. Als er müde an sich heruntersah, schoss ihm dabei unwillkürlich wieder die Erinnerung an das Feuermal durch den Kopf: Sophie hatte es als Erste entdeckt, als sie Felix in den Armen hielt, frisch gebadet und ohne die wärmende Decke, in die der Säugling unmittelbar nach der Geburt gewickelt worden war. Zuerst waren sie besorgt gewesen, es könnte sich um eine bösartige Hautveränderung auf seiner Schulter handeln, doch die Ärzte hatten sie beruhigt. »Es sieht aus wie die Karte von Italien«, hatte Sophie noch gelacht, als sie ihn mit Babyöl einrieben. Danach beschlossen sie feierlich, ihren ersten Familienurlaub in Venedig zu erleben. Am Ende waren sie nur bis zum Waldfriedhof gekommen.

Stern stellte die Weinflache ab und ging seine Post durch. Zwei Werbebriefe, ein Strafzettel und der wöchentliche Kontoauszug seiner Bank. Das Persönlichste darunter war die neueste DVD seines Internetverleihs. Seitdem man sich Filme per Post zuschicken lassen konnte, ging er am Wochenende noch nicht einmal mehr in die Videothek. Er öffnete den kleinen Pappumschlag, ohne dabei auf den Titel des Filmes zu achten. Vermutlich kannte er den Streifen bereits. Stern bestellte sich grundsätzlich nur Filme, in denen möglichst keine Kinder und wenig Liebesszenen vorkamen, und da war die Auswahl nicht besonders groß.

Nachdem er die DVD eingelegt hatte, zog er sich sein Jackett aus und warf es achtlos zu Boden, bevor er sich wieder in die Polster zurückfallen ließ. Er war hundemüde und würde sowieso nur die ersten Minuten überstehen, bevor er, wie so oft am Wochenende, auf dem Sofa einschlief. Glücklicherweise gab es niemanden, der ihn am nächsten Morgen hier finden würde. Keine Familie. Keine Freunde. Nicht mal eine Haushälterin.

Der Anwalt drückte auf »Play« und erwartete einen dieser lächerlichen Warnfilme, die man nicht vorspulen konnte und in denen mit Gefängnis gedroht wurde, falls man den nachfolgenden Film illegal kopierte.

Stattdessen ruckelte das Bild mehrmals wie bei einem schlecht ausgeleuchteten Urlaubsvideo. Stern runzelte die Stirn und setzte sich auf. Plötzlich erkannte er die gefilmte Umgebung, und diese Tatsache riss ihn vollends aus seinem Halbschlaf. Von einer Sekunde auf die andere verschwand alles um ihn herum aus seinem Wahrnehmungsfeld. Er spürte weder die Weinflasche, die ihm aus den Händen glitt, noch ihren blutroten Inhalt, der sich nun vollends über sein weißes Hemd ergoss. Alle äußeren Reize waren mit einem Schlag ausgeblendet, und es gab nur noch ihn und den Fernseher. Und selbst der hatte sich verwandelt. Stern glaubte nicht mehr auf eine Mattscheibe zu sehen, sondern durch ein staubiges Fenster, hinter dem sich ein Raum erstreckte, den er in seinem Leben niemals wieder hatte betreten wollen. Als die Kamera näher heranzoomte, befürchtete er, seinen Verstand verloren zu haben. Nur einen Wimpernschlag später war er sich dessen sicher.

7.

Das grünstichige Bild der Säuglingsstation fror ein, als die verzerrte Stimme ihren ersten Satz sagte:
»Glauben Sie an ein Leben nach dem Tod, Herr Stern?«
Die Worte kamen metallisch verändert aus den Lautsprechern und waren dennoch von einer derart unheimlichen Präsenz, dass Robert kurz versucht war, sich umzudrehen, um herauszufinden, ob ihre Quelle in Fleisch und Blut direkt hinter ihm stand.
Nach einer Schrecksekunde rutschte er vom Sofa und kroch auf den Knien langsam zum Fernseher. Ungläubig berührte er die elektrostatisch aufgeladene Glasoberfläche und tastete den digitalen Schriftzug der Datumsanzeige ab, als handelte es sich um Blindenschrift.
Aber selbst ohne diesen Hinweis gab es für ihn keinen Zweifel, wann und wo das Band aufgenommen worden war: vor

zehn Jahren, in dem Krankenhaus, in dem Felix die Welt mit roten Wangen begrüßt und nur achtundvierzig Stunden später mit erkalteten blauen Lippen wieder verlassen hatte. Tot.

Sterns Finger tasteten sich zur Bildschirmmitte, wo sein neugeborener kleiner Junge in einer Plexiglaswanne lag, die zwischen zahlreichen anderen Babybetten stand. *Und Felix lebte!* Er bewegte die zerbrechlichen Ärmchen, als wolle er das Wolkenmobile berühren, das Sophie und Robert schon lange vor der Geburt aus Wattebällchen für ihn gebastelt und an das Metallgestell des Bettes gehängt hatten.

»Glauben Sie an Seelenwanderung? An Reinkarnation?«

Robert zuckte vor dem Fernseher zurück, als hätte der Geist seines Sohnes persönlich zu ihm gesprochen. Das unscharfe Bild des Kindes in dem lichtblauen Babyschlafsack nahm seine Sinne so sehr in Anspruch, dass er darüber die blechern hallende Stimme fast vergessen hatte.

»Sie haben keine Ahnung, wo Sie hier hineingeraten sind, oder?«

Stern schüttelte wie in Trance den Kopf, als könne er tatsächlich mit dem anonymen Sprecher kommunizieren, dessen Sätze wie die eines Krebskranken klangen, der durch ein Kehlkopfmikrophon sprechen muss.

»Ich kann Ihnen leider meine Identität nicht offenlegen, aus Gründen, die Sie sehr schnell verstehen werden. Deshalb erschien es mir am sinnvollsten, Sie auf diesem Weg zu kontaktieren. Sie haben Ihr Haus wie eine Festung gesichert, Herr Stern. Mit einer Ausnahme: Ihren Briefkasten. Ich hoffe, Sie sind nicht nachtragend, dass ich durch den Austausch der DVD Ihr freitägliches Unterhaltungsritual etwas durcheinandergebracht habe. Aber glauben Sie mir: Das, was ich Ihnen gleich zeigen werde, wird für Sie weitaus spannender werden als die Tierdokumentation, die Sie eigentlich bestellt hatten.«

Aus Sterns Auge löste sich eine Träne, während er den Blick starr auf Felix gerichtet hielt.

»Allerdings muss ich Sie bitten, sich jetzt ganz besonders zu konzentrieren.«

Als der Bildausschnitt kleiner und Felix' Gesicht dafür größer wurde, war es für Stern wie ein Tritt in die Magengrube.

Wer hat das gefilmt? Und warum?

Einen Herzschlag später war er außerstande, im Geiste weitere Fragen zu formulieren. Er wollte sich abwenden, zur Toilette rennen und mit dem kargen Mittagessen seine gesamten Erinnerungen erbrechen, doch ein unsichtbarer Schraubstock hielt sein Gesicht in Position. Und so musste er die grobkörnigen Bilder ertragen, auf denen sein Sohn die Augen aufriss. Weit. Staunend. Ungläubig. Als würde er ahnen, dass sein winziger Körper gleich alle Lebensfunktionen einstellen würde. Felix schnappte nach Luft, begann zu zittern und sah aus, als hätte er sich an einer viel zu großen Gräte verschluckt, so blau, wie er plötzlich anlief.

An dieser Stelle konnte Stern sich nicht mehr zurückhalten. Er übergab sich auf den Parkettboden. Als er nur wenige Sekunden später zitternd und mit vorgehaltener Hand wieder auf den Bildschirm starrte, war alles schon vorbei. Sein Sohn, der eben noch geatmet hatte, starrte mit leerem Blick und halb geöffnetem Mund in die Kamera, die jetzt wieder die gesamte Säuglingsstation einfing: vier Betten. Alle belegt. Und in einem davon war es unerträglich ruhig.

»Es tut mir sehr leid. Ich weiß, diese letzten Bilder von Felix waren sicher sehr schmerzhaft für Sie.«

Die knarrenden Worte schnitten wie Rasierklingen.

»Doch es musste sein, Herr Stern. Ich habe Ihnen etwas Wichtiges zu sagen. Ich will, dass Sie mich ernst nehmen. Und jetzt kann ich wohl davon ausgehen, Ihre volle Aufmerksamkeit zu besitzen.«

8.

Robert Stern fühlte sich, als würde er nie wieder in seinem Leben zu einem klaren Gedanken fähig sein. Bis er registrierte, dass der Nebelschleier vor seinen Augen von den Tränen herrührte, die ihm das Gesicht herunterströmten, verging eine Weile, die die unbarmherzige Stimme offenbar einkalkuliert hatte.

Ist das wirklich geschehen? Habe ich wirklich gerade die letzten Sekunden meines Sohnes gesehen?

Er wollte aufstehen, die DVD aus dem Abspielgerät reißen, den Fernseher durch das geschlossene Fenster treten, und wusste doch, dass er in seinem Schock nicht einmal mehr die rechte Hand hätte heben können. Die einzige Bewegung, zu der sein Körper noch imstande war, geschah ohne seinen Willen. Seine Beine zitterten unkontrolliert.

Wer tut mir das an? Und weshalb?

Die Bilder wechselten. Seine Angst wurde stärker.

Die Säuglingsstation war einer Außenansicht der Industrieruine gewichen, vor der er gestern auf Carina gewartet hatte. Die Aufnahmen des Geländes mussten schon etwas älter sein. Sie waren an einem sonnigen Frühlings- oder Sommertag entstanden.

»Sie haben gestern Nachmittag auf diesem Grundstück einer ehemaligen Farbenfabrik eine Leiche gefunden.«
Die Stimme machte eine weitere Pause. Stern blinzelte und erkannte den Geräteschuppen wieder.
»Wir haben sehr lange darauf gewartet, dass das passiert. Fünfzehn Jahre, um genau zu sein. In diesem Punkt sagt der Junge tatsächlich die Wahrheit. Nach so langer Zeit hätten wir eigentlich mit einem Landstreicher oder einem Hund gerechnet, der den Toten per Zufall aufstöbert. Doch stattdessen kamen Sie. Zielstrebig. In Begleitung. Und deshalb sind Sie jetzt im Spiel, Herr Stern. Ob Sie es wollen oder nicht.«
Die Kamera zog einen Dreihundertsechzig-Grad-Kreis und zeigte neben den baufälligen Gebäuden kurz einen Lieferwagen ohne Firmenaufschrift, dann blieb sie mit Fokus auf dem abgebrannten Bauwerk stehen, in das Robert vor wenigen Stunden Simon gefolgt war.
»Ich will von Ihnen wissen, wer den Mann ermordet hat, den Sie gestern in diesem Kellerloch fanden.«
Stern schüttelte fassungslos den Kopf.
Was soll das? Was hat das alles mit Felix zu tun?
»Wer hat den Mann erschlagen? Für mich ist die Antwort von höchster Dringlichkeit.«
Stern fixierte die bläuliche Digitalanzeige des DVD-Players, als säße die Ursache seiner seelischen Qualen leibhaftig in dem silbernen Metallgehäuse.
»Ich will, dass Sie Simons Fall übernehmen. Wenn Sie wüssten, wer ich bin, würden Sie verstehen, warum ich es nicht selbst tun kann. Daher müssen *Sie* sein Anwalt werden. Finden Sie heraus, woher das Kind von der Leiche wusste.«
Die Stimme lachte leise.
»Da ich aber weiß, dass Anwälte nie ohne Gegenleistungen

arbeiten, mache ich Ihnen ein geschäftliches Angebot. Ob Sie es annehmen werden, hängt ganz davon ab, wie Sie meine Eingangsfrage beantworten, Herr Stern: Glauben Sie an die Möglichkeit einer Wiedergeburt?«
Auf dem Bildschirm begann es zu schneien, als handle es sich um einen alten Schwarzweißfernseher mit schlecht ausgerichteter Zimmerantenne. Dann besserte sich die Qualität des Bildmaterials schlagartig. Die Fabrikruine war verschwunden. Den eingeblendeten Ziffern nach waren die neuen, farbenfrohen Aufnahmen erst wenige Wochen alt. Sterns Übelkeit wurde wieder stärker. Mit Ausnahme der Jahreszahl entsprach das Datum exakt dem Geburtstag seines Sohnes.

9.

Na, erkennen Sie ihn?«
Der braungebrannte Junge mit den schulterlangen, leicht gelockten Haaren trug nur eine schwarze Korallenkette auf seinem nackten Oberkörper. Er wusste, dass er gefilmt wurde, und sah erwartungsvoll in die Kamera. Auf einmal stand er etwas unbeholfen von einem Stuhl auf und lief davon. Sterns Herz setzte aus, als er den Fleck auf dem Rücken des Jungen erkannte. Das dunkelviolette Feuermal befand sich auf seiner linken Schulter. Es sah aus wie ein kleiner Stiefel.
Das kann nicht sein. Das ist unmöglich!
Roberts Wangen brannten, als hätte ihn jemand geohrfeigt. Der Junge mit den Gesichtszügen, die ihm fremd und zu-

gleich schmerzlich vertraut erschienen, kam wieder zurück und hielt ein Messer in der Hand. Irgendjemand außerhalb des Bildes schien ihm etwas zuzurufen. Er lächelte verschämt, holte tief Luft und spitzte seine vollen Lippen. Jetzt wanderte die Kamera etwa zwanzig Zentimeter nach unten und fing die Geburtstagstorte ein, die auf dem Tisch stand. Schwarzwälder Kirsch. Das Kind benötigte zwei Anläufe, um die zehn Kerzen auszupusten, die in der Sahne steckten.

»Schauen Sie genau hin, Herr Stern. Denken Sie an die letzten Aufnahmen von Felix, die Sie gerade gesehen haben. Erinnern Sie sich an den kleinen Sarg, den Sie selbst zu Grabe trugen. Und dann beantworten Sie sich eine ganz einfache Frage: Glauben Sie an ein Leben nach dem Tod?«

Robert hob die Hand und war für einen kurzen Moment versucht, seine Finger auf die Mattscheibe zu pressen. Während sein Kreislauf langsam außer Kontrolle geriet, übermannte ihn das unwirkliche Gefühl, in einen Verjüngungsspiegel zu schauen.

Ist das …? Das kann *nicht sein. Felix ist gestorben. Er war kalt, als ich ihn Sophie aus den Armen nahm. Ich habe ihn selbst beerdigt und …*

»Bei diesen Bildern könnte man ins Zweifeln geraten, oder?«

… und ihn sterben sehen. Eben gerade!

Stern hustete erstickt auf. Er hatte vor Schreck die Luft angehalten, doch jetzt schrien seine Lungen nach Sauerstoff, während die unglaublichen Bilder gnadenlos weiterliefen. Der Junge auf dem Bildschirm schnitt die Torte an.

Aber das kann nur … Das muss ein Zufall sein.

Der Zehnjährige war Linkshänder. Wie Robert.

Stern begann am ganzen Körper zu zittern. Er glaubte eine

Kopie seiner selbst zu betrachten. Genau so hatte er ausgesehen, als er ein kleiner Junge gewesen war. Es passte einfach alles. Die Haare, die etwas zu weit auseinanderstehenden Augen, das leicht vorspringende Kinn, das Grübchen, das sich beim Lächeln nur auf der rechten Wange bildete. Wenn er unten im Keller die alten Fotoalben aus den Umzugskisten kramte, würde er mit Sicherheit eine vergilbte Aufnahme finden, auf der er genauso in die Kamera blickte. Damals, mit zehn.

Und er hat das Feuermal.

Es war jetzt natürlich größer. Aber von der Proportion her entsprach es exakt dem Fleck, den Sophie entdeckt hatte, als sie Felix zum ersten Mal nackt in den Armen hielt.

»Hier ist unser Deal.«

Die Stimme forderte wieder Sterns Aufmerksamkeit, und jetzt klang sie noch unmenschlicher als zuvor.

»Ich gebe Ihnen eine Antwort für eine Antwort. Sie sagen mir, wer den Mann vor fünfzehn Jahren mit der Axt erschlagen hat, und ich verrate Ihnen, ob es ein Leben nach dem Tod gibt.«

Mit diesen Worten verschwand das Geburtstagskind, und Robert wurde wieder zehn Jahre zurück in den überbelichteten Saal der Säuglingsstation geschleudert. Zwei Standbilder wechselten sich in einem grauenvollen Rhythmus ab. Felix in seinem Bett. Einmal lebend, einmal tot.

»Finden Sie den Mörder, und Sie bekommen den Namen und die Adresse des Jungen, den Sie eben gesehen haben.«

Lebendig. Tot. Lebendig …

Stern wollte aufstehen, um seinen Schmerz herauszuschreien, doch ihm fehlte mittlerweile jegliche Kraft.

Tot.

»Eine Antwort für eine Antwort. Kümmern Sie sich um

Simon. Wir übernehmen den Therapeuten. Sie haben fünf Tage Zeit. Keine Stunde länger. Lassen Sie diese Frist verstreichen, werden Sie nie wieder von mir hören und nie die Wahrheit erfahren. Ach ja. Und noch was.«
Die Stimme klang jetzt gelangweilt, so, als wolle sie am Ende eines Arzneimittelspots vor Risiken und Nebenwirkungen warnen.
»Gehen Sie nicht zur Polizei. Sollten Sie es doch tun, töte ich die Zwillinge.«
Dann wurde der Bildschirm schwarz.

10.

Hast du was getrunken?«
Sophie stand barfuß im Flur vor dem Schlafzimmer, aus dem sie mit dem Telefon geflohen war, um ihren Mann nicht zu wecken. Patrick würde in wenigen Stunden zu einer Geschäftsreise nach Japan aufbrechen und brauchte seinen Schlaf. Außerdem war es kurz nach halb eins, und sie würde in arge Erklärungsnot geraten, sollte er wissen wollen, warum ihr Exmann mitten in der Nacht anrief, nachdem er das in den letzten Jahren noch nicht einmal an ihrem Geburtstag geschafft hatte.
»Tut mir leid, dass ich störe. Ich weiß, die Kinder schlafen schon. Geht es ihnen gut?«
Auch wenn er auf ihre Frage nicht einging, hörte sie die Antwort an seiner Stimme. Er klang furchtbar.
»Ja, natürlich geht es ihnen gut. Sie schlafen. Tief und fest,

wie jeder normale Mensch um diese Uhrzeit. Was zum Teufel willst du?«

»Ich hab heute etwas ...« Robert brach ab und setzte neu an: »Es tut mir leid, aber ich muss dich was fragen.«

»Jetzt? Kann das nicht bis zum Morgen warten?«

»Es hat schon viel zu lange gewartet.«

Sophie blieb auf dem Weg zum Wohnzimmer auf einem Sisalläufer stehen.

»Wovon sprichst du?« Die Uhrzeit, seine Stimme, die Andeutungen – einfach alles an dem Telefonat beunruhigte sie, und so war es kein Wunder, dass sie fröstelte, zumal sie zum Schlafen wie immer nur ein T-Shirt und einen Slip trug.

»Hast du damals Zweifel gehabt, ob ...«

Sophie schloss die Augen, während Robert weiterredete. Es gab kaum ein anderes Wort, das bei ihr so viele negative Gefühle heraufbeschwor wie *damals*. Erst recht, wenn es aus dem Munde des Mannes kam, der ihr Felix aus dem Arm genommen hatte.

»Ich meine, eigentlich gab es doch gar keinen Grund ...«

»Worauf willst du hinaus?« Sie wurde langsam wütend.

»Du hast in der Schwangerschaft nicht geraucht, Felix trug keine zu warme Kleidung und steckte in einem Babyschlafsack, der eine Bauchlage verhinderte.«

»Ich leg jetzt besser auf.« Sophie verstand nicht, weshalb Robert sie aus dem Schlaf riss, um ihr die Risikofaktoren des plötzlichen Kindstodes aufzuzählen. Obwohl unter diesem mysteriösen Sammelbegriff etwa vierzig Prozent aller Fälle von Säuglingssterblichkeit zusammengefasst wurden, waren seine Ursachen kaum bekannt. Was eigentlich kein Wunder war, wenn man einfach jeden unerklärlichen Todesfall eines scheinbar gesunden Kindes in diese grausame Kategorie einordnete.

»Warte noch, bitte! Beantworte mir nur diese eine Frage.«
»Welche?« Sophie sah in den Garderobenspiegel und erschrak über ihren eigenen Gesichtsausdruck. Sie erkannte darin eine Mischung aus Trauer, Verzweiflung und Müdigkeit.
»Ich weiß, du hasst mich, seitdem das passiert ist.«
»Hast du Fieber?«, fragte Sophie. Robert lallte nicht nur, sondern klang auch extrem erkältet.
»Nein, mir fehlt nichts. Außer einer Antwort.«
»Aber ich verstehe dich nicht.« Sie begann den Satz in wütender Lautstärke und bemühte sich dann, mit jedem Wort leiser zu werden, um weder Patrick noch die Zwillinge aus dem Schlaf zu reißen.
»Er atmete nicht mehr, er war schon etwas starr, als du endlich die Badezimmertür aufgemacht hast.«
Es rauschte, während Robert eine kurze Pause machte.
»Die Frage ist: Warum warst du dir trotzdem nicht sicher? Warum hast du trotz allem gedacht, Felix würde noch leben?«
Sophie drückte das Gespräch weg und ließ ihren Arm mit dem Hörer in der Hand kraftlos nach unten sinken. Ihre vorherige Müdigkeit war einer Betäubung gewichen, wie sie sie sonst nur von Schlaftabletten her kannte. Zugleich fühlte sie sich, als hätte sie gerade einen Einbrecher in ihrer Wohnung erwischt, der ihre Unterwäsche durchwühlte. *Und genau das ist geschehen,* dachte sie, während sie langsam auf das Kinderzimmer zulief. Robert war mit seinem Anruf in ihre Welt eingebrochen und hatte eine Schublade ihrer Psyche aufgerissen, die sie in jahrelanger, mühseliger Arbeit mit Hilfe ihres neuen Mannes, der wundervollen Zwillinge und eines promovierten Psychoanalytikers zugenagelt und verrammelt hatte.
Sie öffnete die Tür und hielt den Atem an. Frida hatte ihre

Decke ans Bettende gestrampelt und träumte friedlich, ihren Oberarm um einen Stoffpinguin geschlungen. Auch bei Natalie hob und senkte sich der kleine Brustkorb in regelmäßigen Intervallen. Im ersten kritischen Jahr nach der Geburt hatte Sophie sich alle zwei Stunden den Wecker gestellt, um nach den Kleinen zu schauen. Jetzt sah sie nach den Zwillingen nur noch dann, wenn sie in der Nacht aufwachte, um auf die Toilette zu gehen. Und die beklemmende Angst, die sie früher dabei begleitete, war nun liebevolle Routine.

Bis eben. Bis zu Roberts Anruf.

»Warum hast du gedacht, Felix würde noch leben?«

Die weiche Matratze gab nach, als Sophie sich zu Natalie aufs Bett setzte und ihr die traumfeuchten Haare aus der Stirn strich.

»Manchmal denke ich es immer noch«, flüsterte sie. Dann küsste sie ihre Tochter sanft auf die Stirn und begann leise zu weinen.

Die Suche

Genauso, wie wir in unserem jetzigen Leben Tausende von Träumen erleben, so ist auch unser jetziges Leben nur eines von Tausenden, in das wir aus einem anderen, wirklicheren Leben eingetreten sind und zu dem wir nach dem Tode wieder zurückkehren.

Leo Tolstoi

Mit jedem Menschen ist etwas Neues in die Welt gesetzt, was es noch nicht gegeben hat, etwas Erstes und Einziges.

Martin Buber

Geburtsnarben und Muttermale belegen die wiederholten Erdenleben des Menschen.

Ian Stevenson

I.

Vielleicht war es wegen der Übermüdung. Vermutlich kam es zu dem Aufprall, weil er nicht nach vorne sah, sondern vor seinem geistigen Auge erneut die DVD ablaufen ließ. Gestern hatte Stern sich das nicht mehr getraut. Zumindest nicht in voller Länge. Er wollte Felix nicht noch einmal im Todeskampf sehen müssen. Deshalb war er gleich zu den Aufnahmen des Geburtstagskindes gesprungen. Immer und immer wieder hatte er den namenlosen Jungen angestarrt. In Zeitlupe, als Standbild und im schnellen Vorlauf. Nach der zehnten Wiederholung waren seine Augen so gereizt gewesen, dass er schon glaubte, rotstichige Abnutzungserscheinungen auf der DVD auszumachen.
Heute Morgen, nach einer schlaflosen Nacht, fühlte sich Robert schließlich wieder genauso hilflos und zerstört wie am Tag von Felix' Beerdigung. Er hatte seinen Halt in der Realität verloren. Sein rationales Juristenhirn war darauf trainiert, Probleme immer von zwei Seiten zu betrachten. Ein Mandant war entweder schuldig oder nicht. In diesem Punkt unterschied sich der persönliche Alptraum, in den er gestern gestoßen worden war, nicht von den Tragödien, die er beruflich betreuen musste. Auch hier gab es nur zwei Möglichkeiten: Entweder Felix war tot, oder er lebte noch. Ersteres war am wahrscheinlichsten. Der Junge mit dem Feuermal mochte Stern wie aus dem Gesicht geschnitten sein. Ein Beweis war das noch lange nicht.

Ein Beweis wofür?, fragte sich Robert, während er aus dem Fahrstuhl des Krankenhauses trat. Wie immer, wenn er über ein schwieriges Problem nachdachte, baute sich vor seinem geistigen Auge eine nackte weiße Wand auf, an der er imaginäre Haftzettel mit seinen wichtigsten Hypothesen befestigte. In seinem Gehirn war für wichtige Fälle eine Art Rückzugsraum reserviert, den er immer dann betrat, wenn er seine Gedanken sortieren wollte. FELIX LEBT, prangte in großen Lettern auf dem größten Zettel von allen.
Aber wie wäre das möglich?
Natürlich hatte er sich später, lange Zeit nach der Beerdigung auf dem Waldfriedhof, oft gefragt, ob Felix vielleicht vertauscht worden war. Doch er war damals der einzige Junge auf der Station gewesen. Die anderen drei Mütter hatten Mädchen entbunden. Eine Verwechslungsgefahr war damit völlig ausgeschlossen. Außerdem hatte er sich noch vor der Obduktion davon überzeugt, dass er wirklich den richtigen Jungen beweinte. Noch heute erinnerte er sich an das Gefühl, wie er den toten kleinen Körper auf dem Metalltisch anhob, damit seine Finger zum Abschied über das Feuermal streicheln konnten.
Also doch Wiedergeburt? Reinkarnation?
Stern zerriss den Gedankenzettel, bevor er ihn ernsthaft fixierte. Er war Anwalt. Für Problemlösungen griff er auf Paragraphen zurück, nicht auf Parapsychologie. Sosehr es ihn schmerzte. Es blieb dabei. FELIX = TOT, schrieb er auf den dritten Zettel und wollte ihn gerade mental fixieren, als seine Gedanken sich wieder einmal überschlugen.
Aber wieso nur sät jemand Zweifel an seinem Tod? Und was hat das alles mit Simon zu tun? Woher um Himmels willen wusste der Junge von der alten Leiche in dem Industriekeller?

Stern fragte sich, was es über seinen Geisteszustand aussagte, dass er sich an diesem Samstagmorgen auf den Weg in die Seehausklinik gemacht hatte, um jener letzten Frage auf den Grund zu gehen. Er war so in seine düsteren Gedanken versunken, dass er den Pfleger überhörte, der den alten Mann im Rollstuhl zur Physiotherapie schob. Beide summten gerade gemeinsam den Refrain des Abba-Klassikers »Money, Money, Money«, als Stern um die Ecke des Krankenhausflurs bog und ungebremst in sie hineinlief.

Er knallte seitlich gegen das Chromgefährt, verlor das Gleichgewicht und suchte mit den Händen verzweifelt nach einem Halt. Nachdem er am Ärmel des Pflegers abgerutscht war, stützte er sich hilflos auf dem Kopf des Patienten ab und hielt sich schließlich beim Fallen an dessen Handgelenk fest. Dadurch riss er dem Mann im Rollstuhl den Kanülenzugang seines Tropfs heraus, bevor er auf dem mintgrünen Linoleumboden hinschlug.

2.

Du liebe Güte, Herr Losensky?« Der bärtige Pfleger kniete besorgt vor dem Patienten, der jedoch halb belustigt abwinkte.

»Nichts passiert, nichts passiert. Hab doch einen Schutzengel.« Der Alte zog eine Kette unter seinem T-Shirt hervor, an der ein silbernes Kreuz baumelte. »Kümmern Sie sich lieber um unseren Freund da unten.«

Stern rieb sich seine Handballen, die er sich aufgescheuert

hatte, als er sich auf dem trockenen Kunststoffboden abstützen wollte. Die pochenden Schmerzen in seinen Knien ignorierte er, um nicht ein noch jämmerlicheres Bild abzugeben.

»Es tut mir so wahnsinnig leid«, entschuldigte sich Robert, als er wieder auf beiden Beinen stand. »Ist alles okay?«

»Wie man's nimmt«, grunzte der Pfleger und schob vorsichtig den Hemdsärmel des alten Mannes bis zur Armbeuge hoch. »Den Zugang müssen wir später noch mal legen«, murmelte er mit Blick auf den altersfleckigen Handrücken und bat Losensky, einen Wattebausch auf die Einstichstelle zu drücken. Dann tastete er den knochigen Arm nach Druckstellen oder Blutergüssen ab. Obwohl er die Hände eines Boxers besaß, waren seine Bewegungen dabei behutsam und fast zärtlich.

»Sind Sie auf der Flucht, oder warum jagen Sie hier durch die Neurologische Station?«

Stern war erleichtert, dass der Pfleger offenbar nichts Besorgniserregendes entdeckt hatte.

»Mein Name ist Robert Stern, entschuldigen Sie bitte vielmals, Herr …« Ihm gelang es nicht, das zerkratzte Namensschild am Kittel des Pflegers zu entziffern.

»Franz Marc. So wie der Maler. Aber alle nennen mich Picasso, weil ich die Bilder von dem lieber mag.«

»Verstehe. Wie gesagt, es tut mir sehr leid. Ich war mit meinen Gedanken ganz woanders.«

»Haben wir gar nicht bemerkt, was, Losensky?«

Direkt unter Picassos Ohrläppchen liefen zwei dichte Koteletten wie Klettverschlüsse die Wange herab, bevor sie in einen hellbraunen Kinnbart mündeten. Als der Pfleger beim Lächeln dann auch noch eine gewaltige Zahnreihe entblößte, sah er aus wie ein Nussknacker aus dem Erzgebirge.

»Ich komme natürlich für jeden Schaden auf, den ich verursacht haben sollte.«
Stern zog seine Brieftasche aus der Innentasche seines Anzugs.
»Nein, nein, nein … so läuft das hier nicht«, protestierte Picasso.
»Sie verstehen mich falsch. Ich wollte Ihnen nur meine Visitenkarte geben.«
»Die können Sie mal ruhig steckenlassen, oder, Losensky?«
Der Alte im Rollstuhl nickte und zwirbelte sich mit belustigtem Gesichtsausdruck eine seiner gewaltigen Augenbrauen. Im Gegensatz zu seinem sonst lichten Haupthaar wölbten diese sich wie zwei mächtige Büschel aus Stahlwolle über seine eingefallenen Augenhöhlen.
»Ich fürchte, ich verstehe nicht.«
»Sie haben uns beiden eben einen bösen Schreck eingejagt. Und Frederik ist nach seinem zweiten Herzinfarkt nicht mehr sehr belastbar, nicht wahr?«
Der alte Mann nickte.
»Da werden ein paar Scheine wohl nicht ausreichen, wenn Sie hier ohne weiteres Aufsehen davonkommen wollen.«
»Sondern?« Stern grinste nervös und fragte sich, ob er hier zwei Irre vor sich hatte.
»Wir wollen, dass Sie sich bücken.«
Er wollte Picasso gerade den Vogel zeigen und weggehen, als er den Scherz begriff. Er lächelte, hob die Mütze zu seinen Füßen auf und gab dem Mann im Rollstuhl seine schwarze Baseballkappe zurück, die er ihm vorhin vom Kopf gerissen haben musste.
»Genau. Jetzt sind wir wieder quitt.« Picasso lachte, und sein älterer Schützling gluckste wie ein kleiner Schuljunge.
»Sie sind ein Fan?«, fragte Stern, während der Alte die Müt-

ze umständlich mit beiden Händen zurechtrückte. ABBA prangte in goldenen Lettern an ihrer Stirnseite.
»Na klar. Ihre Musik ist göttlich. Was ist denn Ihr Lieblingshit von denen?«
Der alte Mann lüpfte nochmals kurz den Schirm, um eine widerspenstige schlohweiße Haarsträhne darunter zu verstecken.
»Ich weiß nicht«, antwortete Stern etwas überfordert. Er wollte Simon besuchen und mit ihm über die Ereignisse von gestern reden. Auf einen Smalltalk über schwedische Popmusik der siebziger Jahre war er nicht eingestellt.
»Ich auch nicht«, grinste Losensky. »Sie sind alle gut. Einer wie der andere.«
Die nagelneuen Reifen surrten sanft über den glänzenden Fußboden, als Picasso den Rollstuhl wieder anschob.
»Zu wem wollen Sie eigentlich?« Der Pfleger drehte sich noch einmal zu ihm um.
»Ich suche Zimmer 217.«
»Simon?«
»Ja, kennen Sie ihn?« Stern schloss wieder zu ihnen auf.
»Simon Sachs, unser Waisenkind«, sagte der Pfleger und blieb nach wenigen Schritten vor einer unwettergrauen Tür mit der Aufschrift »Physiotherapie« stehen. »Natürlich kenne ich ihn.«
»Wer nicht?«, murmelte der alte Mann, während er in einen hellen Raum mit mehreren Isomatten auf dem Boden, einer Sprossenwand und zahlreichen Sportgeräten geschoben wurde. Er klang so, als wäre er beleidigt, dass sich die Unterhaltung jetzt nicht mehr allein um ihn drehte.
»Er ist unser Sonnenschein«, schwärmte Picasso und hielt den Rollstuhl neben einer Massagebank an.
»Schlimme Sache, das mit ihm. Erst muss der Staat das Sor-

gerecht übernehmen, weil seine asoziale Mutter ihn fast verhungern lässt, und jetzt finden sie auch noch einen Tumor in seinem Kopf. Gutartig, sagen die Ärzte, weil er keine Metastasen bildet. Pah!«

Für einen Moment glaubte Stern, der Pfleger würde vor ihm auf den Boden spucken.

»Versteh nicht, was daran gutartig sein soll, wenn das Ding immer weiter wächst und irgendwann sein Großhirn abklemmt.«

Die Zwischentür zu einem benachbarten Büro ging auf, und eine Asiatin in einem Judo-Anzug und winzigen Gesundheitsschuhen betrat das Zimmer. Offenbar gefiel sie Losensky, denn er begann wieder, den Abba-Song zu pfeifen. Doch diesmal hörte sich sein »Money, Money, Money« eher wie bei einem Bauarbeiter an, der gerade eine vollbusige Blondine hat vorbeilaufen sehen.

Zurück auf dem mittlerweile etwas belebteren Flur, streckte Picasso den Arm aus und zeigte auf die zweite Tür links neben dem Schwesternzimmer.

»Da hinten ist es übrigens.«

»Was?«

»Na, die 217. Simons Einzelzimmer. Aber so können Sie da nicht rein.«

»Warum nicht?«

Stern rechnete schon mit dem Schlimmsten. Ging es Simon so schlecht, dass man ihn nur mit steriler Kleidung besuchen durfte?

»Sie haben kein Geschenk dabei.«

»Wie bitte?«

»Als Besucher bringt man entweder Blumen oder Schokolade mit. Bei einem zehnjährigen Jungen tut's zur Not auch eine von diesen Musikzeitschriften oder sonst was. Aber Sie

können doch nicht mit leeren Händen vor einem Kind stehen, das vielleicht nächste Woche schon nicht mehr am Leben …«
Picasso kam nicht mehr dazu, seinen Satz zu vollenden. Stern sah plötzlich etwas aus dem Augenwinkel und drehte sich nach links, um die genaue Quelle des Alarmsignals zu orten. Als er die rot blinkende Lampe über der Tür entdeckte, eilte er dem Pfleger hinterher, der bereits auf dem Weg zu dem Notfall war. Kurz vor Zimmer 217 hatte er ihn eingeholt.

3.

Um kurz vor vier war er das erste Mal aufgewacht und hatte nach der Schwester geklingelt. Carina war nicht gekommen, was ihn viel mehr störte als die schwelende Übelkeit. Sie hing morgens immer irgendwo in der Speiseröhre fest, genau zwischen Kehlkopf und Magen, und war meistens mit vierzig Tropfen MCP-Lösung in den Griff zu kriegen. Nur wenn er zu spät aufwachte und die Kopfschmerzen bereits ihr Hufeisen um seine Schläfen geworfen hatten, dauerte es manchmal mehrere Tage, bis er auf der Skala wieder bei einer »Vier« angelangt war.
So maß Carina immer seinen Allgemeinzustand. Jeden Morgen fragte sie als Erstes nach der Zahl, wobei »Eins« für beschwerdefrei und »Zehn« für unerträglich stand.
Simon konnte sich nicht erinnern, wann es das letzte Mal besser als »Drei« gewesen wäre. Allerdings könnte es heute

passieren, wenn der traurige Mann an seinem Bett noch etwas länger blieb. Er freute sich, sein Gesicht zu sehen.
»Tut mir leid, dass ich Ihnen einen Schreck eingejagt habe. Ich wollte nur den Fernseher anmachen.«
»Schon okay.« Die Aufregung war großer Erleichterung gewichen, als herauskam, dass Simon den Notruf aus Versehen aktiviert hatte. Nachdem Picasso sich vergewissert hatte, dass mit dem Kind alles in Ordnung war, hatte er ihn mit dem nervösen Anwalt allein gelassen.
»Carina mag Sie«, eröffnete Simon. »Und ich mag Carina. Also kann ich Sie wohl auch gut leiden.« Der Junge zog seine Knie an und baute mit seinen Beinen ein umgedrehtes V unter der Bettdecke. »Hat sie heute frei?«
»Ähh, nein. Das heißt, ich weiß es nicht.« Stern zog etwas umständlich einen Stuhl an das einzige Bett des Zimmers heran und setzte sich. Simon fiel auf, dass er fast die gleichen Sachen wie vorgestern bei ihrem Treffen an der Fabrik trug. Offenbar hing der dunkle Anzug in mehreren Ausführungen bei ihm im Schrank.
»Geht es Ihnen nicht gut?«, fragte er.
»Wieso?«
»Carina würde sagen, Sie sehen aus wie ein Schluck Wasser in der Kurve.«
»Ich hab schlecht geschlafen.«
»Aber deshalb guckt man doch nicht so böse.«
»Manchmal schon.«
»Ach, ich weiß, was Sie stört. Entschuldigung.« Simon griff in das Fach unter seinem Nachttisch und zog die Echthaarperücke hervor. »Haben Sie vorgestern gar nicht bemerkt, was? Das sind ja auch meine eigenen. Sie haben sie mir abgeschnitten, bevor Professor Müller mit dem Tintenkiller begann.«

»Tintenkiller?«
Mit geübtem Griff setzte sich Simon seine Perücke auf und bedeckte damit den weichen Flaum auf seinem Kopf.
»Ja, sie behandeln mich manchmal wie ein Kleinkind hier drinnen. Ich weiß natürlich, was eine Chemotherapie ist, aber der Chefarzt hat es mir wie einem Baby erklärt. Er sagte, in meinem Kopf ist ein großer dunkler Fleck, und die Tabletten, die ich schlucke, würden diesen Fleck ausradieren. Wie ein Tintenkiller eben.«
Simon beobachtete, wie der Blick des Anwalts die Ablageflächen in der Nähe des Bettes absuchte.
»Das Interferon nehme ich nicht mehr. Der Arzt meinte, es geht jetzt auch ohne. Aber Carina hat mir die Wahrheit gesagt.«
»Was denn?«
»Die Nebenwirkungen sind zu schlimm.« Simon grinste schwach, während er kurz seine Perücke anhob. »Sie können das Ding nicht auskillern, ohne mich selbst zu töten. Vor vier Wochen hatte ich sogar eine Lungenentzündung und musste auf die Intensivstation. Danach gab es keine Chemo und keine Bestrahlung mehr.«
»Das tut mir leid.«
»Mir nicht. Jetzt hab ich wenigstens kein Nasenbluten mehr, und die Übelkeit ist nur noch morgens.«
Simon setzte sich im Bett auf und klemmte sich ein Schlauchkissen hinter seinen Rücken. »Aber nun zu Ihnen«, sagte er und bemühte sich dabei, wie einer der Erwachsenen zu klingen, die er aus den Krimiserien im Fernsehen kannte.
»Übernehmen Sie meinen Fall?«
Der Anwalt lachte und sah zum ersten Mal wie ein Mensch aus, den man gernhaben konnte.
»Ich weiß noch nicht.«

»Es ist nämlich so. Ich hab Angst, etwas Böses getan zu haben. Ich will nicht …«

… sterben, ohne zu wissen, ob ich wirklich Schuld habe, wollte er eigentlich sagen. Aber Erwachsene reagierten immer so komisch, wenn er vom Tod sprach. Sie wurden traurig und griffen ihm ins Gesicht oder wechselten ganz schnell das Thema. Simon redete nicht weiter, weil er glaubte, der Anwalt hatte ihn auch so verstanden.

»Ich bin gekommen, um dir ein paar Fragen zu stellen«, sagte der jetzt.

»Schießen Sie los.«

»Nun, ich würde gerne genau wissen, was du an deinem Geburtstag so alles gemacht hast.«

»Sie meinen die Rückführung bei Dr. Tiefensee?«

»Ja, genau.« Der Strafverteidiger schlug ein ledergebundenes Büchlein auf und machte sich mit einem kleinen Kugelschreiber Notizen.

»Ich möchte alles darüber erfahren. Was du dort erlebt hast und was du sonst noch alles über die Leiche weißt.«

»Welche Leiche?« Simon hörte auf zu grinsen, als sich die Bestürzung auf dem Gesichtsausdruck von Robert Stern abzeichnete.

»Na, der Mann, den wir gefunden haben. Den du mit der, ähh …«

»Ach so, Sie meinen den Kerl, den ich mit der Axt erschlagen habe«, sagte Simon, erleichtert über das aufgeklärte Missverständnis. Nur sein Anwalt schien immer noch etwas perplex zu sein. Also versuchte er, es ihm zu erklären, und schloss die Augen. So ging es am besten, wenn er sich auf die Stimmen in seinem Kopf konzentrieren wollte und auf die entsetzlichen Bilder, die nach jeder Bewusstlosigkeit deutlicher wurden.

Der mit einer Plastiktüte erstickte Mann in der Garage.
Das schreiende Kind auf der Herdplatte.
Das Blut an den Wänden des Wohnmobils.
Er ertrug die Szenen nur, weil sie so weit weg waren. Jahrzehnte entfernt.
Aus einem anderen Leben.
»Es gibt ja nicht nur *eine* Leiche«, sagte er leise und öffnete die Augen wieder. »Ich habe viele Menschen getötet.«

4.

Warte mal. Nicht so schnell, sondern ganz langsam, der Reihe nach.«
Stern trat ans Fensterbrett und berührte mit seinen Fingern eine Zeichnung, die dort an der Scheibe klebte. Simon hatte mit Wachsmalstiften eine erstaunlich plastische Kirche gezeichnet, vor der sich eine saftig grüne Wiese erstreckte. Aus irgendeinem Grund hatte er sein Gemälde mit »Pluto« unterschrieben.
Er drehte sich wieder zu dem Jungen um.
»Hast du diese … diese schlimmen Erinnerungen …«, Stern fand kein besseres Wort dafür, »… schon früher einmal gehabt?«
Er fragte sich, wie er irgendeinem Außenstehenden diese Unterhaltung hier erklären sollte. Simon glaubte offenbar nicht nur an Wiedergeburt, sondern nun auch noch daran, ein Serienmörder gewesen zu sein.
»Nein. Erst seit meinem Geburtstag.« Der Junge griff sich

einen Tetrapak mit Apfelsaft vom Nachttisch und steckte den Strohhalm in die dafür vorgesehene Öffnung.
»Ich hatte ja noch nie vorher eine Rückführung.«
»Erzähl einfach mal. Wie lief das genau ab?«
»Ich fand's lustig. Das einzig Blöde dabei war, dass ich meine neuen Turnschuhe ausziehen musste.«
Stern lächelte Simon an, in der Hoffnung, seinen Redefluss schnell auf interessantere Aspekte lenken zu können.
»Der Doktor arbeitet in einem tollen Haus. Der Fernsehturm soll ganz in der Nähe sein, sagte er mir, aber ich habe ihn nicht gesehen, als wir dort waren.«
»Hat er dir irgendetwas gegeben, als du in seiner Praxis warst?«
Irgendwelche Medikamente? Drogen? Psychopharmaka?
»Ja. Eine heiße Milch mit Honig. Das war auch toll. Dann musste ich mich hinlegen. Auf eine blaue Matratze am Boden. Carina war dabei und hat mich mit zwei Decken gut eingepackt. Es war richtig warm und gemütlich. Nur mein Kopf guckte raus.«
»Was hat der Doktor dann gemacht?« Stern zögerte bei der Nennung des akademischen Titels, da er sich sicher war, dass dieser von Tiefensee entweder gefälscht oder gekauft sein musste.
»Eigentlich gar nichts. Ich hab ihn auch nicht mehr gesehen.«
»Aber er war noch im Zimmer?«
»Ja, klar. Er hat geredet. Unglaublich lange. Seine Stimme war sehr sanft und schön. So wie der Typ auf meinen Hörspielen, weißt du?«
Stern registrierte, dass Simon ihn zum ersten Mal duzte, und freute sich über diesen kleinen Vertrauensbeweis.
»Was hat Herr Tiefensee denn so erzählt?«

»Er sagte: ›Normalerweise mach ich das nicht bei Kindern in deinem Alter.‹«

Was für ein Trost, dachte Stern voller Sarkasmus. *Betrügt der Halsabschneider also sonst nur Volljährige.*

»Aber wegen meiner Krankheit und wegen Carina hat er eine Ausnahme gemacht.«

Carina. Stern füllte die Hohlräume der Buchstaben ihres Namens mit dem Kugelschreiber auf seinem Notizblock aus und nahm sich vor, sie gleich im Anschluss nach ihrem Verhältnis zu diesem Quacksalber zu befragen. Ganz sicher hatte sie Tiefensee nicht zufällig ausgewählt.

»Er stellte mir viele Fragen. Nach meinen schönsten Erlebnissen. Wo es mir mal gefallen hat. Im Urlaub, bei Freunden oder auf dem Rummel. Dann sollte ich nur noch an den tollsten Ort auf der Welt denken und meine Augen schließen.«

Versetzung des Probanden in einen somnambulen Zustand. Stern nickte unbewusst, als er sich bei Simons Schilderung an das Schlagwort erinnerte, auf das er gestern Nacht im Internet mehrfach gestoßen war. Nach seinem unüberlegten Anruf bei Sophie hatte er sich vor den Computer gesetzt. Mit nur einem einzigen Suchbefehl war er erst auf Abertausende Webseiten von parapsychologischen Spinnern und Esoterikfreaks gestoßen, dann aber auch auf seriöse Quellen, die sich ernsthaft mit dem Thema der Rückführung beschäftigten. Die meisten von ihnen wiesen auf die Gefahren hin. Viele stellten dabei erstaunlicherweise nicht die Möglichkeit einer Reinkarnation als solche in Frage, sondern warnten vor den Folgen, vor einer psychischen Schädigung, zum Beispiel wenn ein Rückführungsproband bei seiner Sitzung ein starkes Trauma aus seiner Vergangenheit noch einmal durchlitt.

»Ich dachte an einen schönen Strand«, sagte Simon. »Wo ich mit meinen Freunden eine Party feiere, und wir alle essen Eis.«

»Was geschah dann?«

»Ich wurde sehr müde. Und irgendwann fragte mich der Doktor, ob ich einen großen Schalter sehe.«

Simons Augen flatterten, und Stern bekam Angst, der Junge würde allein durch seine Erzählungen wieder das Bewusstsein verlieren. Doch noch hatte er nicht gehustet. Von Carina wusste Stern, dass das seit Simons Lungenentzündung immer ein Vorbote für einen epileptischen Anfall oder eine Ohnmacht war. So wie vorgestern, im Keller.

»Ich suchte einen Schalter in meinem Kopf. So einen, mit dem man das Licht an- und ausmachen kann.«

»Hast du ihn gefunden?«

»Ja. Hat etwas gedauert, doch dann war er da. War irgendwie gruselig, weil ich doch meine Augen zuhatte.«

Stern wusste, was als Nächstes kam. Um die Patienten zu manipulieren, musste der Therapeut ihr Bewusstsein deaktivieren. Das plastische Ausschalten des Verstandes mit Hilfe eines imaginären Lichtschalters war dabei eine beliebte Methode. Danach konnte der Parapsychologe dann in Ruhe dem Patienten etwas einreden. Stern war sich nur nicht sicher, welches Motiv Tiefensee dazu bewogen hatte. Warum Simon? Warum bei einem sterbenskranken Jungen mit einem inoperablen Hirntumor? Und warum hatte Carina von alledem nichts mitbekommen? Sie war vielleicht etwas spinnert und glaubte an übersinnliche Phänomene, aber sie würde niemals zulassen, dass ein Kind für üble Zwecke missbraucht wurde. Noch dazu eines, das ihr als Patient anvertraut war.

»Zuerst schaffte ich es nicht. Ich konnte ihn nicht umknipsen«, fuhr Simon mit ruhiger Stimme fort. »Der Schalter flutschte immer wieder zurück. Das war lustig, aber Doktor Tiefensee gab mir Tesafilm.«

»Tesa?«

»Ja. Nicht in echt. Nur in meiner Phantasie. Ich sollte in meinen Gedanken den Schalter mit Klebeband festdrücken. Und das klappte sogar. Der Schalter hielt, und ich stieg in einen Fahrstuhl.«

Stern sagte nichts, um den Jungen an dieser entscheidenden Stelle nicht mehr abzulenken. Denn jetzt kam der eigentliche Teil der Rückführung. Die Fahrt ins Unterbewusstsein.

5.

Im Fahrstuhl war ein goldenes Messingschild mit vielen Knöpfen. Ich durfte mir einen aussuchen und drückte die Elf. Dann ruckelte es, und ich fuhr nach unten. Sehr lange. Als die Türen endlich aufgingen, hab ich einen Schritt nach vorne gemacht. Ich stieg aus und sah …«

… die Welt vor meiner Geburt, ergänzte Stern in Gedanken und wunderte sich, dass Simon den Satz ganz anders vollendete.

»… nichts. Ich sah gar nichts. Alles war schwarz um mich herum.«

Simons Blick war wieder völlig klar. Er nahm einen weiteren Schluck von seinem Apfelsaft. Als er das Getränk wieder zurück auf das Tablett des Nachttisches stellte, rutschte sein

T-Shirt hoch, und Stern zuckte innerlich zusammen. Für den Bruchteil einer Sekunde war über Simons Hüftknochen ein längliches Muttermal aufgeblitzt.

Die Narben der Wiedergeborenen!, dachte er unwillkürlich. Die Hautveränderung besaß keinerlei Ähnlichkeit mit der von Felix. Oder mit der des Jungen auf der DVD. Aber sie erinnerte ihn unweigerlich an den Artikel über Ian Stevenson, den er heute Morgen gelesen hatte. Der verstorbene Professor und Chefpsychiater der Universität von Virginia war einer der wenigen Reinkarnationsforscher, dessen Fallstudien ernsthaft von anerkannten Wissenschaftlern diskutiert wurden. Stevenson hatte die Meinung vertreten, Narben und Muttermale seien wie seelische Landkarten und zeigten die Verletzungen von Menschen aus ihren früheren Leben an. Der Kanadier hatte Hunderte von Krankenakten und Autopsieberichten zusammengetragen und darin auffällige Übereinstimmungen mit den Hautveränderungen von angeblich wiedergeborenen Kindern gefunden.

»Das verstehe ich jetzt nicht.« Stern versuchte sich wieder voll auf Simons Worte zu konzentrieren. »Woher wusstest du denn dann von der Leiche, wenn du sie gar nicht bei Doktor Tiefensee gesehen hast?«

»Na ja. Ich sah schon was. Aber erst als ich wieder aufgewacht bin. Carina sagte, ich hätte über zwei Stunden geschlafen. Ich weiß noch, wie traurig ich war. Es war doch mein Geburtstag, und auf einmal war es draußen schon dunkel.«

»Und als du aufgewacht bist, kamen dir diese bösen Erinnerungen?«

»Nicht sofort. Erst als ich im Auto saß und Carina mich fragte, wie es gewesen ist. Dann erzählte ich ihr. Von den Bildern.«

»Was für Bilder?«
»Die in meinem Kopf. Ich sehe sie nur ganz verschwommen. Im Dunkeln. Wie wenn ich träume und kurz vor dem Aufwachen bin. Kennst du das?«
»Ja, vielleicht.« Stern wusste zwar, wovon Simon sprach, aber seine Tagträume waren lange nicht so morbide. Es sei denn, er dachte an Felix.
Simon wandte den Kopf zum Fenster und sah nachdenklich nach draußen. Zuerst vermutete Stern, dass das Kind das Interesse an ihrer Unterhaltung verloren hatte und gleich ein Computerspiel aus dem Nachttisch hervorkramen würde. Dann aber sah er seine Lippen, die sich lautlos bewegten. Simon suchte offenbar nach den passenden Worten, um ihm seine Eindrücke besser erklären zu können:
»Im Heim, da musste ich einmal die Glühbirne im Keller wechseln«, begann er leise. »Keiner von uns wollte das machen. Wir hatten alle Angst, da runterzugehen. Also zogen wir Streichhölzer, und mich hat's erwischt. Es war wirklich unheimlich. Die nackte Birne hing an einem Draht von der Decke. Sie sah aus wie ein Tennisball. Gelb angelaufen und mit einem Pelz aus Spinnweben und Staub überzogen. Und sie machte Geräusche. So wie Jonas. Das ist ein Freund von mir. Er kann ganz laut seine Fingerknöchel knacken lassen. Genauso hörte es sich an. Die Lampe ging an und aus, und jedes Mal knackte es, wie wenn Jonas sich die Finger quetschte, bis irgendein Erwachsener etwas von Gicht und Rheuma erzählte und er aufhören musste.«
Stern stellte keine Zwischenfragen und ließ ihn einfach weiterreden. Dabei schaute er auf seine eigenen Hände, deren Finger sich unbewusst wie zum Gebet verschränkt hatten.
»Als ich in den Wäschekeller ging, knackte es laut, und die

Lampe flackerte. An, aus. Manchmal wurde es kurz etwas hell, dann dunkel. Doch selbst wenn es hell war, konnte ich nicht alles sehen. Dazu war die Birne einfach zu dreckig. Und weil sie so flackerte, war alles in Bewegung. Ich wusste natürlich: Auf der einen Seite hängt die Bettwäsche zum Trocknen, mit den Handtüchern. Und auf der anderen stehen die Körbe mit unseren Hosen und T-Shirts. Aber das Licht zitterte doller als ich selbst, und ich hatte Angst, hinter den Laken würde ein Mann stehen und mich holen. Ich war damals viel kleiner und hab mir vor Angst fast in die Hosen gemacht.«

Stern zog die Augenbrauen hoch und nickte gleichzeitig. Zum einen, weil er die Furcht des Jungen nachvollziehen konnte. Zum anderen, weil ihm langsam klar wurde, was er ihm damit sagen wollte.

»Ist es jetzt wieder so? Mit den Bildern, die du siehst?«

»Ja. Wenn ich mich an mein früheres Leben erinnere, ist es so wie an dem Tag im Heim. Ich bin wieder in dem Keller, und die schmutzige Lampe flackert.«

Knack. Knack.

»Deshalb sehe ich nur Umrisse, Schatten. Es ist verschwommen … Aber ich glaube, das Licht wird von Nacht zu Nacht stärker.«

»Du meinst, du kannst dich nach dem Aufwachen immer besser erinnern?«

»Ja. Gestern zum Beispiel war ich mir gar nicht mehr so sicher, ob ich den Mann wirklich getötet habe. Mit der Axt. Aber heute Morgen war es dann ganz klar. Genauso wie diese Zahl.«

Knack.

»Welche Zahl?«

»Die Sechs. Sie ist nur aufgemalt.«

»Wo?«
Knack. Knack.
»Auf einer Tür. Aus Metall. Sie steht nahe am Wasser.«
Stern sehnte sich plötzlich danach, etwas zu trinken. Ein unangenehmer Geschmack lag auf seiner Zunge, und er wollte ihn fortspülen. Genauso wie die schreckliche Ahnung, die Simons Worte bei ihm hervorriefen.
»Was ist da passiert?«, fragte er, ohne es wissen zu wollen.
Was geschah hinter der Tür. Mit der Nummer sechs?
Draußen auf dem Gang begann ein Mann zu pfeifen, und Schritte entfernten sich vor dem Zimmer, aber Sterns Gehirn filterte alle akustischen Ablenkungen heraus, bis nur noch die Sätze des Jungen übrigblieben. Sätze, die den Todeskampf des Mannes beschrieben, den Simon vor zwölf Jahren ermordet haben wollte.
Zwei Jahre vor seiner Geburt.
Stern wünschte sich sehnlich, dass sie jemand stören würde, damit er nicht alle Einzelheiten erfahren musste. Über das gezackte Messer, mit dem das Opfer dem Angreifer vor seinem Tode noch eine Wunde beibringen konnte. Ungefähr in der Körperregion, wo sich heute Simons milchkaffeebraunes Muttermal befand.
Robert sah hilflos zur Zimmertür, doch sie blieb geschlossen. Kein Arzt, keine Schwester unterbrach die schrecklichen Schilderungen, die Simon mit fast teilnahmsloser Stimme von sich gab. Seine großen Augen hielt er jetzt wieder geschlossen.
»Weißt du die Adresse?«, keuchte Stern, als der Junge endlich fertig war. Das Blut in seinen Ohren rauschte so laut, dass er sich selbst kaum sprechen hörte.
»Ich glaub nicht. Doch. Vielleicht.«
Simon sagte nur noch ein Wort, das aber ausreichte, um

Sterns gesamten Körper mit einer Gänsehaut zu überziehen. Robert kannte den Ort. Er war dort früher manchmal spazieren gegangen. Mit Sophie. Als sie schwanger war.

6.

»Nein, ich habe keinen Durchsuchungsbefehl. Ich bin ja auch kein Polizist.«
Stern fragte sich, ob der Typ mit dem Nasenpiercing und den ungewaschenen Haaren jemals zur Schule gegangen war. Die Oberlippe des Halbstarken war weit über das Zahnfleisch zurückgezogen, was gemeinsam mit einem gewaltigen Überbiss den Eindruck verstärkte, als grinse er ununterbrochen.
»Dann geht's nicht«, nuschelte Sly und legte seine Beine auf den Schreibtisch. Der Kerl hatte sich ihm mit diesem lächerlichen Angeberpseudonym vorgestellt, als Stern vor wenigen Minuten das kleine Büro im Erdgeschoss des Speditionsunternehmens betreten hatte.
»Was wollen Sie denn in der Sechs? Ich glaub, die einstelligen Garagennummern vermieten wir gar nicht mehr.«
Simon hatte sich vorhin im Krankenhaus nur bruchstückhaft an die Adresse erinnern können. Aber allein der Hinweis »Spreegaragen« war völlig ausreichend gewesen. Stern kannte die baufälligen Speicheranlagen am Kanal in Alt-Moabit. Der Hauptsitz der Urberliner Firma war ein sandfarbener Backsteinbau direkt am Wasser. Etwas dahinter lagen die Schuppen, die von einigen Kunden zur Zwischen-

lagerung ihrer Möbel, Elektrogeräte und anderen Gerümpels benutzt wurden. Die Geschäfte liefen nicht mehr so gut, seitdem ausländische Hilfsarbeiter schon für 2,50 Euro die Stunde Waschmaschinen schleppten, und deshalb hatte der Eigentümer in den letzten Jahren nicht mehr renoviert. In dem speckigen Büro stank es gleichzeitig nach Rauch und Toilette, was vermutlich an dem Duftbäumchen lag, das Sly an die Deckenlampe gehängt hatte, um sich vor den Anstrengungen regelmäßigen Lüftens drücken zu können. Kein Wunder, dass sich die Schimmelränder über die geschlossenen Jalousien bis unter die Decke zogen. Stern war es unbegreiflich, warum man ausgerechnet an einem regentrüben Herbsttag wie heute auch noch das letzte bisschen Restlicht aus seinem Zimmer aussperren wollte.

»Ich bin Nachlassverwalter und auf der Suche nach den Erben eines möglicherweise gewaltigen Vermögens«, leierte Stern seine Geschichte herunter, die er sich auf der Fahrt vom Krankenhaus hierher zurechtgelegt hatte.

»In Garage Nummer sechs vermuten wir Hinweise, die uns nützlich sein könnten.«

Während er weiterredete, öffnete er seine Brieftasche und zog zwei Geldscheine hervor. Sly nahm die Beine vom Tisch, und sein dümmliches Grinsen wurde breiter.

»Ich riskier doch nicht für hundert Tacken meinen Job«, heuchelte er Entrüstung.

»Doch, tust du.«

Stern drehte sich zu dem keuchenden Mann um, der soeben lautstark das Büro betreten hatte, und steckte sein Geld wieder ein.

»Verdammt, hier stinkt es ja wie in einer Rattensauna«, fluchte der schwitzende Glatzkopf, dessen Anblick an einen aufrecht stehenden Buddha erinnerte. Auf Andi Borcherts

Rücken hätte man gut und gerne einen Breitbildfernseher montieren können, ohne dass er an den Schultern überstand.

»Wer zum Teufel sind Sie?«, fragte Sly und sprang auf. Sein Grinsen schien wie aus dem Gesicht gebügelt.

»Bloß keine Umstände, du kannst ruhig sitzen bleiben.« Borchert drückte den Halbstarken einfach auf seinen Stuhl zurück und ging zu dem Schlüsselbord, das neben einer plakatgroßen Landkarte von Berlin an der Wand hing.

»Um welche Garage dreht es sich denn, Robert?«

»Die Sechs.« Stern fragte sich, ob es richtig gewesen war, dass er vorhin seinen ehemaligen Mandanten angerufen und ihn um Mithilfe gebeten hatte. Er kannte die eigenwilligen Problemlösungsmethoden von Andreas Borchert, denn genau die waren es, die ihn vor zwei Jahren fast ins Gefängnis gebracht hatten. Damals war Borchert noch Produzent von billigen »Erwachsenenfilmen« gewesen. Schmuddeligen Hardcorepornos, mit denen er ein kleines Vermögen machte, bis eines Tages am Set eine Darstellerin brutal vergewaltigt wurde. Alles deutete auf Borchert als Täter, bis Stern das Gericht in einem vielbeachteten Prozess vom Gegenteil überzeugen konnte. Andi war mit einer Bewährungsstrafe davongekommen, nachdem er nach seinem Freispruch den wahren Täter auf eigene Faust ausfindig gemacht und vernehmungsunfähig geprügelt hatte. Auch hier konnte Stern durch geschicktes Taktieren auf eine drastische Reduzierung des Strafmaßes hinwirken, was ihm eine unfreiwillige Duzfreundschaft mit Borchert eingebracht hatte.

»Wenn du die Bullen holst, haben wir eine Verabredung«, keuchte Andi in Slys Richtung, während er den passenden Schlüssel vom Bord nahm. »Und zwar bei dir zu Hause, ist das klar?«

Stern konnte sich ein Lächeln nicht verkneifen, als sein Exmandant mit diesen Worten einfach aus dem Büro ging, ohne das schüchterne Kopfnicken des Speditionsangestellten abzuwarten.

Er schloss zu ihm auf und stapfte mit ihm über den unbefestigten Kiesweg zu den Garagen.

»So, nun noch mal kurz für Menschen ohne Abitur.«

Dass Borchert bei jedem zweiten Schritt mit seinen weißen Boxerstiefeln in eine Pfütze stakte, schien ihm nichts auszumachen. Schweißtropfen liefen ihm die Schläfe entlang. Seine Eigenschaft, schon bei der geringsten körperlichen Anstrengung ins Schwitzen zu geraten, hatte ihm mehrere Spitznamen eingebracht. *Mr. Rubens, Sumo, Drüse* ... Borchert kannte sie alle, obwohl nicht einer ihm jemals ins Gesicht gesagt worden war.

»Alles, was ich am Telefon verstanden habe, war, dass du Hilfe brauchst, weil ein zehnjähriger Junge einen Mann ermordet hat.«

»Mehrere, um genau zu sein.« Stern erzählte ihm auf dem Weg über das Speditionsgelände die wahnwitzige Geschichte und redete immer schneller, je ungläubiger der Gesichtsausdruck seines ehemaligen Mandanten wurde. Schließlich blieben sie in Höhe eines rostbraunen Containers für Bauabfälle stehen, in den gerade eine schwarze Katze hineinkletterte.

»Getötet? Vor fünfzehn Jahren, in einem früheren Leben? Du willst mich doch verscheißern!«

»Glaubst du, ich würde mich an dich wenden, wenn ich eine andere Wahl hätte?« Stern strich sich das Haar nach hinten und gab Borchert ein Zeichen, ihm weiter auf dem Weg zu der Garage zu folgen.

»Seitdem ich gestern diese Leiche fand, ist Martin Engler an dem Fall dran. Der Kommissar, der damals auch dir ans Leder wollte.«

»Ich erinnere mich an den Mistkerl.«

»Und er sich daran, wie ich ihm seinen schönen Verhaftungserfolg ruiniert habe.«

Engler hatte bei seinen Ermittlungen versäumt, einen Blick in Borcherts Krankenakte zu werfen. Andi litt seit seiner Jugend unter partieller erektiler Dysfunktion. Verständlicher ausgedrückt hieß das: Er war nahezu impotent und bekam, wenn überhaupt, nur nach langem Vorspiel und in gewohnter Umgebung eine Erektion. Andi konnte das junge Mädchen nicht vergewaltigt haben.

Borchert war Stern auf ewig dankbar, dass er nicht nur den Freispruch, sondern auch eine Verhandlung unter Ausschluss der Öffentlichkeit erwirkt hatte. Ein Pornoproduzent, der keinen hochbekam – er wäre die Witzfigur der Szene gewesen. Obwohl dank Stern nichts von den pikanten Details durchsickerte, kehrte Borchert dennoch nach dem Prozess der Filmerei den Rücken und betrieb heute mehrere gut laufende Diskotheken in Berlin und Umgebung.

»Er würde mir nur zu gern etwas anhängen.«

»Ich helfe dir ja, nur verstehen tu ich's nicht. Warum lässt du dich da reinziehen?« Borchert trat eine leere Bierdose aus dem Weg.

»Ich habe den Fall des Jungen nun mal übernommen, okay?« Stern wich der Frage aus.

Noch wollte er Borchert nicht von der DVD erzählen, obwohl das sofort erklärt hätte, warum er einen Beschützer an seiner Seite brauchte. Andi war der Einzige, den er kannte, der kaltblütig genug war, ohne größere Erklärungen für ihn im Dreck zu wühlen. Allerdings befürchtete er, dass sein früherer Klient ihn für wahnsinnig erklären würde, wenn er zugab, aus welchem Grund er wirklich den Pfaden nachging, die Simon in einem früheren Leben beschritten haben wollte.

Und vielleicht bin ich das auch?, dachte er. Wahnsinnig geworden. Da war dieses Zwei-Minuten-Video – und andererseits waren da sämtliche Naturgesetze, die gegen die Annahme sprachen, Felix könnte noch leben. Aber die sprachen auch dagegen, dass Simon sich an Morde erinnern konnte, die lange vor seiner Geburt geschehen waren.

»Gut. Keine weiteren Fragen, Euer Ehren.« Borchert hob die Hände, als würde Stern eine Pistole auf ihn richten. »Aber sag mir jetzt bitte nicht, dass wir hier nach einer neuen Leiche suchen.«

»Doch. Ich war vorhin bei Simon im Krankenhaus, und er nannte mir diese Adresse hier.«

Der Nieselregen hatte etwas nachgelassen, und Stern konnte endlich wieder nach vorne sehen, ohne ständig wegen der feinen Tropfen blinzeln zu müssen. Das metallene Garagentor mit der Nummer sechs war höchstens noch fünfzig Meter weit entfernt und gehörte zu einem Block unansehnlicher Verschläge in Wurfweite zur Spree.

»Simon sagt, er hat ihm vor zwölf Jahren die Beine abgetrennt, damit er besser in den Kühlschrank passte.«

7.

Stern wusste nicht, was er eigentlich erwartet hatte, als sie die Tür öffneten. Vielleicht ein Knäuel von Ratten, das einen Arm über den Steinfußboden zerrte, oder einen vibrierenden Schwarm von Obst- und Schmeißfliegen, der als schwarze Wolke über einem halb geöffneten Kühlschrank waberte. Sein inneres Auge war auf jegliche Vorboten des Todes eingestellt, und gerade deshalb machte ihn der reale Anblick so unsagbar traurig.
Dabei hätte er doch eigentlich Erleichterung über die leere Garage verspüren müssen. Keine Möbel. Keine Elektrogeräte. Keine Bücher. Das Licht der angestaubten Glühbirne fiel lediglich auf zwei kleine Kisten mit altem Geschirr und einen abgewetzten Bürostuhl. Sonst nichts. Stern fühlte, wie sich ein Ventil in ihm öffnete, aus dem jede Hoffnung entwich. Schmerzhaft wurde ihm bewusst, mit welcher irrationalen Heftigkeit er sich gewünscht hatte, tatsächlich irgendetwas Lebloses in der Garage vorzufinden. Je unerklärlicher sich Simons Erinnerungen in der Gegenwart manifestierten, desto mehr Sinn hätte es ergeben, an die Verbindung zwischen Felix und einem zehnjährigen Jungen mit einem Feuermal auf der Schulter zu glauben.
Stern konnte kaum fassen, dass er diese irrationale Gleichung wirklich in seinem Unterbewusstsein aufgestellt hatte.
»So viel zu deinem Feng-Shui-Mist«, grunzte Borchert. Robert machte sich nicht die Mühe, ihm zu erklären, dass die klassische chinesische Philosophie der Bau- und Gartengestaltung nichts mit Seelenwanderung oder Wiedergeburt zu

tun hatte. Für den Diskothekenbesitzer war alles, was er nicht mit Händen greifen konnte, spiritueller Psychoschwachsinn, von Menschen ausgedacht, die einfach zu viel Zeit hatten.

Und genau diese schlichte Lebenseinstellung hatte Stern bis vor kurzem noch so sympathisch gefunden.

»Was soll denn das jetzt werden?«, wollte Borchert wissen, als er Stern plötzlich auf allen vieren den Boden entlangrutschen sah. Dieser antwortete ihm nicht sofort, sondern tastete weiter nach Rillen im staubigen Fußboden. Er spürte die Sinnlosigkeit seiner Handlungen, lange bevor er mit ihnen fertig war.

»Fehlanzeige«, sagte er schließlich und klopfte sich beim Aufstehen den Staub von seinem Kamelhaarmantel. »Kein doppelter Boden. Nichts.«

»Komisch. Wo deine Geschichte bisher doch so vernünftig klang«, lästerte Borchert. Aus irgendeinem Grund bildeten sich schon wieder Schweißtropfen auf seiner Stirn, obwohl er sich in der letzten Minute nicht mal vom Fleck bewegt hatte.

Stern warf beim Hinausgehen noch einen nachdenklichen Blick zurück, löschte schließlich das Licht und überließ seinem Helfer das Abschließen der sperrigen Tür.

»Ich weiß nicht«, murmelte er wie im Selbstgespräch vor sich hin. »Irgendetwas stimmt nicht.«

»Jetzt, wo du's sagst, fällt es mir auch auf.« Borchert zog den Schlüssel ab und grinste Stern an. »Vielleicht, dass wir hier im Nieselregen nach einer Leiche in einer Garage suchen?«

»Nein. Das meine ich nicht. Wenn du vorgestern dabei gewesen wärst, würdest du mich verstehen. Ich meine, der Junge war die letzten Monate nur im Krankenhaus und davor in einem Heim. Wie konnte er von dem Toten in dem

Industriekeller wissen? Er kannte sogar das ungefähre Todesdatum.«
»Wurde das irgendwo bestätigt?«
»Ja«, sagte Stern, ohne die Quelle zu nennen. Bislang musste er der Stimme auf der DVD vertrauen.
»Dann muss es ihm jemand gesagt haben.«
»Das glaube ich ja auch, aber es passt trotzdem alles nicht zusammen.«
Borchert zuckte mit den Achseln. »Ich hab mal davon gehört, dass kleine Kinder unsichtbare Freunde haben, mit denen sie reden.«
»Vielleicht, wenn sie vier sind. Simon ist nicht schizophren, wenn du das meinst. Er hat keine Wahnvorstellungen. Der Kerl mit dem gespaltenen Schädel war real. Ich hab ihn selbst gefunden. Und hier. Die Sechs.« Stern deutete auf die Tür, auf der die Farbe der Zahl stark abgeblättert war. »Sie ist auf das Tor gemalt, so wie Simon es beschrieben hat.«
»Dann war er halt mal hier und hat das gesehen.«
»Er war ein Heimkind. In Karlshorst. Fast eine Autostunde von hier entfernt. Es ist äußerst unwahrscheinlich. Und selbst wenn. Das ergibt doch alles keinen Sinn. Wieso glaubt Simon, selbst ein Mörder zu sein, wenn es ihm ein anderer nur erzählt hat?«
»Was ist das hier? Eine Quizshow? Was weiß ich denn?«, schnaubte Borchert, doch Stern hörte ihm gar nicht zu. Er stellte die Fragen mehr, um seine eigenen Gedanken zu ordnen als um der schlüssigen Antworten willen.
»Okay, mal angenommen, es gibt jemanden, der Simon benutzt – warum sucht sich der Mörder ausgerechnet einen kleinen Jungen, um uns zu der Leiche zu führen? Wozu die Mühe? Er kann doch einfach zum Hörer greifen und die Polizei anrufen.«

»Hey, Sie da!«, brüllte es plötzlich vom Eingang des Hauptgebäudes herüber. Ein kleiner Mann in einem blauen Handwerkeroverall watschelte in leichter Schräglage über den nassen Hof auf sie zu.
»Das ist der Alte. Ihm gehört die Spedition«, erklärte Borchert. »Nicht wundern, der hat zu viele Kisten geschleppt und geht seit seinem Bandscheibenvorfall etwas krumm.«
»Was macht ihr Pappnasen hier auf meinem Gelände?«, rief er, mit den Armen fuchtelnd, und Stern bereitete sich innerlich schon auf die nächste Auseinandersetzung vor. Da blieb der Firmenchef plötzlich stehen und lachte kehlig.
»Ach du bist's, Borchert. Jetzt weiß ich auch, warum mein nutzloser Neffe die Windeln voll hat.«
»Du warst nicht da, und wir hatten's eilig, Giesbach.«
»Schon gut, schon gut. Hättest ja auch anrufen können.« Der Alte nahm Borchert den Schlüssel aus der Hand und sah Stern an.
»Nummer sechs, hä?«
Robert hätte gern das wettergegerbte Gesicht des Speditionschefs genauer studiert, doch er musste sich abwenden, als er die dicken Speichelfäden sah, die Giesbachs Lippen bei jedem Wort zogen, als würde er gerade ein Stück Käsepizza lutschen.
»Was wolltet ihr denn da drinnen?«
»Mein Kumpel sucht eine Zweitwohnung«, grinste Borchert.
»Frag ja nur. Ausgerechnet die Sechs.«
»Wieso *ausgerechnet*?«, wollte Stern wissen.
»Das war der einzige Schuppen, den ich auf Dauer vermietet hatte.«
»An wen?«
»Jungchen. Glaubst du, das interessiert mich, wenn einer bar bezahlt? Zehn Jahre im Voraus?«

»Aber wieso mietet einer eine leere Garage?«
»Leer?«
In dem Moment, in dem das spöttische Gelächter des alten Mannes einsetzte, erkannte Stern, was er vorhin in der Garage übersehen hatte. *Die Schleifspuren. Im Staub.*
»Die war voll bis unters Dach. Wir haben sie letzte Woche ausgemistet, nachdem der Vertrag ausgelaufen war.«
»Was?«, fragten Borchert und Stern wie aus einem Munde.
»Wo haben Sie die Möbel hingeschafft?«
»Da, wo sie hingehören. Auf den Sperrmüll.«
Stern fühlte, wie sein Herz für zwei Schläge aussetzte, als er dem Blick des krummen Spediteurs folgte. Und auf einmal war sie wieder da. Die Hoffnung.
»Hätten wir schon vor zwei Jahren tun müssen. Entrümpeln. Ist uns gar nicht aufgefallen, dass der Vertrag abgelaufen war, weil wir die einstelligen Garagen eigentlich gar nicht mehr vermieten. Sollen eh abgerissen werden.«
Robert drehte sich um und ging langsam, wie in Zeitlupe, auf den rostbraunen Container zu, an dem sie vorhin schon einmal vorbeigekommen waren. Als er so nahe dran war, dass er über die Kante hineinsehen konnte, saß die schwarze Katze noch immer da. Sie hockte auf einem Stapel alter Zeitungen vor einem vergilbten Kasten, und ganz offensichtlich gefiel ihr die undichte Stelle des Gerätes, aus dem eine blassgelbe Flüssigkeit heraustropfte. Jedenfalls ließ sie sich nicht von Stern stören, als dieser in den Container hineinkletterte. Sie leckte einfach weiter an der Gummidichtung des alten Kühlschranks, der bestimmt seit zwölf Jahren nicht mehr auf dem Markt war.

8.

Wie stellst du dir das vor?«
Carina stieß mit ihrem Fuß die Autotür zu und lief mit dem Handy am Ohr die Auffahrt des Krankenhauses hoch. Sie hatte ihren Wagen vor der Klinik abstellen müssen, da sämtliche noch freien Parkplätze auf dem Gelände von Fahrzeugen blockiert wurden, die hier sicherlich unberechtigt standen. Doch wenn man es genau nahm, hatte sie auf den offiziellen Stellplätzen ohnehin nichts mehr verloren. Offiziell war sie beurlaubt. Inoffiziell konnte sie sich schon mal nach einem neuen Job umsehen.

»Die Klinik ist doch kein Hochsicherheitstrakt!«, hörte sie Stern sagen. Seine Stimme klang abgehackt und wurde streckenweise von Verkehrslärm im Hintergrund überlagert. »Es wird doch wohl eine Möglichkeit geben, Simon da rauszuholen.«

Der Verlauf des Telefonates behagte ihr ganz und gar nicht. Zwei Tage lang hatte sie vergeblich auf ein Lebenszeichen von Robert gewartet. Und jetzt das! Anstatt mit ihr in Ruhe über die unerklärlichen Vorfälle zu sprechen, legte er offenbar alles darauf an, die Schwierigkeiten noch zu vergrößern, in denen sie steckte.

»Was willst du denn von Simon?«

»Das, worum du mich gebeten hast. Ich gehe seinen Aussagen nach.«

Na wunderbar.

Das ging auf ihr Konto. Schließlich hatte sie die beiden ja zusammengeführt. Sie hatte gewollt, dass er sich um den Jungen kümmerte.

Aber doch nicht so!
Nicht als sein Anwalt. In Wahrheit war sie einer völlig naiven Wunschvorstellung erlegen, als sie das Treffen arrangiert hatte. Natürlich ging es ihr zuerst um Simon. Dank ihrer dämlichen Idee mit der Rückführung wurde seine Angst vor dem Tod nun durch noch schlimmere Sorgen überlagert. Er glaubte ein Mörder zu sein, und diesen Irrlauf musste sie stoppen.
Doch für den Gang in den Keller hätte sie Robert nicht benötigt. Vermutlich wäre hier Picasso sogar hilfreicher gewesen. Nein, ihr war es darum gegangen, Robert mit Simon zusammenzubringen. Sie hatte ernsthaft gehofft, die beiden könnten eine Verbindung eingehen, bei der der Anwalt die Sorgen des Kindes aus der Welt schaffte und dafür mit einem kleinen Riss in seinem Seelenpanzer belohnt wurde. Denn dies war Simons wahrhaft unerklärliche Fähigkeit: Trotz seiner eigenen Krankheit schaffte er es allein durch seine Anwesenheit, traurigen Menschen im Krankenhaus ein Lächeln auf die Lippen zu zaubern und ihren Nebelschleier aus Depressionen und Melancholie etwas zu lichten.
Ja, so blöd bin ich, dachte sie. *Jeder Schritt ein Fehler.*
Carina sah auf ihre Armbanduhr und fragte sich, ob wirklich erst zweiundvierzig Stunden vergangen waren, seit dieser Wahnsinn begonnen hatte. Es war kurz vor elf Uhr am Vormittag, und sie konnte sich nicht erinnern, jemals um diese Uhrzeit das Klinikgelände betreten zu haben.
»Was willst du denn noch von ihm wissen?«, flüsterte sie heiser, Handy am Ohr. Sie grüßte eine vorbeieilende Kollegin, indem sie kurz die Hand hob, in der sie ihre leere Sporttasche trug. Carina war eigentlich nur noch einmal zurückgekommen, um ihre persönlichen Habseligkeiten aus dem Spind zu holen und sich von den Kollegen zu verabschie-

den. Das, was Stern jetzt von ihr verlangte, stand eindeutig nicht auf ihrer Tagesordnung.

»Ich war heute Morgen schon bei ihm, und er gab mir einen neuen Hinweis. Du wirst es nicht glauben: Wir haben tatsächlich noch eine gefunden.«

»Noch eine *was?*« Carina lief die Rollstuhlauffahrt zum Empfangsbereich hoch. Eine Windböe wirbelte ihre Haare von hinten nach vorne, und sie fröstelte, weil es sich anfühlte, als ob ihr jemand mit einem Strohhalm feuchte Luft in den Nacken pustete.

»Eine Leiche. Sie steckte in einem Kühlschrank. Mit einer Plastiktüte erstickt, genauso wie Simon es beschrieben hat.«

Carina entglitt das bemühte Lächeln, das sie dem Pförtner zur Begrüßung schenken wollte, und sie eilte schnell weiter zu den Fahrstühlen.

Ihr wurde schwindelig. Sie hatte immer geahnt, dass der Kontakt zu Robert Stern sie irgendwann in ernsthafte Schwierigkeiten bringen würde. Seit drei Jahren schlug sie jede innere und auch äußere Stimme in den Wind, die sie vor der psychischen Ansteckungsgefahr warnte. Sein trübsinniger Gemütszustand war wie radioaktive Strahlung. Unsichtbar, aber mit den schlimmsten Nebenwirkungen für alle, die ihr ausgesetzt waren; und auch sie fürchtete sich vor einer Überdosis schlechter Energie, wenn sie sich zu sehr auf ihn einließ. Trotzdem suchte sie immer wieder seine Nähe, ganz ohne Schutzanzug. Doch diesmal, schien es, war sie zu dicht an ihn herangetreten. Ihre gemeinsamen Erlebnisse bedrohten nicht länger nur die Seele.

»Und wir haben noch etwas bei der Leiche entdeckt.«

Wir?, fragte sie sich, stellte aber die weitaus wichtigere Frage: »Was?«

Auf dem Rufknopf des Fahrstuhls zeichnete sich ein feuchter Abdruck ab, als sie ihre Fingerspitze wieder von ihm löste.

»Ein Zettel. Er lag bei dem Toten. Genauer gesagt steckte er zwischen seinen verfaulten Fingern.«

»Was steht drauf?« Sie wollte es gar nicht hören.

»Du hast ihn schon mal gesehen.«

»Wie bitte?«

»Bei Simon. In seinem Zimmer.«

»Das ist ein Scherz.«

Die Fahrstuhltür öffnete sich wie in Zeitlupe, und Carina trommelte nervös mit ihren Fingernägeln gegen die Aluminiumtür. Sie wollte so schnell wie möglich in den Kokon der abgeschlossenen Kabine verschwinden.

»Es ist eine Kinderzeichnung«, erklärte Stern. »Von einer Wiese mit einer kleinen Kirche.«

Das kann nicht sein.

Carina drückte auf den Knopf für die Neurologie und schloss die Augen.

Das Bild an Simons Fenster. Er hatte es erst vor drei Tagen gemalt. Nach der Rückführung.

»Begreifst du jetzt, warum ich ihn sehen muss?«

»Ja«, flüsterte Carina, obwohl sie eigentlich gar nichts mehr verstand. Sie fühlte sich wieder wie in dem Moment vor drei Jahren, als ihre Beziehung zerbrochen war. Damals, als Stern die Notbremse gezogen hatte, weil ihm alles zu schnell gegangen war.

»Bring Simon bitte zum Zoo«, sagte Stern. »Wir treffen uns in anderthalb Stunden am Elefantentor. Da fallen wir als Gruppe mit Kind nicht auf.«

»Warum so kompliziert? Weshalb kommst du nicht zu ihm hier in die Klinik?«

»Das ist nun schon die zweite Leiche, und jedes Mal war ich der Erste am Fundort. Kannst du dir vorstellen, welchen Platz ich in Englers Rangliste der Verdächtigen einnehme?«

»Verstehe«, hauchte Carina. Der Lift öffnete seine Türen, und Carina musste sich überwinden, nicht einfach wieder ins Erdgeschoss zurückzufahren. Im Augenblick wollte sie einfach nur noch verschwinden.

»Deswegen bin ich abgehauen, bevor die Polizei kam. Doch es ist nur eine Frage der Zeit, bis sie herausbekommen, dass ich es wieder war, der den Toten gefunden hat. Ich hab nur einen kleinen Vorsprung, aber den will ich nutzen.«

»Wozu?«

Stern atmete tief aus, bevor er antwortete, und Carina meinte einen Anflug von Misstrauen in seiner Stimme zu hören, während sie die Tür zu Zimmer 217 öffnete.

»Ich habe noch eine Verabredung. Mit einem Freund von dir.«

Normalerweise hätte sie sofort nachgefragt, was er damit andeuten wollte. Doch nun fehlten ihr dazu die Worte. Sie wusste, dass Simon um diese Uhrzeit sonst immer die Wiederholung seiner Lieblingskrimiserie sah. Im Augenblick aber lief nur der Fernseher.

Sein Bett war leer.

9.

Sie wollen ihn also ins Verhör nehmen?«
Professor H. J. Müller kritzelte seine kaum lesbare Unterschrift auf den Brief an einen Mainzer Chefarztkollegen und klappte die Dokumentenmappe zu. Dann griff er sich einen silbernen Brieföffner und entfernte damit einen bläulichen Fussel unter dem Fingernagel seines Daumens.
»*Verhören* ist sicher das falsche Wort in diesem Zusammenhang.« Der Polizist, der ihm gegenüber Platz genommen hatte, räusperte sich. »Wir wollen ihm nur ein paar Fragen stellen.«
Von wegen, dachte Müller und musterte den Mann, der sich ihm als Kommissar Brandmann vorgestellt hatte. Eine normale Befragung würde das wohl kaum werden.
»Ich weiß wirklich nicht, ob ich dieser Methode meine Zustimmung geben kann. Ist so etwas überhaupt erlaubt?«
»Ja, natürlich.«
Wirklich? Müller konnte sich kaum vorstellen, dass man dafür keine Sondergenehmigung brauchte. Vom Polizeichef oder zumindest von irgendeinem Staatsanwalt.
»Wo ist eigentlich Ihr Partner?« Müller sah auf den Querkalender vor sich. »Hatte meine Sekretärin nicht einen Herrn Dengler angekündigt?«
»Engler«, korrigierte Brandmann. »Mein Kollege lässt sich entschuldigen. Er wird gerade an einem anderen Tatort gebraucht, der mit diesem Fall in direkter Verbindung zu stehen scheint.«
»Verstehe.« Der Chefarzt verzog die Mundwinkel nach unten, so wie er es immer tat, wenn er jemanden untersuchte.

Für einen kurzen Moment war der übergewichtige Mann auf dem Besucherstuhl vor seinem Schreibtisch kein Polizist, sondern ein Patient, dem er neben einer Diät dringend zu einer Schilddrüsenuntersuchung raten würde, so wie dessen Adamsapfel aus seinem Hals herausstach.
Er schüttelte den Kopf und legte den Brieföffner auf seinen Rezeptblock.
»Nein. Meine Antwort heißt nein. Ich will den Patienten keinem unnötigen Stress aussetzen. Ich denke, Sie kennen seine Diagnose?« Müller faltete seine schlanken Hände. »Simon Sachs leidet unter einem S-PNET, einem supratentoriell gelegenen primitiven neuroektodermalen Tumor im Großhirn. Er breitet sich langsam von der rechten zur linken Hirnhälfte aus. Das heißt, er wandert bereits über das Corpus callosum. Ich persönlich habe die Biopsie bei ihm durchgeführt und den Tumor nach der Schädelöffnung für inoperabel befunden.«
Der Chefarzt bemühte sich sichtlich um ein verbindliches Lächeln. »Oder lassen Sie es mich für einen Laien wie Sie etwas verständlicher ausdrücken: Simon ist schwer krank.«
»Eben deshalb wollen wir diesen Test so schnell wie möglich an ihm durchführen. Das erspart ihm viele lästige Befragungen und uns eine Menge Zeit. Wie ich hörte, wäre der Junge schon einmal fast an einer Lungenentzündung gestorben?«
Aha. Daher weht also der Wind.
Das Kind war ihr wichtigster Zeuge. Sie wollten ihn befragen, solange sie es noch konnten.
Nachdem die Chemo- und Strahlentherapie eine lebensgefährliche Pneumonie ausgelöst hatte, war Müller gegen den Rat seiner Kollegen entschlossen gewesen, die aggressive Behandlung einzustellen. Eine Maßnahme, die vermutlich

nicht das Leben verlängerte, sicher aber das Leiden des Patienten verringerte.
»Das ist richtig«, antwortete der Professor. »Derzeit bekommt Simon nur noch Cortison gegen die Hirnschwellung und Carbamazepin gegen seine Anfälle. Ich habe ihn noch einmal für eine Nachuntersuchung einbestellt, in der ich klären will, ob wir eventuell die Bestrahlungen doch wieder aufnehmen sollen, aber die Aussichten sind leider äußerst gering.«
Der Neurologe stand von seinem Schreibtisch auf und ging zu einem wuchtigen Rednerpult in der Nähe des Fensters.
»Wie weit sind denn Ihre anderen Ermittlungen? Wissen Sie überhaupt, um wen es sich bei dem Ermordeten handelt, den Sie gestern mit Simons Mitwirkung fanden?«
»Lassen Sie es mich mal so formulieren …« Brandmann drehte wie eine Schildkröte seinen faltigen Hals in Richtung Professor. »Wenn Simon tatsächlich wiedergeboren sein sollte, dann hat er uns in seinem früheren Leben einen großen Gefallen getan.«
»Der Tote war also ein Verbrecher?«
»Ja. Der übelsten Sorte. Harald Zucker verschwand vor fünfzehn Jahren spurlos von der Bildfläche. Interpol hatte ihn seitdem in Verdacht, mit grausamen Folterverbrechen in Südamerika in Verbindung zu stehen. Anscheinend hat er sich doch nicht abgesetzt.«
»Zucker?« Müller blätterte abwesend durch die handschriftlichen Vortragsnotizen, die auf seinem Pult lagen.
Es klopfte. Die Tür öffnete sich, bevor er »herein« sagen konnte. Als Erstes erkannte er den Pfleger, den alle hier im Haus nur Picasso nannten, obwohl Müller an dem grobschlächtigen Äußeren des Mannes nichts Künstlerisches erkennen konnte. Picassos rechte Hand ruhte auf der Schulter

eines kleinen Jungen und schien ihn mit sanftem Druck in das Büro hineinzubugsieren.
»Hallo Simon.« Brandmann wälzte sich aus dem Besucherstuhl und begrüßte den Kleinen mit der Vertrautheit eines alten Bekannten. Simon nickte nur schüchtern. Er trug eine hellblaue Jeans mit aufgenähten Taschen, eine Cordjacke und nagelneue weiße Tennisschuhe. Um seinen Hals baumelten die Kopfhörer eines MP3-Players.
»Wie geht es dir heute?«, wollte der Chefarzt wissen und trat hinter dem Pult hervor.
Der Junge sah gut aus, aber das konnte auch an der Perücke liegen, die etwas von seiner Blässe ablenkte.
»Ganz okay, ich bin nur etwas müde.«
»Fein.« Müller streckte sich, während er mit Simon sprach. Es versuchte dadurch, den offensichtlichen Größenvorsprung des Kommissars etwas auszugleichen.
»Der Herr hier ist von der Kripo, und er möchte dich wegen der gestrigen Vorfälle befragen. Genauer gesagt will er einen Test mit dir machen, und ich bin mir nicht sicher, ob ich dir das zumuten darf.«
»Was für ein Test?«
Brandmann räusperte sich und gab sich die größte Mühe, dem Jungen ein gewinnendes Lächeln zu schenken.
»Simon, weißt du, was ein Lügendetektor ist?«

10.

In der Gegend rund um den Hackeschen Markt gab es nur in schlechten Filmen einen Parkplatz, wenn man ihn benötigte, und so blieb Borchert mit seinem Geländewagen einfach in zweiter Reihe stehen, als sie die Praxis in der Rosenthaler Straße erreichten. Die Fahrt von Moabit nach Mitte hatte Stern für verschiedene Anrufe genutzt, unter anderem für einen bei der Telefonauskunft, die ihm gleich mehrere Einträge für einen Dr. Johann Tiefensee anbot. Zu seinem Erstaunen war der Mann nicht nur Psychologe, sondern auch Psychiater, also ein studierter Mediziner; angeblich sogar Privatdozent für medizinische Hypnose an der Humboldt-Universität.

»Moment mal, Robert.«

Stern fühlte, wie sich Borcherts Hand wie eine Schraubzwinge um sein Handgelenk legte, als er sich abschnallen wollte.

»Du kannst vielleicht das Mädel, diese Carina, verscheißern, aber ich fall da nicht drauf rein.«

»Ich versteh dich nicht.«

Stern wollte seine Hand wegziehen, aber es gelang ihm nicht.

»Warum spielst du den Totengräber? Der Strafverteidiger, den ich kenne, verlässt seine Villa nur, wenn er es irgendjemandem in Rechnung stellen kann. Auf keinen Fall arbeitet er für geistig verwirrte Kinder. Halt, lass mich jetzt mal ausreden.«

Stern fühlte, wie sein Arm taub wurde, so stark quetschte Andi seine Finger zusammen. Das Hupen vorbeifahrender Autos schien Borchert gar nicht zu beachten.

»Ich bin kein Idiot. Anwälte wie du fliehen nicht ohne Grund vor der Polizei. Also sag mir, warum wir bei der Spedition nicht gewartet haben.«
»Ich wollte einfach keinen Ärger mit Engler.«
»Blödsinn. Den hast du jetzt doppelt und dreifach, wenn der alte Giesbach quatscht. Also, was wird hier gespielt?«
Robert sah durch die getönten Fenster seiner Beifahrertür auf den breiten Bürgersteig der belebten Straße. Es war erst Ende Oktober, aber in dem Café an der Ecke stand tatsächlich schon ein Weihnachtsmann im Schaufenster.
»Du hast recht«, seufzte er schließlich. Er öffnete mit klammen Fingern sein Jackett, nachdem er endlich seine Hand wieder bewegen durfte.
Borchert zog die Augenbrauen hoch, als Stern ihm die DVD vor die Nase hielt.
»Das hier lag gestern in meinem Briefkasten.«
»Was ist da drauf?«
Statt einer Antwort schob Robert die Diskette in den Schlitz des CD-Players, und der kleine Bildschirm des Navigationssystems leuchtete auf.
»Sieh selbst.«
Er schloss seine Augen und wartete darauf, dass die unheimliche Stimme wie Giftgas aus den Lautsprecherboxen in den Innenraum des Wagens strömen würde. Doch stattdessen hörte er nur ein verrauschtes Knacken.
»Willst du mich verscheißern, Robert?«
Stern öffnete verwirrt die Augen und sah auf den rotfleckigen Bildschirm.
»Das versteh ich nicht.« Er drückte eine Taste, zog die DVD hastig aus dem Abspielgerät und besah sie sich von allen Seiten nach Kratzern. »Die muss kaputt sein! Gestern war noch alles drauf.«

Oder waren die Abnutzungserscheinungen doch keine optische Täuschung gewesen?
»Was *alles*?«, fragte Andi.
»Na alles. Die Stimme, die Säuglingsstation …« Stern wurde hektisch und fühlte eine Panikattacke in sich aufsteigen. »… die Aufnahmen von Felix' Tod. Und dieser kleine Junge, der aussieht, als wäre er mein Sohn.«
Er setzte noch mal von vorne an, als er Andis verständnislose Miene sah, und erklärte ihm, so gut es ging, mit welch schockierenden Aufnahmen er gestern Abend konfrontiert worden war.
»Und deshalb kann ich nicht zur Polizei. Er will die Zwillinge töten. Also muss ich allein herausfinden, woher Simon von den Morden weiß. Mir bleiben noch vier Tage«, schloss Stern und kam sich auf einmal völlig lächerlich vor. Hätte ihm jemand noch vor zwei Tagen eine so abenteuerliche Geschichte aufgetischt, hätte er ihn ausgelacht und zum Teufel gejagt.
Andi nahm ihm kommentarlos die DVD aus der Hand und schaltete die Innenraumbeleuchtung an. Draußen war es wegen des Dauernieselregens so trübe wie in einem türkischen Dampfbad.
»Was denkst du?«, fragte Robert vorsichtig, als Borchert nach einer Minute des Schweigens immer noch nichts gesagt hatte.
»Ich glaub dir«, sagte er schließlich und gab ihm die Silberscheibe zurück.
»Wirklich?«
»Ich meine, ich glaub dir, dass da gestern noch was drauf war. Das Ding hier ist eine EZ-D.«
»Eine was?«
»Eine Wegwerfdiskette. Als ich noch im Filmgeschäft war,

gab's so was nur als Prototyp. Hat eine spezielle Polykarbonat-Beschichtung, die mit Sauerstoff reagiert. Nimmt man sie nach dem Abspielen aus dem Rekorder, wird sie unter Licht- und Sauerstoffeinfluss unbrauchbar. Wurde eigentlich für Videotheken entwickelt, damit man nach dem Ausleihen den Film nicht mehr zurückbringen muss.«

»Okay, das ist doch ein Beweis. Was soll ich mit einer Einweg-DVD? Da waren Informationen drauf, die ich nicht weitergeben soll.«

»Robert, sei mir nicht böse, aber …«, Borchert kratzte sich an seinem kahlen Hinterkopf, »… erst finden wir diese Leiche, und jetzt wirst du von einem Unbekannten erpresst, der behauptet, dein Sohn wäre noch am Leben? Existiert diese Stimme vielleicht nur in deinem Kopf?«

Stern sah in Borcherts rotwangiges Gesicht und begriff, dass diese Frage völlig berechtigt war.

Vielleicht hatte Felix' Tod ihm zehn Jahre später nun doch den Verstand geraubt? So musste es wohl sein. Alle objektiven Fakten bewiesen eindeutig, dass Felix gestorben war. Doch die grausame Stimme auf der DVD und Simons Erinnerungen hatten mit unbarmherziger Treffsicherheit etwas in seinem Innersten freigelegt, von dessen Existenz er bislang selbst nichts geahnt hatte. Eine Ader, die offenbar für übernatürliche Phänomene empfänglich war. Schockiert musste sich Stern eingestehen, dass ihm das Fehlen jeglicher rationaler Erklärungen egal wäre, wenn eine höhere Macht ihm ein Wiedersehen mit seinem Sohn ermöglichen würde. Borchert hatte recht.

Er stand tatsächlich kurz davor, durchzudrehen. Seine Augen füllten sich mit Tränen, während er seine Hand auf Andis Schulter legte.

»Ich habe ihn nur dreimal auf dem Arm gehabt, weißt du?«

Stern wusste selbst nicht, warum er das eben gesagt hatte. »Einmal davon war er tot.«
Seine Worte sprudelten unkontrolliert aus ihm heraus. »Manchmal wache ich nachts auf. Heute noch. Und dann hab ich ihn wieder in der Nase. Seinen Geruch. Felix' Körper war schon kalt, als Sophie endlich ihre Finger von seinem Körper löste. Doch er roch immer noch so wie an dem Morgen, als ich ihn zum ersten Mal gehalten und mit Babylotion eingecremt hatte.«
»Und jetzt willst du ernsthaft herausfinden, ob er …«
Stern konnte hören, wie schwer Borchert das Wort über die Lippen kam.
»… ob er *wiedergeboren* wurde?«
»Ja. Nein.« Robert zog die Nase hoch. »Ich weiß es nicht, Andi. Aber ich muss zugeben, dass ich mir diese Ähnlichkeit nicht rational erklären kann.«
Er erzählte ihm von dem Muttermal des Jungen, der die Kerzen auf seinem Geburtstagskuchen ausblies.
»Es sitzt genau dort, wo Felix eines hatte. Auf der Schulter. Und das ist sehr selten, meistens hat man die im Gesicht oder im Nacken. Natürlich ist es jetzt sehr viel größer, aber das Unheimlichste ist seine Form. Es sieht aus wie ein Stiefel.«
»Und Felix …« Borchert zögerte. »Also das Baby, das ihr beerdigt habt. Hatte es auch dieses Mal?«
»Ja, ich hab es selbst gesehen. Vor und nach seinem Tod.«
Stern schloss die Augen, als hoffte er dadurch die Mauer der Erinnerung ausblenden zu können, gegen die er gerade prallte. Es gelang ihm nicht, das Krankenzimmer und den metallenen Obduktionstisch auszublenden, auf dem sein Sohn lag.
»Es tut mir leid.« Stern strich sich fahrig über die Stirn, zö-

gerte einen kurzen Moment, dann stieg er schließlich aus. »Ich kann verstehen, wenn du mir nicht glaubst und mit diesem Irrsinn nichts mehr zu tun haben willst.«
Er warf die Beifahrertür ins Schloss und ging auf den Hauseingang zu, ohne Borcherts Reaktion abzuwarten.

Ein kurzer Blick auf die dezente Namenstafel am schmiedeeisernen Eingang verriet ihm, dass er am Ziel war. Fünfter Stock, links. Stern wollte gerade klingeln, als er den Keil bemerkte, der ein Zufallen des Tores verhinderte. Unsicher, ob er, wie in vielen Berliner Mietshäusern üblich, einen Schlüssel für den Fahrstuhl benötigen würde, ging er zu Fuß die Treppe hinauf und brauchte daher eine Weile, bis er endlich im Dachgeschoss angelangt war. Schwer atmend stützte er sich auf das abgegriffene Treppengeländer und hielt erschrocken inne. Es war allerdings nicht seine schlechte Kondition, die ihm Sorgen bereitete, sondern die Praxistür.
Sie stand sperrangelweit offen.

11.

Geht es dir gut, Simon?«, fragte Professor Müller, während er die Sprechtaste gedrückt hielt. Er sah durch die dicke Glasscheibe in den benachbarten Untersuchungsraum, in dem der schneeweiße Kernspintomograph stand. Simon lag, nur mit T-Shirt und Boxershorts bekleidet, in der Röhre, in die er vor wenigen Minuten wie in einen Ofen hineingeschoben worden war. Für ihn war es das fünfte Mal in zwei

Jahren, dass er die halbstündige Prozedur über sich ergehen lassen musste. Die bisherigen Magnetfeldresonanzaufnahmen seines Gehirns hatten leider nur ein unkontrolliertes Wachstum der Zellen in seinem Kopf diagnostiziert. Heute aber sollte ausnahmsweise nicht sein Tumor Gegenstand der Untersuchung sein.

»Ja, alles okay.«

Simons Stimme wurde klar und deutlich über die Lautsprecher übertragen.

»Und das funktioniert wirklich?« Müller hatte die Mikrophontaste losgelassen, damit der Junge ihre Unterhaltung im Nebenraum nicht mitbekam. Dass er seine Zustimmung zur Durchführung dieses Testes gegeben hatte, lag einzig und allein an seiner Neugier, dieses neuroradiologische Experiment, von dem er bislang nur gelesen hatte, tatsächlich mit eigenen Augen erleben zu dürfen. Außer ihm und dem Kommissar befand sich noch eine androgyne Blondine im Computerraum. Sie war ihm als medizinisch geschulte Verhörexpertin des Landeskriminalamtes vorgestellt worden und wuselte gerade zu seinen Füßen unter dem Monitortisch umher.

»Ja. Diese Methode ist sogar viel genauer als ein Test mit herkömmlichen Polygraphen. Außerdem hätten Sie wohl kaum erlaubt, dass Simon in seinem Zustand die Klinik verlässt. Also greifen wir jetzt auf den hauseigenen Lügendetektor der Seehausklinik zurück.« Brandmann lachte auf. »Obwohl Sie bis heute gar nichts davon wussten, dass Ihr Krankenhaus so was überhaupt besitzt, oder?«

»Professor Müller?«, fragte Simon im Nebenzimmer über die Gegensprechanlage.

»Ja?«

»Es kitzelt.«

»Kein Problem. Noch darfst du dich bewegen.«
»Was meint er?«, fragte Brandmann.
»Den Lärmschutz in seinem Ohr. Es juckt immer, wenn die Schaumstoffdinger nach einer Weile warm werden.«
»Okay, ich wäre dann so weit.« Die Blondine kroch kaugummikauend unter dem Pult hervor, nachdem es ihr offenbar gelungen war, ihren Computer mit dem des Krankenhauses zu verbinden. Sie zog sich einen Bürostuhl heran, setzte sich vor den Rollwagen, auf dem ein kleiner grauer Monitor stand, und drückte den Knopf für die Gegensprechanlage.
»Hallo, Simon, ich bin Laura.« Ihre Stimme klang unerwartet freundlich.
»Hallo.«
»Ich werde dir gleich ein paar Fragen stellen. Die meisten davon musst du nur mit Ja oder Nein beantworten, okay?«
»War das schon die erste?«
Die Erwachsenen mussten lächeln.
»Schön, wir verstehen uns. Dann kann's ja losgehen. Nur noch eins: Was immer auch geschieht, du darfst auf gar keinen Fall die Augen öffnen.«
»Ist gut.«
»Meine Herren.« Laura machte eine einladende Handbewegung.
Mit geübten Handgriffen aktivierte Müller das elektronische System des Kernspintomographen, und die Untersuchung begann mit den typischen monotonen Stoßklängen, als wolle jemand einen Pflock einrammen. Trotz zugezogener Schallschutztür konnten sie hier im Vorraum die hämmernden Geräusche nicht nur hören, sondern auch spüren. Nach einigen Minuten wurden sie von tiefen, an den Magenwänden ziehenden Bässen abgelöst.

»Nenn mir bitte als Erstes deinen Vor- und Nachnamen«, bat Laura.
»Simon Sachs.«
»Wie alt bist du?«
»Zehn.«
»Wie heißt deine Mutter?«
»Sandra.«
»Und dein Vater?«
»Weiß ich nicht.«
Laura sah zu Müller auf, der lakonisch mit den Schultern zuckte. »Er ist Sozialwaise. Seine Mutter hat ihn aufgegeben. Seinen Vater hat er nie kennengelernt.«
Die Kriminalistin stellte noch zehn Ja-Nein-Fragen, bevor sie zum nächsten Teil des Tests überging.
»Okay Simon, jetzt wird's ernst. Jetzt möchte ich, dass du mich anlügst.«
»Warum das denn?«
»Du hast doch schon einmal diese Computerbilder gesehen, die von deinem Gehirn gemacht wurden?«, stellte sie die Gegenfrage.
»Ja. Sie sehen aus wie aufgeschnittene Walnüsse.«
Die Beamtin lachte. »Genau. In diesem Moment machen wir wieder solche Walnuss-Aufnahmen. Du kannst sie dir später als Videofilm ansehen. Und wenn du jetzt für mich lügst, wirst du nachher etwas ganz Irres darauf erkennen.«
»Na schön.«
Laura sah kurz zu Brandmann und dem Professor, dann machte sie weiter mit der Befragung.
»Hast du einen Führerschein?«
»Ja.«
Müller starrte völlig fasziniert auf die hochauflösenden 3-D-Aufnahmen. Bei allen Antworten zuvor hatte sich nichts ge-

tan. Doch jetzt gab es plötzlich einen roten Ausschlag im vorderen Neocortex.

»Was für ein Auto fährst du denn?«

»Einen Ferrari.«

»Und wo wohnst du?«

»In Afrika.«

»Sehen Sie?«, flüsterte Laura in Müllers Richtung. »Überhöhte Gehirnaktivität in Thalamus und Amygdala. Beachten Sie auch die Messungen in allen anderen Bereichen, die für Simons Emotionen, Konfliktsteuerung und Gedankenkontrolle zuständig sind.«

Sie tippte mit einem abgekauten Kugelschreiber auf einen weiteren rot pulsierenden Fleck am Bildschirm. »Das ist ganz typisch. Wenn jemand die Wahrheit sagt, bleibt es hier kalt. Doch bei einer Lüge muss der Proband seine Phantasie anstrengen und sich deshalb viel stärker konzentrieren. Unsere Software färbt diese auffälligen Hirnströme rot ein und macht sie dadurch als Lügen sichtbar.«

»Phantastisch«, rutschte es Müller heraus. Kein Wunder, dass dieses neue System herkömmlichen Lügendetektoren weit überlegen war. Ein normaler Polygraph maß nur die typischen Veränderungen in Puls, Blutdruck, der Atmung und der Schweißproduktion. Gut geschulten und psychologisch trainierten Probanden war es möglich, einige dieser Reflexe beim Lügen zu unterdrücken. Aber niemand konnte seine biochemischen Vorgänge im Gehirn unter Kontrolle halten. Jedenfalls nicht ohne jahrelange Vorbereitung.

Laura schluckte ihren Kaugummi herunter und aktivierte wieder die Gegensprechanlage.

»Sehr schön, du machst das ganz toll, Simon. Jetzt kommen die letzten Fragen, dann sind wir durch. Du musst aber bitte ab sofort wieder die Wahrheit sagen, okay?«

»Kein Problem.«
»Was hast du zum Geburtstag geschenkt bekommen?«
»Turnschuhe.«
»Was noch?«
»Eine Rückführung.«
»Bei Dr. Tiefensee?«
»Ja.«
»Von Carina?«
»Ja.«
»Du wurdest hypnotisiert?«
»Ich weiß nicht. Ich glaub, ich bin vorher eingeschlafen.«
»Woher weißt du das?«
»Von Carina und dem Doktor. Aber Sie können es selbst überprüfen.«
»Wie denn das?« Laura sah jetzt ebenso verdutzt aus wie Kommissar Brandmann. Mit dieser Antwort hatten sie nicht gerechnet.
»Dr. Tiefensee hat die ganze Sitzung auf Video aufgenommen. Sie können es sich ansehen.«
»Okay, danke für den Hinweis. Was geschah, als du wieder aufgewacht bist?«
»Ich hatte diese Erinnerung in meinem Kopf.«
»Welche?«
»Von der Leiche. In dem Keller.«
»Hast du vorher schon einmal diese Erinnerung gehabt?«
»Nein.«
»Hat irgendjemand mal dir gegenüber den Namen ›Harald Zucker‹ erwähnt?«
»Nein.«
»Wer hat dir gesagt, du sollst zu der Fabrik gehen?«
»Niemand. Ich habe Carina gefragt, ob sie mir einen Anwalt besorgen kann.«

Müller sah kurz zu Brandmann, der kaum seinen Blick vom Monitor reißen konnte. Bislang hatte es nicht den geringsten Ausschlag gegeben.

»Warum wolltest du denn einen Anwalt?«

»Ich will zur Polizei gehen. Ich hab ja etwas Böses getan. Das muss ich doch jemand sagen. Aber in den Filmen fragen sie immer zuerst nach einem Anwalt.«

»Gut, wir sind gleich durch. Jetzt kommt meine wichtigste Frage, Simon: Hast du einen Menschen ermordet?«

»Ja.«

»Wann war das?«

»Einen vor fünfzehn Jahren, den anderen drei Jahre später.«

Müller trat einen Schritt näher an den Bildschirm heran, als wäre er plötzlich kurzsichtig geworden.

»Simon: Ich bitte dich jetzt, an alle Personen zu denken, mit denen du in den letzten Wochen und Monaten geredet hast. Egal ob hier im Krankenhaus oder außerhalb. Denk an Robert Stern, an Carina Freitag, Dr. Tiefensee, deine Ärzte, egal wen. Gab es irgendjemanden, der dir gesagt hat, dass du uns diese Geschichte erzählen sollst?«

»Nein. Ich weiß, Sie denken, ich schwindle.« Simon klang jetzt sehr müde und wirkte dadurch eher traurig als entrüstet. »Dass ich mich wichtig machen will oder so. Dass ich nur das nachplappere, was ein anderer mir vorsagt.«

Laura und Brandmann ertappten sich gegenseitig beim Nicken.

»Aber das ist nicht der Fall«, fuhr Simon fort. Seine Stimme wurde immer lauter. »*Ich* war es. *Ich* habe getötet. Zum ersten Mal vor fünfzehn Jahren. Den ersten Mann habe ich mit der Axt getötet und den anderen erstickt. Und dann gab es noch ein paar andere, aber ich bin mir nicht mehr sicher, wie viele.«

Laura drehte sich zu Brandmann und Müller um und schüttelte fassungslos den Kopf.
Das, was sich da gerade auf ihrem Monitor abspielte, war einfach unbegreiflich.

12.

Eine unverschlossene Haustür ist in Berlin nichts Ungewöhnliches, wenn sie zu einer medizinischen Praxis gehört. Ein unbesetzter Empfang und ein leeres Wartezimmer dahinter hingegen schon. Stern musste seinen angeborenen Selbsterhaltungstrieb unterdrücken, als er die Behandlungsräume betrat und dabei laut den Namen des Psychiaters rief.
»Hallo? Doktor Tiefensee? Sind Sie da?«
Schon das gläserne, sanft illuminierte Praxisschild am Eingang entsprach nicht dem üblichen Standard, mit dem Heilberufene ansonsten auf sich aufmerksam machten. Auch die gemütliche Inneneinrichtung unterschied sich deutlich von allen anderen Arztpraxen, die Stern bislang aufgesucht hatte. Das begann schon mit dem Besucherbereich, in dem die Patienten es sich auf Ohrensesseln im englischen Landhausstil bequem machen konnten.
Stern griff zu seinem Handy und wählte die Nummer, die ihm die Auskunft durchgegeben hatte. Wenige Sekunden später schwoll aus einem der hinteren Zimmer ein Klingelton an. Er ließ es zehnmal läuten, bis sich der Anrufbeantworter einschaltete. Jetzt hörte Stern die tiefe Stimme des

Psychiaters gleichzeitig aus seinem Telefon und leicht zeitversetzt etwa zwanzig Schritte von sich entfernt.

Auf der Hälfte der Strecke machte der Flur einen Knick und bog schräg nach links ab. Stern folgte dem Gang um die Ecke, und Tiefensees Bandansage wurde lauter. Gerade gab der Arzt seine Sprechzeiten durch. Heute war Samstag. Termine nur nach Vereinbarung.

Vielleicht ist er gerade in einer Sitzung? Lässt er es deshalb läuten?

Stern klopfte an die erste verschlossene Tür, hinter der er den mittlerweile wieder verstummten Anrufbeantworter vermutete. Als sich niemand meldete, trat er ein und erkannte den Raum, den Simon heute Morgen beschrieben hatte. Auf dem Boden lag die hellblaue Sportmatte. Alles war penibel aufgeräumt und sauber. Trotz des trüben Herbstlichtes, das sich seinen Weg nur mühsam durch die Fenster zu bahnen vermochte, hatte der Raum eine freundliche, angenehme Ausstrahlung.

»Ist hier jemand?«, versuchte es Stern erneut. Dann wirbelte er herum, als er im Nachbarzimmer ein dumpfes Krachen hörte.

Was ist das?

Das Rumpeln wiederholte sich. Es klang hölzern, fast so, als wäre ein Knochen zu Boden gefallen. Stern eilte auf den Flur zurück und blieb vor der nächsten Tür stehen. Er drückte die geschwungene Messingklinke nach unten. Vergeblich. Das dahinterliegende Zimmer war verschlossen.

»Dr. Tiefensee?« Er ging in die Knie und warf einen Blick durch das Schlüsselloch. Seine Augen brauchten eine Weile, um sich an die veränderten Lichtverhältnisse zu gewöhnen, denn die Schreibtischlampe des Psychiaters stand ungünstig und blendete ihn. Stern blinzelte, und dann sah er es deut-

lich. Ein Stuhl. Er lag umgekippt mit der Lehne auf dem Parkett. Im ersten Moment war er sich noch nicht sicher, woher der Schatten rührte, der sich wie ein wabernder Vorhang über den Boden bewegte. Doch als er das Röcheln hörte, verschwendete er keinen weiteren Gedanken mehr. Er riss gewaltsam die Klinke nach unten und rüttelte mit aller Kraft daran, die ihm zur Verfügung stand. Sinnlos. Also warf er sich gegen die Tür. Einmal. Dann ein zweites Mal mit Anlauf. Das lackierte Kiefernholzblatt erzitterte, und die Scharniere stöhnten, doch erst nach dem vierten Versuch war der Widerstand gebrochen.
Stern hörte ein lautes Krachen, dann riss die Schulter seines Sakkos an einem langen Holzsplitter auf, als er unbeholfen mit der aufgebrochenen Tür in das gediegene Sprechzimmer fiel.

13.

Bitte nicht schon wieder!
Stern schlug die Hand vor den Mund und starrte bewegungslos auf Tiefensees Beine. Sie steckten in hellgrauen, frisch gebügelten Flanellhosen und zuckten spastisch einen Meter über dem Boden. Sein Blick wanderte höher, und am liebsten hätte er sich abgewandt. Er konnte die schmerzhaft aus den Höhlen tretenden Augen kaum ertragen, die ihn plötzlich verzweifelt fixierten. Doch am Ende waren es die Hände des Psychiaters, die ihn fortan in seinen schlimmsten Träumen heimsuchen sollten. Tiefensees Finger rutschten

immer wieder an der Drahtschlinge ab, die sich tief in seinen Hals gegraben hatte.
Der Haken in der stuckverzierten Altbaudecke war für die Aufhängung von schweren Kronleuchtern vorgesehen. Deshalb konnte er problemlos das Gewicht des hochgewachsenen Arztes tragen.
Stern verlor kostbare Sekunden, indem er den Stuhl wieder aufstellte. Aus irgendeinem unerklärlichen Grund hing der Psychiater zu hoch. Seine Füße berührten nicht die Sitzfläche, von der er gesprungen war.
Oder gestoßen wurde?
Er wollte nach den Beinen des Arztes greifen, doch sie zappelten zu stark. Es gelang ihm einfach nicht, sie auf seine Schultern zu setzen, um sie wieder nach oben zu stemmen.
Verdammt, verdammt, verdammt …
»Halten Sie durch«, rief er Tiefensee zu, während er an dem schweren Biedermeierschreibtisch zog, um ihn unter den sterbenden Mann zu wuchten, dessen Röcheln immer leiser wurde. Weitere Sekunden verrannen, und erst als sich die hektischen Bewegungen des Psychiaters verlangsamten, ließ Stern von dem Schreibtisch ab. Er stieg jetzt selbst auf den Stuhl, umklammerte Tiefensee in Höhe der Kniekehlen und hob ihn an.
»Zu spät.«
Die telefonverzerrte Stimme kam so überraschend, dass Stern fast losgelassen hätte.
»Wer ist da?«, hustete er, unfähig, sich in seiner Position nach hinten umzudrehen.
»Erkennen Sie mich nicht?«
Natürlich tue ich das. Selbst wenn ich es wollte, könnte ich deine Stimme nie mehr vergessen.
»Wo sind Sie?«

»Hier. Direkt neben Ihnen.«
Stern starrte nach unten auf die Platte des Schreibtisches, den er eben kaum von der Stelle bekommen hatte. Die rot blinkende Webkamera des Computermonitors war genau auf ihn gerichtet. Der Killer unterhielt sich über das Internet mit ihm!
»Was hat das zu bedeuten?«, fragte Stern außer Atem. Mit jedem Wort nahm das Gewicht Tiefensees zu, und er fragte sich, wie lange er ihn noch würde halten können.
»Ich glaube, Sie dürfen jetzt loslassen«, empfahl die Stimme.
Stern sah nach oben. Tiefensees Kopf hing ihm schlaff entgegen, den Mund zu einem letzten Schrei geöffnet. Aus seinen Augen war jedes Leben gewichen. Trotzdem wollte Robert den Griff nicht lockern und verharrte in seiner Position. Jetzt aufzugeben wäre ihm wie ein Verrat vorgekommen.
»Was soll das hier?«, schrie er verzweifelt in den Praxisraum hinein.
»Die Frage ist eher, was Sie hier zu suchen haben? Wir hatten doch eine Abmachung. *Sie* kümmern sich um den Jungen. *Wir* uns um den Therapeuten.«
»Warum haben Sie ihn getötet?«
»Habe ich doch gar nicht. Er hatte eine faire Chance. Hätte er mir den Namen des Mörders verraten, wäre er jetzt noch am Leben.«
»Sie Dreckschwein!«
»Bitte. Lassen Sie uns nicht emotional werden. Wir haben uns nur freundlich mit dem Mann unterhalten.«
Sterns Arme brannten, als hielte er sie auf eine glühende Herdplatte gepresst. Er konnte nicht mehr und ließ von Tiefensee ab. Der Haken an der Decke knirschte unter der erneuten Belastung.

»Tiefensee hätte sein Martyrium ganz einfach beenden können. Doch er blieb standhaft. Also stellten ihn meine Mitarbeiter auf die Lehne des Stuhls, und ich konnte bequem von zu Hause aus beobachten, wie lange er das Gleichgewicht auf seinen Zehenspitzen hielt. Es waren zwölf Minuten und vierundvierzig Sekunden. Nicht schlecht für einen Mann in seinem Alter.«

»Sie sind pervers. Komplett irre.« Stern wankte auf den Computer zu.

»Wieso? Eigentlich müssten Sie doch froh sein. Glauben Sie mir, hätte Tiefensee gewusst, woher Simon den Fundort der Leichen kannte, hätte er es mir spätestens gesagt, als er anfing zu kippeln.«

Sterns Handy vibrierte in seiner Hosentasche, doch er ignorierte es.

»Das heißt für Sie, dass Sie jetzt einen Verdächtigen weniger haben. Allerdings sollten Sie Ihre Zeit ab sofort besser nutzen.«

»Wer sind Sie?«

Robert griff zur Maus, und der Bildschirmschoner auf dem Monitor verschwand. Doch außer einer normalen Benutzeroberfläche konnte er nichts erkennen. Er wollte gerade den Internetbrowser überprüfen, als die Leuchtdiode der Webcam erlosch. Die »Stimme« hatte die Verbindung gekappt. Gleichzeitig sorgte ein externes Programm dafür, dass alle Browsereinträge gelöscht wurden und der Computer von selbst herunterfuhr. Die »Stimme« verwischte ihre digitalen Spuren.

Verdammter Mist.

Stern ließ sich schweißgebadet in den Schreibtischsessel zurückfallen und starrte auf den leblosen Körper des Psychiaters, der wie ein Pendel des Grauens von der Decke hing.

Erst Sekunden später merkte er, dass auf dem modernen Bürotelefon vor ihm immer noch eine Leitung blinkte.
»Sind Sie noch dran?«, fragte er.
»Natürlich«, antwortete die Stimme. »Aber *Sie* sollten jetzt besser auflegen.«
»Warum?«
»Können Sie es nicht hören?«
Stern stand auf, trat einen Schritt vom Schreibtisch weg und sah zur Tür.
Tatsächlich. Es klang so, als ob sich im Treppenhaus ein Metallseil spannte.
Der Fahrstuhl.
»Sie bekommen Besuch. Schauen Sie mal auf den Terminkalender vor Ihnen.«
Sterns Pupillen weiteten sich, als er den rot unterstrichenen Eintrag las: POL. BEFRAGUNG – KOM. MARTIN ENGLER.
Er sah auf seine Uhr. Die Stimme lachte.
»Ich schätze, er wird in etwa dreißig Sekunden bei Ihnen sein.«
Verdammt. Warum hat Borchert mich nicht gewarnt? Stern zog sein Handy aus der Tasche. Ihm wurde übel, als er die vielen Anrufe in Abwesenheit erkannte. Er musste sein Funktelefon versehentlich auf stumm gestellt haben.
In diesem Moment blinkte es schon wieder. Dann begann es plötzlich zu läuten. Viel lauter als jemals zuvor. Der schrille Alarm füllte nicht nur das Zimmer, sondern die gesamten Praxisräume aus, inklusive Flur und Empfangsbereich. Stern brauchte eine Schocksekunde, bis er begriff, dass nicht sein Handy diesen Lärm erzeugte, sondern die Klingel über der Eingangstür. Engler stand bereits davor.

14.

Hallo? Doktor Tiefensee?«
Die Worte des Kommissars rasselten vom Eingang durch den langgestreckten Flur in Richtung Behandlungszimmer. Englers Erkältung hatte sich seit vorgestern deutlich verstärkt und war nun auch auf die Bronchien übergegangen. Es machte ihm hörbar Mühe, seine heisere Stimme zu heben und laut nach dem Psychiater zu rufen.
»Und was jetzt?«, flüsterte Stern in den Hörer. Die Freisprechanlage hatte er bereits ausgeschaltet, damit der Polizist nicht auf sie aufmerksam wurde. Noch hielt sich der Kommissar im Empfangsbereich auf. Aber bald würde er den Gang entlanggehen, um die Ecke des Flurs biegen und die zersplitterte Tür sehen. *Und dann …*
»Ist da wer?«, rief Engler erneut. Dann musste der Kommissar husten. Eine ungeölte Türklinke quietschte leise. Stern presste den Hörer noch dichter an sein Ohr. Er hatte Mühe, die verzerrte Stimme zu verstehen, so laut, wie die Panik das Blut durch seine Gehörgänge peitschte.
»Ich soll Ihnen helfen?«, lachte der Erpresser leise. »Ausgerechnet ich?«
»Wenn Sie nicht wollen, dass ich mit der Polizei rede, sollten Sie mich jetzt besser hier rausholen«, zischte Stern wütend. »Gibt es vielleicht noch einen Hinterausgang?«
»Nein. Und versuchen Sie es erst gar nicht über die Fenster. Die lassen sich nur kippen.«
»Also was dann?«
Engler musste genagelte Lederstiefel tragen, so wie das Parkett nun unter seinen Schritten ächzte. Er hatte offenbar den

Empfang hinter sich gelassen und den Flur betreten. Stern hörte dumpf eine Tür schlagen.
»Gehen Sie zur Zimmertür und stellen Sie sich direkt neben den Medikamentenschrank.«
Also gut.
Robert bemühte sich, keinen Laut zu erzeugen, während er durch das Zimmer huschte. Um ein Haar wäre er auf einem Aktenordner ausgerutscht, der zu Boden gefallen war. Er verlagerte im letzten Augenblick sein Gewicht und stieß dabei ausgerechnet an Tiefensees Körper. Der Haken an der Decke knirschte bedrohlich, als die Leiche wieder zu pendeln begann.
»Und jetzt?« Er hatte die Tür erreicht und stand flach atmend zwischen dem Rahmen und einem weißen Arztschrank mit eingelassenen Facettgläsern.
»Öffnen Sie den Schrank.«
Stern tat, wie ihm befohlen.
Drei Zimmer weiter wurde eine weitere Klinke gedrückt. Engler ging also systematisch vor. Ein Praxisraum nach dem anderen. Auch diese Tür wurde enttäuscht wieder zugeschlagen.
»Sehen Sie die gebogene Verbandsschere im zweiten Fach von unten?«
»Ja.«
Stern griff nach dem funkelnden Stück Metall. Es lag kühl in seiner Hand.
»Gut. Nehmen Sie sie und warten Sie ab, bis Engler bei Ihnen ist.« Die Stimme flüsterte jetzt ebenfalls. »Passen Sie den Moment ab, in dem er die Leiche sieht, damit Sie das Überraschungsmoment auf Ihrer Seite haben.«
»Und was dann?«
»Dann rammen Sie ihm die Schere ins Herz.«

»Sind Sie wahnsinnig?«
Das Metall in Sterns Händen brannte auf einmal wie Feuer. War das ein Traum oder Wirklichkeit? Stand er tatsächlich gerade mit einer Waffe in einem Raum, in dem eine Leiche von der Zimmerdecke baumelte, und unterhielt sich mit einem Psychopathen?
»Haben Sie einen besseren Vorschlag?«
»Nein, aber ich werde doch keinen Menschen umbringen!«
»Manchmal ist das die beste Lösung.«
Es knarrte wieder auf dem Flur. Engler nahm sich einen weiteren Praxisraum vor.
Die verzerrte Stimme lachte kalt.
»Na gut, ich seh schon. Dann muss ich Ihnen wohl etwas unter die Arme greifen.«
Stern spürte einen Luftzug auf seinem schweißnassen Gesicht, so als wäre irgendwo ein Fenster geöffnet worden. Engler konnte es nicht sein, denn der lief gerade wieder den Flur hoch. Noch zwei Schritte. Höchstens drei. Dann würde er um die Ecke biegen und die Holzsplitter auf dem Parkett bemerken. Er rechnete jeden Augenblick damit, die Schuhspitzen des Polizisten auf der Schwelle zu sehen.
»Hallo?«, hörte er plötzlich jemanden rufen. Sein Herz verschluckte sich fast an dem Blut, das immer langsamer durch seinen Körper strömen wollte.
Das darf nicht wahr sein.
Die »Stimme«. Sie war die ganze Zeit hier gewesen. Nur einen Praxisraum weiter. Im Gegensatz zu Englers Schritten erzeugten die Gummisohlen des Killers kaum ein Geräusch auf dem Fußboden.
»Suchen Sie mich?«
Stern hielt den Atem an und verkrampfte sich so stark, dass es in seinen Ohren knackte. Plötzlich hörte er alles viel lau-

ter um sich herum. Dennoch konnte er die neue Stimme keinem ihm bekannten Gesicht zuordnen.
»Entschuldigen Sie meinen Aufzug, ich bin gerade mitten in einem Experiment«, sagte der Mann, jetzt ohne künstliche Veränderung. Dennoch klang seine Stimme dumpf, so als würde der Mann durch ein Taschentuch sprechen.
»Sind Sie Doktor Tiefensee?«, fragte der Kommissar misstrauisch auf dem Gang.
»Nein, der Doktor ist gerade kurz etwas essen. Aber halt, was sage ich. Sie haben Glück. Da kommt er ja.«
»Wo?«, war das letzte Wort, das Stern von Engler mitbekam. Danach wurde ein kurzer, erstickter Aufschrei von einem elektrostatischen Knacken abgelöst. Es hörte sich nach einer durchbrennenden Glühbirne an, nur sehr viel lauter.
Elektroschocker, dachte Robert, und alles in ihm schrie danach, zur Tür zu rennen, damit er sich ein Bild machen konnte von dem, was sich auf dem Flur gerade abspielte. Doch seine Angst war zu groß. Nicht vor Engler. Nicht vor seiner eigenen Verhaftung. Sondern vor dem Wahnsinnigen, dessen Stimme er jetzt zum ersten Mal unverzerrt gehört hatte.
Er nahm die Hand vom Gesicht, von der er gar nicht wusste, wie sie vor seinen Mund gekommen war. Dann hörte er Schritte. Gummisohlen entfernten sich mit dem leisen Ploppen aufspringender Bälle.
Vorsichtig löste sich Stern von der Wand, an der er gelehnt hatte, und trat mit zitternden Beinen in den Gang. Rechtzeitig genug, um die langhaarige Gestalt zu erkennen, die die schwere Eingangstür mit einem Rums hinter sich ins Schloss fallen ließ. Stern zuckte zusammen und sah zu Engler herab. Wie erwartet, lag der Ermittler reglos am Boden, die Arme

und Beine unnatürlich von sich gestreckt, als wäre er bei voller Fahrt aus einem fahrenden Wagen geschleudert worden.

Stern beugte sich über ihn, tastete nach seinem Puls. Erleichtert darüber, dass der Kommissar noch lebte, schlich er vorsichtig zum Eingang. Seine Schritte wurden etwas schneller, nachdem er aus der Tür getreten war und den ersten Absatz des Treppenhauses hinter sich gebracht hatte. In Höhe des dritten Stockwerkes begann er zu laufen. Er hielt sich mit einer Hand am Geländer fest, während er die Stufen hinunterrannte. Doch als er schließlich aus dem Mietshaus hinaus auf die belebte Straße jagte, wusste er, dass er zu spät kam. Viel zu spät. Der langhaarige Mann in dem weißen Arztkittel, der eben Engler außer Gefecht gesetzt und zuvor Tiefensee ermordet hatte, war schon lange in dem Pulk aus Touristen, Geschäftsleuten und Passanten verschwunden. Und mit ihm die Wahrheit über Felix.

15.

Die Anlagen für die nachtaktiven Tiere befanden sich im Keller des Raubtierhauses. Die diffuse Dunkelheit, die sie im Inneren empfing, erinnerte Stern an jene Kinobesuche, bei denen man zu spät zum Hauptfilm erschienen war und sich nun während einer ganz besonders düsteren Szene seinen Sitzplatz suchen musste. Seine Nase hingegen atmete den feuchtwarmen Dunst ein, der einem auch in einer überheizten Tierhandlung entgegenschlägt.

»Ist ja abgefahren.« Simon zog ihn zu einer dicken Glasscheibe, hinter der mehrere Fellknäuel mit weit aufgerissenen Augen herumwuselten. Aus irgendeinem Grund sprachen Menschen in der Regel leiser, sobald sie einen dunklen Raum betraten, und auch der Junge flüsterte jetzt: »Die sehen ja stark aus.«

»Zwergplumplori«, las Stern von der matt beleuchteten Anzeigetafel ab, ohne die winzigen Halbaffen auch nur eines Blickes zu würdigen. Er stand noch viel zu sehr unter Schock. Nach seiner Flucht aus der Praxis hatte Borchert ihn hierher zu dem verabredeten Treffpunkt mit Carina gefahren. Und jetzt stand er im Nachttierhaus des Berliner Zoos, und sein Gehirn war noch längst nicht in der Lage, irgendwelche neuen Eindrücke zu verarbeiten. Wie in einer Endlosschleife rotierten die immer gleichen unerklärlichen Fragen in seinem Kopf:

Wer ist die »Stimme«? Woher weiß Simon von den Leichen? Wer hat all die Männer in der Vergangenheit umgebracht? Und warum mordet jemand in der Gegenwart, um das herauszufinden?

Überrascht musste Stern sich eingestehen, dass ihn diese Fragen nur aus einem einzigen Grund interessierten: weil die Antworten ihm seinen Sohn zurückbringen konnten. Er schloss die Augen.

Was für ein Irrsinn.

Mittlerweile hoffte er wirklich ernsthaft, Simons Erinnerungen könnten einen Beweis für seine Wiedergeburt darstellen. Und damit einen Beweis dafür, dass Felix am Leben war. Entgegen allen objektiven Fakten.

»Entschuldige, wie bitte?«

Stern beugte sich zu Simon hinunter, der ihn am Ärmel zupfte. Der Junge hatte etwas gesagt, doch seine Worte waren auf dem Weg zu seinen Ohren irgendwo in der Dunkelheit verlorengegangen.

»Kommt Carina bald nach?«, wiederholte Simon seine Frage.

Robert nickte. Im Augenblick hatte sie sich auf die Besuchertoilette zurückgezogen, um in aller Ruhe für sich allein weinen zu können.

Als sie sich vorhin am Elefantentor getroffen hatten, war Carina so wütend auf ihn gewesen wie selten zuvor in ihrem Leben. Nur mit Hilfe eines befreundeten Pflegers war es ihr gelungen, Simon aus dem Krankenhaus zu schmuggeln, und sie hatte auf der Stelle von ihm wissen wollen, warum sie dieses Risiko auf sich nehmen musste. Und so hatte Robert ihr alles erzählt. Flüsternd, damit Simon nichts mitbekam, während sie durch den schlechtbesuchten Zoo spazierten: von der DVD, dem Jungen mit dem Feuermal und der unheimlichen Aufgabe, die ihm die »Stimme« gestellt hatte. Und anders als Borchert schien Carina ihm sofort zu glauben. Stern konnte förmlich spüren, wie sie sich der Möglichkeit von Felix' Wiedergeburt öffnete, viel schneller, als er selbst dazu bereit gewesen war.

Doch als er ihr von Tiefensees grausamem Todeskampf erzählte, begriff sie die Gefahr, in der sie alle steckten. Carina hatte zwar gerade noch die Fassung bewahrt, als sie sich aus seinen Armen wand. Doch er wusste, wie es wirklich in ihr aussah. Und dass es ein Fehler gewesen wäre, ihr hinterherzulaufen, wenn sie jetzt für sich sein wollte.

»Ja, sie wird bald wieder bei uns sein«, murmelte Robert, und sie gingen ein Gehege weiter.

»Gut«, antwortete Simon. »Picasso hat nämlich gesagt, wir müssen bis vier Uhr zurück sein. Sonst will er uns verpetzen.«

Picasso? Stern brauchte eine Sekunde, bis das Bild des bärtigen Pflegers vor seinem inneren Auge aufblitzte. Erst heute früh war er über ihn und den alten Abba-Fan gestolpert, und trotzdem erinnerte er sich an die stürmische Begegnung wie an eine Szene aus einem völlig anderen Leben. So gesehen, hatte er etwas mit Simon gemeinsam.

»Mach dir keine Sorgen«, sagte er und strich dem Jungen über die Perücke. »Und übrigens auch nicht wegen des Lügendetektors.«

»Ich hab bestanden«, waren Simons erste Worte gewesen, mit denen er ihn vorhin traurig begrüßt hatte. Stern wusste, wie es in dem Kleinen aussehen musste. Das Ergebnis hatte ihn zwar vom Vorwurf der Lüge freigesprochen, ihn damit aber gleichzeitig als Mörder gebrandmarkt. Simon sprach die Wahrheit. Robert schämte sich fast ein wenig, dass er sich über diese Nachricht freute. Aber je undurchsichtiger Simons Geheimnis für ihn blieb, desto stärker wuchs seine Hoffnung, was Felix betraf.

»Du musst dir wirklich keine Sorgen machen«, sagte Robert noch einmal und blieb mit Simon vor einem Terrarium mit rattenähnlichen Degus stehen.

»Wieso? Die sind doch alle eingesperrt.«

»Das meine ich nicht. Ich rede von deinen bösen Erinnerungen. Machen sie dir denn keine Angst?«

»Doch, schon. Aber ...«

»Aber was?«

»Aber vielleicht ist das ja meine Strafe.«

»Wofür?«

»Vielleicht bin ich deshalb krank. Weil ich früher so schlimme Sachen getan habe.«

»Das darfst du nicht mal denken, hörst du?« Stern packte den Kleinen an den Schultern seiner Cordjacke.

»Wer immer diese Menschen getötet hat, der Simon Sachs, der hier gerade vor mir steht, ist dafür nicht verantwortlich.«
»Aber wer dann?«
»Das versuche ich ja gerade herauszufinden. Und dafür brauche ich deine Hilfe.«
Stern war froh, dass das Nachttierhaus noch spärlicher besucht war als der Rest des Zoos. So konnte kein Außenstehender diese skurrile Unterhaltung verfolgen. Er beschloss, für einen Moment auf Simons Hirngespinst einer Wiedergeburt einzugehen, während sie weitergingen.
»Hast du denn damals, also vor fünfzehn Jahren, einen anderen Namen gehabt?«
»Weiß nicht.«
»Oder anders ausgesehen?«
»Keine Ahnung.«
Er ließ Simon wieder los. Der Junge pochte mit dem Knöchel seines Zeigefingers gegen die Scheibe eines kleinen Terrariums, in dem nur ein Erdhügel und verschiedene Wüstenpflanzen, aber kein Tier zu sehen war.
Carina war wieder zu ihnen gestoßen, hielt sich aber etwas abseits, als wolle sie das Gespräch nicht stören. Stern kam kurz in den Sinn, dass es vielleicht kein Zufall war, über unerklärliche Wahrnehmungen ausgerechnet vor dem Fledermausgehege zu reden. Die fliegenden Blutsauger, die hier ihr Dasein fristeten, »sahen« ihre Wirklichkeit als Abbild reflektierter Ultraschalllaute.
»Weißt du, warum du die Männer getötet hast?«, fragte er.
Spätestens bei dieser Frage hätte ein Passant, der sie zufällig belauschte, den Sicherheitsdienst verständigt.
»Ich weiß nicht. Ich glaub, sie waren böse.«
Knack. Knack.

Stern musste an die flackernde Kellerlampe denken, die Simon ihm heute Morgen beschrieben hatte.
An. Aus.
Bevor er ihn fragen konnte, ob er sich wieder an etwas erinnern konnte, hustete Simon einmal trocken, und Stern sah erschrocken zu Carina, die es auch gehört hatte. Sie eilte sofort zu ihnen.
»Alles okay?«, fragte sie besorgt und fühlte die Temperatur von Simons Stirn. Dann führte sie ihn zu einer großen Anzeigetafel in der Mitte des Raumes, auf der den Besuchern ein Überblick über die hier lebenden Tiere geboten wurde. Es war der hellste Punkt im gesamten Keller, und deshalb konnte man hier etwas mehr als nur schemenhafte Umrisse erspähen. Stern sah die Erleichterung in Carinas Gesicht, die er ebenfalls spürte. Simon lächelte. Er hatte sich nur verschluckt.
Robert nutzte die Gelegenheit und zog ein etwas brüchiges Blatt Papier aus seiner Manteltasche. Wenn man bedachte, dass es länger als ein Jahrzehnt in den Händen eines Toten gelegen hatte, war es erstaunlich gut erhalten.
»Simon, schau mal her. Erkennst du das hier?«
Carina musste einen Schritt zur Seite gehen, damit sie keinen Schatten auf die Zeichnung warf.
»Das war ich nicht«, stellte Simon fest.
Knack.
»Ich weiß. Aber dein Bild in der Klinik ist dem hier sehr ähnlich.«
»Ein bisschen.«
»Wann hast du es gemalt?«
Knack.
»Nach dem Aufwachen. Am Tag nach der Rückführung, ich hatte davon geträumt.«

»Aber warum?« Stern sah Carina an, doch die zuckte auch nur mit den Achseln. »Warum diese Wiese?«
»Das ist doch keine Wiese«, sagte Simon und musste wieder husten.
Er schloss die Augen, und jetzt war Stern sich sicher. Die staubige Kellerlampe hatte zu flackern begonnen und warf ihr schlieriges Licht auf Simons Erinnerungen.
»Was ist es dann?«
Irgendwo schlug eine Tür, und ein junges Mädchen kicherte.
»Ein Friedhof«, sagte Simon.
Knack.
»Und wer liegt dort?«
Knack. Knack.
Stern spürte nur die Hand auf seiner Schulter, die sich durch seinen Mantel in sein Fleisch krallte, als wäre er ein Ladendieb, den es festzuhalten galt. Er war Carina dankbar für diesen Schmerz. Er lenkte ihn etwas von dem psychischen Grauen ab, das durch Simons Worte entstand, als er sagte:
»Ich glaube, er heißt Lucas. Ich kann euch zu ihm bringen, wenn ihr wollt, aber …«
»Aber was?«
»In dem Grab liegt nur sein Kopf.«

16.

Er war so müde. Erst die vielen Fragen, dann die einschläfernden Geräusche in der Röhre, schließlich die frische Luft und am Ende das Schummerlicht im Nachttierhaus. Er wollte ja wach bleiben und zuhören. Aber es fiel ihm von Minute zu Minute schwerer, zumal das Auto so gut roch und angenehm sanft vibrierte.
Simon lehnte seinen Kopf an Carinas weichen Oberarm und schloss die Augen. Ihr Magen grummelte, und er spürte, dass sie sich nicht wohl fühlte. Es ging ihr nicht mehr so gut, seit sie vorhin kurz in Roberts Armen gezittert hatte. Vielleicht konnte sie auch nur den dicken Fahrer nicht leiden, den sein Anwalt »Borchert« nannte und der beim Sprechen immer so merkwürdig schnaufte. Obwohl es sehr kühl draußen war, trug er lediglich ein dünnes T-Shirt mit halbmondförmigen Rändern unter den Achseln.
»War jemand von euch schon mal in Ferch?«, fragte Robert von vorne. Simon blinzelte, als er den Ortsnamen hörte, den er ihnen noch im Nachttierhaus mitgeteilt hatte. Eigentlich war er sich gar nicht mehr so sicher, ob der Friedhof wirklich genau dort lag. Im Moment war es nicht mehr als eine dumpfe Ahnung. *Ferch.* Die fünf Buchstaben standen wie funkelnde Ausrufezeichen vor seinen Augen, sobald er sie schloss.
»Ja, das liegt am Schwielowsee, direkt hinter Caputh.«
»Woher weißt du denn das?«, fragte Stern argwöhnisch den Fahrer.
»Weil da in der Gegend die ›Titanic‹ steht. War früher mal meine größte Disco.«

Carina verlagerte neben ihm ihr Gewicht.
»Schaffen wir das denn bis sechzehn Uhr?«
»Mein Navi sagt, wir sind in fünfundvierzig Minuten da. Wird knapp. Viel Zeit, uns umzuschauen, haben wir nicht.« Stern seufzte. Er klang jetzt lauter, so als hätte er sich nach hinten zu Carina umgedreht.
»Schläft der Junge?«
Simon fühlte, wie sie sich zu ihm hinabbeugte. Er wagte kaum zu atmen.
»Ja, glaub schon.«
»Gut, denn ich will dich etwas fragen. Aber bitte, gib mir eine ehrliche Antwort, ich hab nämlich das Gefühl, langsam den Verstand zu verlieren. Glaubst du wirklich an so was?«
»Woran?«
»Seelenwanderung. Reinkarnation. Daran, dass wir schon einmal gelebt haben.«
»Also, ich ...« Carina antwortete zögerlich, wie jemand, der zuerst die Reaktion seines Gesprächspartners abwarten will, bevor er sich endgültig festlegt.
»Ja, ich denke ja. Es gibt sogar handfeste Beweise dafür.«
»Welche?«, hörte er den Anwalt ungläubig fragen.
»Kennst du den Fall des sechsjährigen Taranjit Sing?«
Da niemand antwortete, vermutete Simon, dass Stern den Kopf geschüttelt hatte.
»Er lebt in Indien, in der Stadt Jalandhar. Der Fall ist wirklich passiert, darüber lief kürzlich eine Reportage. Reinkarnation ist ein fester Bestandteil im Hinduismus. Die Hindu gehen davon aus, dass jeder Mensch eine unsterbliche Seele besitzt, die nach dem Tode in einen anderen Körper übergeht, manchmal sogar in den eines Tieres oder in eine Pflanze.«
»Ich fass es nicht, dass mich das jetzt wirklich interessiert«,

flüsterte Stern mehr zu sich selbst und so leise, dass Simon ihn kaum verstehen konnte.
»Taranjit ist nur einer von zahlreichen gut dokumentierten Wiedergeburtsfällen in Indien. Ein anerkannter Forscher, Ian Stevenson, hat in seinem Leben dort über dreitausend Kinder befragt.«
Stern grunzte zustimmend.
»Von dem hab ich schon mal gehört.«
»Was war denn nun mit diesem Tanjuk?«, fragte Borchert.
»Taranjit«, korrigierte Carina. »Der Junge behauptete, er sei die Wiedergeburt eines Kindes aus dem Nachbardorf, das 1992 bei einem Autounfall ums Leben kam. Er konnte sich an unglaubliche Einzelheiten erinnern, obwohl er noch niemals sein Dorf verlassen hatte.«
»Dann hat er halt mal eine Unterhaltung seiner Eltern über das Unglück aufgeschnappt. Oder in der Zeitung davon gelesen.«
»Ja, das sind die gängigen Erklärungsversuche, aber jetzt kommt's.«
Simon konnte spüren, wie Carinas Herz schneller schlug.
»Ein in Indien sehr bekannter Kriminologe, Raj Singh Chauhan, wollte einen objektiven Beweis. Also was machte er?«
»Einen Lügendetektortest wie bei Simon?«
»Besser. Der Mann ist ein Experte auf dem Gebiet der forensischen Handschriftenanalyse. Er verglich die Handschrift von Taranjit mit der des verstorbenen Jungen.«
»Ach komm ...«
»Doch. Es ist wahr. Die Handschriften waren identisch. Und jetzt erklär mir das bitte mal!«
Simon bekam die Antwort von Robert nicht mehr mit. Obwohl er sich fest vorgenommen hatte, wenigstens noch eine Minute wach zu bleiben, konnte er nicht länger gegen den

Schlaf ankämpfen. Er hörte nur noch den Namen Felix und dass von einer Stimme auf einer DVD die Rede war, dann zog es ihn endgültig fort. Sein verstörender Traum begann wie immer. Nur die Tür ging heute etwas leichter auf.
Und es fiel ihm auch nicht mehr so schwer wie beim ersten Mal, die Treppe hinabzusteigen, die in den dunklen Keller führte.

17.

Durch den plötzlichen Ruck, der ihn nach vorne riss, wachte Simon wieder auf.
»Kannst du nicht aufpassen?«, schimpfte Carina. Ihre Stimme klang dabei etwas nasal. So, als hätte sie schon wieder Tränen vergossen.
»Sorry, ich dachte, die Ampel hätte einen grünen Pfeil«, grummelte Borchert. Wenig später spürte Simon, wie die Fliehkräfte seinen Kopf noch fester gegen Carinas Brust pressten. Hinter der Kurve begann es zu rumpeln. Demnach mussten sie jetzt über Kopfsteinpflaster fahren.
»Du weißt, warum du diesen Film gestern bekommen hast, Robert?«
Simon unterdrückte ein Gähnen. Er hatte keine Ahnung, worüber sie jetzt sprachen.
»Damit ich die Drecksarbeit für die Schweine mache. Ich soll den Mörder finden.«
»Quatsch«, protestierte Carina. »Wer in der Lage ist, ein solches Videoband zusammenzustellen, mit Bildmaterial,

das über zehn Jahre alt ist, der ist wohl kaum auf die Hilfe eines zufällig dahergelaufenen Strafverteidigers angewiesen.«

»Da hat die Lady recht«, stimmte Borchert zu.

»Worum geht es denn dann, eurer Meinung nach?«

»Wenn jemand noch so viele Jahre später einen solchen Aufwand betreibt, dann kommen nur zwei Sachen in Betracht: Geld oder Geld.«

»Sehr witzig, Andi. Hast du noch eine etwas konkretere Theorie?«

»Ja, wie wär's damit: Simon sagte doch, die Jungs waren böse. Also Verbrecher. Vielleicht gehörten sie zusammen. Eine Bande, eine Gang, was weiß ich. Ich denke, sie haben bei einem Drogendeal einen fetten Gewinn gemacht, und einer wollte nicht teilen. Der Typ hat alle anderen kaltgemacht. Bis auf einen.«

»Die Stimme auf der DVD«, sagte Stern.

»Genau. Die sucht jetzt den Mörder, um an ihren Anteil zu kommen.«

»Möglich. Klingt sogar plausibel. Aber wie kann Simon davon wissen, wenn ihr seine Wiedergeburt ablehnt? Und wer ist der Junge mit dem Feuermal?«, meldete sich Carina zu Wort. »Darauf haben wir keine Antworten. Sicher ist nur eins, Robert. Du wirst benutzt. Bleibt die Frage: Wozu?«

»Okay, Mädels.« Borchert trat in die Bremsen. »Wir sind da!«

Simon blinzelte. Zuerst fokussierten seine schläfrigen Augen zwei Regentropfen, die sich wie Tränen auf der getönten Scheibe des Fensters wölbten. Dann sah er nach draußen. Eine akkurat geschnittene Hecke zog an ihm vorbei, hinter der sich ein mit feuchtwelkem Laub bedeckter Wiesenhügel sanft nach oben streckte.

Die Sicht wurde besser, als Borchert die Geschwindigkeit nochmals drosselte. Simon löste sich aus Carinas Umarmung und presste seine verschwitzte Handfläche gegen die kalte Scheibe. An den Hügel vor ihm konnte er sich nicht erinnern. Aber die sandsteinfarbene Kirche hatte er schon mal gesehen. Sie sah genauso aus wie die auf seiner Zeichnung am Krankenhausfenster.

18.

Das glaub ich jetzt nicht.«
Borchert lachte und fing sich damit den bösen Blick einer Angehörigen des Trauerzugs ein. Er streckte der Dame mit der streng gescheitelten schwarzen Kurzhaarfrisur die Zunge raus und feixte, als sie sich empört wieder nach vorne umdrehte.
»Also echt, dieser Tag geht wirklich in die Annalen ein.«
Auch Stern musste zugeben, dass die Situation einer gewissen Komik nicht entbehrte.
Als sie vor zehn Minuten die Sandsteinkirche betraten, hatten sie zuerst ihren Augen und Ohren nicht trauen wollen. Hinter einem schmucklosen protestantischen Altar stand ein Mann mit kurzgeschnittenen Haaren und freundlich funkelnden Augen. Der Pfarrer trug keine geistlichen Gewänder, sondern einen dunkelblauen Westenanzug. Statt einer Krawatte hing ihm ein grüner Schal über die Schultern, und die Tatsache, dass dieser vorne etwas hilflos zusammengeknotet wirkte, machte ihn irgendwie sympa-

thisch. Genau wie die Trauerrede, die er hielt. Er ließ sich gerade über die Angewohnheit des Toten aus, sich bei seinen zahlreichen Waldspaziergängen in Wildschweinkot zu wälzen. Zum Beweis hielt er ein überlebensgroßes Foto des Verstorbenen in die Trauergemeinde. Die überwiegend weiblichen Zuhörer bestaunten wehmütig den rotbraunen Basset, der zu Lebzeiten mindestens dreißig Kilo gewogen haben musste.

Ökumenischer Tiergottesdienst mit Pfarrer Ahrendt. Jeden vierten Samstag im Monat, verriet ein Anschlag an der Kirchentür, der so angebracht war, dass sie ihn erst lesen konnten, als sie beim Hinausgehen der Gruppe folgten. Im Augenblick marschierten sie hinter der Kirche auf einer grob geschotterten Forststraße durch den Nieselregen, und Stern verfluchte sich nicht zum ersten Mal, dass er keinen Regenschirm dabeihatte. Sein Hemd klebte feucht auf seiner Brust, als hätte er es direkt nach der Wäsche angezogen. Wenn es so weiterging, würde er sich wie Simon eine Lungenentzündung einfangen. Zum Glück war der Kleine bei Carina im warmen Auto geblieben.

»Ich fasse es nicht.« Andis Lachen klang, als würde er versuchen, eine verschluckte Fischgräte auszuhusten. »Die tragen das fette Vieh doch tatsächlich in einem Holzsarg vor sich her.«

»Ist doch okay. So was Ähnliches hab ich mit meinem ersten Hund auch gemacht.«

»Du spinnst.«

»Wieso? Damals war ich so alt wie Simon und froh, dass mein Vater diesen Abschied für mich organisiert hat. Wir begruben ihn allerdings im Garten und nicht wie hier auf einem richtigen Friedhof.«

Sie näherten sich einem windschiefen Jägerzaun, der das of-

fizielle Gemeindegrundstück von dem privaten Gelände des Tierheims abtrennte.
Stern ging einen Schritt schneller und schloss zu dem ungewöhnlichen Pfarrer auf. Der hielt für seine Gäste die hüfthohe Gartentür auf und begrüßte auch Robert mit Handschlag und einem offenen Lächeln. Angesichts seiner verklebten Prothese wäre es Stern fast lieber gewesen, der Mann hätte nicht so freundlich dreingeschaut.
»Entschuldigen Sie bitte vielmals. Geht es hier entlang auch zum offiziellen Friedhof?«
»Ach, Sie gehören gar nicht zu Hannibals Angehörigen?«, fragte Ahrendt erstaunt.
»Leider nein. Wir suchen hier eine Ruhestätte für, ähh, nun, für Menschen.« Stern fühlte sich wie ein schlechter Lügner, obwohl er doch gar nichts Falsches sagte.
»Da muss ich Sie enttäuschen. Das Tierheim hat dieses Gelände bei uns gepachtet. Um die Auflagen für eine menschliche Ruhestätte zu erfüllen, fehlt unserer Gemeinde das Geld. Da müssen Sie schon in den nächsten Ort fahren.«
»Verstehe.«
Stern sah dem Pfarrer nach, der sich entschuldigt hatte und nun zu seiner Trauergemeinde watschelte, die in der hintersten Ecke des Grundstückes neben einem großen Rhododendronbusch auf ihn wartete.
Borchert schüttelte den Kopf über den letzten Satz des Pfarrers, den er aufgeschnappt hatte. »Völlig bekloppt. Einen echten Friedhof gibt's erst in der nächsten Stadt, aber für Tiere haben sie ein ganzes Fußballfeld reserviert!«
Die Bemerkung war zwar etwas übertrieben, denn die in Parzellen unterteilte Heidewiese maß allenfalls fünfhundert Quadratmeter. Trotzdem erschien sie für ihren Zweck erstaunlich groß. Stern konnte sich kaum vorstellen, dass es in

dieser Gegend eine so heftige Nachfrage nach Tierbestattungen gab. Die Anzahl der über das Grundstück verteilten Grabsteine schien allerdings dafür zu sprechen. Sie ragten etwas ungeordnet und durch verschiedene Nadelbäume voneinander getrennt wie schiefe Zähne aus dem Boden. Stern beschloss, sich ein wenig umzusehen, bevor sie wieder zurückgingen.

»Ich warte hier«, rief ihm Borchert hinterher, der einen trockenen Fleck unter einer mächtigen Eiche gefunden hatte, den er offenbar nicht aufgeben wollte.

Vertigo, Fienchen, Mickey, Molly, Vanilla ... Die Namen der Tiere, an deren Grabsteinen er vorbeilief, waren so unterschiedlich wie ihre Gräber. Auf den meisten stand ein weißes Kreuz oder ein kleiner Granitquader mit schnörkelloser Inschrift. Einige Besitzer hatten etwas tiefer in die Tasche gegriffen und so etwas wie Grabpflege beauftragt. Vor »Branko« zum Beispiel lag ein frisch geflochtener Kranz neben zwei weißen Orchideen. Und »Cleopatra« musste tatsächlich eine Katzenkönigin gewesen sein, bevor sie vor einem halben Jahr »von einem Autofahrer ermordet« wurde. So stand es zumindest auf dem Messingschild neben dem Miniaturnachbau der Cheopspyramide, die jetzt als Grabschmuck diente.

»Das ist doch sinnlos«, hörte er Borchert rufen. »Hier gibt es keinen Lucas.«

»Woher willst du das wissen?« Stern drehte sich um. Borchert hatte einen grünen Schaukasten in der Nähe der Eiche entdeckt und pochte mit seinem Daumen gegen die hauchdünne Glasscheibe.

»Das ist eine komplette Liste mit allen Tieren, die hier liegen. Von Abakus bis Zylie.«

Rosinengroße Tropfen klatschten Stern in unregelmäßigen

Intervallen in den Nacken, und er fühlte sich wie unter einem nassen Baum, an dem jemand heftig rüttelte.
»Aber kein Lucas. Lass uns abhauen. Wir können hier unmöglich das ganze Gelände umgraben, ohne dass die Mädels da hinten ausflippen.«
Stern sah noch einmal zu dem Pfarrer, der mit dem Rücken zu ihnen, etwa fünfzig Meter entfernt, eine letzte Ansprache hielt. Der vom Schwielowsee her auffrischende Herbstwind trug seine letzten Worte für den Hund in die entgegengesetzte Richtung.
»Okay, gehen wir«, stimmte Stern schließlich zu. *Für heute ist mein Bedarf an Leichen sowieso gedeckt.* Er wollte sich nur schnell bücken, um seine Schuhspitze von einem bräunlichen Klumpen Eichenlaub zu befreien, als er plötzlich innehielt.
Hier liegt kein Lucas, waberten Borcherts letzte Worte in seinem Kopf umher. Er schirmte seine Augen mit der flachen Hand gegen den Regen ab und versuchte die Einzelheiten des Bildes, das er vor sich sah, in einen sinnvollen Zusammenhang zu bringen. Dabei betrachtete er seine Umgebung wie durch eine dreckverschmierte Windschutzscheibe mit alten Scheibenwischern. Je mehr er blinzelte, desto unklarer wurde das Gesamtbild.
Die kleine Gruppe mit Pfarrer. Die Cheopspyramide. Die Orchideen.
Irgendetwas war hier falsch. Er hatte eben etwas Bedeutendes gesehen, aber nicht richtig eingeordnet. So wie ein wichtiger Kalendereintrag, der in der falschen Spalte steht.
»Was ist?«, fragte Borchert, der seine innere Anspannung beobachtet haben musste.
Stern hob den Zeigefinger seiner linken Hand und zog mit der anderen sein Handy hervor. Gleichzeitig ging er wieder

hinein. Zurück zu der Grabreihe des Tierfriedhofs, in der er eben schon einmal gestanden hatte.

»Schläft Simon?«, fragte er. Carina hatte noch während des ersten Klingelns abgenommen.

»Nein, aber gut, dass du anrufst.« Er überhörte die Sorge in ihrer Stimme, weil er sich selbst gerade fürchtete. Vor der Frage, die er Simon gleich stellen würde.

»Gib ihn mir mal.«

»Das geht grad nicht.«

»Warum das denn?«

»Er kann jetzt nicht reden.«

Stern kniete sich vor einem der billigeren Grabsteine nieder. Ein ziehender Schmerz begann sich direkt hinter seiner Stirn zu den Augen hin auszubreiten, und er legte den Kopf in den Nacken.

»Geht es ihm nicht gut?«

»Doch. Was willst du denn von ihm wissen?«

»Frag ihn bitte, was auf seinem Bild stand, das er im Krankenhaus gemalt hat. Bitte, das ist ganz wichtig. Frag ihn, mit welchem Namen er es unterschrieben hat.«

Der Hörer wurde weggelegt, und Stern glaubte das Knarren einer Tür zu vernehmen, war sich aber nicht sicher. Im Hintergrund rauschte und zischte es wie bei einem schlechten Radioempfang. Es dauerte mindestens eine halbe Minute, bis es in der Leitung piepte – Carina war aus Versehen auf eine Wähltaste gekommen, als sie den Hörer wieder an sich nahm.

»Hörst du mich?«

»Ja.« Sterns Finger zitterten, während er über den eingemeißelten Schriftzug auf dem Granit fuhr. Buchstabe für Buchstabe. Er konnte den Namen, den Carina ihm nannte, auf dem Grabstein mitlesen.

»Pluto. Simon hat ›Pluto‹ darunter geschrieben. Aber du solltest jetzt besser schnell zu uns kommen.«

Stern hörte ihr nicht mehr zu, gab nur noch mechanisch seine Antworten.

»Warum?«, fragte er leise, seine Augen immer noch auf den Grabstein mit dem Namen der Zeichentrickfigur gerichtet. Durch den Regen sah er aus wie in Öl getaucht.

»Komm sofort her«, forderte Carina, und schließlich war es die drängende Angst in ihrer Stimme, die einen Schalter in seinem Bewusstsein umlegte. Er konnte im Moment nicht klären, wer oder was in diesem Grab lag, und warum.

Ein Tier? Ein Mensch? Ein Kopf?

Er konnte nicht herausfinden, warum Simon sie zu diesem Ort geführt hatte, der einer Zeichnung entsprach, die gleich mehreren Händen entsprungen war. Denen eines Jungen und eines Toten. In diesem Moment konnte er nur klären, warum Carina nahe dran war, ihn panisch anzubrüllen.

»Was ist denn passiert, um Gottes willen?«

»Simon«, antwortete sie abgehackt. »Er sagt, er will es wieder tun.«

»Was denn?« Stern stand auf und sah zu Borchert. »Was will er tun?«

Und was heißt »wieder«?

»Beeil dich. Ich denke, das sollte er dir besser selbst sagen.«

19.

Sonst war niemand mehr da. Die Kirche war leer, und es fiel ihm schwer, sich vorzustellen, dass es Menschen gab, die hier in dieser schlichten Umgebung Trost finden konnten. Stern zog seinen nassen Mantel aus und legte ihn sich über den Arm. Er bereute es sofort. Hier drinnen war es kalt und zugig. Die Luft roch nach Staub und alten Gesangbüchern, und vermutlich war es sogar von Vorteil, dass durch die bunten Oberlichter heute keine Sonne fiel, sonst wäre der abgeblätterte Putz vielleicht noch deutlicher ins Auge gesprungen. Stern hätte sich nicht gewundert, wenn der Küster den sterbenden Jesus nur an die Wand gehängt hätte, um damit einen weiteren Baumangel zu überdecken. Eine intime Atmosphäre konnte hier jedenfalls nicht aufkommen.

»... weiß ich nicht mehr weiter. Ist es richtig? Ist es falsch? Soll ich es tun, oder soll ich ...«

Stern hielt den Atem an und achtete auf das zischende Flüstern, das von vorne aus der zweiten Reihe kam. Er hatte ihn natürlich schon beim Eintreten bemerkt. Simon. Aus dieser Entfernung sah er aus wie ein kleiner Erwachsener. Ein altes Männchen, in sich gekehrt, im Zwiegespräch mit seinem Schöpfer. Stern näherte sich vorsichtig der flüsternden Stimme, konnte aber nicht verhindern, dass seine Ledersohlen auf dem staubigen Steinfußboden laut knirschten.

»... bitte gib mir ein Zeichen, ob ich ...«

Simon stockte und sah auf. Er löste seine gefalteten Hände, als wäre es ihm peinlich, beim Beten beobachtet zu werden.

»Entschuldige bitte, ich wollte dich nicht stören.«

»Kein Problem.«

Der Junge rutschte einen Platz weiter.

Kein Wunder, dass immer weniger Leute zum Gottesdienst gehen, wenn die Bänke so hart sind, schoss es Stern durch den Kopf, als er sich setzte.

»Ich bin gleich fertig«, flüsterte Simon, die Augen nach vorne zum Altar gerichtet. Stern wollte ihn packen, mit ihm nach draußen eilen, zu Carina, die nervös mit einer Zigarette in der Hand gemeinsam mit Borchert vor der Kirche auf sie wartete.

»Betest du zu Gott?«, fragte er ihn leise. Obwohl sie hier allein waren, flüsterten sie so wie vorhin im Nachttierhaus.

»Ja.«

»Willst du was Bestimmtes von ihm?«

»Wie man es nimmt.«

»Alles klar, geht mich ja auch nichts an.«

»Das ist es nicht. Ich meine nur …«

»Was?«

»Na ja. Du verstehst es doch eh nicht. *Du* glaubst ja nicht an Gott.«

»Wer sagt das?«

»Carina. Sie meint, dir ist mal was Schlimmes passiert, und seitdem liebst du keinen mehr. Nicht mal dich selbst.«

Stern sah ihn an. Im Halbdunkel der Kirche verstand er auf einmal, was Entwicklungshelfer meinten, wenn sie von dem leeren Gesichtsausdruck der Kindersoldaten berichteten. Kleine Jungen mit faltenfreier Haut und dem Tod in den Augen. Er räusperte sich.

»Du hast eben von einem Zeichen geredet. Was wünschst du dir denn für einen Hinweis von Gott?«

»Ob ich weitermachen soll.«

Er will es wieder tun, erinnerte sich Stern an Carinas Worte.

»Womit?«
»Na ja. *Damit* eben.«
»Ich glaube, ich verstehe dich nicht.«
»Ich bin doch eingeschlafen. Vorhin im Auto.«
»Hast du wieder etwas geträumt?«
Knack. Die Kerze auf dem Altar schien sich zu der Kellerlampe zu verwandeln, die im Schlaf Simons Erinnerungen beleuchtete.
»Ja.«
»Von den Morden?«
»Genau.« Simon drehte seine Hände mit den Innenseiten nach oben und sah verstohlen auf sie herab. So, als hätte er sich wie für ein Schuldiktat einige Vokabeln mit Kugelschreiber auf der Haut notiert. Aber außer dem zarten Liniengeäst unterhalb seiner Finger konnte Stern keinen Spickzettel erkennen, der Simon jetzt half, die richtigen Worte zu finden.
»Ich weiß jetzt, warum ich ›Pluto‹ auf das Bild geschrieben habe.«
Knack.
»Warum?«
»Das war sein Lieblingskuscheltier.«
»Wessen?«
»Von Lucas Schneider. Er war genauso alt wie ich. Also damals, meine ich. Vor zwölf Jahren.«
»Denkst du, du hast ihn getötet?«
Damals. In deinem anderen Leben?
Sterns Kopfschmerzen nahmen zu, je mehr er sich gedanklich diesem Irrsinn annäherte.
»Nein.« Simon funkelte ihn entrüstet an. Das Leben war in seine Augen zurückgekehrt, wenn auch ein wütendes. »Ich habe doch keine Kinder ermordet!«

»Ich weiß. Aber die anderen. Die Verbrecher?«
»Genau.«
»Dann warst du so etwas wie ein Rächer?«
»Vielleicht.«
Simons Oberkörper zuckte.
Stern wollte schon Carina holen, in der Hoffnung, dass sie die erforderlichen Medikamente dabeihatte, falls er jetzt wieder einen Anfall bekam. Dann bemerkte er die Träne auf der Wange des Jungen.
»Ist ja gut, komm.« Unsicher streckte er seine Hand nach dem weinenden Kind aus. Als bestünde die Gefahr, sich an dessen Schulter zu verbrennen. »Lass uns gehen.«
»Nein, noch nicht.« Simon zog die Nase hoch. »Ich bin noch nicht fertig. Ich muss ihn erst fragen, ob ich das wirklich tun soll.«
Knack. Knack. Knack.
Für einen kurzen Moment hatte sie sich beruhigt, aber jetzt schien die Kellerlampe schneller zu flackern als jemals zuvor.
»Was denn?«
»Ich hab doch damals nicht alles geschafft.«
»Ich verstehe dich nicht, Simon. Was meinst du? Womit bist du nicht fertig geworden?«
»Mit den Männern. Ich hab früher viele von ihnen umgebracht. Das weiß ich genau. Nicht nur die beiden, die du schon gefunden hast. Es waren noch mehr. Viel mehr. Aber ich hab sie nicht alle geschafft. Einer fehlt noch.«
Jetzt war es Stern, der nur mit Mühe die Tränen zurückhalten konnte. Der Junge brauchte dringend einen Psychologen und keinen Anwalt.
»Und deshalb bin ich noch einmal zurückgekommen, glaube ich. Das ist mein Auftrag. Ich muss es noch einmal tun.«

Bitte nicht. Bitte hör jetzt auf zu reden.
»Töten. Ein letztes Mal. Übermorgen, in Berlin. Auf einer Brücke.«
Simon drehte sich weg und sah zu der Jesus-Figur über dem Altar. Er faltete die Hände, schloss seine großen Augen und fing an zu beten.

Die Erkenntnis

Der Tod ist kein Abschnitt des Daseins,
sondern nur ein Zwischenereignis, ein Übergang aus einer Form
des endlichen Wesens in eine andere.

Wilhelm von Humboldt

Wenn die Seele wandert, dann funktioniert das doch nur bei
einer konstanten Menge an Menschen. Heute gibt's aber sechs
Milliarden davon. Teilen die sich nun Seelensplitter?
Sind neunundneunzig Prozent davon leere Gefäße?

Aus einem Internetforum zur Diskussion
über die Möglichkeit einer Wiedergeburt

Die Wissenschaft hat festgestellt, dass nichts spurlos
verschwinden kann. Die Natur kennt keine Vernichtung,
nur Verwandlung. Alles, was Wissenschaft mich lehrte und
noch lehrt, stärkt meinen Glauben an ein Fortdauern unserer
geistigen Existenz über den Tod hinaus.

Wernher von Braun

Wenn alle, von denen behauptet wird, sie hätten die
Kreuzigung Christi in einem früheren Leben beobachtet,
wirklich zugegen gewesen wären, hätten die römischen Krieger
bei diesem Ereignis wohl keinen Platz mehr zum Stehen gehabt.

Ian Stevenson

1.

Er fand kaum Worte dafür, wie sehr ihm die ganze Situation auf den Sack ging, als er das elastische Polizei-Absperrband über seinen Kopf hob und mit einem Wink den Fundort für den Gerichtsmediziner freigab. Engler hatte geplant, den Nachmittag mit einer Familienpackung Taschentüchern, vier Aspirin und einem Träger Bier im warmen Bett vor dem Fernseher zu verbringen, während andere die Arbeit für ihn erledigten. Stattdessen musste er jetzt im strömenden Regen nach einer Leiche graben. Genauer gesagt nach dem, was von ihr noch übrig war. Der Kopf, den sie in dem Grab eines Rottweilers gefunden hatten, war so klein, dass sie ihn in einem Damenschuhkarton abtransportieren konnten, sobald die Spurensicherung hier durch war.
Engler stapfte wütend durch eine Pfütze zu dem provisorischen Planenzelt hinüber, das direkt hinter dem Jägerzaun als Unterstand diente. Seit ihrer Ankunft steigerte sich der Regen von Minute zu Minute, und Brandmann musste in regelmäßigen Abständen mit einem Holzstock nach oben schlagen, damit das angestaute Wasser schwallartig über die Seiten der Plastikplane abfließen konnte.
«Mist!«, hörte er den Sonderermittler laut fluchen. Ein Teil der Sintflut war Brandmann in den Kragen gelaufen, und Engler fragte sich nicht zum ersten Mal, wie der ungeschickte Typ es überhaupt bis zum Bundeskriminalamt schaffen konnte. Er würde drei Kreuze schlagen, wenn das Riesenba-

by wieder verschwunden war. Dann würden sie endlich alle zu ihrer gewohnten und bewährten Arbeitsweise zurückkehren können.

»Wie geht's Ihrem Kopf?«, fragte Brandmann, als Engler sich fröstelnd neben ihn in den Unterstand zwängte.

»Wieso Kopf? Der Mistkerl hat mir den Elektroschocker in den Rücken gestoßen.«

»Und Sie sind sicher, dass es nicht Stern gewesen sein kann?«

»Wie oft denn noch?« Engler unterdrückte einen Impuls, den Schleim in seinem Mund auf den Boden zu spucken.

»Der Mann trug einen OP-Mundschutz bis unter die Augen, einen Arztkittel und vermutlich eine Langhaarperücke. Nein, ich bin mir nicht sicher. Aber er sprach anders und wirkte etwas kleiner.«

»Schon komisch. Ich wette, wir finden Sterns Fingerabdruckspuren am Tatort.«

»Und ich wette, wir …«

Engler stockte mitten im Satz, holte sein vibrierendes Handy aus der Hosentasche und sah auf das zerkratzte Display, das ihm den Anruf eines unbekannten Teilnehmers signalisierte.

Er legte den Zeigefinger an seine Lippen, obwohl Brandmann im Augenblick gar nichts sagen wollte, und klappte sein Telefon auf.

»Hallo?«

»Hab ich recht gehabt?«, hörte er Robert Sterns vertraute Stimme fragen.

2.

Engler schniefte und nahm dankbar von einer uniformierten Polizistin einen Pappbecher mit dampfendem Kaffee entgegen.
»Ja, leider. In dem Sarg lag ein Schädel.«
»Menschlich?«
»Ja. Aber warum haben Sie uns informiert? Woher wussten Sie schon wieder von dem Grab?«
Stern machte eine kleine Pause, als wäre ihm gerade die Antwort entfallen.
»Von Simon«, sagte er schließlich.
Engler überlegte kurz, dann stellte er das Gespräch auf laut. Die Freisprechanlage seines Diensttelefons war mehr als dürftig, und Brandmann musste etwas näher rücken, um kein Wort der Unterhaltung zu verpassen.
»Das ist Quatsch, Stern. Kommen Sie: Wie hängen Sie da mit drin?«
»Das kann ich Ihnen nicht sagen.«
Zwei laut diskutierende Polizisten näherten sich dem Unterstand. Sie wurden durch Englers wütendes Fuchteln zum Schweigen gebracht und drehten vorsichtshalber gleich wieder ab.
»Und wieso rufen Sie jetzt schon wieder an?«
»Ich will Zeit. Nehmen Sie den Tipp mit dem Friedhof als Beweis dafür, dass ich vor Ihnen nichts zu verbergen habe. Simon ist mir genauso ein Rätsel wie Ihnen. Aber ich werde es knacken. Das kann ich jedoch nur, wenn Sie mich in Ruhe lassen.«
»Fürchte, dafür ist es jetzt zu spät.«

»Wieso? Ich hab nichts verbrochen.«
»Das sehe ich anders. Wir haben Ihr Auto gefunden. Es parkte zufälligerweise ganz in der Nähe einer Spedition in Moabit.«
»Verpassen Sie mir einen Strafzettel, wenn ich im Halteverbot stand.«
»Die Beschreibung des Mannes, der dort den Leichenkühlschrank öffnete, trifft irgendwie auch auf Sie zu. Komisch, was? Und apropos Halteverbot. Da stand heute ein schwarzer Jeep am Hackeschen Markt in zweiter Reihe. Vor Tiefensees Praxis. Waren Sie dort?«
»Nein.«
»Aber ein gewisser Andreas Borchert. Wir haben das Kennzeichen überprüft. Angeblich sind Sie und der Vergewaltiger seit heute wieder ein Herz und eine Seele.«
»Andi wurde freigesprochen.«
»O. J. Simpson auch. Aber lassen wir das. Wichtiger ist doch, dass ich jetzt schon wieder Ihretwegen einen Tatort absperren lassen musste.«
»Hätte ich Sie informiert, wenn die Männer auf mein Konto gingen?«
»Nein. Ich glaub auch nicht, dass Sie ein Mörder sind, Stern.«
Es waren die einzigen Worte, die Engler leicht über die Lippen gingen.
»Sondern?«
Die Sonne war untergegangen, und mit jedem Satz ihres Gespräches wurde es um sie herum dunkler. Engler war dankbar über die Baustellenlampe, die ihnen im Unterstand ein wenig Licht spendete. Er zögerte und warf Brandmann einen fragenden Blick zu.
Sollte er das wirklich tun? Alles in ihm sträubte sich dage-

gen, aber der Kriminalpsychologe nickte ihm aufmunternd zu, und deshalb hielt Engler sich an die Strategie, die sie vorhin bei der Besprechung mit Kommissariatsleiter Hertzlich verabredet hatten.

»Schön, ich verrat Ihnen jetzt mal was. Aber nur, weil es morgen eh in allen Zeitungen steht: Der Mann mit der Axt im Kopf hieß Harald Zucker. Der im Kühlschrank war Samuel Probtjeszki. Von dem einen haben wir fünfzehn, von dem anderen zwölf Jahre lang nichts mehr gehört. Wollen Sie wissen, warum uns das bis heute scheißegal war?«

»Es waren Verbrecher.«

»Richtig. Und zwar der übelsten Sorte. Mord, Vergewaltigung, Prostitution, Folter. Die haben sich einmal durch die Kapitaldelikte des Strafgesetzbuches gearbeitet und dabei eine Blutspur quer durchs Land gezogen. Wir sind gar nicht mehr mit dem Aufwischen hinterhergekommen.«

Engler hörte, wie Brandmann sich eine Zigarette anzündete.

»Wir denken, Zucker und Probtjeszki gehören zu einer Bande von Psychopathen. Sie sind nämlich nicht die Einzigen, die in den letzten Jahren spurlos verschwanden. Insgesamt haben wir sieben ungeklärte Fälle.«

In der Ferne tasteten die Beamten der Spurensicherung mit Halogenstrahlern das feuchte Erdreich ab. Zwei seiner Leute hockten mit weißen Ganzkörperoveralls bekleidet im Schlamm und hoben noch ein weiteres Grab aus. Möglicherweise war Pluto ja nicht der einzige Platzhalter hier. Engler musste an Charlie denken. Zum Glück kümmerte sich heute eine Freundin um das arme Tier und ging mit dem Labrador Gassi, auch wenn er bezweifelte, dass der Hund dies bei dem Regen heute genießen würde.

»Und was ist mit dem letzten Fund?«, fragte Stern und klang etwas abgelenkt. So, als müsste er die letzte Information erst

noch verdauen. »Wie passt der in die Reihe? Es war ein Kind, oder?«
»Ja. Wir vermuten, es handelt sich um Lucas Schneider. Geht auf Probtjeszkis Konto. Das Opfer einer fehlgeschlagenen Lösegelderpressung der Bande. Wir fanden den Körper des Jungen vor zwölf Jahren auf einer Müllkippe. Nach seinem Kopf fahndeten wir vergeblich. Bis heute.«
Engler kramte in seiner Leinenhose nach einem Taschentuch. Er konnte es nicht rechtzeitig finden und nieste deshalb durch den Mund aus, während er sich gleichzeitig die Nase zuhielt. Irgendjemand hatte ihm mal gesagt, dass er dadurch Druck im Kopf aufbauen und einen Schlaganfall riskieren würde, aber er konnte sich kaum vorstellen, dass das Schwert des Schicksals ihn ausgerechnet auf einem Tierfriedhof fällen würde.
»Warum erzählen Sie mir das alles?«, hörte er Stern fragen.
Engler nickte und sah ärgerlich zu Brandmann. Genau die Frage hatte er vorhin bei der Lagebesprechung mit Hertzlich gestellt. Ihre Masche war so billig, dass sie jeder Trottel erkennen musste. Und Stern sowieso.
»Weil ich Sie durchschaut habe«, antwortete er widerwillig wie vereinbart.
»Na, jetzt bin ich mal gespannt.«
»Sie sind kein Profi, Stern. Dazu machen Sie viel zu viele Fehler. Das einzig Intelligente von Ihnen bisher war, Ihr Handy gegen das Satellitentelefon auszutauschen, mit dem Sie mich gerade anrufen. Aber den Tipp haben Sie vermutlich von Borchert bekommen.«
»Ich bin nicht auf der Flucht. Ich habe niemanden ermordet.«
»Das sage ich ja auch gar nicht.«
»Sondern?«

»Okay, ich zähl für Sie jetzt einfach mal die Fakten zusammen. Erstens: In den letzten Jahren verschwanden sieben Psychopathen nach und nach von der Bildfläche. Zweitens: Zwei davon haben Sie uns wieder zurückgebracht. Als Leichen. Und drittens: Sie sind Strafverteidiger.«
Stern stöhnte am anderen Ende der Leitung auf.
»Worauf wollen Sie denn damit hinaus?«
»Dass es Ihr Beruf ist, sich mit Abschaum abzugeben. Mit Simon hat das alles nichts zu tun. Der ist nur vorgeschoben. Ich mutmaße mal, irgendeiner Ihrer perversen Mandanten verrät Ihnen die Fundorte der Leichen.«
»Und wieso sollte jemand das tun? Zu welchem Zweck?«
»Vielleicht hat dieser Klient etwas bei den Opfern versteckt, das Sie jetzt für ihn holen sollen? Keine Ahnung. Aber das werden Sie mir schon sagen. Spätestens, nachdem ich Sie festgenommen habe.«
»Das ist lächerlich. Vollkommen absurd.«
Engler wedelte eine unsichtbare Rauchwolke weg, die aus Brandmanns Zigarette in seine Augen waberte.
»Finden Sie? Der Richter hielt es für sehr plausibel, als er vor einer halben Stunde den Haftbefehl gegen Sie unterschrieb. Übrigens in einem Aufwasch mit dem gegen Carina Freitag und Borchert wegen Beihilfe zur Kindesentführung.«
Engler legte wütend auf und fragte sich, warum Brandmann ihm seine fette Pranke hinstreckte.
»Was ist?«, fragte er, aufgebracht über das Gespräch, das seiner Meinung nach schon zu Beginn eine völlig falsche Richtung genommen hatte.
»Das Handy«, bat Brandmann.
»Was wollen Sie damit?«
»Den Technikern geben, vielleicht können die doch irgendwas lokalisieren. »Auch bei unterdrückten Rufnummern …«

»... gibt es die Möglichkeit, den A-Teilnehmer zu ermitteln, ich weiß.« Engler warf ihm sein Funktelefon zu und trat einen Schritt näher.

»Das war das letzte Mal. Das mach ich nie wieder, okay?«

»Was?«

»Dieses Kasperltheater. Vielleicht irre ich mich ja, und Stern hat doch etwas mit den Morden zu schaffen. Aber wir schießen uns selbst ins Knie, wenn wir ihn nun in unsere Ermittlungen einweihen.«

»Das sehe ich anders. Haben Sie seine Stimme nicht gehört? Sie wurde immer höher. Das bedeutet, Sie haben ihm Angst gemacht. Stern ist ein Anfänger. Ein unerfahrener, nervöser Zivilist auf der Flucht, mit einem kleinen krebskranken Jungen an den Hacken. Wenn er noch nervöser wird, macht er einen Fehler. Er wird stolpern, zu Boden fallen, und dann können wir ihn – um es mal mit den Worten Hertzlichs zu formulieren ...«, Brandmann warf seine Zigarette auf den festgetretenen Erdboden, »... wie eine Made zerquetschen.«

Beim Austreten der Glut legte der Kriminalpsychologe sein gesamtes Gewicht auf den rechten Schuh, als wolle er einen langen Nagel in ein dickes Holzbrett treten. Dann verließ er wortlos den Unterstand und stapfte, mehreren kleinen Pfützen ausweichend, den Hang hinunter zu seinem Wagen. Engler sah ihm nach. Und während der Psychologe langsam aus seinem Blickfeld verschwand, fragte er sich, wen er im BKA kannte, der ihm mal die Personalakte dieses merkwürdigen Sonderermittlers besorgen könnte.

3.

Stern presste sein glühendes Gesicht an die Spiegelglasscheibe.

In den letzten Jahren verschwanden sieben Psychopathen nach und nach von der Bildfläche.

Die Worte des Ermittlers hallten in seinen Gedanken nach, während er auf die funkelnde Tanzfläche zwanzig Meter unter ihm hinabsah.

Das Büro des Diskothekenbesitzers thronte wie ein gläserner Adlerhorst über dem Herzstück der Anlage, die von einem Möchtegernkapitän konzipiert worden sein musste. Die Großraumdisco sah schon von außen aus wie ein Schiff. Ihr Wahrzeichen, ein pink angestrahlter Dampfschornstein auf dem schneeweißen Bug des Zentralgebäudes, wies der tanzwütigen Jugend kilometerweit den Weg durch die Brandenburger Nacht. Borchert besaß immer noch einen Schlüssel, und deshalb konnte die »Titanic« ihnen wenigstens für die kommenden drei Stunden als Versteck dienen. So lange, bis die Discothek offiziell für das Publikum öffnete.

Stern machte sich auf den Weg nach unten zu seinen drei Begleitern. Wie in einem Fünf-Sterne-Hotel fuhr er mit einer gläsernen Fahrstuhlkabine zur Haupttanzfläche hinunter und überlegte sich, wie er es ihnen beibringen sollte. Ab jetzt waren sie auf der Flucht. Borchert kannte diese Situation. Aber für Carina war es sicher eine Premiere. Die Fahrstuhltür öffnete sich, und erst jetzt hörte er die laute Musik.

»Hey, der Kleine hat Geschmack«, rief Andi zu ihm herüber. Er stand am anderen Ende der Tanzfläche neben Simon und ließ seine Hüften kreisen. Der Junge lachte begeistert und

klatschte im Takt eines Rocksongs, der aus den Bassboxen wummerte.
»Er hat Simons iPod an die Hausanlage angeschlossen«, erklärte Carina. Stern zuckte zusammen, weil er gar nicht bemerkt hatte, wie sie neben ihn getreten war.
Fünfzehn Meter entfernt warf Borchert gerade den Kopf in den Nacken und zog den nicht vorhandenen Mikrophonständer wie eine Hundeleine hinter sich her.
»Wir müssen uns stellen.« Stern kam sofort und ohne beschönigende Ausflüchte zum Punkt. Er erläuterte Carina, dass die Fahndung nach ihnen ausgeschrieben war.
»Es tut mir leid«, beendete er seine Zusammenfassung des Gesprächs mit Engler und suchte in ihren Augen vergeblich nach einem Anzeichen der Beunruhigung.
»Das muss es nicht. Es war alles meine Entscheidung«, erwiderte Carina. »Ich hab euch zusammengebracht. Ohne mich würdest du jetzt nicht in diesen Schwierigkeiten stecken.«
»Wieso bist du so ruhig?« Stern fühlte sich plötzlich an eine Szene von vor zwei Jahren erinnert. Damals, auf dem Parkplatz eines McDonald's. Als er Schluss gemacht und sie trotzdem gelächelt hatte.
»Weil es sich gelohnt hat.«
»Das verstehe ich nicht.«
»Sieh doch nur. Ich kenne Simon jetzt seit anderthalb Jahren. So glücklich habe ich ihn selten erlebt.«
Stern beobachtete, wie Borchert ihm zuwinkte, und fragte sich, ob er jemals die Welt mit Carinas Augen sehen würde. Sie waren nicht länger als zehn Tage zusammen gewesen, als er sich von ihr trennte. Gerade noch rechtzeitig, bevor er sich ernsthaft in sie verlieben konnte. Als sie zum Abschied sanft seine Wange berührte, lernte er etwas Entscheidendes

über sich selbst. In diesem Augenblick erkannte er, dass ihm dieser Lebensfilter fehlte, der es Carina ermöglichte, in jeder schrecklichen Umgebung das Negative auszublenden, bis sie sogar noch am Rande eines Schlachtfeldes eine Rose entdeckte.

Jetzt beobachtete er wieder dieses Leuchten in ihren Augen, die winzigen Lachfalten. Für Carina gab es in diesem Augenblick keine Verbrecher, keinen Hirntumor und keine Großfahndung. Sie freute sich über einen glücklichen Jungen, der zum ersten Mal in seinem Leben in einer Diskothek tanzte. Stern dagegen wurde immer trauriger. Denn er bedauerte ein Kind, das niemals Ärger bekommen würde, weil es am Wochenende zu spät vom Tanzen nach Hause kam, nachdem es mit seiner ersten Liebe zu lange in der Disco geknutscht hatte.

Passend zu seinen negativen Gedanken, begann ein neuer Song. Jetzt füllten die melancholischen Streicherklänge einer Ballade den Saal.

»Hey, sie spielen euer Lied!«, grinste Borchert und verschwand hinter einer ionischen Ziersäule. Eine Sekunde später zischte es, und eine Trockeneiswolke vernebelte die Tanzfläche.

»Cool«, jauchzte Simon und setzte sich auf den Boden. Nur noch sein brauner Schopf lugte aus den künstlichen Wolken hervor.

»Wir müssen ihn ins Krankenhaus zurückbringen«, protestierte Stern, als er Carinas Hand spürte.

»Komm schon. Nur eine Minute.«

Sie zog ihn auf die Tanzfläche, so wie sie ihn in ihrer ersten Nacht in ihr Schlafzimmer geführt hatte. Wie damals wusste er nicht, warum er es geschehen ließ.

»Wir können hier nicht …«

»Schhhhh …« Sie legte ihren Finger auf seine Lippen und strich ihm sanft durchs Haar. Dann zog sie ihn zu sich heran, gerade als der Refrain begann.
Er zögerte. Noch erwiderte er ihre vorsichtige Umarmung nicht. Er fühlte sich wie eines dieser Pakete mit einem »Glas – Zerbrechlich«-Aufkleber.
Aus Angst, etwas in ihm könnte Schaden nehmen, wenn er sie an sich drückte, wagte er kaum zu atmen. Schließlich überwand er seine dumme Furcht und streckte beide Arme aus.
Dabei musste er an den flüchtigen Augenblick in Borcherts Wagen denken, als er im Rückspiegel Simon in ihren Armen schlafen gesehen hatte. Im ersten Moment hatte er das Gefühl nicht einordnen können. Doch jetzt wusste er, dass es eine Mischung aus Sehnsucht und Reue gewesen war, die ihn jetzt schon wieder erfüllte. Eine Sehnsucht sowohl nach Felix als auch nach einer ähnlich liebevollen Berührung. Die Reue darüber, dass er Carina beides durch die abrupte Trennung verweigert hatte: das eigene Kind ebenso wie den Mann in ihren Armen, zu dem sie sich ganz offenbar immer noch hingezogen fühlte. Obwohl er es aus keinem Grund der Welt verdiente.
Carina spürte ganz offensichtlich die widersprüchlichen Emotionen, die in seinem Inneren kämpften, und riss die letzten physischen Barrieren ein, indem sie ihren warmen Körper fordernd gegen den seinen presste. Stern schloss die Augen, und die Reue verschwand. Leider nur für einen kurzen Moment. Die magische Sekunde, in der er glaubte, ihr Puls würde im Gleichtakt zur Musik schlagen, wurde jäh durch ein helles Fiepen zerstört. Er erstarrte in Carinas Armen.
Wie konnte das sein?

Borchert hatte ihm doch gesagt, dass niemand von dieser Nummer wusste. Trotzdem war soeben auf dem Satellitentelefon in seiner Hosentasche eine SMS eingegangen.

4.

Verdammt, was ist hier los?«

»Ich habe keine Ahnung.«

Borchert tippte eine Internetadresse in das Eingabefeld und klickte dann auf »Wechseln zu«.

»Du hast doch gesagt, du hast niemandem die Nummer gegeben.«

»Ja, ja, ja, wie oft denn noch? Ich benutze das Ding nur im Notfall. Und wenn, dann bin *ich* es, der anruft, okay?«

Wie einige Berliner Gastronomen ließ auch Borchert nicht alles über die offiziellen Bücher laufen. Wenn er illegale Absprachen mit seinem Buchhalter, bestechlichen Getränkelieferanten oder Schwarzarbeitern führte, dann tätigte er seine Anrufe sicherheitshalber über das Satellitentelefon. Jetzt, wo sie alle seiner Empfehlung gefolgt waren und bei ihren herkömmlichen Handys die Akkus herausgenommen hatten, war der klobige Telefonknochen ihre einzige Verbindung zur Außenwelt.

»Und was *ist* dann hier los?«

»Schätze, wir werden's gleich wissen.«

Borchert stand vom Schreibtisch auf und machte für Stern Platz, der sich an seiner Stelle vor den Flachbildschirm setzte. Sie waren alle gemeinsam zurück ins Chefbüro gefahren, sofort nachdem sie die SMS gelesen hatten. Sie bestand nur aus einer einzigen Zeile:

http://gmtp.sorbjana.org/net.fmx/eu.html

Zuerst tat sich gar nichts. Der Browser zeigte weiterhin die Startseite an, die Homepage der »Titanic«-Disco.
»Suche Proxy-Einstellungen«, las Carina die Mitteilung links unten vor.
Doch dann verfärbte sich der Bildschirm plötzlich schwarz. Ein heller Ladebalken erschien in der Mitte, und zehn Sekunden später öffnete sich ein postkartengroßes Videofeld. Stern konnte nichts Aufschlussreiches erkennen. Nichts, außer ein paar wackelnden Lichtern, die in unregelmäßigen Abständen wie Sternschnuppen durch das dunkle Bild schossen.
Borchert drehte den Ton der Lautsprecherboxen auf volle Stärke. Ohne Erfolg.
»Kein Bild, kein Ton«, murmelte er. »Was soll der …«
Er sagte gerade »Quatsch«, als das Satellitentelefon schon wieder klingelte. Das quadratische Display signalisierte diesmal einen »unbekannten Anrufer«.
Sterns Magen rumorte, als er das Gespräch annahm.

5.

Sie haben sich nicht an die Absprache gehalten.«
Die Verzerrung hatte sich leicht verändert. Die Stimme war jetzt etwas menschlicher geworden und klang genau aus diesem Grund noch viel bedrohlicher als auf der DVD.
Stern fragte sich, warum der Sprecher nicht ganz auf die künstliche Verfremdung verzichtete. Er hatte die Stimme doch ohnehin schon einmal unverzerrt in Tiefensees Praxis gehört. Wenn auch nur wenige Worte.
»Wie kommen Sie darauf?«, wollte Stern ausweichen. Vergeblich.
»Lügen Sie mich nicht an. Denken Sie nicht mal dran. Das können Sie mit der Polizei machen. Die sind beschränkt. Ich bin es nicht.«
»Also gut. Ich habe mit Engler telefoniert. Aber nur, weil ich mir Zeit verschaffen wollte. Ich habe nichts über die DVD und unsere Abmachung erzählt.«
»Das weiß ich. Sonst wären Sie jetzt nicht mehr am Leben.«
Das Bild auf dem Monitor zuckte heftig, dann veränderte sich die Farbe. Stern kam es vor, als würde ein Kameramann eine Farbschablone vor die Linse schieben. Auf einmal erhielten die Videoaufnahmen einen Grünstich. Und jetzt konnte Stern endlich erkennen, was ihnen hier vorgeführt wurde. Sein Magen verkrampfte sich.
»Ich finde, dass meine Nachtsichtkamera ein perfektes Bild von dem Friedhof einfängt, oder? Sehen Sie unseren Freund Engler da hinten?«, fragte die Stimme. »Und Brandmann, sein fetter Partner, raucht seelenruhig eine filterlose Ziga-

rette. Tja, ich sitze zum Glück im Trockenen, während die armen Schweine Ihretwegen da draußen Überstunden im Regen schieben.«

»Woher haben Sie diese Nummer?« Von allen Fragen war es diese, die Stern im Augenblick am meisten auf der Seele brannte.

»Mein lieber Anwalt, manchmal erstaunt es mich wirklich, wie naiv Sie sind. Langsam müssten Sie doch wissen, wie ich mein Geld verdiene. Mein bevorzugter Tummelplatz ist das Internet. Hier stelle ich meine Ware zum Verkauf aus. Und hier beziehe ich auch meine Informationen. Fragen Sie doch mal Borchert, wie er seine Handy-Rechnung bezahlt.«

»Online«, zischte es von hinten.

»Sehen Sie. Ich bin nicht nur gut darin, meine Spuren im Netz zu verwischen. Ich bin auch ein Meister der Informationsbeschaffung.«

»Weshalb rufen Sie an?«

»Ich will Ihnen etwas zeigen.«

Hinter Sterns Trommelfell schien ein Blutgefäß zu platzen. Er hörte ein Pfeifen im Ohr, das erst in ein Rauschen und schließlich in ein unangenehmes Taubheitsgefühl überging.

»Erkennen Sie die beiden wieder?«

Carina schlug die Hand vor den Mund. Die grünen Nachtaufnahmen auf dem Monitor waren verschwunden. Stattdessen wurden sie nun gemeinsam Zeugen einer quälend langsamen Kamerafahrt. Sie begann mit der Frontalansicht einer Kinderzimmertür, die wie von Geisterhand aufgestoßen wurde, und endete mit der Nahaufnahme zweier schlafender Mädchen. Frida und Natalie.

Stern hatte Sophies Kinder noch nicht oft gesehen, aber es gab für ihn keinen Zweifel, dass es sich hier um ihre Zwillinge handelte.

»Warum tun Sie das?«
»Um Ihnen zu zeigen, dass ich es kann.«
Die Botschaft war klar und deutlich. Die »Stimme« war allgegenwärtig. Sie kontrollierte jeden seiner Schritte. Und sie würde nicht vor einem Mord an zwei vierjährigen Mädchen zurückschrecken, um ihr Ziel zu erreichen. Carina hatte recht: Wer so skrupellos war und zudem über solche technischen Möglichkeiten verfügte, sollte eigentlich nicht auf seine Informantendienste angewiesen sein. Was also wollte der Killer wirklich von ihm?
Stern stellte genau diese Frage, und als Antwort zeigte der Monitor schon wieder ein verändertes Bild. Zuerst sah man nur eine graue, verwackelte Betonfläche. Als filmte jemand beim Joggen den Asphalt einer Straße. Die Qualität der Aufnahme war sehr schlecht und grobkörnig, so dass Stern auch nicht viel mehr darauf ausmachen konnte, als der Zoom nun weiter aufgezogen wurde und die Kamera nach oben schwenkte.
»Das da hinten ist eine Tür«, sagte Carina zuerst. Stern und Borchert hatten sie fast in der gleichen Sekunde entdeckt.
»Was soll das?«, fragte Robert in den Hörer hinein.
Die Stimme lachte nur. »Erkennen Sie es denn nicht?«
»Nein.« Stern wusste nicht, wozu diese billigen Amateuraufnahmen dienen sollten.
Verwaschene Bilder von jemandem, der auf eine geschlossene Tür zurannte. Er hatte nicht die leiseste Ahnung, bis Borchert plötzlich aufstöhnte.
»Scheiße, das gibt's doch nicht.«
Er schlug sich mit der blanken Faust auf seinen kahlen Schädel.
»Wieso, was ist denn los?«
»Andi?«

Stern und Carina riefen durcheinander, doch Borchert achtete nicht auf sie. Er zog die oberste Schreibtischschublade auf, dann eine zweite. Schließlich wurde er in der untersten fündig und nahm eine Neun-Millimeter-Pistole heraus.
»Was ist das für eine Tür?«, brüllte Stern jetzt so laut, dass Simon sich auf dem Sofa beide Hände vor die Ohren hielt.
Borchert gab keine Antwort. Er deutete nur auf einen roten Knopf im Schreibtisch, rechts neben dem Computer. Er leuchtete. *An. Aus. An Aus.*
»Der Personaleingang«, krächzte Borchert heiser und zeigte auf den Bildschirm. »Jemand hat gerade geklingelt.«

6.

Liebe ist …
Nur eine Grußkarte. Sonst nichts.
Als sie die Tür aufrissen und Borchert mit der entsicherten Waffe nach draußen sprang, rechnete Stern fest damit, hilfloser Zeuge einer Hinrichtung zu werden.
»Der ist nicht allein. Sie werden dich töten. Du stirbst, wenn du da rausgehst!«
Borchert hatte alle seine Warnungen mit einem Blick quittiert, der Stern am Verstand seines ehemaligen Mandanten zweifeln ließ. Andi wirkte, als hätten ab sofort seine niedrigsten Instinkte die Kontrolle übernommen.
Doch draußen angelangt, gab es niemanden, dem Borchert im Kampf entgegentreten konnte. Nichts außer einer lachsfarbenen laminierten Geschenkkarte im DIN-A4-Format.

Stern angelte den Umschlag von der Fußmatte, während Borchert sein aufgestautes Aggressionspotenzial mit Schreien abbaute.
»Komm her. Drecksau. Feigling. Ich mach dich platt …«
Seine Stimme hallte durch den Regen über den Hinterhof bis in den Wald hinein, in den der Handlanger gerannt sein musste.
Liebe ist … – Stern klappte die Karte auf – *… wenn man sich alles sagen kann.* So lautete die einfallslose vorgedruckte Inschrift. Darunter war in Blockbuchstaben handschriftlich hinzugefügt: WAS GIBT ES NEUES?
»Na, gefällt Ihnen meine kleine Aufmerksamkeit?«
Während sie nach unten zum Personaleingang gerannt waren, hatte Stern die ganze Zeit den Hörer nicht vom Ohr genommen, um kein einziges Wort der »Stimme« zu verpassen. Jetzt sprach sie wieder zu ihm.
»Was soll das Theater?« Robert spuckte seine Worte angewidert in das Telefon. Erst jetzt merkte er, wie sehr Borcherts Ausbruch ihn ebenfalls hochgeputscht hatte. Vielleicht war es keine gute Idee, seinen potenziellen Mörder anzubrüllen. Vielleicht aber hatte er sowieso nichts mehr zu verlieren. »Sie sind krank.«
»Ansichtssache.«
Die tiefe Stimme war trotz der künstlichen Verzerrung so durchdringend wie die Bässe bei einem Rockkonzert.
»Der erste Tag Ihres Ultimatums ist bereits verstrichen. Mich würde interessieren, was Sie bis jetzt herausgefunden haben.«
Mit der Stimme schwappte die Hupe eines Schwerlasters aus weiter Entfernung durch die Leitung.
»Warum fragen Sie mich? Sie wissen doch eh bereits alles. Der Mann im Kühlschrank. Der Kinderkopf auf dem Fried-

hof. Himmel, Sie sind sogar vor Ort! Was soll ich Ihnen denn noch erzählen?«

»Etwas, was mich zum Mörder von Harald Zucker und Samuel Probtjeszki führt. Denken Sie nach. Was hat der Junge Ihnen heute alles verraten?«

»Nicht viel.« Stern schluckte.

Vom vielen Sprechen war er schon ganz heiser geworden. Möglicherweise hatte er sich bei diesem Mistwetter aber auch erkältet.

»Ich weiß selbst nicht, was ich davon halten soll«, begann er zögernd. »Simon hat gesagt, er ist noch nicht fertig. Er will wieder töten.«

Pause. Zum ersten Mal hatte Stern den Eindruck, dass er seinem Gegenspieler einen Zug voraus war, selbst wenn er nicht wusste, auf welchem Spielfeld sie sich überhaupt bewegten.

»Geben Sie ihn mir.«

»Den Jungen?«

»Ja. Ich will ihn sprechen.«

Stern sah auf. Er hatte gar nicht darauf geachtet, wohin er Carina und Borchert beim Telefonieren gefolgt war. Jetzt standen sie wieder im Erdgeschoss, am Rande der Tanzfläche. Simons MP3-Player war verstummt, aber es hing immer noch der süßliche Geruch des Trockeneises in einer Luft, die ohnehin bald von fast dreitausend Gästen verqualmt werden würde.

»Das geht nicht.« Stern sah zu Simon hinüber. Der Kleine hatte sich einen Sitzplatz an der Champagnerbar gesucht und drehte sich dort auf einem Lederhocker im Kreis.

»Das war keine Bitte.« Die Stimme wurde mit jedem Wort drängender. »Holen Sie mir den Jungen ans Telefon. Ich will ihn sprechen. Sofort! Oder soll ich Ihnen noch mal die Auf-

nahme der Zwillinge zeigen? Sie wollen doch nicht, dass die Mädchen wie Tiefensee enden?«
Stern schloss die Augen und presste dabei seine Lider so fest zusammen, dass sich die Dunkelheit mit hellen Blitzen füllte. Beim Gedanken, was er Simon gleich antun musste, wurde ihm übel.

7.

Ja, hallo?«
»Hallo Simon.«
Der Junge wunderte sich über den merkwürdigen Klang dieser Stimme.
»Sie sprechen ja komisch. Und woher wissen Sie denn meinen Namen?«
»Robert hat ihn mir gesagt.«
»Ach so. Und wie heißen Sie?«
»Ich hab keinen Namen.«
»Ähh? Wie jetzt? Jeder hat doch einen Namen.«
»Nein. Nicht jeder. Gott zum Beispiel. Der hat auch keinen.«
»Sie sind doch nicht Gott.«
»Nein, aber ich bin ihm sehr ähnlich.«
»Wieso?«
»Weil ich auch manchmal Menschen sterben lasse. Einfach so. Verstehst du mich? Menschen wie Carina und Robert. Die magst du doch, oder?«
Simon öffnete und schloss die Faust seiner linken Hand. Es

kribbelte in seinem Arm, und er wusste, was das zu bedeuten hatte. Die Ärzte machten immer ein ganz besorgtes Gesicht, wenn er ihnen davon erzählte. Dann wollten sie Tests mit ihm anstellen und leiteten Stromstöße durch seine Finger. Bis heute hatte er nicht verstanden, warum seine Nerven links verrückt spielten, wenn sein Tumor doch im rechten Teil des Gehirns saß.

»Sie machen mir Angst«, flüsterte Simon und hielt sich an der glänzenden Chromstange fest, die rund um die Edelstahltheke der Champagnerbar führte. Von dem Stuhl war er vorsichtshalber abgestiegen, als ihm schwindelig geworden war.

»Ich hör damit auf, wenn du mir eine einzige Frage beantwortest.«

»Dann tun Sie ihnen nichts?«

»Ehrenwort. Aber dazu muss ich jetzt etwas von dir wissen.«

»Was denn?«

»Robert hat gesagt, du willst noch mal jemanden töten. Stimmt das?«

»Nein. Ich will das nicht. Aber ich weiß, dass es passieren wird.«

»Okay. Du weißt es. Und wer ist es? Wen willst du töten?«

»Ich kenne seinen Namen nicht.«

»Wie sieht er aus?«

»Weiß ich auch nicht.«

»Denk an Robert und Carina. Schau sie dir bitte noch mal ganz genau an. Du willst doch nicht, dass sie sterben, oder?«

Simon folgte den Anweisungen der Stimme und wandte den Kopf. Carina und Robert flankierten ihn an der Theke. Es gab keinen Lautsprecher für das Satellitentelefon, und des-

halb waren sie ganz nah an ihn herangerückt, um wenigstens einige Wortfetzen des schrecklichen Dialoges aufschnappen zu können.
»Nein, ich will nicht, dass sie sterben.«
»Gut. Du musst nämlich eines wissen. Ob sie überleben, das hängt nur von dir ab. Von dir ganz allein.«
Das Kribbeln in Simons Arm kam und ging in Wellen. Im Augenblick herrschte gerade Flut.
»Aber was soll ich denn sagen? Ich weiß nur das Datum, wann es passiert.«
»Wann?«
»Übermorgen.«
»Am ersten November?«
»Ja. Um sechs Uhr früh.«
»Und wo?«
»Keine Ahnung. Ich treffe einen Mann. Auf einer Brücke.«
Simon nahm den Hörer vom Ohr, als das hässliche Kichern in der Leitung immer lauter wurde.

8.

Okay – das reicht jetzt.«
Stern hatte das Telefon wieder an sich genommen. Die Stimme am anderen Ende klang so, als würde sie gerade einen asthmatischen Anfall erleiden. Dann registrierte Robert, dass er ausgelacht wurde.
»Was ist so lustig an dem, was Simon Ihnen eben erzählt hat?«

»Gar nichts. Leben Sie wohl.«

Rumms.

Es war, als schlüge in seinem Inneren eine Tür zu. Dann wurde ihm kalt.

»Was heißt das? Was soll ich jetzt tun?«

»Gar nichts.«

»Und wann ...« Verwirrt fing er an zu stottern. »Also, wann melden Sie sich wieder bei mir?«

»Nie mehr.«

Rumms.

Die Tür wurde verriegelt und versperrte ihm endgültig den Zugang zu all dem, was hier gerade passierte.

»Aber ... ich verstehe nicht. Ich habe Ihnen doch noch gar keinen Namen genannt.« Stern nahm im Augenwinkel Simon wahr, der sich gerade rücklings auf ein Sofa fallen ließ.

»Ja, und deshalb ist unser Deal an dieser Stelle geplatzt.«

»Sie werden mir nicht sagen, was Sie über Felix wissen?«

»Nein.«

»Aber wieso nicht? Was habe ich falsch gemacht?«

»Gar nichts.«

»Dann geben Sie mir noch die Zeit, die wir ursprünglich vereinbart hatten. Sie sagten, ich hätte fünf Tage. Heute ist erst Sonnabend. Ich beschaffe Ihnen den Namen des Mörders, und Sie sagen mir, wer der Junge mit dem Feuermal ist.«

Stern registrierte Carinas verwunderten Blick, den sie ihm aus der Ferne zuwarf. Er selbst hatte sich auch noch nie so flehentlich sprechen gehört.

»Oh, das kann ich Ihnen schon heute verraten. Es ist Ihr Sohn Felix. Und er lebt an einem wunderschönen Ort bei Adoptiveltern.«

»Was? Wo?«

»Warum sollte ich Ihnen das sagen?«
»Weil ich mich auch an die Abmachung halte. Ich führe Sie zu dem Mörder. Ich verspreche es Ihnen.«
»Ich fürchte, das ist nicht mehr nötig.«
»Aber wieso?«
»Na, denken Sie doch einfach mal scharf nach: Der Mann, übermorgen, auf der Brücke, das bin ich.«
»Ich verstehe nicht.«
»Doch, tun Sie. *Ich* habe übermorgen um sechs eine Verabredung. Simon will *mich* töten. Das haben Sie soeben herausgefunden, und das reicht mir als Warnung. Ich brauche keine weiteren Informationen mehr von Ihnen. Leben Sie wohl, Herr Anwalt.«
Stern glaubte einen leisen Kuss gehört zu haben, bevor das Gespräch endgültig beendet war.

9.

Die Breitreifen des Wagens flogen über den nassen Asphalt der Stadtautobahn. Stern saß auf der Rückbank neben Simon und versuchte, einen Blick in die Wohnungen der grauen Mietshäuser zu erhaschen, an denen sie gerade vorbeischossen. Er wollte etwas Reales sehen. Keine Menschen, die Särge öffneten oder Tote von ihrer Zimmerdecke schnitten. Sondern ganz normale Familien, die gerade das Abendessen vorbereiteten, bei denen der Fernseher lief oder Freunde am Wochenende zu Besuch kamen. Doch die Lichter des Alltagslebens flogen zu schnell an ihm vorbei.

Fast so schnell wie seine wirren Gedanken.
Verbrecher. Der übelsten Sorte. Mord, Vergewaltigung, Prostitution, Folter. Die haben sich einmal durch die Kapitaldelikte des Strafgesetzbuches gearbeitet.
»Was meinst du?«, fragte Carina von vorne.
Sie band sich gerade ihr dichtes Haar zu einem Pferdeschwanz. Stern hatte gar nicht bemerkt, dass er laut gedacht hatte.
»Wenn Engler die Wahrheit sagt, dann waren die Ermordeten für ihre Brutalität berühmt.«
Sie haben eine Blutspur durchs Land gezogen. Wir kamen gar nicht mehr mit dem Aufwischen hinterher.
»Bis jemand auf der Bildfläche erschien, der die Mörder ermordete«, meldete sich Borchert schmatzend zu Wort. Er kaute schon den dritten Kaugummi, seit sie von der »Titanic« Richtung Berlin losgefahren waren, und legte die unangenehme Angewohnheit an den Tag, die ausgelutschten Dinger vor sich auf das Armaturenbrett zu kleben.
»Ja. Ein Rächer, wenn wir Simon glauben. Er hat sie einen nach dem anderen erledigt. Alle bis auf einen.« Stern beugte sich nach vorne. »Vermutlich ist die ›Stimme‹ sogar der Kopf der Bande.«
Er griff sich in seinen verspannten Nacken. Die Muskeln waren so hart wie Knochen.
»Das würde jedenfalls diese knallharte Jagd nach dem Mörder seiner Kumpel erklären.« Borchert sah in den Rückspiegel. »Bei dem Aufwand, den er betreibt, muss es was Persönliches sein.«
Es würde allerdings auch bedeuten, dass der größte Psychopath von allen die einzige Person ist, die über Felix Bescheid weiß. Ihn womöglich sogar in seiner Gewalt hat. Stern behielt diese Überlegungen erst einmal für sich, obwohl er

wusste, dass sie ohnehin schon durch Carinas sensiblen Kopf schwirrten.
»Ich muss weitermachen«, sagte er leise, mehr zu sich selbst als zu den anderen. »Ich kann jetzt nicht aufhören.«
Er wusste, seine Entscheidung basierte auf zwei wahnsinnigen Hypothesen. Zum einen ging er davon aus, dass Simons Vision von einem Mord in der Zukunft sich ebenso bewahrheiten würde wie seine Erinnerungen an die Vergangenheit. Zum anderen glaubte er der »Stimme«, dass sein Sohn noch lebte. Beides war unmöglich, obwohl es bereits objektive Beweise dafür gab: Die »Stimme« *wusste* von der Brücke, *kannte* den exakten Termin!
»Glaubst du, Simon hat schon wieder recht?«, fragte Borchert, als könne er Roberts Gedanken lesen. Bis heute hatte Robert diese Eigenschaft nur Carina zugeschrieben.
»Ich weiß nicht.«
Möglicherweise gab es wirklich jemanden, der übermorgen um sechs Uhr früh auf dieser Brücke erschien. Um zu töten.
Aber wer?
Trotz allem war Stern nicht bereit, zu glauben, dass Simon selbst die Wiedergeburt eines Serienmörders war, der für seine letzte Hinrichtung noch einmal auf die Erde zurückkehrte. Es musste einen anderen, realen Rächer geben. Und Stern musste ihn finden, wenn er hinter das Geheimnis von Felix kommen wollte.
Die Brücke ist der Schlüssel. Ich muss sie finden.
Er wollte seine Gedanken gerade mit Robert und Carina teilen, als Simons Fuß neben ihm auf einmal unkontrolliert zu zittern begann.

10.

Halt!«, brüllte Stern nach vorne zu Andi. »Halt an.«
Sie passierten gerade auf der Stadtautobahn das offene Gelände des Flughafens Tempelhof.
»Wieso, was ist denn ... o Scheiße.« Borchert hatte sich nur kurz nach hinten umgedreht, und jetzt erkannte er, warum er plötzlich durch den Sitz hindurch in den Rücken getreten wurde. Simon bekam einen Anfall. Obwohl Stern sein Bein mit aller Gewalt nach unten presste, schlug es immer wieder gegen die Vorderlehne. Gleichzeitig verdrehte der Junge wie tollwütig die Augen.
»Ich fahr rechts ran«, kündigte Borchert an und setzte den Blinker.
»Nein, tust du nicht.«
Carina schnallte sich vom Beifahrerplatz ab und kletterte während der Fahrt auf der Überholspur zu ihnen nach hinten auf die Rückbank. Stern bekam es zunächst gar nicht mit, weil er zu sehr auf Simon konzentriert war. Dessen Krämpfe wurden mit jedem Herzschlag intensiver. Eine Schaumblase wölbte sich vor seinem Mund, und sein Kopf schlug so stark hin und her, dass seine Perücke verrutschte.
»Mach mal Platz«, forderte Carina, wartete aber erst gar keine Reaktion ab, sondern quetschte sich gewaltsam zwischen Robert und Simon. Stern wich notgedrungen nach rechts aus, doch Carina hing ihm immer noch halb auf dem Schoß.
»Meine Handtasche«, stieß sie hervor. »Ich brauche meine gottverdammte ... danke.«
Borchert reichte sie ihr nach hinten. Sie öffnete den Reiß-

verschluss, nahm ein weißes Etui heraus, etwa in der Größe eines Kulturbeutels, und wühlte darin herum.
»Wieso halten wir denn nicht?«, wollte Stern entgeistert wissen.
»Mit einem geklauten Auto auf dem Standstreifen? Wie stellst du dir das vor?«
Carina hatte in ihrem Medikamententäschchen eine Einwegspritze gefunden. Sie riss die Verpackung der Kanüle mit dem Mund auf und spuckte die Schutzfolie in den Fußraum. Dann zog sie ein kleines Glasfläschchen hervor, schüttelte es und drehte es auf den Kopf. Schließlich drückte sie die Nadel durch die Falzlasche.
»Wir fahren weiter. Alles andere ist zu auffällig.«
Borchert nickte. Er hatte sich den Kombi aus der Tiefgarage der »Titanic« nur »ausgeborgt«, und es war nicht auszuschließen, dass sein Besitzer schon die Polizei verständigt hatte.
»Auffällig?«, rief Stern überdreht. »Und deshalb willst du Simon sterben lassen? Damit wir nicht verhaftet werden?«
»Robert?« Carina zog die gefüllte Spritze aus dem Fläschchen und hielt sie ihm direkt vor die Nase.
»Ja?«
»Halt einfach mal kurz die Klappe.«
Sie drückte Simon mit der flachen Hand nach hinten gegen die Kopfstütze und spritzte ihm mit einer geübten Handbewegung den Inhalt der Kanüle in seinen rechten Mundwinkel. Als hätte Carina einen unsichtbaren Stecker gezogen, beruhigte sich der Junge schon wenige Sekunden später. Sein Fuß hörte auf zu zittern, die Augen schlossen sich, und seine Atmung ging wieder etwas ruhiger. Eine weitere Minute später schlief Simon erschöpft in Carinas Armen ein.
»Das ist doch Wahnsinn. Das muss aufhören.« Da Borchert immer noch keine Anstalten machte, anzuhalten, war Stern

jetzt an Carinas Stelle nach vorne geklettert, um die Situation vom Beifahrerplatz aus in den Griff zu bekommen.

»Nimm die nächste Ausfahrt und fahr zum Krankenhaus. Ihr habt es doch eben selbst gesehen. Der Junge braucht dringend medizinische Hilfe. Er gehört in eine Klinik, und nicht in diesen Alptraum.«

»Ach ja? Warum?«

»Warum? Bist du blind? Du hast doch eben selbst gesehen …«

»Weißt du, was ich an euch Juristen so hasse?«, fiel Carina ihm ins Wort. »Ihr Klugscheißer versteht nichts von der wahren Welt, aber ihr redet überall mit. Das hier eben war ein ganz einfacher epileptischer Anfall. Nicht schön. Aber auch kein Fall für die Intensivstation. Simon hätte nur etwas früher sein Carbamazepin bekommen müssen, dann hätte er jetzt nicht diese Akutbehandlung gebraucht.«

»Was redest du da für einen Mist? Die Frage ist doch nicht, *was* er hatte, sondern *warum* er den Anfall eben bekam. Unter seinem Schädelknochen wächst ein Tumor. Damit geht man nicht in den Zoo, und man buddelt erst recht keine Leichen aus.«

»Auch hier redest du wieder Blödsinn. Du weißt doch gar nicht, woran Simon leidet. Du hast dich nicht einen Funken mit seiner Krankheit auseinandergesetzt, richtig? Simon hat einen Tumor im Frontalhirn. Das bedeutet aber nicht, dass er deswegen rund um die Uhr eine medizinische Überwachung bräuchte. Die bekommt er nur in Zeiten von Chemo- und Strahlentherapie. Der Junge ist alle sechs Wochen im Krankenhaus, und dann auch nur für vierzehn Tage. Wenn Professor Müller derzeit nicht gerade überprüfen würde, ob sie bei ihm die Bestrahlungen wieder ansetzen sollten, würde er die Nächte in einem ganz normalen Kinderheim schlafen.«

»Auch das wäre besser, als hier mit uns von einem Nachtclub zum nächsten zu rasen.«
Borchert hatte vorgeschlagen, die Nacht in der Diskothek eines anderen Bekannten zu verbringen, die über ein verstecktes Hinterzimmer verfügte, das angeblich selbst der härtesten Polizeirazzia standhielt.
»Weißt du, was Simon uns jetzt sagen würde, wenn er wach wäre?«, fragte Stern wütend und gab gleich selbst die Antwort: »Lasst mich in Ruhe.«
Carina schüttelte energisch den Kopf. »Nein, im Gegenteil. Er würde sagen: ›Lasst mich nicht allein.‹ Ich weiß von ihm, dass er die Nächte nicht mag. Er bekommt Angst. Sowohl im Heim wie im Krankenhaus. Ihr habt doch selbst mitbekommen, wie er sich vorhin gefreut hat. Im Zoo, im Auto und beim Tanzen.«
»Und er hat geweint, Tote gesehen und Krämpfe gehabt.«
»Unter diesen Symptomen leidet er sowieso. Wir können sie abmildern, indem wir bei ihm sind, wenn er aufwacht. Und außerdem scheinst du eines überhaupt nicht zu begreifen, Robert Stern. Hier geht es nicht nur um dich und um Felix, sondern zuerst einmal um Simon. Der Junge wird sterben. Und ich will nicht, dass er es in dem Glauben tut, einen Menschen ermordet zu haben, verstehst du? Deshalb bin ich zu dir gekommen. Wir können seinen Tod nicht abwenden. Aber wir können ihm seine Schuldgefühle nehmen. Du weißt gar nicht, wie sensibel er ist. Zu glauben, einem anderen Leid angetan zu haben, zerreißt ihn förmlich. Und das hat er nach all dem Dreck, durch den er in seinem kurzen Leben schon marschieren musste, einfach nicht verdient.«
Stern wusste nicht, was er auf Carinas emotionalen Ausbruch erwidern sollte, und starrte durch die Windschutzscheibe. Im Grunde genommen war sie mit ihren Über-

legungen zu den gleichen Ergebnissen gekommen wie er selbst. So wahnsinnig es war, mit einem krebskranken Kind vor der Polizei zu fliehen, um hinter das Geheimnis seiner Wiedergeburtsphantasien zu gelangen, so wenig sprach dafür, sich jetzt zu stellen. Engler würde sie stundenlang verhören und danach allesamt in Untersuchungshaft stecken. Auf keinen Fall aber würde der Kommissar ihnen Glauben schenken und versuchen, das bevorstehende Treffen zweier Mörder auf irgendeiner Brücke zu verhindern. Wie auch – in der Hauptstadt gab es mehr Brücken als in Venedig.

Was für ein Verbrechen auch immer übermorgen früh um sechs Uhr geschah, es würde unbeobachtet passieren. Stern würde es weder verhindern können noch jemals erfahren, was damals mit Felix auf der Säuglingsstation geschehen war, sollten sie jetzt von Simon und seinem unerklärlichen Wissen getrennt werden.

»Und du kannst den Kleinen wirklich gut allein versorgen, ja?« Borchert, der sich unerwartet in die Unterhaltung einmischte, sah kurz in den Rückspiegel zu Carina.

»Ich kann keine Garantien geben. Aber ich habe alles dabei. Cortison, seine Antiepileptika und ganz zur Not auch Diazepam-Rektiolen.«

Stern beobachtete, wie ein Motorradfahrer vor ihnen alle zehn Sekunden die Spur wechselte, als würde er für ein Slalomrennen üben.

»Das reicht aber nicht«, sagte er nach einer Weile. Er hob beide Arme und verschränkte sie hinter seinem Kopf.

»Warum nicht?«, fragte Carina von hinten. »Er hat eine Krankenschwester, einen Anwalt und einen Bodyguard rund um die Uhr an seiner Seite. Was fehlt ihm denn noch?«

»Das wirst du gleich sehen.«

Stern nahm seinen rechten Arm wieder herunter und gab Borchert ein Zeichen, die Stadtautobahn an der Ausfahrt Köpenick zu verlassen. Zehn Minuten später parkten sie vor einer Tür, deren Schwelle er eigentlich niemals im Leben hatte überschreiten wollen.

11.

Als sie ihm mit der flachen Hand ins Gesicht schlug, wusste er, dass sie bleiben durften. Der erste Schlag, ein halbherziger Stoß gegen seine Brust, war lächerlich wirkungslos geblieben, was Sophie nur noch wütender gemacht hatte. Danach holte sie nochmals aus. Er hätte sich drehen, die Ohrfeige mit einem Arm abfangen oder zumindest abmildern können, doch er schloss nur die Augen und wartete auf das Klatschen, gefolgt von dem siedenden Schmerz, der seine linke Gesichtshälfte vom Ohr bis hin zum Unterkiefer überzog.

»Wie *konntest* du nur?«, fragte seine Exfrau mit einer Stimme, die klang, als läge unter ihrer Zunge eine Glasmurmel.

Stern wusste, dass sie ihm damit drei Fragen auf einmal stellte: *Warum hast du mir Felix aus dem Arm genommen, als ich ihn noch nicht loslassen wollte? Weshalb kommst du zehn Jahre später mit diesem Flittchen zu mir? Und wie konntest du die Erinnerung in Gestalt eines todkranken Kindes in mein Heim tragen?*

Er trat an das Keramikspülbecken, hielt ein frisches Geschirrhandtuch unter den kalten Wasserstrahl und wischte sich damit über die feuerrote Wange. Die Landhausküche mit ihren hellen, warmen Holzmöbeln war für einen Streit wie diesen eine denkbar unpassende Kulisse. Wie überall in dem Köpenicker Einfamilienhaus spürte man auch hier die sorglose, friedliche Atmosphäre, die sich Sophies neue Familie geschaffen hatte.

Kein Wunder, dass sie ihn nicht hereinlassen wollte, als er vor zwanzig Minuten unangemeldet auf der Klinkertreppe ihrer Veranda gestanden hatte. Borchert hatte sie abgesetzt und war dann weitergefahren, um sich sein eigenes Versteck zu suchen. Nur die Tatsache, dass Robert den schlafenden Simon in seinen Armen hielt, ließ Sophie zögern. Etwas zu lange. Stern hatte den Moment genutzt und war einfach eingetreten.

»Die Polizei war schon da.« Sophie stützte sich erschöpft auf dem Kochblock in der Mitte des Raumes ab, über dem eine Auswahl von antik anmutenden Messingtöpfen hing. Robert war sich nicht sicher, ob sie wirklich benutzt wurden oder nur zu dekorativen Zwecken dort angebracht waren. Aber der strahlende Ehemann auf dem Kühlschrankfoto wirkte wie ein Hobbykoch, der mit solchen Utensilien umzugehen wusste. Vermutlich standen sie nach einem harten Arbeitstag gemeinsam am Herd, schmeckten die Bratensoße ab und jagten lachend die Zwillinge ins Wohnzimmer zurück, wenn sie naschen wollten.

Schon aus diesem Grund war es die richtige Entscheidung von Sophie gewesen, ihn zu verlassen. Das einzige Mal, als er sie kulinarisch überraschen wollte, war ihm sogar die Tiefkühlpizza misslungen.

»Was hast du ihnen gesagt?«, fragte er.

»Die Wahrheit. Ein Kommissar Brandmann war bei mir. Ich hatte ja tatsächlich keine Ahnung, wo du steckst und was du getan hast. Und ganz ehrlich, Robert, ich will es auch gar nicht wissen.«

»Mami?«

Sophie fuhr herum zur Tür, in der Frida barfuß mit einer Puppe in der Hand stand. Das ausgewaschene Snoopy-T-Shirt schlackerte ihr bis weit über die Knie. »Was ist denn, mein Schatz? Du solltest doch schon längst im Bett sein.«

»Ja. War ich schon. Aber ich wollte Simon noch Cinderella zeigen.«

»Dann mal schnell.«

»Aber sie hat keine Strümpfe!«

Das blondgelockte Mädchen streckte ihrer Mutter schmollend die nackten Plastikfüße ihrer Lieblingspuppe entgegen. Sophie zog eine Schublade auf und förderte zwei fingerhutgroße Baumwollsocken zutage.

»Suchst du etwa die hier?

»Ja!« Frida strahlte, nahm Sophie die Söckchen aus der Hand und stapfte aus der Küche.

»Ich komm gleich Licht ausmachen«, rief diese ihr hinterher. Dann erstarb das mütterliche Lächeln, und Robert blickte wieder in dasselbe zornige Gesicht wie vor der Unterbrechung. Eine Minute verlor keiner von ihnen ein Wort, bis Robert auf das Telefon an der Wand deutete.

»Ruf die Polizei, wenn du willst. Ich kann gut verstehen, wenn du in meine Probleme nicht reingezogen werden willst, noch dazu, wo dein Mann seit heute Morgen auf Geschäftsreise ist.«

Sophie legte den Kopf schief, und ihre Augen verdunkelten sich. »Du hast dich nicht verändert, was? Glaubst du immer noch, ich brauche einen starken männlichen Beschützer im Haus, damit ich im Leben klarkomme?«

»Ich weiß nicht. Ich kenn dich ja nicht mehr.«

»Warum bist du dann ausgerechnet zu mir gekommen?«
»Weil ich erpresst werde.«
»Von wem?«
»Von jemandem, der mir eine Aufnahme zugespielt hat, auf der Felix stirbt.«
Sophie sah aus, als wolle sie plötzlich durchsichtig werden, so schnell wich die Farbe aus ihrem Gesicht.
»Ist es das? Hast du mich deswegen mitten in der Nacht angerufen?«
Stern nickte und versuchte, ihr die Geschichte so schonend wie möglich beizubringen. Er erzählte ihr von der DVD, den letzten Aufnahmen ihres gemeinsamen Babys und der Forderung der anonymen Stimme. Dabei ließ er das Bild des Jungen mit dem Feuermal bewusst aus. Genauso wenig erwähnte er die Drohungen des Killers gegen die Zwillinge. Im Gegensatz zu ihm hatte Sophie es fast geschafft, die Schwelle zu einem neuen Leben zu überschreiten. Ein erneuter Zweifel an Felix' Tod würde sie mit einer Dampframme in eine Welt aus Depressionen, Sorge und Selbstmitleid zurückstoßen. Gleiches galt, wenn sie den plötzlichen Tod ihrer Kinder fürchten musste. Also log er sie an. Erzählte ihr, die »Stimme« habe ihm das Video als Beweis ihrer Allmacht zugespielt und würde nun mit der Ermordung von Simon drohen, wenn er nicht kooperiere.
Als Robert mit der abgeänderten Version seiner Erlebnisse endete, sah Sophie aus, als läge das Gewicht eines Stahlbetonträgers auf ihrer Brust.
»Bist du dir wirklich sicher, dass …?«, begann sie stockend und wollte nochmals ansetzen, ließ aber davon ab, als Robert nickte.
»Ja, ich habe es selbst gesehen.«
»Und wie? Ich meine, wie ist er …«

»Wie die Ärzte es gesagt haben. Er hörte einfach auf zu atmen.«
Ein dunkler Fleck auf Sophies cremefarbener Seidenbluse wurde größer, und Robert brauchte eine Weile, bis er begriff, dass er von ihren lautlosen Tränen rührte.
»Warum nur?«, schluchzte sie leise. »Weshalb habe ich nur so selten nach ihm gesehen?«
In Erwartung einer heftigen Zurückweisung ging er zu ihr und nahm ihre Hand. Sie entzog sich nicht, erwiderte aber auch nicht den Druck seiner Finger.
»Du warst müde, es war eine schwere Geburt.«
Sophie fuhr sich mit der freien Hand durchs Haar und sah auf die Steinfliesen zu ihren Füßen. Sie sprach durch einen dichten Tränenschleier. »Ich kann mich kaum noch erinnern. An sein Lächeln oder seine verklebten Augen oder irgendetwas anderes. Alles verblasst. Ich hab auch sein Schreien nur noch schwach im Ohr. Selbst sein Geruch verfliegt langsam. Das teure französische Babyöl, das wir gekauft hatten, weißt du noch? Vielleicht wollte ich es ja deshalb nicht wahrhaben. Er roch so lebendig, als ich ihn das letzte Mal hielt. Und jetzt …«
Stern begriff schlagartig, was seine Worte bei ihr ausgelöst hatten. Offenbar hatte sie all die Jahre immer noch eine irrationale Hoffnung genährt, die jetzt zerstört war.
Er beugte sich zu ihr, sah ihr in die Augen und bemerkte, dass ihre Tränen versiegt waren. Seine Finger gaben sofort ihre Hand frei. Hätte er sie noch länger gehalten, wäre es ihm wie eine Vergewaltigung vorgekommen. Der kurze Moment der Intimität war vorbei.
Robert und Sophie schwiegen sich noch eine Weile an, dann wandte er sich von ihr ab und ließ die Mutter seines Sohnes allein in der Küche zurück. Auf der Suche nach Simon,

Carina und einem Platz zum Schlafen stieg er leise die Kellertreppe hinab. Von draußen hörte er, wie die kalten, regnerischen Winde am Gartenzaun und den Dachschindeln rissen, und irgendwie war ihm, als seien dies erst die leisen Vorzeichen für eine Nacht, die äußerst stürmisch werden sollte.

12.

Das Gästezimmer befand sich im Souterrain des Hauses. Stern zog seine Schuhe aus und legte sich ansonsten vollständig bekleidet zwischen Simon und Carina, die schon so fest schliefen, dass sie sein Eintreten gar nicht bemerkt hatten. Sie lagen unter einer dünnen Tagesdecke an den jeweils entgegengesetzten Enden des großen Doppelbettes. Wie ein altes Ehepaar, das sich gestritten hatte und vor dem Einschlafen auf Distanz gegangen war.
Stern wusste diesen glücklichen Zufall zu schätzen, der es ihm ermöglichte, sich zwischen ihre Körper zu quetschen. Carina pflegte im Schlaf durch das Bett zu wandern. Wäre er nur fünf Minuten später gekommen, so hätte sie sicher, mit Simon verknäult, die gesamte Matratze für sich beansprucht.
Die Heizung war voll aufgedreht. Doch Stern fröstelte trotzdem, als die Schreckensbilder des Tages noch einmal in ihm aufstiegen.
Die Leiche im Kühlschrank. Tiefensee, der Friedhof. Und immer wieder Felix.
Er drehte sich zur Seite und sah Carina an. Er war versucht,

die Hand nach ihrer linken Schulter auszustrecken, die nackt unter dem Bettzipfel hervorlugte. So zart sie auch war, so stark erschien ihm der Halt, den sie ihm würde geben können, wenn er sie nur flüchtig berührte. Carinas dichtes, leicht gewelltes Haar breitete sich wie ein Fächer über das Kopfkissen. Sie selbst lag auf der Seite.

Stern lächelte. Genau in dieser Position hatte er sie zum ersten Mal gesehen. Mit ausgestrecktem Arm, angezogenen Beinen und geschlossenen Augen. Drei Jahre war es nun schon her, als er auf dem Heimweg in seine leere Villa einem plötzlichen Impuls nachgegeben hatte und auf den Parkplatz eines Möbelhauses einbog. Beim Rundgang in der Bettenabteilung glaubte er plötzlich eine besonders schöne, lebensechte Schaufensterpuppe auf einem der Betten liegen zu sehen. Doch dann schlug Carina die Augen auf und lächelte ihn an. »Soll ich sie kaufen?«, fragte sie ihn. Eine Stunde später half er ihr, die neue Matratze in ihre Dachgeschosswohnung am Prenzlauer Berg zu tragen.

Plötzlich stand ihm auch wieder der Grund vor Augen, warum er sie verlassen hatte. Vor drei Jahren. Damals hatte er nach dem Sex neben ihr wach gelegen und gespürt, wie man sich fühlte, wenn man vergessen konnte. Wenn eine leidenschaftliche Umarmung die quälenden Bilder aus dem Kopf spülte und auf einmal nur noch die Gegenwart existierte. So wie jetzt hatte er auch damals seine ausgestreckte Hand wieder zurückgezogen, weil er sich schuldig fühlte. Er hatte nicht das Recht, ein neues Leben anzufangen, in dem die Erinnerungen an Felix irgendwann verblassen würden wie Fotografien auf dem Kaminsims.

Am nächsten Tag hatte er sich wegen eines nichtigen Anlasses von Carina getrennt, bevor es zu spät war. Bevor er sich in ihr verlor.

Diese und tausend weitere Gedanken hielten Stern noch eine halbe Stunde wach, dann zog ihn die Erschöpfung endlich mit Macht in die Dunkelheit eines traumlosen Schlafes hinab. In ihm gefangen, spürte er weder die unruhigen Bewegungen Carinas neben sich noch den ernsten Blick in seinem Nacken.

Der Junge wartete noch eine kurze Weile. Dann, als er die gleichmäßigen Atemzüge des Anwalts hörte, schlug Simon vorsichtig die Decke zurück, nahm seine Perücke vom Fußboden und schlich auf Zehenspitzen zur Tür hinaus.

13.

Etwas zerbrach. Das Störgeräusch musste zwei Türen, eine Treppe und zirka zwanzig Meter Luftwiderstand überwinden, bevor es mit stark verminderter Intensität in das Gästezimmer drang. Stern stöhnte und riss sich dadurch selbst aus dem Schlaf. Das Splittern hatte er nur unterbewusst wahrgenommen. Was ihn letztlich weckte, war die Hand auf seinem Gesicht. Carina hatte in ihren Träumen wieder gearbeitet und seinen Kopf als Ablagefläche entdeckt.
Noch betäubt von der viel zu kurzen Erholungspause, löste Robert sich aus der unabsichtlichen Umarmung. Er streckte sich, drückte sein versteiftes Rückgrat gegen die harte Matratze und war plötzlich irritiert. Etwas war hier falsch. Er brauchte nicht lange, um zu erkennen, was sich in dem dunklen Zimmer verändert hatte.

Stern schnellte herum, sprang vom Bett und rannte ins angrenzende Badezimmer. Leer. Simon war nicht mehr da. Nicht mehr bei ihnen!
Er riss die Tür auf und rannte auf Socken nach oben. Noch besaß er kein Zeitgefühl, wusste nicht, wie lange er geschlafen hatte. Draußen war es dunkel, kein Licht fiel durch die Sprossenfenster, was im Berliner Herbst alles bedeuten konnte: später Nachmittag, Mitternacht, halb vier Uhr morgens … Seine Augen gewöhnten sich an die Dunkelheit im Flur, und gleichzeitig bahnten sich die typischen Lebenszeichen eines schlafenden Hauses den Weg in sein Bewusstsein: das Knacken der Heizung, die Standuhr im Wohnzimmer, das Summen des Kühlschranks.
Der Kühlschrank!
Stern wirbelte herum und sah das Licht. Am Ende des Flurs schimmerte es unter der geschlossenen Küchentür hindurch.
»Simon?«, rief er leise. Vorsichtig genug, um niemanden in den oberen Etagen zu wecken. Laut genug für den, der hinter der Tür auf ihn wartete. Er schlich den Gang entlang und versuchte, das schleifende Schmatzen zu deuten, das jetzt gemeinsam mit dem Licht des geöffneten Kühlschranks zu ihm nach draußen drang.
Stern wünschte sich Borchert an seiner Seite, der wahrscheinlich wieder ohne zu überlegen vorangestürmt wäre. Er selbst traute sich erst nach einigem Zögern, die Klinke herunterzudrücken. Dann trat er ein, und sein Herzschlag beschleunigte sich – vor Erleichterung.
»Es tut mir leid.« Simon hockte auf dem Boden und wischte mit einem Geschirrhandtuch eine weiße Flüssigkeit von den Steinfliesen. Er sah ängstlich zu Robert hoch und stand auf. »Ich hatte Durst. Mir ist das Glas aus der Hand gefallen.«

»Kein Problem.« Stern versuchte seine Gesichtszüge zu entspannen und lächelte schief.
»Komm mal her.« Er nahm Simon in den Arm und drückte den Kopf des Jungen sanft gegen seinen Bauch. »Hast du dich erschreckt?«
»Ja.«
»Vor dem Wind draußen?«
»Nein.«
»Wovor dann?«
»Das Foto.«
Robert trat einen Schritt zurück und versuchte Simon in die Augen zu sehen. »Was für ein Foto?«
»Das da.«
Simon wich der Milchspur auf dem Fußboden aus und schloss die Edelstahltür des Kühlschranks. Auf einmal war es wieder so dunkel wie draußen im Flur, und Stern schaltete eine Halogenlampe über dem Kochblock an.
»Es ist ein Baby«, sagte Simon.
Die Aufnahme, die Stern von der Tür des Gefrierfachs ablöste, musste mindestens vier Jahre alt sein. Sophies Mann lächelte etwas angestrengt in die Kamera, während er die kleinen Körper der Zwillinge abzuhalten versuchte, in das Badewasser der Plastikwanne zu rutschen.
»Was ist damit?«, fragte Stern.
»Morgen, auf der Brücke. Es geht um ein Baby.« Das Foto in seiner Hand begann zu zittern.
»Hast du davon geträumt, Simon?«
»Hmm.« Der Junge nickte.
Knack. Knack.
Während Simon weiterredete, sah Stern in die Deckenlampe, und das Licht erzeugte rote Flecken auf seiner Netzhaut.
»Es ist mir aber erst wieder eingefallen, als ich das Foto ge-

sehen hab. Da habe ich vor Schreck die Milch fallen lassen.«
Stern blickte wieder nach unten. Die Umrisse der Pfütze erinnerten ihn an die Landkarte Islands, und das passte zu der Kälte, die sich plötzlich in ihm breitmachte.
»Weißt du, was sie dort mit dem Baby machen wollen?«, fragte er. »Auf dieser Brücke?«
Simon nickte erschöpft. Das nasse Geschirrtuch glitt ihm aus der Hand.
»Verkaufen«, sagte er. »Sie wollen es verkaufen.«

Der Handel

Nimmer vergehet die Seele, vielmehr die frühere Wohnung
tauscht sie mit neuem Sitz und lebt und wirket in diesem.
Alles wechselt, doch nichts geht unter.

Pythagoras

Die Lehre von der Reinkarnation ist die Androhung eines
tausendfachen Todes und des millionenfachen Leidens.

*Offizielle Stellungnahme zum Thema »Wiedergeburt«
auf der Homepage eines christlichen Radiosenders*

Jesus antwortete und sprach zu ihm: Wahrlich, wahrlich,
ich sage dir: Wenn jemand nicht von neuem geboren wird,
kann er das Reich Gottes nicht sehen.

Johannes 3:3-7

1.

Das ist jetzt nicht dein Ernst, oder?«

Stern nahm kurz den Blick von der Fahrbahn und sah zu Borchert hinüber, der sich gerade ein Fußballtrikot in den Vereinsfarben von Bayern München überzog.

»Wieso? Sieht doch gut aus.«

Sein Begleiter schwitzte schon wieder und kurbelte stöhnend die Beifahrerscheibe herunter. Auch Stern war dankbar für die kühle Morgenluft, die jetzt mit sechzig Kilometern pro Stunde ins Innere strömte. Er schätzte seine Netto-Schlafzeit der letzten vierundzwanzig Stunden auf weniger als vierzig Minuten. Heute Morgen hatte er es gerade noch geschafft, zu duschen und seine Exfrau um ein Fluchtfahrzeug zu bitten, bevor es Zeit wurde, Borchert im Kreisverkehr an der Siegessäule aufzugabeln. Wider Erwarten gab Sophie ihm anstandslos die Wagenschlüssel. Sie war erstaunlich kooperativ. Sogar Carina und Simon durften noch in Köpenick bleiben, bis Stern herausgefunden hatte, ob sein Plan funktionierte.

»Hör mal zu.« Er sprach etwas lauter gegen die Nebengeräusche des Fahrtwindes an. »Wir sitzen hier in einem der meistverkauften Kleinwagen der Welt. Er ist außerdem silbern lackiert, die beliebteste Autofarbe auf unserem Planeten. Mit anderen Worten: Unauffälliger können wir uns kaum fortbewegen. Und jetzt willst du unsere gesamte Tar-

nung über den Haufen schmeißen, indem du *das hier* anziehst?«
»Jetzt puller dich nicht ein.« Borchert kurbelte die klemmende Scheibe wieder nach oben. »Sieh lieber mal nach links.«
Sie fuhren gerade an der Philharmonie vorbei. Auf dem gegenüberliegenden Bürgersteig, vor der Staatsbibliothek, lief ein Tross junger Männer zum Potsdamer Platz hoch. Stern glaubte zu halluzinieren. Alle waren in voller Fußballmontur.
»Heute Nachmittag steigt das absolute Spitzenspiel der Bundesliga«, erklärte Borchert. »Hertha gegen Bayern. Und jetzt dreh dich noch einmal nach links.«
Stern gehorchte, bis er einen feuchten Stempel auf seiner rechten Wange spürte.
»Was wird das denn jetzt?«
»Du musst dich ebenfalls verkleiden. Sieht gut aus«, lachte Andi und drehte ihm den Rückspiegel so zu, dass Stern das Vereinslogo in seinem Gesicht erkennen konnte.
»Das Olympiastadion ist komplett ausverkauft, und es werden mindestens fünfunddreißigtausend Fans von außerhalb in der Stadt erwartet. Wie du siehst, sind einige schon früher angereist, die ziehen jetzt grölend durch die Stadt. Hier im Auto kannst du vielleicht in deinem Anwaltsanzug sitzen bleiben. Aber da draußen …«, Borchert zeigte durch die Windschutzscheibe auf die Potsdamer Straße vor ihnen, »da draußen gibt es heute keine bessere Tarnung. Hier liegt übrigens der Rest unseres Kostüms.«
Irre. Komplett irre, dachte Stern, als er kurz einen Blick auf den Rücksitz wagte. Borchert musste einen Fanshop überfallen haben. Von Schals über Trainingshosen bis hin zu Torwarthandschuhen war alles vorhanden. In diesem Aufzug

würde sie niemand erwarten oder gar erkennen. Schon gar nicht, wenn mehrere tausend Doubles in der Hauptstadt unterwegs waren.

»Ich weiß aber nicht, ob sie uns da so reinlassen.« Stern bog in die Kurfürstenstraße ab und drosselte das Tempo.

»Wo rein?«

Er erklärte Borchert seine jüngsten Überlegungen. Laut Simon würde es morgen früh auf irgendeiner Brücke in Berlin zu einem Treffen kommen, bei dem ein Säugling verkauft werden sollte. Robert ging davon aus, dass es sich bei der »Stimme« um den Händler handelte, der jetzt davor gewarnt war, dass er bei der Abwicklung des Geschäftes ermordet werden sollte. So wie seine anderen Komplizen in den Jahren zuvor.

»Wir müssen jemanden finden, der uns sagen kann, wer mit Babys handelt. Über den finden wir dann die Brücke und damit die »Stimme«. Und dazu müssen wir uns in gewisse Etablissements begeben ...«

Als ihm klar wurde, was er sich mit diesen Worten eingestand, wurde ihm übel. Wenn der Junge mit dem Feuermal etwas mit Felix zu tun haben sollte – wenn es diesen Jungen tatsächlich gab –, dann war sein Schicksal mit dem Kopf einer Verbrecherbande verknüpft, die sich offenbar auch auf Kinderhandel verstand. Mit einem Sadisten, der von einem Rächer gejagt wurde, den Simon in seinen Träumen mit sich selbst verwechselte.

Wieder einmal dachte Stern darüber nach, ob es eine reale Erklärung für diesen Wahnsinn geben konnte. Wieder fragte er sich, ob Felix damals vertauscht oder vielleicht sogar reanimiert worden war. Und wieder musste er alle rationalen Erklärungsversuche ausschließen. Es hatte keinen anderen Jungen auf der Station gegeben, Felix war beerdigt worden, *nachdem* er eine halbe Stunde tot in Sophies Armen gelegen hatte. *Mit* dem Feuermal in der Form Italiens auf der linken Schulter! Er selbst hatte noch einmal in den Sarg geschaut, bevor Felix den Flammen zur Einäscherung anvertraut worden war. Wie er es auch drehte und wendete, die Möglichkeit, dass sein Sohn noch lebte, war in etwa so plausibel wie die Tatsache, dass ein kleiner Junge von Menschen wusste, die lange vor seiner Geburt ermordet worden waren.

»Hallo, jemand zu Hause?«

Stern hatte gar nicht bemerkt, dass Borchert ihm offenbar eine Frage gestellt hatte.

»Ich wollte wissen, wie lange Sophie damals allein auf dem Klo war?«

Robert sah seinen Helfer an und war völlig perplex.

»Du meinst im Krankenhaus?« *Als sie mit Felix auf die Toilette floh?*

»Ja. Ich spüre doch, wie dein Gehirn neben mir lauter rattert als der Motor dieser alten Gurke, und da hab ich mich gefragt, ob du auch schon mal daran gedacht hast?«

Woran? Dass Sophie etwas damit zu hat?

»Du spinnst. Das ist verrückt.«

»Nicht unbedingt verrückter, als nach einem Baby zu suchen, das vielleicht nur in der Phantasie eines kleinen Jungen existiert.«

»Und was soll deiner Meinung nach in dem Bad passiert sein?« Stern konnte seine Wut kaum zügeln und fragte sich, warum er so aggressiv auf diese Theorie reagierte. »Die Toilette war abgeschlossen. Ohne Hintereingang. Meinst du vielleicht, sie hat da drinnen noch eine Totgeburt gehabt und der dann schnell die Landkarte Italiens auf die Schulter tätowiert?«

»Okay, okay, vergiss es.« Andi hob beschwichtigend beide

Hände vom Lenkrad, worauf der Corolla leicht nach rechts zog. »Suchen wir halt das Baby. Aber warum schleichen wir dazu die Nuttenmeile entlang?«

Borchert sah einer Prostituierten hinterher, die mit holzsplitterdünnen Beinen apathisch über den Bürgersteig wankte. Der Babystrich zwischen Kurfürsten-, Lützow- und Potsdamer Straße zählte seit jeher zu den übelsten Gegenden Berlins. Die meisten Mädchen hier hatten sich ihre Hepatitis schon mit zwölf oder dreizehn Jahren abgeholt und gaben sie in der Folge fleißig an ihre kaputten Freier weiter, die nirgendwo anders so billig an ungeschützten Geschlechtsverkehr kamen.

Es war erst kurz nach halb neun, aber die minderjährigen Opfer warteten an einem solchen Tag wie heute, wo Touristen die Stadt überschwemmten, bereits am frühen Morgen auf Kundschaft. Und zumeist waren es nicht Penner und Asoziale, die sich hier von ihrem letzten Geld eine Hure kaufen wollten. Es waren wohlhabende Geschäftsleute und Familienväter, die die Macht genossen, von einem kindlichen Wesen die unbeschreiblichsten Dinge fordern zu können, nur weil es vor Entzugsschmerzen nicht mehr klar denken konnte.

»Ich hätte mal einen Päderasten vertreten sollen«, erzählte Stern, weiterhin auf der Suche nach einem Parkplatz. »Der Mann wollte in Deutschland eine Pädophilen-Partei gründen mit dem politischen Ziel, Sex zwischen Erwachsenen und Kindern ab zwölf nicht mehr unter Strafe zu stellen. Selbst in Pornos sollten die Kleinen mitspielen dürfen.«

»Das ist ein Aprilscherz?«

»Leider nein.«

Stern setzte den Blinker und bog in eine große Lücke ein. Ein junges Mädchen in aufgerissener Jeans und grüner Bom-

berjacke sprang von einem Stromkasten und kam auf sie zu.
»Bevor ich das Mandat ablehnte und den Kerl zur Hölle wünschte, erfuhr ich noch, wo er sich gern an den Wochenenden herumtrieb.«
»Lass mich raten.«
»Genau. Hier bekommt man alles. Drogen, Waffen, Auftragskiller, minderjährige Nutten …«
»Und Babys.«
Stern parkte den Wagen, und Borchert öffnete die Tür. Er zischte der Prostituierten in der Bomberjacke irgendetwas zu, worauf sie ihm den Mittelfinger zeigte und wieder zu ihrem Stromkasten ging.
»Es soll schon Freier gegeben haben, denen eine drogensüchtige Prostituierte ihr Neugeborenes ins Auto gehalten hat«, bestätigte Stern, der ebenfalls ausgestiegen war. »Ich gebe zu, das war nicht hier, sondern auf dem Straßenstrich an der tschechischen Grenze. Aber das macht es uns vielleicht sogar etwas einfacher.«
»Wieso?«
»Selbst in Berlin ist der Verkauf eines Babys noch etwas Besonderes. Wenn es sich bis zu Simon rumgesprochen hat, dann bestimmt auch in der Szene. Wir müssen also nur an die richtige Tür klopfen. Vielleicht steht ja jemand dahinter, der uns eine Information geben kann.«
»Und mit welcher Tür wolltest du anfangen?«
»Mit der da.« Stern zeigte auf die gegenüberliegende Straßenseite, in einen offenen Hauseingang.
»Jackos Pizza« stand in lieblos aufgeklebten schwarzen Großbuchstaben auf der verdreckten Leuchtreklame, bei der vermutlich im Dunkeln nicht eine einzige Glühbirne mehr funktionierte.

»Es soll im zweiten Hinterhof sein. Eine private Klingel. Gleich der erste Stock, rechts.«
»Ein illegales Bordell. Ich weiß.« Borchert klatschte sich in seinen fleischigen Nacken, als hätte ihn gerade eine Mücke gestochen. In Wahrheit juckten ihn nur die Schweißtropfen, die seinen Hinterkopf hinabliefen.
»Guck nicht so. Du weißt, mit welchen Filmen ich früher mein Geld verdient habe. Da bekommt man mehr Einblicke in die Szene, als einem lieb ist.«
»Na, dann weißt du ja, warum ich dich an meiner Seite brauche. Ich hoffe, du hast noch eine andere Waffe als deinen Körper dabei.«
»Ja.« Borchert zog den Knauf einer Neun-Millimeter-Pistole ein Stück weit aus der Tasche seines Bayern-Trainingsanzugs. »Aber wir gehen da trotzdem nicht rein.«
»Weshalb?«
»Weil ich eine viel bessere Idee habe.«
»Und die wäre?«
»Da drüben.«
Stern sah zu dem großen Lebensmittelgeschäft an der Straßenecke, in dessen Richtung sein Begleiter gerade davonmarschierte.
»Aber klar doch«, rief Robert ihm spöttisch hinterher. »Hab ich völlig vergessen. Hier verkaufen sie ja sogar Babys im Supermarkt.«
Borchert blieb auf dem Mittelstreifen der Straße stehen und drehte sich um.
»Ja. Das tun sie tatsächlich.«
Sein Gesichtsausdruck, seine Körperhaltung und vor allen Dingen der Ton seiner Stimme signalisierten Stern eines ganz deutlich: Borchert hatte keinen Scherz gemacht.

2.

Sie wurden schon im vierten Laden fündig. Der erste Supermarkt hatte zu, obwohl das veränderte Ladenschlussgesetz nun auch Sonntagsöffnungen erlaubte, erst recht wenn ein sportliches Großereignis in der Hauptstadt bevorstand. Im zweiten Lebensmittelgeschäft standen die Türen für Kunden offen, aber hier gab es nur das übliche: Klavier- und Spanischunterricht in kleinen Gruppen, eine Mitfahrgelegenheit nach Paris und einen Hasenkäfig für Selbstabholer. In der Drogerie gegenüber dominierten möblierte Wohnungen, zwei Kühlschränke und Nachhilfestunden das Angebot des Schwarzen Bretts am Ausgang. Borchert war bei einem der Zettel stutzig geworden, der Farbfotografie eines Kinderwagens, gebraucht abzugeben für nur neununddreißig Euro. Er riss einen der zehn perforierten Schnipsel mit der Telefonnummer ab, grunzte unzufrieden, als er die Vorwahl sah, und sie zogen weiter.

Auf dem Weg zum letzten Geschäft, dem größten und modernsten Verbrauchermarkt der Gegend, wurden sie aus einem vorbeifahrenden Auto heraus von einem Hertha-Fan angepöbelt.

Stern hatte sich jetzt ebenfalls verkleidet und seinen Maßanzug gegen ein langärmliges Torwarttrikot eingetauscht. Sein Gesicht verbarg er wie Borchert unter einer lächerlichen Fußballmütze, mit der er sich wie eine Jahrmarktsattraktion fühlte.

Ein Plastikpenis auf meinem Kopf wäre weniger auffällig, dachte er sich, als ihn eine alte Frau anstarrte, die gerade ihren Einkauf in einem Leinenbeutel verstaute.

»Von dieser Methode hab ich noch nie was gehört, Borchert.«
»Deswegen funktioniert sie ja auch.«
Sie standen neben den Abfalleimern, wo man nach dem Einkauf Verpackungen und alte Batterien entsorgen konnte. Direkt darüber hing wieder eine der typischen Pinnwände mit einem Blätterwald aus privaten Kleinanzeigen.
»Ich dachte immer, so was läuft über das Internet ab.«
»Tut es auch. Aber in erster Linie, wenn du Bilder, Videos oder getragene Höschen kaufen willst.«
Stern verzog das Gesicht. Aus seiner Erfahrung als Strafverteidiger wusste er, dass die Behörden immer noch meilenweit hinter den professionellen Computerspezialisten der Kinderpornoindustrie hinterherhinkten. Es gab keine länderübergreifende Spezialeinheit, keine festangestellten Computerfreaks, die Websites, Newsgroups oder Foren durchleuchteten. Einige Reviere konnten froh sein, überhaupt einen DSL-Anschluss zu besitzen. Und selbst wenn der Polizei mal ein Coup gelang, reichten die Gesetze nicht aus, um die Perversen zu verhaften.
Erst letzte Woche waren mehrere Kinderschänder aufgeflogen, nachdem die Beamten Abertausende von Kreditkartentransaktionen im Internet verfolgt hatten. Doch das Ausspähen der Zahlungsvorgänge hatte gegen den Datenschutz verstoßen, und die gewonnenen Beweise waren somit wertlos. Der »Bestseller« auf den beschlagnahmten Festplatten war das Foto eines Neugeborenen mit einem Rentner gewesen. Diejenigen, die sich an den unvorstellbaren Qualen ergötzt hatten, beschäftigten ihre kranken Hirne vermutlich in diesem Augenblick schon wieder in einem Internetcafé.
»Das Netz ist für reale Treffen zu gefährlich geworden«, er-

klärte Borchert und hob die Farbkopie eines Motorrades an, unter der sich eine kleine Karteikarte verbarg.

»Warum?«

»Derzeit läuft ein Feldversuch. Polizisten klinken sich in einen verdächtigen Chatroom ein und geben sich als junges Mädchen aus. Wenn ein Perverso anspringt, verabreden sie sich mit dem Kerl. Der Drecksack kommt, erwartet eine Sechstklässlerin mit Zahnspange und kriegt stattdessen die Handschellen angelegt.«

»Gute Idee.«

»Ja. So gut, dass die Pädos jetzt was Neues ausprobieren. So was wie das hier.« Borchert löste einen himmelblauen DIN-A5-Zettel von der Pinnwand.

»Gesucht: Schlafgelegenheit wie Abbildung«, las Stern vor. Das kleine Foto darunter war aus einem Versandhauskatalog ausgeschnitten. Es zeigte ein schmales Holzbett, Modell »Happy Young«, auf dem ein kleiner Junge lag und in die Kamera grinste. Darunter stand in der neutralen Schrift eines Laserdruckers:

Passend f. Kind. zw. 6 und 12 Jhr.
Bett bitte bequem, sauber u. m. Lf.

Eine kalte Übelkeit stieg in Robert hoch.

»Das glaub ich nicht.«

Borchert hob die Augenbrauen. »Hand aufs Herz – wann hast du das letzte Mal eine Kleinanzeige an das Kundenbrett eines Supermarkts geheftet?«

»Noch nie.«

»Und wie viele kennst du, die sich auf so etwas schon mal gemeldet haben?«

»Keinen.«

»Trotzdem sind die Bretter voll mit diesen Zetteln, richtig?«
»Du willst mir doch nicht sagen, dass …«
»Doch. Zum Teil sind das die Kontaktmärkte der Kranken und Irren unserer Stadt.«
»Das kann ich nicht glauben«, wiederholte Stern.
»Dann schau einfach besser hin. Hast du schon mal eine so lange Telefonnummer gesehen?«
»Hm. Ungewöhnlich.«
»Nicht wahr. Und ich wette, wir landen bei einem libanesischen Prepaidkartenbesitzer oder so. Ein Wegwerfhandy. Keine Chance, an irgendeinen Namen dahinter zu kommen. Und hier …«, Andi zeigte auf die Bildunterschrift, »… das ist eindeutiger Pädo-Slang. ›*Bequem*‹ bedeutet: ›mit Einwilligung der Eltern‹. Und ›*sauber*‹ heißt: ›möglichst Jungfrau oder mit Aidstest‹. Und sie wollen es ›*m. Lf.*‹, also mit Lieferung frei Haus.«
»Bist du dir sicher?« Stern fragte sich, ob es zu seiner Fußballtarnung passen könnte, sich in den Altpapiercontainer neben ihm zu übergeben.
»Nein. Aber wir werden es gleich herausfinden.«
Borchert zog ein Handy aus der Tasche, das Stern noch nie zuvor bei ihm gesehen hatte, und wählte die achtzehnstellige Nummer.

3.

Ja, hallo?«

Schon die ersten beiden Worte zerstörten Sterns Erwartungshaltung. Er hatte mit einem älteren Mann gerechnet, dem man seine Verwahrlosung schon an der Stimme anhörte. Jemand, der seine fettigen Haare von hinten nach vorne kämmte und mit einem Feinrippunterhemd bekleidet beim Telefonieren auf seine pilzigen Fußnägel starrte. Doch stattdessen flötete ihm eine helle, freundliche Frauenstimme ins Ohr.

»Ehm, also, ich ...« Robert fing an zu stottern. Borchert hatte ihm einfach den Hörer weitergereicht, als das verrauschte Freizeichen ertönte. Jetzt wusste er nicht, was er sagen sollte.

»Entschuldigen Sie, ich glaube, ich habe mich verwählt.«

»Rufen Sie wegen der Anzeige an?«, fragte die namenlose Frau. Sie klang höflich, gebildet, ohne jede Spur eines Berliner Akzents.

»Äh ... ja?«

»Tut mir leid, mein Mann ist zurzeit nicht da.«

»Ach so.«

Sie hatten den Supermarkt verlassen und waren auf dem Rückweg zu ihrem Auto. Stern musste sich auf jedes Wort konzentrieren, damit es nicht vom Verkehrslärm der Potsdamer Straße oder den knisternden Störgeräuschen der schlechten Verbindung verschluckt wurde.

»Aber Sie haben das, wonach wir suchen?«, fragte sie.

»Vielleicht.«

»Wie alt es ist es denn?«

»Zehn Jahre alt«, sagte Stern und dachte an Simon.
»Das würde passen. Aber Sie wissen, wir suchen nach einem Bett für Jungen.«
»Ja. Hab ich gelesen.«
»Gut. Wann können Sie es liefern?«
»Jederzeit. Heute noch.«
Sie kamen wieder an dem grauen Stromkasten vorbei, auf dem vorhin die Prostituierte auf Kundschaft gewartet hatte. Das magere Mädchen war nicht mehr zu sehen und hockte vermutlich gerade auf irgendeinem Beifahrersitz in einer Nebenstraße.
»Schön. Dann schlage ich vor, wir treffen uns um sechzehn Uhr, um den Vertrag zu besprechen. Kennen Sie das ›Madison‹ am Mexikoplatz?«
»Ja«, sagte Stern mechanisch, obwohl er noch nie in diesem Café gewesen war. »Hallo? Sind Sie noch dran?«
Als er keine Antwort bekam, gab er Borchert das Handy zurück.
»Und?«, fragte der sofort. Doch Stern brauchte erst einmal einige Atemzüge, um sich zu beruhigen. Schließlich antwortete er wie in Trance:
»Ich weiß nicht. Es klang wie ein normales Telefonat. Eigentlich haben wir nur über ein Bett gesprochen.«
»Aber?«
»Aber die ganze Zeit fühlte ich, es ging um etwas ganz anderes.« Stern wiederholte ihm die Unterhaltung fast wörtlich.
»Siehst du?«, sagte Borchert.
»Nein. Ich sehe im Moment gar nichts«, log Stern. In Wahrheit hatte sich sein Blick auf die Welt, in der er lebte, soeben drastisch verändert. Borchert hatte im Supermarkt einen Vorhang angehoben und ihn hinter die Bühne, auf die dunkle Seite des

Lebens schauen lassen, wo die Menschen ihre antrainierten Masken aus Moral und Gewissen ablegten und ihr wahres Gesicht zeigten.
Stern war nicht naiv. Er war Anwalt. Natürlich kannte er das Böse. Doch bis jetzt hatte es sich für ihn hinter Schriftsätzen, Urteilen und Gesetzestexten versteckt. Ein Grauen dieser Art, das ihn zu verschlucken drohte wie ein schwarzes Loch, konnte er nicht mehr neutral durch den Filter eines beruflichen Mandats betrachten. Für die Bearbeitung dieses Falles würde er sich selbst die Rechnung ausstellen müssen, und er ging fest davon aus, dass der Stundensatz sein emotionales Budget sprengen würde.
Borchert öffnete die Wagentür und wollte einsteigen, doch Roberts schneidende Frage ließ ihn innehalten.
»Woher hast du deine Informationen?«
Andi kratzte sich unter der Mütze und nahm sie schließlich ab. »Das hab ich doch schon erklärt.«
»Quatsch. Jemand, der Pornos dreht, weiß noch lange nicht über die neuesten Trends in der Kinderschänderszene Bescheid.«
Borcherts Miene verfinsterte sich, und er stieg ein.
»Noch mal: Warum weißt du so viel darüber?«, fragte Stern und setzte sich neben ihn auf den Beifahrersitz.
»Glaub mir, das willst du gar nicht hören.« Andi startete den Motor und sah in den Rückspiegel. Sein Hals bekam rote Flecken. Dann sah er zu Stern hinüber und presste resigniert seine Lippen zusammen.
»Na schön. Wir müssen Harry eh einen Besuch abstatten.«
»Wer ist Harry?«
»Eine meiner Quellen. Er wird uns eine Empfehlung geben.«
Borchert scherte aus der Parklücke aus und hielt sich an die

Geschwindigkeitsbegrenzung, um ja nicht wegen einer Lappalie in eine Kontrolle zu geraten.
»Was für eine Empfehlung, zum Teufel?«
Jetzt wirkte Borchert ernsthaft erstaunt. »Ja, glaubst du etwa, du kannst heute Nachmittag in diesem Café aufkreuzen ohne einen Nachweis, dass du einer von ihnen bist?«
Stern schluckte.
Einer von ihnen.
Er griff nervös nach einem Ende des Fußballschals und zog es langsam nach unten. Ohne zu spüren, wie die Baumwollfasern sich immer enger um seinen Hals schlossen. Die Vorstellung, etwas tun zu müssen, um Mitglied in dieser Gemeinschaft von Perversen zu werden, schnürte ihm ohnehin schon die Luft ab.

4.

Hunderte von Hauptstadttouristen fuhren Tag für Tag durch die Gegend, wo Harry sein armseliges Leben fristete. Die Urlauber kamen bis auf wenige Meter an seine Behausung heran, noch erschöpft von der Anreise, aber in nervöser Vorfreude auf das, was ihnen Berlin in den nächsten Tagen bieten würde. Sie wollten sich ins Nachtleben stürzen, den Reichstag besuchen oder einfach nur im Hotel bleiben. Aber ganz sicher planten sie keinen Abstecher zu den elf verdreckten Quadratmetern, wo Harry auf seinen Tod wartete.
Sein Wohnwagen stand direkt unter einer Autobahnbrücke,

höchstens einen Kilometer vom Flughafen Schönefeld entfernt. Stern hatte Angst, Sophies Corolla wäre den Schlaglöchern nicht gewachsen, als sie in den Behelfsweg einbogen. Der Wagen ächzte wie eine Cessna im Landeanflug.

Schließlich hatte Borchert ein Einsehen, und sie parkten hinter einem verbogenen Maschendrahtzaun. Die letzten einhundert Meter gingen sie zu Fuß, und Stern war zum ersten Mal für die festen Fußballschuhe dankbar, die ihm Borchert aufgenötigt hatte. Es regnete wieder, und der Boden verwandelte sich immer mehr in einen schlammigen Acker.

»Wo steckt er denn?«, fragte Stern, der Harrys Behausung immer noch nicht entdeckt hatte. Das Einzige, was er sah, war ein wilder Müllhaufen zwischen zwei gewaltigen Stahlbetonträgern. Der Lärm der Autos, die dreißig Meter über ihren Köpfen vorüberdonnerten, war fast so unerträglich wie der beißende Geruch, der immer stärker wurde, je weiter sie voranschritten. Ein penetranter Mix aus Hundekot, verfaulten Lebensmittelresten und abgestandenem Brackwasser.

»Immer geradeaus. Wir laufen direkt drauf zu.« Borchert zog die Schultern hoch. Wie Stern hatte er Schal und Mütze im Auto liegengelassen, und jetzt klatschte ihnen der Regen von hinten in den Nacken.

Robert hatte den nikotingelben Campingwagen hinter dem Sperrmüllberg immer noch nicht gesehen, als plötzlich ein Mann in einem verfilzten Bademantel hinter einem Berg ausgemusterter Autoreifen hervortrat. Er war etwas größer, aber wesentlich dünner als Borchert. Ganz eindeutig hatte er seine ungebetenen Gäste noch nicht bemerkt, denn er nestelte umständlich an seinem Schritt herum, rülpste laut und urinierte dann auf einen kaputten Sessel. Dabei legte er den Kopf in den Nacken und ließ sich den Regen ins Ge-

sicht wehen, während er die Autobahn von unten betrachtete.
»So früh schon wach, Harry?«
Der Mann schnellte herum. Sie waren noch vier Autolängen von ihm entfernt, aber die Angst, die ihm bei Borcherts Anblick ins Gesicht schoss, war unübersehbar.
»Scheiße.« Harry vergaß seine Morgentoilette, rannte um die Ecke und kam mit seinen durchgetretenen Badelatschen gerade noch bis zu der geöffneten Tür seines Wohnwagens. Doch selbst wenn er es geschafft hätte, sie schnell wieder zu verriegeln, wäre das dünne Hindernis für Borchert ein Witz gewesen. Er hätte den Wohnwagen mit bloßen Händen zurück zur Hauptstraße rollen können. Harry wusste das und blickte dementsprechend verschüchtert drein, als die beiden Männer zu ihm in den Wagen hineinkletterten.
»Puuh, wer ist denn hier gestorben?«
Stern hielt sich wie Andi die Nase zu und atmete nur noch durch den Mund. Als der Anhänger neu gewesen war, musste der Teppich einmal gelb gewesen sein. Jetzt überzog grüner Schimmel den Fußboden und die Plastikwände. In der kleinen Kochnische stapelten sich zerbrochene Teller, dreckiges Pappgeschirr und etwas, das einmal eine Salami gewesen sein mochte, jetzt aber wie eine offene Wunde aussah.
»Was wollt ihr von mir?«, fragte Harry. Er hatte sich in den hintersten Winkel der laminierten Eckbank gezwängt. Sie war mit alten Pizzakartons ausgelegt und diente ihm offensichtlich als Schlafstätte.
»Das weißt du doch.« Borchert beherrschte die Kunst, mit einem einzigen Satz eine bedrohlichere Stimmung aufzubauen als so mancher Kinofilm in neunzig Minuten.
»Nein. Was soll das? Ich hab euch nichts getan.«

Harry atmete flach, versuchte sich so klein wie möglich zu machen, während Borchert wie ein Boxer seine Schultern lockerte.
Stern hielt es kaum aus und wollte gehen. Allein um das furchtbare Gesicht des Mannes nicht mehr sehen zu müssen. Es sah aus, als hätte er die Nacht kopfüber in einem Brennnesselbeet verbracht. Wie rote Brandblasen zogen sich kleinere und größere Blatternnarben über Stirn, Wange und Hals. Viele von ihnen waren verschorft, andere frisch aufgekratzt.
»Wir sind gleich wieder verschwunden, wenn du uns gibst, was wir wollen.«
»Was denn?«
»Wer von deinen Freunden handelt mit Kindern?«
»Hör mal, Andi, du weißt doch. Ich mach das nicht mehr. Ich bin da raus.«
»Halt's Maul und antworte mir: Was weißt du über ein Baby?«
»Was denn für ein Baby?«
»Ein Kleinkind soll am Montag verkauft werden. An so ein geisteskrankes Gesindel wie dich. Hast du in deinem Club darüber was gehört?«
»Nein. Ich schwöre. Damit habe ich nichts mehr zu tun. Ich hab keine Kontakte, keine Informationen. Nada, null. Sorry, ich würde alles sagen, aber ich weiß doch nichts. Mit mir redet keiner mehr, seitdem ich im Knast war. Hab dafür bezahlt, oder?«
Harry sprach in Schüben. Manche Worte kamen ihm schnell, einige nur gedehnt über die Lippen, und Stern fragte sich, ob er diese Störung immer hatte oder nur jetzt, weil Borchert ihn bedrohte.
»Erzähl mir keinen Quatsch.«
»Ehrlich, Andi. Ich lüg dich nicht an. Dich doch nicht. Wis-

sen Sie …«, sein devoter Blick wanderte zu Stern, dessen Chance auf einen schnellen Abgang damit sank.
»Ich hab Scheiße gebaut. Ich dachte, sie ist sechzehn, ehrlich. Ist schon lange her. Aber niemand glaubt mir. Manchmal kommen sie nachts zu mir und schlagen mich zusammen. Sehen Sie das?«
Er öffnete seinen Bademantel und zeigte Stern seinen Brustkorb. Er war über und über mit blau-violetten Blutergüssen übersät. Ohne Röntgenbild war es schwierig zu beurteilen, aber Stern glaubte mindestens eine gebrochene Rippe zu erkennen.
»Das sind die Jugendlichen aus der Gegend. Immer andere. Irgendjemand hat ihnen erzählt, was ich gemacht habe, damals. Sie zerren mich raus, springen mit ihren Stiefeln auf mir herum. Einmal haben sie mir Batteriesäure ins Gesicht gesprüht.«
Stern wich mitleidig und angewidert zugleich einen Schritt zurück, als Harry ihm sein aufgeplatztes Gesicht entgegenstreckte. Nur Borchert blieb ruhig. Auf ihn schienen die schrecklichen Leidensgeschichten wenig Eindruck zu machen. Im Gegenteil. Er lächelte Harry an und hieb ihm mit voller Wucht seine Faust zwischen die Zähne.
Die Gewalt des Schlages war so groß, dass der Hinterkopf gegen die Plastikwand des Campingwagens donnerte und dort eine kleine Delle hinterließ.
»Scheiße, nein«, wimmerte Harry und spuckte einen blutigen Schneidezahn aus.
Auch Stern brüllte los.
»Andi, hör auf! Hast du sie nicht mehr alle?«
»Geh bitte raus.«
»Nein, das werde ich nicht tun. Du bist ja wohl total übergeschnappt!«

»Das verstehst du nicht«, sagte Borchert und zog seine Waffe. Stern hörte ein metallisches Klicken und wusste, dass Andi sie soeben entsichert hatte.
»Verschwinde! Jetzt!«
»Nein. Das werde ich nicht zulassen. Egal was Harry getan hat. Gewalt ist keine Lösung.«
»O doch.«
Borchert hob die Waffe und zielte auf die Stirn des Anwalts.
»Ich sag's nicht noch mal.«
»Bitte nicht. Bitte bleiben Sie.« Harrys Augen zuckten zwischen Borchert und Stern hin und her. Der blutende Mann sah aus wie jemand, der in den letzten Sekunden vor seiner Hinrichtung erst realisiert, dass er zum Tode verurteilt ist. Borchert hingegen hatte wieder seinen Schalter umgelegt. Wie gestern, als er in der »Titanic« zur Tür gerannt war, gab es auch jetzt für ihn keine Hemmschwelle mehr. Er würde das hier durchziehen. Gegen jedes Hindernis. Notfalls auch gegen seine Begleitung.
»O mein Gott, bitte gehen Sie nicht ... Nein!«
Stern wusste, dass ihm diese flehende, sich hektisch überschlagende Stimme nicht mehr aus dem Kopf gehen würde, als Borchert ihn nach draußen stieß und die Tür des Campingwagens von innen verriegelte.

5.

Wenn Tiere in freier Wildbahn während eines Konflikts völlig unlogische Verhaltensweisen an den Tag legen, bezeichnet die Forschung das als Übersprungshandlung. Eine Seeschwalbe zum Beispiel fängt an, sich zu putzen, wenn sie von der Entscheidung überfordert ist, ob sie ihre Brut verteidigen oder die Flucht ergreifen soll. In diesem Moment wäre Robert Stern ein ebenso lehrreiches Objekt für einen Verhaltensforscher gewesen.

Er stand mit dem Rücken zu dem schwankenden Wohnmobil, unschlüssig, ob er wegrennen, Hilfe holen oder eingreifen sollte, und wühlte wie besessen im Sperrmüll herum. Auf der Suche nach einem Verteidigungswerkzeug, so versuchte er sich einzureden. Einem spitzen Gegenstand oder einer Metallstange, mit der er die Tür aufhebeln konnte, hinter der Harry seit zwei Minuten nicht mehr schrie. Erst hatte Stern ihn noch verstanden. Dann wurden die gequälten Satzfetzen immer verwaschener. Zuletzt kam nur noch ein Gurgeln, während gleichzeitig ein schmatzendes Stampfgeräusch in regelmäßigen Intervallen den Campingwagen erschütterte.

Stern suchte immer schneller, schob eine Autobatterie zur Seite, zog den Schlauch einer vorsintflutlichen Waschmaschine ab, nur um ihn gegen eine Drahtschlinge einzutauschen, mit der er ebenso wenig anzufangen wusste wie mit dem Rest des stinkenden Mülls. Wenn er hier keine geladene Doppellaufflinte fand, konnte er die Eskalation im Inneren des Wohnwagens sowieso nicht aufhalten.

Trotzdem suchte Stern weiter im Dreck und hörte erst da-

mit auf, als die Stille hinter ihm unerträglich wurde. Plötzlich gab es kein Wimmern, kein Jammern und auch kein Splittern mehr, und die Autobahngeräusche, die sich hier unten in dem Betonkessel sammelten, hatten sich wieder ihre akustische Hoheit zurückerobert.
Stern drehte sich um und suchte nach Anzeichen, ob das Schlachtfest vorbei oder nur eine Pause eingetreten war. Er stapfte durch den Schlamm auf das Wohnmobil zu, trat auf einen Kothaufen unklarer Herkunft und entschied, dass es ihm egal war. Obwohl er sich vor dem Anblick fürchtete, der ihn hinter der zerkratzten Plexiglasscheibe erwartete, trat er ganz dicht an das Fenster des Wohnwagens heran. Stellte sich auf die Zehenspitzen. Und rutschte fast nach hinten aus, als die Tür zwei Schritte rechts von ihm aufflog. Borchert trat heraus. Sein karminrotes Trikot hatte die Farbe verändert und klebte jetzt schwarz an seinem Oberkörper, so sehr hatte er geschwitzt. Stern hingegen fror, als er Andi ins Gesicht sah. Kleine, sprühnebelartige Tröpfchen überzogen dessen Stirn und Teile seiner breiten Nasenpartie. Als hätte er eben Harrys menschenunwürdiges Wohnloch renoviert und die Decke mit blutroter Farbe gestrichen.
»Er weiß wirklich nichts. Lass uns gehen«, sagte er lapidar, als er Stern entdeckte. Er schüttelte mit schmerzverzerrtem Gesicht seine rechte Hand wie jemand, der sich gerade die Finger in der Tür geklemmt hat. Den aufgerissenen Knöcheln nach hatte er nicht auf Harry, sondern auf Stacheldraht eingeschlagen.
»Das war's. So geht's nicht weiter. Ich hör auf.« Stern drehte Borchert den Rücken zu und entfernte sich, so schnell er konnte.
»Womit?«, hörte er Andi hinter sich rufen.

»Mit dem Wahnsinn hier. Das Ganze muss ein Ende haben. Ich geh zur Polizei und stelle mich. Und ich werde denen auch sagen, was du gerade getan hast.«
»So, was denn? Was hab ich denn gemacht?«
Stern drehte sich um.
»Du hast einen schwachen, völlig wehrlosen Mann gefoltert. Ich trau mich gar nicht nachzusehen, ob er überhaupt noch lebt.«
»Das tut er. Leider.«
»Du bist irre, Andi. Auch wenn es um das Leben meines Sohnes geht. Du kannst nicht einfach auf unschuldige Menschen einschlagen.«
Borchert spuckte auf den schlammigen Boden.
»Du irrst. Sogar zweimal. Erstens geht es hier nicht nur um das wirre Wiedergeburtstrallala um deinen Felix. Morgen soll ein Baby verkauft werden, schon vergessen? Und zweitens ...« – Andi malte Anführungszeichen in die Luft – »... ist *dieser Mensch* nicht unschuldig. Er hat eine Elfjährige vergewaltigt. Der Typ ist das Letzte. Das Toilettenwasser ist zu schade, um das Stück Scheiße herunterzuspülen.«
»Er sagt, er hat dafür bezahlt.«
»Ja, er war im Knast. Vier Jahre. Aber danach?«
»Er hat aufgehört. Sieh ihn dir doch an. Er verwest vor deinen Augen. Dieser Mann braucht deine Schläge nicht. Er stirbt auch so.«
»Leider nicht schnell genug.«
Die Fotos, die Borchert vor Stern in den Dreck warf, blieben zum Teil senkrecht in der feuchten Erde stecken. Robert bückte sich und zuckte dann wie von einer giftigen Schlange gebissen zurück.
»Ja, guck sie dir ruhig an. Die hab ich bei deinem Freund Harry unter der Matratze gefunden.«

Stern traute sich nicht mehr zu atmen; er fürchtete, das Böse zu inhalieren, das ihn hier umgab.

»Was denn?« Borchert bückte sich jetzt selbst und zog eines der Farbpolaroids aus dem Dreck. Die weit aufgerissenen Augen des Mädchens quollen so stark hervor wie der schwarze Gummiball in ihrem Mund.

»Guter Harry, was? Ich wette, die Kleine wurde nicht älter als fünf. Und das sind nur die Fotos. Soll ich zurückgehen und die Videos holen?«

Stern wusste, dass es egal war, wann diese Aufnahmen gemacht wurden. Allein die Tatsache, dass Harry sie in seinem Besitz hatte, war Beweis genug, dass er immer noch aktiv war.

Trotzdem, wollte er sagen, aber das Wort kam ihm nicht über die Lippen. Er stand zwischen zwei Welten: der kranken und morbiden eines Kinderschänders und der von Andi, in dessen Universum man nur mit Gewalt zum Ziel kam. Die dritte Welt, seine eigene, war verschwunden.

»Und nun?«, fragte er, nachdem sie schweigend zurück zum Auto marschiert waren. Stern konnte wegen des Regens in seinen Augen kaum noch den Weg erkennen. Das Wasser schien keine reinigende oder klärende Wirkung zu besitzen. Anstatt den Schmutz von ihm abzuspülen, massierte es ihn immer tiefer in die Poren seiner Haut.

»Nun beruhigen wir uns erst einmal und machen einen Plan.«

Borchert öffnete die Fahrertür und presste sich wieder hinter das Steuer des Corolla. Bis Stern neben ihm saß, hing der Wagen wegen des ungleich verteilten Gewichts in gefährlicher Schräglage.

»Wir haben noch drei Stunden Zeit bis zum Treffen am Mexikoplatz.«

Borchert startete den Motor, der sich nach einem heftigen Schluckauf wieder verabschiedete. »O bitte, tu mir das nicht an.« Er versuchte es noch einmal. Vergeblich. Der Motor war abgesoffen.
»Und was ist mit der Empfehlung, die wir brauchen?« Stern war die Autopanne im Moment egal. Von allen Übeln der letzten Stunden war dieses das einzig greifbare. Weder bei Simons Visionen noch bei der »Stimme« konnte man einfach eine Motorhaube öffnen und das Problem mit einem Handgriff aus der Welt schaffen.
»Die haben wir«, lachte Borchert.
Seine Freude galt vor allem dem Kleinwagen, der schließlich doch aufheulte, als er es noch einmal versuchte und dabei das Gas voll durchtrat.
»Unsere Empfehlung sind die Fotos.« Er tippte auf die Brusttasche seiner Jacke, in der die Polaroids steckten, nachdem er sie vor dem Wohnwagen wieder aufgelesen hatte.
»Die bekommt man nicht ohne Kontakte. Wer solche Bilder besitzt, kennt jemanden in der Szene. Eine bessere Visitenkarte wirst du der Lady heute nicht auf den Tisch knallen können.«
Stern schnallte sich an und vergrub das Gesicht in seinen kalten Händen. Er versuchte etwas anderes zu spüren als die Übelkeit, die in seinem Magen tobte.
»Ich hab dich das schon mal gefragt«, fing er an, als der Wagen einen Satz nach vorne machte. »Warum kennst du dich so gut mit diesem Gesindel aus? Woher weißt du das alles?«
Die Pinnwand am Supermarkt. Harry. Die Bilder.
»Du lässt nicht locker, was? Okay, ich sag's dir. Ich stecke selbst da mit drin.«
Stern schrak hoch.

»Ja, ganz tief. Willst du wissen, wie Harry mit Nachnamen heißt?«
Er sagte es ihm, bevor Stern sich überlegen konnte, ob er es wirklich hören wollte.
»Borchert. So wie ich. Harry ist mein kleiner, lieber, netter Stiefbruder.«

Als der Wagen die Behelfsausfahrt zurück zur Straße fuhr, hatte Stern das Gefühl, diesen schrecklichen Ort in seinem Leben nie wieder hinter sich lassen zu können. Selbst wenn Andi ihn jetzt zum Flughafen fahren und er das Land verlassen würde, käme ein Teil von Harry, seinem Wohnwagen und der Müllhalde immer mit. Und deshalb war es eigentlich auch egal, dass sie sich auf der Stadtautobahn einfädelten, die Richtung Zehlendorf führte.

6.

Das Café sah so aus, wie Stern sich fühlte. Leer, verlassen, tot. Er war eine Weile unschlüssig vor der Kneipentür stehengeblieben, auf der eine Schülerband schief und krumm eine Konzertankündigung plakatiert hatte. Dann ging er nach rechts, zum Schaufenster. »Zu vermieten« stand in rotweißen Großbuchstaben auf einem Schild, darunter, etwas kleiner, die E-Mail-Adresse eines professionellen Maklers. Stern spähte in den staubigen Innenraum. Außer einer Reihe von Holzstühlen, die verkehrt herum auf schmucklosen langen Tischen standen, gab es wenig zu sehen.

Also gut, dachte er. *Sollte sie wirklich da drinnen auf mich warten, ist wohl klar, dass die Frau kein Bett kaufen will.*
Stern drehte sich um und gönnte seinen Augen einen Blick auf das imposant geschwungene Spitzhaubendach des Jugendstilbahnhofes. Er konnte sich gut vorstellen, was die Anwohner des Prachtplatzes im Herzen Zehlendorfs über diesen verlassenen Kneipen-Schandfleck in ihrem Rücken dachten. Er fragte sich aber auch, was man falsch machen konnte, damit ein Restaurant in dieser wohlhabenden Gegend pleiteging.
Eine S-Bahn fuhr über die Brücke, und fast hätte er das Knarren hinter sich gar nicht gehört. Doch dann registrierte er es und wirbelte herum. Tatsächlich. Die klinkenlose Eingangstür, gegen die er sich eben noch vergeblich mit der Schulter gestemmt hatte, stand jetzt einen Spalt offen. Er sah sich um. Als keiner der Passanten ihn zu beobachten schien, trat er ein und roch den typischen Geruch leerstehender Räume, bevor er noch eine zusätzliche, unerwartete Note darin ausmachte. Ein weltbekanntes Damenparfüm.
Mit jedem Meter, den Stern sich der rauchenden Frau am Fenster näherte, korrigierte er das Alter, auf das er sie schätzte. Hatte sie vom Eingang aus noch wie vierzig ausgesehen, schätzte er sie um mindestens zwanzig Jahre älter, als er sich ihr gegenüber an den Tisch setzte. Zweifellos waren Skalpell und Botox ihre regelmäßigen Antworten auf den natürlichen Alterungsprozess. Eine Tatsache, die man erst aus der Nähe betrachtet problemlos erkennen konnte. Die unnatürliche Straffheit ihrer Gesichtsmuskeln stand in krassem Gegensatz zu den Altersflecken auf ihren Fingern, und auch der schlaffe Hals schrie nach einer Anpassung. Trotz dieser Merkmale war Stern sich sicher, diese Frau bei einer polizeilichen Gegenüberstellung niemals wiedererkennen

zu können. Nicht ohne Grund trug sie eine silberweiße Pagenkopfperücke und versteckte ihre Augen hinter einer undurchsichtigen Sonnenbrille, mit der sie aussah wie Puck, die Stubenfliege.

»Darf ich bitte Ihren Ausweis sehen?«

Stern zog seine Brieftasche hervor, nicht überrascht, dass das ihre erste Frage war.

Borchert hatte ihn vorgewarnt. In einigen Päderastenkreisen galt das Aufgeben jeglicher Anonymität als bester Schutz. Jeder kannte jeden. Wie bei der Mafia achtete man streng darauf, dass einer sich erst einmal strafbar machte, bevor er in die Gemeinschaft aufgenommen wurde. Dazu wurde der Neue mit seinem eigenen Ausweis in der einen und einem illegalen Pornoheft in der anderen Hand fotografiert und in einer Kartei gespeichert.

Stern räusperte sich und legte unaufgefordert die Polaroids auf die braun-weiß karierte Tischdecke.

»Ich bin kein Anfänger.«

Ein kurzes Zucken der gelifteten Wangenpartie war die einzige Reaktion der Frau. Spätestens jetzt war klar, worum es hier wirklich ging. Jeder normale Mensch hätte bei Vorlage dieser Bilder die Polizei gerufen. Erst recht, wenn er ein harmloses Verkaufsgespräch erwartete. Doch die knochige Frau zog seelenruhig an einer Zigarette, die so dünn war wie die Finger, die sie hielten. Sie machte sich noch nicht einmal die Mühe, die schrecklichen Aufnahmen dezent umzudrehen.

»Trotzdem muss ich Sie bitten aufzustehen.«

Stern tat wie ihm befohlen.

»Ziehen Sie sich aus.«

Auch damit hatte er gerechnet. Schließlich könnte er ja von der Polizei sein. Ein Agent provocateur, dem es egal war, dass er sich strafbar machte. Oder jemand, der perfekt gefälschte Papiere besaß. Stern hatte lange mit Borchert darüber diskutiert, was passieren würde, wenn sie herausfanden, wer er wirklich war. Ein gesuchter Anwalt. Auf der Flucht, mit einem aus dem Krankenhaus entführten Kind. Borchert meinte, es könne nur von Vorteil sein. Als Verbrecher wäre er einer von ihnen. Letztlich war die gesamte Diskussion aber müßig gewesen. Ihnen war einfach nicht genug Zeit geblieben, um sich neue Ausweise zu besorgen, wenn sie das hier wie geplant durchziehen wollten.

»Auch die Shorts.«

Die Frau deutete auf Sterns Hüfte. Als er sich splitternackt vor ihr im Kreis drehte, grunzte sie zufrieden. Dann öffnete sie eine Kunstlederhandtasche, die sie bislang auf dem Schoß gehalten hatte, und holte einen kleinen schwarzen Stab hervor.

»Okay«, hauchte sie, nachdem sie ihn wie auf dem Flughafen mit dem Metalldetektor abgetastet hatte. Dann wiederholte sie die Prozedur mit den Kleidungsstücken, die in einem kleinen Häufchen vor ihr auf dem Tisch lagen. Robert hatte sich vor einer halben Stunde noch schnell einen Stangenanzug, Hemd und Unterwäsche in einem überfüllten Einkaufszentrum an der Schloßstraße gekauft. Wahrscheinlich war er von einem Dutzend Überwachungskameras eingefangen worden, aber dieses Risiko hatten sie eingehen müssen. Er konnte unmöglich glaubhaft einen Vater spielen, der seinen eigenen Sohn für perverse Sexspiele an Fremde verkaufte, wenn er zu dem ersten Treffen in einem Fußballtrikot erschien.

»Also schön«, sagte sie, ohne Stern seine Sachen zurückzureichen. »Sie dürfen sich wieder setzen.«

Er zuckte mit den Schultern und fühlte sich wie bei einem

Arztbesuch. Das Holz des Stuhls drückte kalt gegen seinen bloßen Hintern.

»Wo ist denn das Bett?«, fragte sie, den Blick auf seinen behaarten Oberkörper gerichtet. Stern ekelte sich vor sich selbst, als sich wegen der Kälte seine Brustwarzen versteiften. Die Frau deutete es vermutlich als Zeichen sexueller Erregung, und allein der Gedanke daran machte ihn krank.

»Es steht draußen.«

Sie folgte seinem Blick. Ein halbhoher Spitzenvorhang zog sich von rechts nach links einmal quer über die bräunliche Fensterscheibe. Die Welt dahinter schimmerte in angenehmen herbstlichen Rottönen, die der Sonnenuntergang in die letzten, regenfreien Stunden des Tages gebracht hatte. Ein Ehepaar führte gerade zwei Hunde über den hochherrschaftlichen Platz. Sie genossen den schwächer gewordenen Wind, der das Laub vor ihren Füßen zum Tanzen brachte. Doch Stern konnte von all der Schönheit da draußen nichts erkennen. Vor seinen Augen verdunkelte sich der Platz, als er zu dem parkenden Auto sah, auf dessen Rücksitz Simon auf sein Zeichen wartete.

7.

Vor zwei Jahren, am Abend vor der ersten Kernspinuntersuchung, hatte Simon ein zweibändiges Lexikon im Kinderheim entdeckt. Er zog Band I aus dem wackeligen Bücherregal im Gemeinschaftsspeisesaal und nahm ihn mit auf sein Zimmer. Fasziniert von den Informationen über das

Abendland, die Arktis oder Astronomie, fasste er kurz vor dem Einschlafen den Plan, ab sofort täglich ein neues Wort zu lernen. Dabei wollte er alphabetisch vorgehen. Von A bis Z.

Und so kam es, dass er am nächsten Morgen nicht traurig, wütend oder verzweifelt war, als Professor Müller zuerst die Heimleiterin und danach ihn selbst in sein Büro in der Seehausklinik bat. Er war in erster Linie enttäuscht, dass man ihm Vokabeln wie »infaust« oder »Tumor« erklärte, lange bevor sie an der Reihe waren.

Auch heute hatte er ein neues Wort gelernt. *Päderast.* Robert wollte es zuerst nicht wiederholen. Es war ihm herausgerutscht, als er ihm erklärte, was jetzt gleich passieren sollte.

Halt dich immer dicht bei mir. Weich mir nicht von der Seite. Und egal, was passiert, hör nur auf mich, verstehst du?

Simon hallten Roberts Ermahnungen noch in den Ohren, als er die Autotür von innen öffnete.

Du machst alles, was ich dir sage. Und rede nicht mit den Leuten, die wir gleich treffen, hörst du? Das sind Päderasten. Böse Menschen. Sie lächeln vielleicht, wollen dir die Hand geben oder dich anfassen. Aber das musst du dir nicht gefallen lassen.

Robert winkte noch einmal vom Fenster aus zu ihm herüber, und Simon beeilte sich, aus dem Wagen auszusteigen. Der Anwalt sah traurig aus. Mit diesem Blick glich er all denen, die zum ersten Mal von seiner Krankheit hörten, und Simon hätte ihm am liebsten gesagt, dass er sich keine Sorgen zu machen brauchte. Denn heute war eigentlich ein guter Tag. Eine Drei auf seiner Befindlichkeitsskala. Ohne Schmerzen, mit geringer Übelkeit, und das Taubheitsgefühl in seiner linken Hand war auch zurückgegangen. Aber wie

meist nach den epileptischen Anfällen war er wieder sehr, sehr müde und deshalb auf der Hinfahrt mehrmals eingeschlafen.
Carina hatte ihn erst gar nicht gehen lassen wollen und heftig protestiert, als Borchert bei Sophie aufgetaucht war, um sie beide abzuholen. Als er an die Hintertür klopfte, hatten sie sich gerade gemeinsam mit den Zwillingen einen Zeichentrickfilm angesehen. Dann war Carina mit Andi ins Nebenzimmer gegangen, und er hatte zwischen dem Gekicher der Mädchen und der orchestralen Filmmusik nur noch Wortfetzen verstehen können.
»*... unsere einzige Chance ... nein, er muss sich nur zeigen ... Keine Sorge ... besteht keine Gefahr ... ich garantiere es mit meinem Leben ...*«
Schließlich war Carina wieder ins Wohnzimmer geeilt, hatte ihm wütend seine Cordjacke übergezogen. Auf dem Weg hierher hatten sie bei ihrem Golf haltgemacht, und dann waren Carina und Borchert in zwei getrennten Wagen hierher zu diesem schönen Platz gefahren, wo er sich gefreut hatte, seinen Anwalt wiederzusehen. Der gab ihm jetzt das vereinbarte Startsignal.
»Tschüs, Carina«, wollte Simon eigentlich noch sagen, bevor er aufbrach. Doch das hatte Robert ihm ja ausdrücklich verboten.
Keine Blicke zur Rückbank. Kein Wort der Verabschiedung.
Simon hielt sich an die Anweisungen und lief, seinen Blick starr geradeaus gerichtet, auf die Eingangstür des »Madison Café« zu. Er drückte die Tür mit der Schulter auf und trat in das schummrige Zwielicht der Kneipe.
Im gesamten Lokal brannte nur eine Glühbirne, links hinten in der Ecke. Robert sah irgendwie merkwürdig aus, als er

genau dort von einem Stuhl aufstand. Seine Haare standen ab, der neue Anzug war nicht richtig zugeknöpft, und das Hemd hing ihm seitlich aus der Hose. Als hätte er sich mit jemandem gerauft. Allerdings konnte es nicht die ulkige Frau mit der Sonnenbrille gewesen sein, die sich jetzt ebenfalls zu ihm umdrehte. Ihr Kostüm war völlig knitterfrei, und jedes Haar glänzte auf ihrem Kopf, als wäre es einzeln gekämmt worden.

Kurz bevor Simon ihren Tisch erreichte, stolperte er leicht. Er sah nach unten und bemerkte, dass ein Schnürsenkel seiner Turnschuhe aufgegangen war. Als er sich bückte, um ihn wieder zuzubinden, wurde ihm leicht schwindelig. Die komische Frauenstimme aber hörte er laut und deutlich.

»Komm, zeig dich mal, Jungchen.«

Er musste sich mit beiden Händen abstemmen, um wieder aus den Knien hochzukommen. Als die Frau sich direkt vor ihn stellte, vergaß er seine Müdigkeit jedoch für einen Moment und wollte am liebsten lachen. Sie erinnerte ihn an diesen Fallschirmspringer, den er mal im Fernsehen gesehen hatte. Die Haut über ihren hervorstehenden Wangenknochen sah aus, als würde sie von starkem Wind nach hinten gedrückt.

»Und du bist wie alt?«, fragte sie ihn. Ihr Atem roch nach kaltem Rauch.

»Zehn. Gerade geworden.« Simon biss sich auf die Zunge und sah schüchtern zu Robert auf.

Er hat mir doch verboten, etwas zu sagen.

Aber der Anwalt schien ihm zum Glück nicht böse zu sein.

»Schön. Sehr schön.«

Die Frau hielt plötzlich einen schwarzen Metallstab in ihrer Hand. Stern griff ihr blitzschnell in den Arm.

»Er wird sich hier aber nicht ...«

»Nein, nein.« Die Frau lächelte verschlagen. »Er wird sich nicht ausziehen müssen. Erst wenn mein Mann zu uns stößt. Dieses Erlebnis heben wir uns für später auf.«
Simon verstand nicht, weshalb sie mit dem Ding vor ihm herumfuchtelte. Ihm war auch nicht klar, warum er sich danach diese komische Augenbinde aufsetzen sollte, durch die man nun gar nichts mehr sehen konnte. Doch als Robert es ihm vormachte, tat er es auch. Er hatte keine Angst. Nicht solange sein Anwalt bei ihm war, der sich irgendwie viel mehr zu fürchten schien als er.
Aber wovor? Solange sie zusammen waren, konnte doch nichts passieren.
Deshalb drückte er ganz fest seine Hand. Nicht um sich selbst, sondern um Robert zu beruhigen, der nun mit ihm zusammen von der Frau durch den Lieferanteneingang hinaus auf den Hof geführt wurde. Der Wagen, in den sie stiegen, roch angenehm neu. Als er ansprang, begann die Hand in seinen Fingern zu zittern. Simon führte es auf die sanfte Vibration des Motors zurück, der die Limousine in Bewegung setzte.

8.

Bist du an ihnen dran?«
»Ja, direkt dahinter.« Borchert hörte richtig, wie Carina erleichtert in den Sitz ihres Autos fiel. Er hatte schon viel früher mit ihrem Anruf auf dieser Nummer gerechnet, die er ihr für den Notfall gegeben hatte. Die Prepaidkarte lief nicht

auf seinen Namen, und das Gerät würde daher nur schwer von der Polizei zu orten sein. Ganz im Gegensatz zu Carinas Handy, weswegen er den Anruf so kurz wie möglich halten wollte.

»Wo bist du?«

»Auf der Potsdamer Chaussee, in Höhe der Tankstelle.«

»Soll ich hinterherkommen?«, fragte sie.

»Nein.« Das war völlig ausgeschlossen. Es war eine reine Vorsichtsmaßnahme gewesen, sich in zwei Autos aufzuteilen. Wie erwartet, wurde die »Ware« durch den Hintereingang abtransportiert, wo Borchert im Corolla gewartet hatte. Carina hatte für die Observierung des Vordereingangs ihr eigenes Auto benutzt. Das Risiko, erwischt zu werden, stieg dramatisch, wenn sie ihren Golf jetzt nicht stehenließ.

»Wir hätten gleich in dem Café zuschlagen sollen und …«

»Nein«, unterbrach Borchert das Gespräch brüsk, das ihm jetzt entschieden zu lange dauerte. Er wollte erst dann einschreiten, wenn sich auch der Ehemann zeigte. Was, wenn die Frau nur ein Bote war und keinerlei Informationen besaß?

Er legte auf und konzentrierte sich darauf, die amerikanische Limousine mit den grauen Vorhängen an der Heckscheibe nicht zu verlieren. Wie er hielt sich auch die Frau vor ihm streng an die Geschwindigkeitsbegrenzungen.

Borchert tastete nach der Waffe in seiner Jogginghose. Die Neun-Millimeter-Pistole allein schon zu berühren elektrisierte ihn. Er hörte das Blut in seinen Adern rauschen und genoss die Vorboten. *Ausrasten, ausklinken, durchbrennen* … die meisten Menschen benutzten diese Worte, ohne ihre wahre Bedeutung zu kennen. Ohne jemals das zu spüren, was *er* fühlte. Borchert grinste und drückte leicht das Gaspedal durch, damit er es noch über die Ampel an der Kreuzung am S-Bahnhof Wannsee schaffte. Während er beschleunigte, schoss immer mehr Adrenalin durch seinen Körper. Er würde sich die kranken Schweine vornehmen. Vielleicht würde er danach nicht mehr wissen, wie das Blut und die Knochensplitter auf sein Sweatshirt gekommen waren, wie so häufig, wenn sich bei ihm der Schalter umlegte. Aber wahrscheinlich wäre es ihm dann auch egal, solange die Perversen nur ihre Abreibung …

Knack.

Borcherts mentale Kampfvorbereitungen wurden jäh unterbrochen. Er trat das Gaspedal durch, aber es knackte nur noch lauter. Das Rauschen in seinem Ohr wich, und die Stille des Motors wurde klarer. Andere Autofahrer hinter ihm hupten ärgerlich und scherten dann an ihm vorbei, als sie merkten, dass Borcherts Wagen nicht wieder schneller wurde.

Andi schwitzte, drehte den Zündschlüssel herum. Einmal, zweimal. Vor Harrys Wohnwagen war das Drecksding beim dritten Versuch wieder angesprungen, aber jetzt hustete das Auto noch nicht einmal mehr. Während sich die Limousine vor ihm immer weiter entfernte, trudelte Borchert langsam aus und kam dann mitten auf der Kreuzung zum Stehen.

Er griff zum Handy, wollte Carina anrufen. Fragen, ob es einen Geheimtrick gab, mit dem er die alte Schüssel wieder in Gang bekam, bis ihm einfiel, dass sie ihm auch nicht weiterhelfen konnte. Der Wagen gehörte Sophie. Und von Sterns Exfrau besaß er keine Nummer.

Was jetzt? Er begann noch stärker zu schwitzen. Als er ausstieg und zur Motorhaube spurtete, konnte er gerade noch die Rücklichter von Simon, Robert und der Irren sehen. Vier Sekunden dauerte es noch, dann war die Limousine irgend-

wo auf dem Weg zwischen Wannsee und Potsdam aus seinem Blickfeld verschwunden.
Fünf Minuten später hatte Borchert den Fehler immer noch nicht entdeckt. Doch es war ihm auch egal. Er scherte sich nicht um den Stau, den er zwischen den Sonntagsausflüglern nach allen Richtungen provozierte. Er achtete auch nicht auf das Handy, das nun schon den dritten Anruf von Carina anzeigte.
Er war einzig und allein damit beschäftigt, sich zu überlegen, was er dem Verkehrspolizisten sagen sollte, der gerade nach seinen Papieren verlangte.

9.

Bevor die Limousine endgültig hielt, veränderten sich die Außengeräusche. Der Motor wurde lauter und klang wie von nahe stehenden Metallwänden reflektiert. Gleichzeitig kam es Stern so vor, als würde ihm eine weitere Sichtblende über die Augen gezogen.
Er hatte versucht, die Kurven zu zählen, doch durch die zahlreichen Fahrbahnwechsel des Wagens war das nicht möglich gewesen. Ebenso hatte seine innere Uhr versagt. Als ihm die Augenbinde abgenommen wurde und er die Garage erkannte, in der sie standen, konnte er nicht sagen, ob sie zehn Minuten oder noch länger gefahren waren.
»Alles okay?«, fragte er Simon, bemüht, nicht zu freundlich zu klingen. Immerhin musste eine Fassade aufrechterhalten werden. Der Kleine nickte und rieb sich die Augen, die sich

nur langsam an das Licht der Halogenstrahler über ihren Köpfen gewöhnten.

»Hier entlang, bitte.«

Die Frau war schon vorangegangen und hatte eine graue Feuerschutztür geöffnet, hinter der eine Treppe nach oben führte. Ihre Stufen waren aus glänzendem Marmor mit einer Maserung, die an karamellisiertes Vanilleeis erinnerte.

»Wohin gehen wir?«, fragte Stern und räusperte sich. Sie hatten die gesamte Fahrt über kein Wort miteinander geredet, und jetzt war sein Rachen trocken. Vor Aufregung. Und vor Angst.

»Die Garage hat einen direkten Zugang zum Haupthaus«, erklärte die Frau und ging voran. Tatsächlich mündeten die steilen Stufen in einen von künstlichem Licht überfluteten Eingangsbereich. Stern musste zugeben, dass das mit Edelholzparkett ausgestattete Entree ihn an seine eigene Villa erinnerte. Nur dass es bei ihm keine Garderobenmöbel gab und erst recht keine Amaryllispflanzentöpfe in der Gegend herumstanden. Er konnte nur hoffen, dass Borchert sich seinen Weg hier irgendwie hineinbahnen konnte. Er würde seine Waffe oder das Stemmeisen aus dem Kofferraum benötigen. Vermutlich beides zusammen, wenn er die schwere, messingbeschlagene Haustür überwinden wollte. Die Fenster der Villa waren mit blick- und einbruchsicheren Alurollos von außen abgesichert. Allesamt, soweit Robert dies beurteilen konnte. Auch im Wohnzimmer, in das Stern und Simon als Nächstes geführt wurden.

»Bitte setzen Sie sich, mein Mann kommt gleich.«

Stern zog Simon zu einer weißen Ledercouch. Die Frau tippelte derweil etwas ungelenk auf den Ballen ihrer hochhackigen Schuhe zu einem kleinen Sekretär, auf dem Spirituosen und etwas Knabberzeug standen.

Stern wunderte sich über ihre merkwürdige Gangart und dachte zuerst, sie wolle keinen Lärm erzeugen. Doch dann, gerade als sie sich einen Gin Tonic mixte, sprang ihn die Erkenntnis an: Es ging nicht um die Geräusche. Sie wollte das frisch geölte Parkett nicht mit ihren Pfennigabsätzen zerkratzen! Das hier war kein bewohntes Haus. Sie befanden sich gerade in einer Mustervilla. Ein noch unvermieteter, prachtsanierter Altbau. Freundlich eingerichtet, aber ohne persönliche Note. Stern ließ seinen Blick schweifen und erkannte die Details jetzt ganz deutlich. Das kabellose Telefon auf dem Schreibtisch. Die akkurat ausgerichteten Lederbuchrücken in dem halbleeren Regal. Das Ledersofa, auf dem erst wenige Leute Platz genommen hatten, um sich von einem Makler den Grundriss des Anwesens zeigen zu lassen. Stern wäre jede Wette eingegangen, dass es genau derselbe Makler war, der auch das Café am Mexikoplatz in seinem Angebot hatte.
»Darf ich Ihnen auch etwas anbieten?«
Er schüttelte den Kopf. Alles, was ihm an grauen Zellen zu Gebote stand, rotierte momentan unter seiner Schädeldecke. Es war perfekt. Die Vorgehensweise des Pärchens war von morbider Genialität. Hier gab es nichts, woran ein Opfer sich später erinnern konnte. Nichts von Wert, das nicht austauschbar wäre, wenn es mit Blut oder anderen Körpersäften befleckt wurde. Und niemanden, der sich über eine intensive Grundreinigung des gesamten Anwesens wunderte, bevor es an die neuen Eigentümer übergeben wurde. Die dann natürlich keine Ahnung davon hatten, was in den Räumen geschehen war, in denen sie nach dem Einzug von einer glücklichen Zukunft träumten.
Stern wurde speiübel, als er erkannte, wie sinnbildlich die unechte Kulisse dieses Hauses für die gesamte Situation war,

in der er seit wenigen Tagen steckte. Alles war ein Schauspiel: Simons unerklärliches Wissen über die Morde in der Vergangenheit und seine absurde Absicht, in der Zukunft zu töten. Die DVD mit der Stimme, die behauptete, sein Sohn könnte noch leben. Und die unklare pädophile Verbindung, die zwischen den beiden Theateraufführungen bestand, in denen er unfreiwillig eine tragische Hauptrolle spielte.

Stern spürte ein heftiges Sodbrennen, schluckte zweimal und beobachtete aus den Augenwinkeln heraus Simon, der neben ihm völlig ruhig wirkte. Fast gelassen. Im Gegensatz zu ihm selbst schreckte der Junge nicht zusammen, als die Wohnzimmertür sich öffnete und ein älterer, sehr vornehm wirkender Herr mit einem strahlenden Lächeln den Raum betrat. Der Mann war mit seinen gut sechzig Jahren nicht mehr attraktiv im klassischen Sinne. Das Alter hatte seine ehemals dichten Haare an den Schläfen gelichtet und ein Gitternetz aus dünnen Falten um seinen Mund gelegt. Aber gerade deshalb sah er elegant, fast würdevoll aus. Trotz seiner Kleidung.

»Wie schön, da seid ihr ja.«

Seine Stimme klang warm und freundlich. Passend zu der sympathischen Aura, die der Mann wie einen Schild vor sich hertrug. Er klatschte zweimal anerkennend in die Hände und kam langsam näher, die Augen ausschließlich auf Simon gerichtet. Das Rascheln seines Morgenmantels übertönte das Geräusch des sanften Applauses, der ohnehin kaum hörbar war, da die Hände des Mannes bereits in dicken Latexhandschuhen steckten.

10.

Carina löste ihren Pferdeschwanz und riss sich gleichzeitig das himbeerrote Stirnband vom Kopf. Borchert hatte ihr die Verkleidung als Joggerin empfohlen. Seiner Meinung nach gab es keine bessere Tarnung, um in der Öffentlichkeit vor möglichen Verfolgern davonzurennen, ohne Aufsehen zu erregen.
Doch im Augenblick fühlte sich der Gummizug wie eine Stahlmanschette an, die um ihren explodierenden Schädel lag.
Was ist passiert? Warum geht Borchert nicht mehr ans Telefon? Wo ist Robert?
Mit jedem ihrer Herzschläge verdoppelte sich ihre Furcht um Simon. Sie wartete noch eine weitere Minute, dann stand ihr Entschluss fest. Sie konnte hier nicht länger untätig sitzen bleiben.
Carina drehte den Schlüssel im Zündschloss herum.
Aber wohin soll ich nur fahren?
Sie legte den Rückwärtsgang ein und knallte unsanft mit den Hinterreifen gegen die hohe Bordsteinkante. *Egal.*
Sie sah wieder nach vorne, wollte erst einmal schnell aus der Parklücke scheren, als sich ein gelb-roter Kastenwagen vor ihr in die zweite Reihe schob.
Was zum Teufel …
Carina kurbelte ihr Fenster herunter und brüllte den Mann an, der gerade mit zwei wagenradgroßen Pizzakartons aus dem Lieferfahrzeug stieg.
»Hau sofort ab«, brüllte sie ihn an.
Der junge Student grinste schelmisch, offenbar amüsiert über

die hektischen Zornesflecken in ihrem Gesicht. Er schenkte ihr einen Kussmund.

»Nur eine Minute, Süße. Dann bin ich wieder bei dir.«

Carina fühlte, wie die Panik ihr den Hals abschnürte. *Alles ist erlaubt*, erinnerte sie sich an Borcherts Instruktionen, bevor sie sich getrennt hatten. *Wir dürfen nur kein Aufsehen erregen.*

Doch was sollte sie jetzt tun? Das Heck des Pizzawagens ragte nur eine Reifenbreite in ihre Ausfahrt, aber das reichte aus, um sie vorerst zu blockieren. Nach hinten versperrte ihr eine umzäunte Straßenkiefer den Fluchtweg.

Das gibt's doch nicht ...

Carina drückte auf die Hupe, doch der Student winkte nur lässig nach hinten, ohne sich überhaupt umzudrehen.

Na schön. Kein Aufsehen erregen.

Sie riss den Schalthebel gegen einen knirschenden Widerstand zurück und schob sich krachend mit beiden Rädern auf den Bürgersteig. Dann legte sie den ersten Gang ein, nahm den Fuß von der Bremse und trat das Gaspedal durch.

»Hey, hey, hey, Lady ...«

Der Golf knallte seitlich in die Hintertür des Kastenwagens.

»Bist du denn *irre?*«, hörte sie den Studenten schreien, der gerade an einer Haustür klingeln wollte, aber nun erst mal seine Kartons fallen ließ.

Entsetzt starrte er auf sein Lieferfahrzeug, das jetzt etwas schräg in die Fahrbahn ragte. Die Wucht des Zusammenpralls hatte die Scheibe der hinteren Ladeklappe zerbersten lassen.

Ja, bin ich, dachte Carina und wiederholte den Vorgang. Schon nach dem zweiten Aufprall auf den mittlerweile völ-

lig zerbeulten Kotflügel hatte sie das Hindernis aus dem Radius getrieben, den sie zum Ausparken benötigte.
»Halt! Stopp!«
Mit aufheulendem Motor jagte sie die Argentinische Allee hoch, ohne auf den brüllenden Pizzaboten zu achten, der sich wie ein Kreisel in alle Richtungen drehte und nach Zeugen suchte, die diesen unglaublichen Vorgang beobachtet hatten.
Den Schleifgeräuschen nach musste auch ihr Auto etwas abbekommen haben, doch das hielt sie nicht ab, noch stärker zu beschleunigen.
Was hat Borchert gesagt?
Carina schoss auf eine rote Ampel zu und überlegte fieberhaft, welche Richtung sie hinter der Kreuzung einschlagen sollte.
Auf der Potsdamer Chaussee, in Höhe der Tankstelle, fielen ihr Andis Worte wieder ein.
Verdammt, Andi. Hier gibt es an jeder zweiten Ecke eine Tanke.
Sie ignorierte die rote Ampel und riss das Steuer nach rechts. Die Richtung stadtauswärts erschien ihr irgendwie logischer, als zurück ins Zentrum zu fahren. Als spielte sich das Grauen eher vor als hinter den Toren der Stadt ab – was natürlich kompletter Blödsinn war. Doch irgendeine Entscheidung musste sie ja treffen, und sie konnte nur beten, dass das Schicksal die Karten ausnahmsweise einmal zu ihren Gunsten verteilte.

11.

Wo bleibt Borchert?
Sterns Wut konzentrierte sich auf seinen Exmandanten, der sich aus irgendeinem Grund mal wieder viel zu viel Zeit ließ. Fünf Minuten, hatte er gesagt. Maximal. Dann wollte er ins Haus eingedrungen sein und das Paar überwältigen. Nach dem Intermezzo in Harrys Wohnwagen heute Mittag hegte Stern auch keine Zweifel daran, dass Borchert im Anschluss daran jede Information aus dem Paar herausholen würde, die sie brauchten. Vorausgesetzt, es war überhaupt etwas von Wert in deren kranken Köpfen vorhanden. Denn natürlich war allen klar, dass sie sich an einen Zahnstocher klammerten. Stern hatte für sich beschlossen, dass dieses Unternehmen hier ihr letzter verzweifelter Versuch bleiben musste, um den Wahrheitsgehalt von Simons Behauptungen zu überprüfen.
Und um Felix zu finden.
Egal wie das hier ausging. Hinterher würde er Engler anrufen und sich stellen. Er war Anwalt, kein Verbrecher. Und schon gar kein verdeckter Ermittler in der Kinderschänderszene, dessen Vollmitglied gerade neben ihm auf der Couch saß und Simons Knie tätschelte.
»Wie viel?«, fragte der Mann fröhlich, ohne Stern eines Blickes zu würdigen. Robert bemühte sich, etwas Teuflisches in seinem Profil zu erkennen, doch er sah weiterhin nur einen freundlichen Herrn, dem er ohne zu zögern bei einer Autopanne geholfen hätte.
»Darüber haben wir noch nicht geredet, Schatz.«
Die Frau stand noch immer an der Bar und deutete mit ih-

rem Drink zu Simon herüber. »Aber sieh mal genau hin. Der Junge scheint mir krank zu sein.«
»Ja, bist du das?« Der Mann hob Simons Kinn an. Der Latexhandschuh war noch blasser als die Haut des Kindes.
»Wir haben doch gesagt, wir wollen saubere Ware. Was stimmt denn nicht mit ihm?«
Stern hätte am liebsten die Hand des Mannes gepackt und ihm den Ringfinger gebrochen. Lange konnte er sich in der Gegenwart dieses geistesgestörten Pärchens nicht mehr beherrschen. Wenn Andi nicht bald hereinstürmte, würde er die Lage selbst klären. Der Drecksack wog etwa zwanzig Pfund weniger als er, war etwas ungelenk und damit leicht zu überwältigen. Die Sonnenbrillenschlange dürfte sowieso kein Hindernis darstellen, solange er nur das Überraschungsmoment auf seiner Seite behielt. Und die Verlängerungsschnur mit dem Lampenkabel musste als Fessel ausreichen. Blieb nur die Frage …
Stern war irritiert, dass der Makler seine Latexhand von Simons Knie zurückzog, ohne dass er einschreiten musste. Dann hörte er es summen. Der Vibrationsalarm wurde lauter, als der Päderast ein ultraflaches Klapphandy aus seinem Morgenmantel zog.
»Ja, danke«, sagte er nach einer scheinheiligen Begrüßungsfloskel. Sterns Puls schnellte hoch. Er konnte nicht hören, wer da am anderen Ende sprach. Aber die beiden schienen sich gut zu verstehen, denn der Mann lachte laut auf und bedankte sich noch zwei weitere Male. Dann erstarb sein Lächeln abrupt, und er warf Stern einen misstrauischen Blick zu.
»Alles klar, verstehe«, sagte er und legte auf.
Das Sofa atmete erleichtert aus, als der Ehemann aufstand und Simon bei der Hand nahm.

»Er ist Rechtsanwalt, wird von der Polizei gesucht und hat das Kind aus einem Krankenhaus entführt«, sagte er zu seiner Frau gewandt.
»Was soll der Blödsinn?«, fragte Stern, bemüht, dabei ruhig und gelassen zu klingen. In Wahrheit war sein Kreislauf vor Angst völlig außer Kontrolle geraten. Es wurde noch schlimmer, als die Frau eine Waffe auf ihn richtete.
»Nehmen Sie das Ding aus meinem Gesicht«, forderte er wirkungslos. »Was läuft hier ab?«
»Das würden wir Sie gerne fragen, Herr Stern. Was für ein Spiel spielen Sie?«
»Gar keins. Ich bin zu Ihnen nur gekommen, um …« Stern stockte irritiert, weil der Mann aufstand und Simon die Hand hinstreckte.
»Wir gehen dann mal nach oben, solange ihr das Geschäftliche beredet, ja, Liebes?«, säuselte er und warf seiner Frau einen Handkuss zu.
»Robert?«, fragte Simon schüchtern, während der Mann ihn hochzog.
Stern wollte aufstehen, doch der Ausdruck in den Augen der Frau hielt ihn davon ab. Er blinzelte, schloss kurz die Augen, um sich zu sammeln. Seine Gedanken rasten völlig wirkungslos im Kreis.
Was soll ich tun? Wo bleibt Borchert? Was soll ich nur tun?
Das gutaussehende Monster mit dem Jungen an der Hand war nur noch wenige Schritte von der offenen Wohnzimmertür entfernt, und er wusste nicht, wie er verhindern sollte, dass sie das Zimmer verließen.
»Robert?«, fragte Simon noch einmal. Es klang weich, warm und freundlich. Als würde er ihn um Erlaubnis fragen, heute Abend bei einem Schulfreund schlafen zu dürfen. Noch immer war das Kind voller Vertrauen, dass sein »Anwalt«

ihn niemals in eine schlimme Situation bringen würde. Er hatte ihm ja versprochen, den Fall zu klären und ihn vor allen Gefahren zu beschützen. In jeder Situation.
Außerdem war der Junge nach wie vor unumstößlich davon überzeugt, morgen auf der Brücke jemanden töten zu müssen. Wenn dem so war, konnte ihm hier und heute ja nichts passieren.
Stern spürte Simons Gedankengänge in diesem Moment. Und deshalb wusste er, was gleich passieren würde, wenn er nicht sofort einschritt.
Ihm blieben vielleicht noch fünf Sekunden, bevor das Schwein, an das er den Jungen ausgeliefert hatte, das Wohnzimmer verließ, um ihn zu seiner Dunkelkammer in einem anderen Stockwerk zu führen.
Er irrte sich. Die beiden waren bereits nach vier Sekunden verschwunden.

12.

Der stationäre Kastenblitzer erfasste sie mit Tempo neunzig in Höhe des Waldfriedhofs. Sie bemerkte es nicht einmal, nahm aber trotzdem den Fuß vom Gas, weil der Verkehr plötzlich dichter wurde.
Was ist denn da vorne los?
In Höhe Dreilinden ordneten sich auf einmal alle Wagen vor ihr auf der rechten Spur ein.
Ein Stau? Um diese Uhrzeit?
Wenn überhaupt, hätte er auf der Gegenseite entstehen müs-

sen, wo jetzt alle Berlinausflügler aus dem Umland zurückkehrten.
Sie wechselte ebenfalls auf die rechte Spur, drosselte ihre Geschwindigkeit und sah die Ursache. Ein Polizeiwagen direkt vor der Ampel an der Kreuzung verengte die Überholspur der Chaussee.
Nein, nein, nein. Bitte nicht.
Warum geriet sie ausgerechnet jetzt in eine Mausefalle?
Sie näherte sich dem zuckenden Blaulicht und suchte nach den Beamten mit der Kelle am Straßenrand. Doch da war niemand, und für eine Verkehrskontrolle strömte die Wagenkolonne erstaunlich gleichmäßig voran. Die meisten bogen nach rechts zum S-Bahnhof ab, um nicht …
O nein.
Tränen schossen Carina in die Augen. Sie löste beide Hände vom Steuer und presste sie vor den Mund. Hinter dem Polizeiwagen stand ein silberfarbener Kleinwagen, dessen Warnblinkanlage hinten nur noch auf einer Seite funktionierte. Borchert war weit und breit nicht zu sehen, aber trotzdem konnte kein Zweifel daran bestehen, zu wem der Corolla gehörte.
Andi hatte einen Unfall. Ist liegengeblieben. O mein Gott …
Die volle Bedeutung erschloss sich Carina erst mit Zeitverzögerung; ihr Verstand weigerte sich einige Sekunden lang, die Wahrheit zu akzeptieren. Das war keine Verkehrskontrolle. Sie wurde nicht herausgewunken oder verhaftet. Sondern etwas viel Schlimmeres geschah. Jetzt. In diesem Augenblick. Mit Simon. Irgendwo an einem Ort, den nur noch Robert kannte; Robert, der gerade auf Rettung vertraute, die niemals eintreffen würde.
Und jetzt? Was jetzt?
Carina konnte nur noch in abgehackten Satzfetzen denken.

Suchte nach einem Hinweis, der ihr verraten würde, wohin Robert und Simon verschleppt worden waren. Sie rollte langsam weiter, an dem Corolla vorbei, ließ sich von den Wagen vor und hinter ihr über die Kreuzung treiben. Sie sah in den Rückspiegel. Zwei kräftige Verkehrspolizisten setzten an, Sophies Fahrzeug von der Fahrbahn zu schieben.
Auf einmal durchzuckte Carina ein Gedanke. Sie drehte sich um, starrte kurz auf den Kühler.
Das ist es! Das Auto. Die Fahrtrichtung.
Die Motorschnauze zeigte geradeaus. Richtung Potsdam. Es war nicht viel, nur ein mikroskopisch kleiner Ansatzpunkt für die weitere Verfolgung. Aber immerhin. Carina beschleunigte, nachdem sie die Kreuzung passiert hatte, angestachelt von dem Gedanken, dass sie bislang wenigstens noch keinen Fehler gemacht hatte. Sie fuhr auf der richtigen Straße, in die richtige Richtung. Die irrationale Hoffnung gab ihr Auftrieb, doch nur für zirka zweihundert Meter.
Und jetzt?
Carina schoss an der Straße zum Großen Wannsee vorbei, ohne zu wissen, ob sie damit die Spur verlor.

13.

Aus dem Krankenhaus entführt? Was hat denn der arme Kleine?«
Die zynische Frau klang wie eine besorgte Tante, während sie Stern weiterhin mit der Waffe in Schach hielt. »Der Junge ist doch nicht etwa infiziert?«

Unfähig zu antworten, starrte Robert immer noch auf den leeren Türrahmen, durch den Simon mit seiner lüsternen Begleitung verschwunden war. Er atmete tief aus und wollte die Luft anhalten.

Allein die Vorstellung, mit dieser Frau die gleiche Luft zu teilen, womöglich mit jedem Atemzug etwas von dem einzusaugen, was ihr Mund zuvor ausgestoßen hatte, war ihm völlig unerträglich.

»Ihnen ist schon klar, dass wir für mangelhafte Ware nichts bezahlen, oder?« Das Gesicht hinter der Sonnenbrille lachte kehlig und zündete sich eine neue Zigarette an. Stern hörte Schritte auf der Treppe. Knirschende Lederslipper übertönten das sanfte Quietschen von Simons Turnschuhen. Die Geräusche entfernten sich, wurden immer leiser.

»Na, na, na, nicht bewegen.« Die Frau streckte ihren Arm mit der Waffe vor. »Es dauert nicht lange. Nur fünfundvierzig Minuten. Dann macht mein Mann die erste Pause, und ich bin dran.«

Sie formte mit ihren dunkelbraun geschminkten Lippen einen Kussmund.

Stern wurde speiübel, und er sah an die Decke. Die Schritte waren jetzt direkt über ihren Köpfen.

»Gleich geht's los.« Die Lippen der Frau verzogen sich zu einer Fratze, die vermutlich ein Lächeln darstellen sollte.

Als Nächstes hörte man klassische Musik aus dem ersten Stock. Der Kinderschänder musste ein Opernliebhaber sein. Stern erkannte Melodiefetzen aus *La Traviata*. Und zum ersten Mal in seinem Leben wünschte er sich, Verdi hätte die Arien der Violetta niemals komponiert.

»Na gut.« Sie sah auf die Uhr. »Nutzen wir die Zeit doch für einen kleinen Plausch. Raus mit der Sprache: Was wollen Sie wirklich von uns?«

»Ist das nicht offensichtlich?« Stern hoffte, sie würde das Zittern in seiner Stimme nicht bemerken. Die Sopranistin über ihnen legte an Dynamik zu.

»Sie haben einen Jungen bestellt. Ich habe ihn geliefert.«

»Blödsinn.«

Sie war klug. Sie machte nicht den Fehler, sich ihm zu nähern. Aus dieser Entfernung konnte sie ihr gesamtes Magazin auf ihn abfeuern, und er hätte noch nicht einmal die halbe Strecke zwischen ihr und seiner Couch zurückgelegt. Die einzigen Waffen, die er ihr noch entgegenhalten konnte, waren seine Stimme und sein Verstand. Beides drohte ihn gerade im Stich zu lassen.

Wo zum Teufel bleibt Borchert?

»Sie sind kein Spitzel, sondern werden selbst von der Polizei gesucht. Sie verkehren nicht in unseren Kreisen. Und wie ein Anwalt benehmen Sie sich auch nicht. Warum also haben Sie sich auf unsere Anzeige gemeldet?«

»Ich kann Ihnen alles erklären«, log er. In Wahrheit hatte er keine Ahnung, was er sagen oder tun konnte, um die Gefahr abzuwenden. Über sich hörte er wieder Schritte.

»Ich höre?«

Stern suchte fieberhaft nach einer plausiblen Antwort. Fragte sich, welchen Ausweg es noch gab, während für Simon oben die Zeit knapp wurde. Äußerlich versuchte er ruhig zu bleiben. Innerlich war er auf Flucht programmiert. Doch da war kein Notausgang aus dieser verzweifelten Lage. Wenn er jetzt aufstand, war er tot.

»Na was? Sind Sie plötzlich stumm geworden? Es ist doch eine ganz einfache Frage. Warum haben Sie ein Kind aus einem Krankenhaus entführt und es zu uns gebracht?«

Robert fiel auf, dass das Stampfen über seinem Kopf einen bestimmten Rhythmus annahm. Der Irre tanzte! Und mit dem Takt der schleifenden Bewegungen löste sich plötzlich ein Gedanke. Stern konnte es zunächst noch nicht richtig greifen, aber dann war es auf einmal ganz klar. Es gab etwas, was er tun konnte. Etwas zutiefst Widerliches und Abartiges, wofür er sich später selbst hassen würde. Er nickte wie jemand, dem eine Idee gekommen ist, und hob langsam die Hand. Sachte, behutsam. So, dass er keine gewaltsame Reaktion der Frau provozierte.

»Was machen Sie da?«

»Ihre Frage beantworten. Ich zeige Ihnen, was ich hier will.«

Die Frau zog ihre linke Augenbraue so weit hoch, dass sie über dem Rand der Sonnenbrille zum Vorschein kam. Stern hatte sich seine rechte Hand auf die Brust gelegt. Er begann damit einen Knopf seines Oberhemdes zu öffnen. Dann noch einen.

»Was wird das?«

»Darf ich mein Jackett ablegen?«

»Wenn Sie mögen ...«

Stern streifte sich nicht nur das Sakko von den Schultern. Er öffnete auch noch die restlichen Knöpfe seines Hemdes und saß wenige Sekunden später mit nacktem Oberkörper auf dem Sofa.

»Worauf soll das jetzt hinauslaufen?«

Statt einer Antwort fuhr Stern sich mit der Zunge über die Lippen. Dann schluckte er zweimal. Er hoffte, es würde lasziv wirken. In Wahrheit unterdrückte er dadurch nur seinen immer stärker werdenden Brechreiz.

»Ach, kommen Sie.« Die Frau hob die Waffe wieder an, die sie für einen winzigen Moment gesenkt hatte. »*Das* soll ich Ihnen jetzt glauben?«

»Wieso nicht? Deswegen bin ich hier.« Stern streifte sich

wechselseitig mit den Füßen seine schwarzen Lederschuhe ab. Dann öffnete er die Gürtelschnalle.

»Sie haben es doch selbst gesagt: Ich bin kein Bulle. Ich bin auch kein Maulwurf. Ich bin einfach nur heiß.« Er zog sich den Gürtel aus der Hose und warf ihn zu ihr hinüber.

»Kommen Sie zu mir. Überzeugen Sie sich selbst.«

Stern konnte ihre Augen nicht sehen. Deshalb wusste er nicht, ob seine Theorie stimmte. Aber seine Erfahrung als Anwalt hatte ihn gelehrt, dass es immer ein Stück Fleisch gab, das man dem Gegner vor die Nase halten konnte, damit er wie ein Windhund in die gewünschte Richtung jagte. Man musste es nur finden. Bei den meisten Menschen war es die Gier, die sie Dinge tun ließ, die sie später bereuten.

»Sie sind verrückt«, lachte die Frau und drückte ihre Zigarette aus.

»Vielleicht. Aber wenn Sie wollen, beweise ich Ihnen, wie ernst ich es meine.«

Stern zog sich die Socken aus und trug jetzt nur noch seine dünne Anzughose.

»Und zwar wie?«

»Kommen Sie her. Fassen Sie mich an.«

»Nein, nein, nein.« Sie blieb weiterhin stehen, bedrohte mit der Waffe jetzt seinen Schritt. »Darauf stehe ich nicht. Aber ich weiß etwas Besseres.«

»Was?«

Stern musste lächeln. Diesmal war es nicht gespielt. Denn sie hatte angebissen. Noch nicht sehr fest. Aber er sah, wie ihr Atem schneller ging, und hörte den verklärten Unterton in ihrer Stimme. Er hatte irgendeine Saite in ihr zum Klingen gebracht. Fraglich war nur, ob es die richtige war.

»Stehen Sie auf.« Die Frau ging rückwärts zur Tür, immer darauf bedacht, den Abstand zwischen ihnen einzuhalten.

Er gehorchte. Bewegung war gut. Die Richtung stimmte auch. Alles war besser, als nutzlos auf dem Sofa sitzen zu bleiben und darauf zu warten, dass sich die Stimme der Sopranistin mit Simons Schreien mischte. So dachte er zumindest, bis die Frau zu ihm sagte: »Mal sehen, wie *heiß* Sie erst werden, wenn Sie meinem Mann dabei zuschauen dürfen.«

14.

Carina krümmte sich innerlich vor Panik.

Was sollte sie nur machen? Geradeaus weiter, die Königstraße hoch? Aber wie lange, etwa bis zur Glienicker Brücke? Oder rechts abbiegen zum Wasser? Genauso gut hätte sie eine der vielen Einfallstraßen zu ihrer Linken nehmen können.

Das Handy klingelte auf dem Beifahrersitz. Es glitt ihr fast aus den schwitzenden Fingern, als sie es aufklappen wollte.

»Borchert?«, rief sie viel zu laut.

»Kalt.« Die Angst biss ihr in den Nacken, als sie die verzerrte Stimme hörte.

»Wer ist da? Was wollen Sie von mir?«

»Kalt.«

Halb wahnsinnig vor Furcht und Sorge um Simon versuchte sie, einen klaren Gedanken zu fassen. Rechts von ihr ging die Endestraße ab. Fast wäre sie eingebogen. Der Name passte zu ihrer Lage.

»Was soll das? Ist das ein Spiel?«, fragte sie.

»Heiß.«

Carina trommelte mit den Fingern ihrer rechten Hand einen unkontrollierten Wirbel auf dem Kunststofflenkrad. War das möglich? War sie gerade eine Marionette der Stimme, von der Robert ihr erzählt hatte? Aber warum?
Sie überprüfte ihren grauenhaften Verdacht mit einer einfachen Frage: »Fahre ich noch in die richtige Richtung?«
»Heiß.«
Tatsächlich. Der Irre will spielen. Und ich bin seine blinde Kuh.
»Okay. Ich fahr bis nach Potsdam, ja?«
»Kalt.«
Also vorher abbiegen.
»Hier? In die Kyllmannstraße?«
»Kalt.«
»Also nach links?«
»Heiß.«
Carina ordnete sich auf der äußersten Spur ein und geriet fast auf die Gegenfahrbahn der Königstraße.
»Bin ich gleich da?«
»Heiß.«
Sie sah sich um, doch hinter und vor ihr fuhren mindestens ein Dutzend unterschiedlicher Wagen, Transporter und zwei Motorräder.
Es war völlig unmöglich, einen Verfolger unter ihnen ausfindig zu machen.
»Der Grassoweg? Ich fahr in den Grassoweg?«
Die verzerrte Stimme gab ihr ein weiteres positives Signal. Ohne auf den Gegenverkehr zu achten, riss Carina das Steuer herum und provozierte beinahe einen Frontalzusammenstoß mit einem Blumenlaster. Der Lkw-Fahrer stieg in die Bremsen und schlitterte, bedrohlich schwankend, auf die freie Nebenspur. Das wütende Hupkonzert setzte erst ein,

als die Gefahr bereits wieder gebannt war und Carina die kleine Villengasse entlangschoss.
»Ist es hier? In dieser Straße?«
»Kalt.«
Sie nahm erneut den Fuß vom Gas. Die Straßenbeleuchtung war so matt, dass sie Mühe hatte, das Schild an der nächsten Gabelung zu lesen.
»Am Kleinen Wannsee?«, entzifferte sie schließlich.
»Heiß«, lobte die Stimme und gab zum ersten Mal bei diesem Gespräch eine Emotion preis. Der Mann lachte.
Hausnummer? Welche Hausnummer?
Carina überlegte sich die nächste Ja-Nein-Frage, mit der sie sich dem Ziel und damit Simons Rettung nähern konnte.
»Über hundert?«
»Heiß.«
»Hundertfünfzig?«
»Kalt.«
Sie brauchte noch sieben weitere Anläufe, bis sie vor dem vierstöckigen Prachtbau mit der Nummer 121 stehenblieb.

15.

Die wichtigste Regel, um einen aussichtslosen Prozess gegen einen übermächtigen Kontrahenten zu gewinnen, hatte Stern nicht an der juristischen Fakultät, sondern von seinem Vater gelernt.
»Findet die Schwäche in der Stärke des Gegners. Nutzt seinen größten Vorteil gegen ihn« hatte dessen Standardan-

sprache als ehrenamtlicher Fußballtrainer der B-Jugend des Bezirksvereins immer gelautet.
Robert fragte sich, ob ihm diese Maxime auch heute helfen würde, wo es nicht um Tore, Pässe oder Manndeckung, sondern um sein Leben ging. Während er barfuß und mit nacktem Oberkörper aus dem Wohnzimmer befohlen wurde, analysierte er gedanklich seine Ausgangsposition. Sie war desaströs. Die Frau hatte gleich mehrere Trümpfe auf ihrer Seite. Den größten, eine Neun-Millimeter-Pistole, hielt sie in ihrer Hand. Zudem schien die Villa hermetisch abgeschottet, soweit Stern es überblicken konnte. Natürlich waren in einem leerstehenden Maklerobjekt alle Türen und Fenster verschlossen und mehrfach gegen Einbrecher gesichert. Selbst wenn er seinen Abstand nutzen und den Gang hinunter zum Hinterausgang flüchten könnte, wäre es äußerst unwahrscheinlich, hier auf eine offene Tür oder ein barrierefreies Fenster zu stoßen.
Großer Abstand, Waffe im Rücken, eingeschlossen wie in einem Container – wo liegt die Schwäche in ihrer Stärke?
Sterns Nackenmuskeln zogen sich zusammen, wie immer, wenn er über einem unlösbaren Fall grübelte. Am Schreibtisch in seiner Kanzlei war das immer ein untrüglicher Vorbote einer nahenden Migräne gewesen.
Hier, das wusste er, würden bald noch viel größere Schmerzen auf ihn warten.
Die frisch abgezogenen Eichenholzdielen knarrten müde, als Stern die ersten Stufen der Treppe nahm. Die Musik oben wurde mit jeder Stufe lauter, nur die schleifenden Schritte hatten aufgehört.
Er tanzt nicht mehr.
Stern verbot sich, an das zu denken, was der Mann stattdessen tat. In dem Zimmer. Mit Simon.

»Nicht umdrehen«, schnarrte die Frau, als er nur ansatzweise langsamer wurde und über seine Schulter zurücksah. Doch er hatte nichts erkennen können. Stern wusste nicht, wie weit sie von ihm entfernt stand. Oder ging. Ihrer Stimme nach hätte sie ihm gefolgt oder auch am Fußende der Treppe stehengeblieben sein können. Alles, was er im Augenblick sah, waren ein heller Lichtstreifen und verschwommene Konturen. Denn leider hatte sein Blick einen der Halogenstrahler getroffen, die von unten her das gesamte Treppenhaus in unnatürlich weißes Licht tauchten, das zusätzlich auch noch von den nackten cremefarbenen Wänden reflektiert wurde. Stern musste zweimal blinzeln, um die Schattenbilder wieder wegzuwischen, die vor seinen Augen tanzten ...

Und dann sah er die Lösung auf einmal vor sich. Ihre Schwäche. Er befand sich jetzt etwa in der Mitte der geschwungenen Treppe und näherte sich einer ganz einfachen Möglichkeit, das Blatt zu wenden. Das Problem war nur, dass er sich nicht sicher war, ob es auch funktionierte. Er konnte es nur hoffen.

Musste riskieren, etwas auszuprobieren, was sich womöglich als sein größter und damit letzter Fehler herausstellen konnte.

16.

Carina stieg aus dem Wagen und suchte um das vor ihr liegende Gebäude herum nach Lebenszeichen.

»Hier?«

Sie sah nach oben. Ein sechseckiges Haubendach wölbte sich wie die Perücke eines englischen Richters über die weizengelbe, frisch restaurierte Gründerzeitvilla. In keinem Stockwerk brannte Licht. Überall waren Jalousien heruntergelassen oder Fensterläden geschlossen.

»Heiß«, antwortete die Stimme, und sie versuchte, das Gleichgewicht auf ihren gefühllosen Beinen zu halten, während sie zu der schmiedeeisernen Gartentür ging. Zu ihrem Erstaunen war sie nicht abgeschlossen.

Und jetzt?

Sie öffnete den Reißverschluss der kleinen Kunststofftasche vor ihrem Bauch, die zu ihrer Jogger-Verkleidung gehörte. Zwischen Simons Medikamenten, etwas Bargeld und einigen Gegenständen, die sie für Stern aufbewahren sollte, steckte auch noch die Röhm RG 70. Borcherts »Geschenk«.

»Für den Notfall«, hatte er gesagt. »Klein und niedlich. Wie geschaffen für zarte Frauenhände.«

Ein unwirkliches Gefühl beschlich sie, als sie den Kiesweg des Anwesens hochlief. Noch nie zuvor in ihrem Leben hatte sie eine Waffe in die Hand genommen. Und schon gar nicht in der Absicht, sie womöglich gegen Menschen zu richten.

»Ist offen?«, fragte sie, als sie die verschnörkelte Eingangstür erreicht hatte.

Zum ersten Mal erhielt sie keine Antwort. Sie drückte vor-

sichtig gegen das unnachgiebige Holz. Abgeschlossen. Verriegelt.
Carina drehte sich um, doch in dem schummrigen Zwielicht der alten Straßenlaternen war niemand zu erkennen. Kein Passant. Kein Verfolger. Nichts außer dem Verkehrsrauschen der nahen Königstraße.
»Wie komm ich rein?«, fragte sie den Unbekannten am anderen Ende. »Durch den Hintereingang?«
Wieder keine Antwort. Nur ein heiseres Atmen.
Sie sah zu der Tiefgarageneinfahrt am rechten Flügel der Villa, bemerkte die frischen Reifenspuren im nassen Laub und sprach jetzt mit dem Rücken zur Haustür: »Die Garage? Ist es das? Soll ich es durch die Garage versuchen?«
Die Stimme blieb stumm. Auch das Atmen hatte aufgehört.
»Verdammt«, sprach sie zu sich selbst. *Ich hab keine Zeit zu verlieren. Ich kann jetzt nicht das Gelände absuchen, während Simon da drinnen womöglich gequält wird, und …*
Sie presste ihre Hand um den harten Pistolengriff, während ihr linker Zeigefinger den Messingklingelknopf berührte. Sie war keine Detektivin, kein ausgebildeter Polizist. Auf diesem Terrain war sie sowieso verloren. Sie konnte nicht gewinnen. Höchstens stören …
»Ich klingele jetzt«, sagte sie in den Hörer und drückte zu.
»Kalt«, antwortete eine sonore Stimme direkt neben ihrem Kopf.
Zuerst spürte sie eine gleißende Explosion genau zwischen den Schläfen. Und dann gar nichts mehr.

17.

Jede Stufe war eine Qual. Denn mit jedem seiner Schritte kam er seinem möglichen Ende näher. Doch hier ging es nicht um ihn. Sein Tod wäre nur eine Randnotiz im Lokalteil der Boulevardblätter. Zu Recht. Denn die viel bedeutendere Tragödie spielte sich nur wenige Meter entfernt in dem Zimmer ab, aus dem unvermindert laut die italienische Oper schallte.

Und es ist ausschließlich meine Schuld, dachte Stern.

Er täuschte eine leichte Gleichgewichtsstörung vor und stützte sich kurz an der Wand zu seiner Linken ab.

»Na? Schwächeln Sie schon, bevor es richtig losgeht?«

Okay, sie ist direkt hinter mir. Nur wenige Stufen. Vermutlich will sie nicht, dass ich oben um die Ecke aus dem Schussfeld biege.

Stern überlegte, dass es gleich sehr schnell gehen musste. Also würde er sich weiter links halten. Weg vom Geländer.

Nur noch fünf Stufen.

Der Vorraum zum Flur, in den die Treppe mündete, wurde immer deutlicher sichtbar. Auch der Terrakottakübel mit dem Kunstfarn direkt oben neben dem Geländer sah zunehmend imposanter aus, je näher Stern ihm kam.

Oft haben die einfachsten Tricks den größten Effekt, drang eine weitere Lebensweisheit seines Vaters in sein Bewusstsein. Ob ihm sein simples Vorhaben gleich gelingen würde, hing einzig und allein von vier schlichten Quadraten aus Plastik ab.

Noch zwei Stufen.

Er streckte vorsichtig die Finger seiner Hand aus. Wie ein

Verwundeter, dem man nach langer Zeit den Verband abnimmt, spürte er das Blut in die Fingerspitzen schießen. Lieber hätte er mit rechts zugepackt, aber das wäre zu auffällig gewesen.

Noch eine Stufe.

Er übersah jetzt den gesamten Vorraum, in dem außer einem braunen Beistelltisch, auf dem ein aufgefächerter Immobilienprospekt lag, nichts von Wert vorhanden war. Auch keine Fenster. *Zum Glück!*

Stern nahm die letzte Stufe, als würde er auf eine bröckelnde Eisscholle treten. Er kämpfte den Drang nieder, nach hinten zu sehen, hielt die Luft an, konzentrierte sich voll und ganz auf die kommenden Sekunden und blendete dabei sogar das leise Gemurmel einer Männerstimme aus, das mit der Arie zu ihnen nach draußen drang.

Weit kann Simon nicht sein.

»Gehen Sie nach links, die dritte Tür auf der rechten Seite. Sie hören ja die Party …«

Die Frau kam nicht mehr dazu, ihren Satz zu vollenden. Ein markerschütterndes Schrillen hallte unvermittelt von den nackten Wänden wider.

Stern nutzte die unerwartete Ablenkung durch die Haustürklingel, um in einem letzten Akt der Verzweiflung das Blatt zu wenden. Einfach indem er auf die Lichtschalter drückte, die am Ende der Treppe in Schulterhöhe angebracht waren. Genau hier nämlich lag die Schwäche in ihrer Stärke: Sie hatten ihm alle Fluchtmöglichkeiten genommen. Doch die einbruchsicheren Jalousien sperrten auch das Tageslicht aus. Sobald die Halogenstrahler erloschen, nachdem Stern blitzschnell nach unten über die Schalterreihe gewischt hatte, würde der gesamte Treppenhausbereich in völlige Dunkelheit getaucht sein. Eine Dunkelheit, die es ihm ermöglichte,

den Kunstfarn nach hinten zu reißen und die Frau mitsamt dem Terrakottakübel nach unten zu kegeln.
So weit die Theorie.
Die Praxis hingegen sah etwas anders aus. Stern musste schon beim ersten Schalter sein Scheitern erkennen. Denn es wurde nicht dunkler. Im Gegenteil. Plötzlich breiteten sich die Lichtwellen auch noch über den bislang schwarzen Flur hinweg aus. Er hatte die Strahler nicht *aus*-, sondern zusätzliche Lampen im zweiten Stockwerk *an*geschaltet. Und so war es für die pädophile Psychopathin hinter ihm ein Leichtes, ihn ins Visier zu nehmen und zielsicher abzudrücken.

18.

Es gab so vieles in dem Zimmer, was Simon erstaunte. Das begann schon mit den komischen Geräuschen, die seine Turnschuhe auf dem glänzenden Fußboden hinterließen. Als er auf der Kante des Metallbetts saß, bemerkte er in dem rötlichen Schummerlicht des abgedunkelten Raumes, dass das gesamte Parkett mit einer durchsichtigen Tapezierfolie abgeklebt war.
Der Mann zog den Schlüssel an der Tür ab und schritt zu einem schwarzen Stativ in der Ecke. Darauf war eine kleine Digitalkamera befestigt, deren Objektiv genau auf das Bett zeigte, auf das Simon sich setzen musste. Der Mann drückte einen Knopf, und ein kleiner roter Punkt direkt neben der Linse begann zu leuchten. Dann trat er an das einzige Fenster des Raumes, das mit schweren armeegrünen Gummivor-

hängen zugezogen war, und aktivierte eine winzige Stereoanlage.
»Magst du Musik?«, fragte er.
»Kommt drauf an«, flüsterte Simon, aber der Mann hörte schon gar nicht mehr hin. Er wiegte sich im Takt der Melodie, die der CD-Player abspielte. Simon war sich nicht sicher, ob er den Gesang mochte. Er hatte so etwas Ähnliches schon einmal im Arbeitszimmer der Heimleiterin gehört, und es hatte ihm nicht so sehr gefallen.
Der Mann im Morgenmantel hatte inzwischen die Augen geschlossen und wirkte geistig abwesend. Simon wollte aufstehen und gehen. Er hatte von solchen Typen schon gehört. Einmal war sogar ein Polizist in die Schule gekommen, um ihnen Bilder von Männern zu zeigen, mit denen sie besser nicht mitgehen sollten. Obwohl der hier irgendwie ganz anders aussah.
Plötzlich wurde die Musik lauter, und Simon musste husten. Dann wurde ihm auf einmal etwas schummrig. Er lehnte sich an den Bettpfosten, bis sich das erste Gefühl der Kraftlosigkeit gelegt hatte. Dabei fielen ihm die vielen medizinischen Geräte auf, die auf einem hüfthohen Glastisch unmittelbar neben dem Bett lagen.
Was ist das denn?
Auf einmal war sie doch da, die Angst, die ja eigentlich völlig unbegründet war. Der Mann konnte ihm nichts tun. Wegen morgen früh. Um sechs Uhr würde er jemanden auf einer Brücke treffen. Solange er sich an diesen Gedanken klammerte, durfte eigentlich keine Furcht aufkommen.
Simons Beklemmung wuchs trotzdem, als er die Spritzen sah.
So was kannte er nur aus dem Krankenhaus, aber selbst da hatte er noch nie so große Dinger gesehen. Und was er sich

auch nicht erklären konnte, war das silberne Metallband zwischen dem Skalpell und der kleinen Säge auf der grünen Filzunterlage. Es sah aus wie eine kleine Fahrradkette mit Wäscheklammern am jeweiligen Ende.

»Komm mal her zu mir.«

Mittlerweile mussten einige Minuten vergangen sein, in denen der Mann selbstvergessen getanzt hatte. Seine Stimme klang freundlich. Simon, der kurz die Augen geschlossen hatte, um sich auszuruhen, sah müde auf und blickte sofort wieder in eine andere Richtung. Der Mann hatte seinen Bademantel auf die Knöchel herabgleiten lassen und trug jetzt nichts mehr außer den Latexhandschuhen.

»Nun mach schon.«

»Warum?«, fragte Simon und dachte an Robert.

»Bring mir das da vom Bett mal her, sei so gut, ja?«

Simon sah, worauf der Mann zeigte. Er musste wieder husten und fühlte sich noch kraftloser. Dennoch nahm er den gewünschten Gegenstand von der fleckigen Matratze, auf der weder Bezug noch Bettwäsche lagen.

Er stand auf und ging auf wackeligen Beinen zu dem Mann hinüber. Mit jedem Schritt wurde er schwächer, so wie früher, als er mit Jonas um die Wette gerannt war. Seine linke Hand kribbelte schon wieder etwas, und er hoffte, dass Stern ihn endlich hier herausholen würde.

»Das machst du fein!«, keuchte der Mann und hielt in einer kreisenden Tanzbewegung inne. Mit dem ausgestreckten Arm, in dem er bislang eine unsichtbare Partnerin gehalten hatte, berührte er ihn sanft an der Schulter. Er tippte ihn an. Einmal, zweimal. Dann lachte er, wie über einen gelungenen Scherz.

»Weißt du, dass du wunderschön bist?«

Simon schüttelte den Kopf.

»Doch, doch. Aber du könntest noch viel schöner aussehen.«
»Will ich aber nicht.«
»Doch, vertrau mir.«
Simon spürte, wie ihm die Tüte gewaltsam aus der Hand gerissen wurde. Dann sah er plötzlich nichts mehr. Er wollte einatmen, aber es ging nicht. Wie ein Luftballon stülpte sich die Folie nach innen, nur wenige Millimeter in seinen Mund hinein. Er aktivierte seine letzten Kraftreserven und riss die Arme nach oben, um sich die Tüte vom Kopf zu ziehen, doch die Männerhand packte ihn an den Handgelenken, drückte seine Hände nach unten und band sie mit Paketklebeband hinter seinem Rücken zusammen. Simon wollte schreien, doch dazu fehlte ihm die Luft. Statt des Sauerstoffs hatte er nur ein kleines Haarbüschel eingesogen. Die Haare seiner eigenen Perücke, die ihm vom Kopf gerutscht war, als der Mann ihm die Plastiktüte über den Kopf zog.
»Ja, *so* sieht es schön aus«, hörte er die Säuselstimme des Nackten, der ihn gewaltsam dorthin zurückzerrte, wo er eben noch gesessen hatte. Zum Bett.
»Viel besser.«
Simon trat mit seinen Füßen aus, blind in alle Richtungen, traf hin und wieder auf einen weichen Widerstand oder ein Schienbein, spürte aber bald, dass er der Einzige war, der dabei Schaden nahm.
Er wurde immer müder, immer kraftloser, während gleichzeitig seine Lungen zu platzen drohten. Deshalb war er auch gar nicht so sehr über den lauten Knall verwundert, der auf einmal die Musik zerfetzte.

Der Schuss auf dem Flur ließ den Mann für einen Moment innehalten, dann grinste er und riss einen langen Streifen Paketklebeband ab, um es um die Tüte und den Hals des Jungens zu wickeln. Erst dann würde er beide Hände frei haben. Und die brauchte er für das, was er jetzt vorhatte.

19.

Als der Schuss fiel, explodierte die Welt um ihn herum. Die Qualen nach dem Knall waren unerträglich, breiteten sich aber nicht in der Körperregion aus, in der er es vermutet hatte. Stern kippte vornüber und krachte mit dem Kopf gegen die Blumenvase. Allerdings fiel er mehr aus Reflex als aus wirklicher Notwendigkeit. Er war sich sicher gewesen, vor seinem Tod noch eine Austrittswunde im Bauch zu sehen, nachdem das Geschoss durch seinen Rücken gedrungen war. Stattdessen konnte er nichts mehr hören, hustete sich die Seele aus dem Leib und fühlte sich mit jedem erstickten Atemzug mehr, als ob er gleich innerlich verbrennen würde. Nach einer gefühlten Ewigkeit, kurz bevor er glaubte zu erblinden, wurde ihm klar, was passiert war.

Reizgas.

Die Pistole war nicht mit tödlicher Munition geladen gewesen. Das perverse Ehepaar mochte vielleicht pädophil sein, es war aber nicht des Mordes fähig. Oder aber die Irren töteten auf andere Art und Weise. Womöglich brachte ihnen eine simple Kugel keinen gesteigerten Lustgewinn ein.

Dass er mit all seinen Vermutungen falschlag, erkannte Stern, als die Frau hinter ihm plötzlich ebenfalls hustete.

»Scheiße«, sagte sie, aber selbst das eine Wort war kaum zu

verstehen, weil ihre Nasenschleimhäute wie die Niagarafälle arbeiteten.
Stern wälzte sich auf den Bauch und sah die Treppe hinunter. Seine Augen tränten, als hätte er sie mit Toilettenreiniger eingerieben, aber er erkannte durch den Schleier, dass die Frau nur wenige Stufen unter ihm stand. Sie krümmte sich, rieb ihre Augen, weil sie ebenfalls keine schützende Maske trug.
Also hat sie nicht gewusst, womit die Waffe geladen war, folgerte Stern. Die beiden Irren taten nur so cool. Sie waren schlichtweg unerfahren. Vermutlich hatten sie die Pistole noch nie zuvor überprüft. Und die Premiere war soeben fehlgeschlagen.
Stern versuchte aufzustehen, und was dann passierte, war ebenso wenig beabsichtigt wie die Chlorgaswolke. Er taumelte, der Boden glitt unter seinen Füßen weg, und in der Annahme, einen Schritt in den Flur zu tun, trat er ins Nichts und stürzte die Treppe hinunter.
Ein stechender Schmerz durchzuckte seinen Rücken, als er nur zwei Stufen tiefer wie ein Torpedo auf die Frau prallte. Das Gepolter im Treppenhaus war jetzt so laut, dass er nicht mehr auseinanderhalten konnte, wessen Körperteile für die dumpfen Geräusche verantwortlich waren. Zum zweiten Mal in Folge knallte sein Kopf gegen etwas Hartes, vermutlich eine Stufe. Blut schoss ihm aus der Nase. Dann rutschte er bäuchlings nach unten, und plötzlich bestand sein linkes Bein nur noch aus Schmerzen. Der Fuß hatte sich während des Sturzes im Geländer verhakt, und nun hing sein gesamtes Körpergewicht am Knöchelgelenk.
Bänderriss. Außenbanddehnung. Kapselbruch. Der Intensität der Stiche nach hatte er alles auf einmal, doch das war ihm egal. Nachdem er sich vorsichtig befreit hatte, konnte er

durch die Tränenwolke vor seinen Augen erkennen, dass es seine Gegnerin am Fuße der Treppe wesentlich schlimmer erwischt hatte: Sie regte sich nicht mehr, und ein Knie wie auch der Rest des Körpers sahen unnatürlich verdreht aus.
Stern zog sich am Geländer hoch, zuckte wie vor dem Bohrer des Zahnarztes zurück, als er versuchte, seinen linken Fuß aufzusetzen, und sprang auf einem Bein die Treppe hoch. Seine Schleimhäute schienen sich brennend von selbst aufzulösen.
Dritte Tür rechts, hatte sie gesagt. Der Hinweis war unnötig. In seinem Zustand konnte er ohnehin nur noch akustisch wahrnehmen. Noch immer schmetterte die Oper durch die massive Eichenholztür, an deren Klinke Stern jetzt rüttelte.
Abgeschlossen.
Robert traf seine Entscheidung in Sekundenbruchteilen. Er lief zurück, ignorierte den brutalen Schmerz, der bei jedem Tritt Stahlnägel in sein linkes Bein trieb. Dann griff er sich den Kübel, den er kaum anheben konnte, da er statt mit Blumenerde mit schweren, weiß gewaschenen Kieselsteinen gefüllt war. Zog ihn erst einige Meter hinter sich her, stemmte ihn kurz vor dem Ziel hoch und wuchtete ihn dann, ohne dabei auf das Knacken seiner Rückenwirbel zu achten, mit beiden Händen genau auf die Stelle der Tür, wo sie am leichtesten zu beschädigen war. Die Klinke brach ab, und mit ihr lockerte sich das einfache Türschloss. Stern warf sich mit der nackten Schulter gegen das nachgebende Türblatt. Einmal. Zweimal. Bis er endlich schmerztrunken in den Raum torkelte.
Das Szenario, das dort auf ihn wartete, war schlimmer als alles, was er je zuvor in seinem Leben gesehen hatte. In ihm war ein einziger Schrei: *Zu spät!*

20.

Zuerst sah er den Mann. Nackt. Schweißgebadet und vor Schreck paralysiert. Seine nur langsam schwindende Erregung schien jeglichen Fluchtreflex in ihm betäubt zu haben. Stattdessen hielt er lediglich beide Arme abwehrend vor sein Gesicht.

Stern drehte sich zum Bett und begriff, dass es sich bei der gesichtslosen Gestalt um Simon handelte, der gefesselt, mit einer billigen Supermarkttüte über dem Kopf, reglos auf einer zerschlissenen Matratze lag.

»Ich kann das alles erklären …«, setzte das Schwein an, während Stern, blind vor Tränen, Wut und Schmerz, auf die Kamera zuhumpelte, das Stativ wie einen Baseballschläger umfasste und ihm mit einem schnellen Schwung den Kiefer brach. Der Mann sackte nach hinten und riss beim Fallen die Musikanlage zu Boden. Verdis Musik erstarb in dem Moment, als Stern ans Bett hechtete, Simons Kopf packte und ihm ein Luftloch in die Tüte riss.

Dann wollte er schreien. Vor grenzenloser Erleichterung. Er hatte alles falsch gemacht und am Ende doch nicht verloren. Zumindest nicht Simon. Der Kleine hustete wie ein Schiffbrüchiger, den man gerade aus dem Wasser gezogen hat, und wollte gar nicht mehr damit aufhören. Für Stern waren die saugenden Pfeifgeräusche, mit denen Simon wieder Sauerstoff in seine Lungen pumpte, schöner als jede Symphonie.

»Es tut mir leid, es tut mir so leid«, stieß er hervor und zog den Jungen zu sich heran, der jetzt aufrecht im Bett saß. Mittlerweile hatte er ihn völlig von der Plastiktüte befreit

und hielt seinen Kopf wie eine Kostbarkeit in den Händen, darauf bedacht, ihn nicht mit seiner blut- und dreckverkrusteten Brust in Berührung zu bringen.
»Is ja …«, der Junge holte erstickt Luft, »… is gut.« Simon pfiff die wenigen Worte heraus. Dann musste er wieder keuchen und zog die Nase hoch. Stern wich ein wenig von ihm zurück. Zum Glück war die Tränengaswolke bislang im Treppenhaus hängengeblieben. Doch er befürchtete, dass allein in seinen Haaren genügend Reizpartikel klebten, um Simon noch zusätzlich zu belasten.
»Pfff uffff«, röchelte der Kleine, der anscheinend genug Kraft zum Sitzen hatte, während Stern sich am liebsten schlafen gelegt hätte. Als Simon die unverständlichen Geräusche wiederholte, wurde er endlich hellhörig.
Pass auf!
Er drehte sich um, gerade noch rechtzeitig, bevor der Mann mit dem halb zertrümmerten Gesicht zur Tür hinaus war.
»Hiergeblieben!«, schrie Stern und griff erneut zum Stativ, von dem die Kamera längst abgerissen war. Diesmal schlug er ihm seitlich gegen die Schienbeine. Der Mann knickte ein und blieb, brüllend vor Schmerzen, unmittelbar vor der Schwelle liegen.
»Keinen Zentimeter weiter. Sonst bring ich dich um wie deine durchgeknallte Frau.«
Stern beugte sich über den Päderasten, der sich gerade an seinen eigenen Schmerzensschreien verschluckte. Zeigte ihm das Skalpell, das er vom Beistelltisch gegriffen hatte, und überlegte, wie er weiter vorgehen sollte. Am liebsten hätte er ihm die Stativspitze in den nackten Fuß gerammt oder die Klinge unter seinem Fingernagel abgebrochen. Doch das konnte er Simon nicht antun. Der Junge hatte schon genug Gewalt gesehen – schlimmer noch: Er hatte sie *erlebt.*

Seinetwegen würde er hiernach psychologisch betreut werden müssen.
»Hören Sie, wir können das regeln«, nuschelte der Mann. Er lag eingeigelt vor ihm auf dem Boden, und sein einst sympathischer Gesichtsausdruck hatte sich nicht nur aufgrund der verschobenen Zahnreihen völlig verändert.
»Ich hab Geld. *Ihr* Geld. Wie vereinbart.«
»Halt 's Maul. Ich will kein Geld.«
»Was dann? Wieso sind Sie *dann* hier?«
»Guck bitte weg, Simon«, sagte Stern, während er wieder das Stativ hob. Der Mann zog seine Knie bis unters Kinn und hielt dabei schützend die Hände über seinen blutigen Kopf.
»Nein, bitte nicht«, flehte er. »Ich tu alles, was Sie wollen. Bitte.«
Stern ließ ihn noch eine Weile in Erwartung eines weiteren Schlages zittern, dann fragte er ihn: »Wo ist das Handy?«
»Was?«
»Dein gottverdammtes Handy. Wo hast du es?«
»Da.« Der Mann zeigte auf den Morgenmantel vor dem Bett. Stern wich einen Schritt zurück und hob ihn auf.
»In der Seitentasche. Rechts.«
Robert konnte das Gewimmer des Kinderschänders kaum verstehen. Schließlich fand er das Telefon und hielt es dem Mann zu seinen Füßen entgegen.
»Was soll ich tun?«
»Ruf ihn an.«
»Wen?«
»Deinen Kontaktmann. Den, mit dem du im Wohnzimmer geredet hast. Los. Ich will ihn sprechen.«
»Nein, das geht nicht.«
»Warum?«

»Weil ich seine Nummer nicht habe. Niemand hat die Nummer vom ›Händler‹.« Der Mann sprach das letzte Wort wie einen Namen und nicht wie eine Tätigkeitsbeschreibung aus. Selbst in dieser jämmerlichen Situation konnte der Irre die Ehrfurcht vor dem mächtigen Drahtzieher der Szene nicht ablegen.
»Wie nimmst du dann Kontakt auf?«
»Über E-Mail. Wir schreiben ihm, und er ruft zurück. So war das auch bei Ihnen. Tina hat …«, er keuchte, »… hat Ihren Namen und Ihre Ausweisnummer noch aus dem Auto übers Telefon verschickt. Und er hat uns angerufen.«
Tina! Das sterbende Grauen am Fuße der Treppe besaß jetzt einen Namen.
»Okay, dann gib mir die Mail-Adresse.«
»Steht im Handy.«
»Wo?« Es piepte jedes Mal, wenn Stern auf eine der Tasten drückte. Er kannte das Modell, hatte es selbst einmal für kurze Zeit benutzt und war deshalb mit seiner Funktionsweise vertraut.
Stern fand den Kontaktspeicher, ohne den Mann am Boden aus den Augen lassen zu müssen.
»Unter ›Bambino‹, aber das wird Ihnen nichts nützen.«
»Wieso?« Stern versuchte gar nicht erst, sich den komplizierten Eintrag zu merken: gulliverqyx@23.gzquod.eu. Er würde das Telefon sowieso mitnehmen.
»Weil sich die Adresse nach jeder Anfrage ändert. Sie existiert bereits nicht mehr.«
»Und was machst du beim nächsten Mal?«
»Das kann ich nicht sagen.«
»Warum?«
»Weil die mich sonst umbringen.«
»Was glaubst du, was *ich* gerade vorhabe? Sag mir sofort,

wie du an die neue E-Mail-Adresse kommst, oder ich prügle dich zu deiner Frau die Treppe runter.«

»Okay, okay, okay …« Der Mann streckte seinen Arm in die Luft, die weit aufgerissenen Augen starr auf das Stativ gerichtet, das drohend über seinem Schädel schwebte und jede Sekunde auf ihn herabzusausen drohte.

»Er hat verschiedene Adressen. Tausende. Sie funktionieren immer nur einmal. Dann müssen wir eine neue kaufen, wenn wir ihn sprechen wollen.«

»Wo?« Stern spuckte ihn absichtlich an, als er seine Frage wiederholte: »Wo kaufst du sie?«

Als er die Antwort hörte, rutschte ihm das Skalpell aus der Hand und blieb mit der Spitze in dem folienüberzogenen Parkettboden stecken.

»Was hast du gesagt?«, keuchte er fassungslos. Sein hämmernder Kopf, der anschwellende Knöchel, der verrenkte Rücken und die brennenden Lungen hatten sich inzwischen zu einer einzigen Schmerzwoge verbündet.

»Sag das noch mal«, brüllte er heraus.

»Auf der Brücke«, wiederholte der nackte Mann mit dem blutverschmierten Gesicht zu seinen Füßen, und Tränen traten ihm dabei in die Augen, weil er das vermutlich am besten gehütete Geheimnis der Szene verriet: »Wir kaufen die Adressen auf der Brücke.«

21.

Viele Schauplätze des Schreckens verströmen eine Aura, die widersprüchliche Gefühle auszulösen vermag. Dabei sind es nicht die deutlich sichtbaren Anzeichen brutaler Gewalt, die einen gleichermaßen anziehen wie abstoßen. Nicht die Blut- oder die Gehirnspritzer an der Tapete über dem Bett oder die abgetrennten Gliedmaßen neben der Truhe mit der frischen Bügelwäsche. Es sind die indirekten Signale, die ein Tatort aussendet, die für Außenstehende eine morbide Faszination besitzen. Ein abgesperrter Bereich auf einem U-Bahnhof, der ansonsten voller Menschen ist, entfacht eine solche Wirkung, ebenso wie ein unnatürlich hell erleuchteter Platz, auf dem mehrere Polizeifahrzeuge parken.
»Mist«, schimpfte Hertzlich und rieb sich seine müden Augen, ohne dabei seine Goldrandbrille abzunehmen. Mürrisch winkte er Engler vom Eingang des Lokals zu sich herüber. In der Dunkelheit des Herbstabends wirkte die hell erleuchtete Kneipe am Mexikoplatz wie eine Glühbirne, die nachts die Mückenschwärme anzog. Zahlreiche Passanten mussten auf ihrem Weg zum S-Bahnhof von den Absperrungen ferngehalten werden. Ausnahmsweise gab es hier wirklich nichts zu sehen, wie der uniformierte Beamte in regelmäßigen Abständen den Neugierigen verkündete.
»So ein verdammter Mist«, wiederholte er noch einmal laut, als der Kommissar zu ihm aufgeschlossen hatte. Der gesamte Fall schien irgendwie aus dem Ruder zu laufen, und deshalb hatte er sich selbst vor Ort ein Bild der Lage machen wollen. Dass es so katastrophal aussah, hätte er nicht vermutet.
»Geben Sie mir mal einen Bericht«, forderte er und beob-

achtete dabei angewidert, wie Engler vor seinen Augen ein Aspirin plus C aus der Verpackung riss und die Sprudeltablette ohne einen Schluck Wasser kaute. Er fragte sich, ob er ihm nicht doch besser die Verantwortung für den Fall entziehen sollte.

»Borchert ging uns durch Zufall wegen einer Autopanne ins Netz«, begann Engler mit dem Abriss. »Er hat uns hierher zum Mexikoplatz geführt und behauptet steif und fest, Robert Stern sei zusammen mit dem kleinen Simon entführt worden. Und zwar von einer Frau, die er in dem Café hier getroffen haben will. Das Nummernschild, das Borchert angeblich gesehen hat, ist so nicht registriert. Der einzig taugliche Hinweis, den wir bislang haben, ist diese E-Mail-Adresse …«, Engler deutete müde auf das Schild im Fenster des Cafés, »… die zu einem kleineren Maklerbüro in Berlin-Steglitz gehört. Ein Theodor Kling betreibt es mit seiner Frau Tina. Seine Sekretärin wollte gerade Feierabend machen. Hat uns aber noch verraten, dass er derzeit bei einer Hausbesichtigung ist, und uns eine Liste mit den zum Verkauf stehenden Immobilien des Büros gefaxt. Wir klappern sie gerade ab.«

»Um wie viele handelt es sich?«

»Acht Objekte in der näheren Umgebung. Nicht viele also. Das Problem ist nur, wir können schlecht überall einbrechen, um zu … äh, Moment bitte. Das könnte Brandmann sein.«

Engler klappte sein Handy auf und verzog kurz darauf das Gesicht, als hätte er auf etwas Saures gebissen.

Hertzlich zog fragend die Augenbrauen hoch.

»Wo zum Teufel sind Sie?«, hörte er den Kommissar mit einer Fassungslosigkeit in der Stimme fragen, die deutlich verriet, dass er nicht mit seinem Kollegen telefonierte.

22.

Einen Krankenwagen zum Kleinen Wannsee 121?«
Engler wiederholte noch einmal die Adresse, die er nur bruchstückhaft aus Sterns Mund verstanden hatte.
Hertzlich hatte sich die Information ebenfalls notiert, trat einen Schritt zur Seite und griff zu seinem Handy, vermutlich um ein Team loszuschicken.
»Okay, warten Sie dort auf uns. Rühren Sie sich nicht vom Fleck«, sagte Engler. Er hatte das Gefühl, gegen eine Windmaschine im Hintergrund ansprechen zu müssen, so schlecht war die Verbindung.
Wo zum Geier war Brandmann abgeblieben, wenn man ihn einmal brauchte?
»Geht nicht. Hab … Zeit … nicht für Erklär…« Sterns Stimme stotterte mit starken Aussetzern durch den Äther. »… die … Frau … tot … vielleicht, der Mann lebt. Ihn müssen … verhaften.«
Engler verstand weiterhin kaum ein Wort.
»Wie geht es Simon?«, stellte er die wichtigste Frage.
»Deswegen rufe ich Sie ja an.«
Der Anwalt musste das Funkloch hinter sich gelassen haben. Er klang auf einmal nicht mehr abgehackt, sondern war nun lückenlos verständlich.
»Hören Sie, so geht es nicht weiter. Sie müssen sich endlich stellen«, forderte Engler.
»Ja, das werde ich auch.«
»Wann?«
»Jetzt. Das heißt … Moment mal.«
Es knackte in der Leitung, und Engler glaubte Simon im

Hintergrund zu hören. Stern hatte also nicht gelogen. Der Junge lebte noch!
»Wir brauchen noch zirka vierzig Minuten, dann treffen wir uns. Aber nur wir beide. Sonst niemand.«
»Okay, wo?«
Dem Kommissar entglitten sämtliche Gesichtszüge, als Robert Stern ihm den Treffpunkt nannte.

23.

Der gewünschte Gesprächspartner ist vorübergehend nicht erreichbar. Wenn Sie per SMS benachrichtigt werden wollen, sobald er wieder …
Verdammt. Was war hier los? Warum ging Carina nicht mehr ans Telefon?
Und was zum Teufel ist nur mit Borchert passiert? Warum hat er uns im Stich gelassen?
Stern drückte die Computerstimme der Mailbox weg und wollte das Handy wütend aus dem Fenster der Limousine auf den Parkplatz schmeißen, auf dem sie nach einer wilden Fahrt durch die Stadt gehalten hatten. Die Vorstellung, dass dieser schmierige Kinderschänder vor wenigen Minuten noch denselben Hörer an sein schwitzendes Ohr gepresst hatte, ekelte ihn zutiefst. Aber er würde den Apparat noch benötigen. Zuerst hatte er seinen wichtigsten Anruf erledigt und Engler verständigt. Denn so konnte er nicht weitermachen. Er musste sich stellen. Auch auf die Gefahr hin, dass er dann niemals erfahren würde, was wirklich mit Felix geschehen war.

Doch das war jetzt zweitrangig. Ihre wahnsinnige Schnitzeljagd nach einem Phantom musste endlich ein Ende finden. Simon wäre eben beinahe ermordet worden. *Das* war die Realität, und nicht seine Hirngespinste um Felix und den Jungen mit dem Feuermal.

Stern spürte zwei kleine Finger auf seiner Schulter.

»Alles okay?«, fragte Simon.

Der Anwalt fühlte, wie sich seine Augen schon wieder mit Tränen füllen wollten. Er hatte den Jungen gerade mit einem grinsenden Monster in der Hölle allein gelassen. Und da wollte Simon wissen, wie *er* sich fühlte?

»Mir geht's gut«, log Robert. In Wahrheit wusste er nicht mehr, welche Sitzposition er noch einnehmen sollte, um die Schmerzen einigermaßen zu ertragen. Es war ein Wunder, dass er es überhaupt aus der Villa geschafft hatte, ohne ohnmächtig im Flur zusammenzubrechen. Zum Glück besaß Simon anscheinend unglaubliche Selbstheilungskräfte und konnte aus eigener Kraft die Treppe hinuntergehen, nachdem Stern den Päderasten mit dem Teppichklebeband ans Bett gefesselt hatte.

Tina hatte sich nicht bewegt, als sie am Fuße der Treppe über sie hinweggestiegen waren, aber Stern glaubte flache Atembewegungen erkannt zu haben. Und obwohl ihm jeder zusätzliche Zentimeter Qualen bereitete, hatte er im Wohnzimmer noch seine verstreuten Anziehsachen zusammengesucht, bevor sie mit dem Auto durch die Garage entkommen waren. Er dankte Gott, dass es sich bei der amerikanischen Limousine um ein Automatikmodell handelte. Sein linker Fuß war bereits zu einem pochenden Klumpen angeschwollen, mit dem er kaum auftreten, geschweige denn eine Kupplung treten konnte.

»Dein Gesicht sieht aber schlimm aus«, sagte Simon heiser.

»Und du klingst wie Kermit«, versuchte Stern zu scherzen. Er klappte die Sonnenblende herunter, sah in den Schminkspiegel und musste dem Jungen zustimmen. Im Handschuhfach fand er einen Behälter mit feuchten Einwegtüchern für die Windschutzscheibe. Achselzuckend zog er eines aus der Packung und wischte sich damit etwas Blut aus dem Gesicht.

»Und wie fühlst *du* dich?«, fragte er, während er vorsichtig die Umgebung des pulsierenden Blutergusses auf der Stirn betupfte.

»Geht so.« Simon hustete unterdrückt.

»Es tut mir so leid, so wahnsinnig leid«, wiederholte Stern bestimmt schon zum achten Mal, seitdem sie die Villa hinter sich gelassen hatten. »Aber ich werde es wieder gutmachen. Ich schwöre es.«

»Ist doch nichts passiert«, antwortete Simon müde.

Stern schaltete das Deckenlicht des Fahrzeuges an, um ihn besser sehen zu können. Die Augenlider des Jungen flatterten leicht, und er musste gähnen. Stern hatte keine Ahnung, ob das nach den Ereignissen des Tages ein gutes oder ein schlechtes Zeichen war.

»Brauchst du irgendetwas? Wasser? Deine Medikamente?«

»Nein, ich bin nur müde.« Simon hustete wieder. Sein linkes Bein zitterte ein wenig, was Stern während der Fahrt hierher nicht aufgefallen war.

»Schaffst du den Weg bis zu den Glastoren alleine?«

»Klar.« Simon öffnete die Beifahrertür und zögerte. »Ich würde aber lieber bei dir bleiben.«

Stern schüttelte den Kopf, und selbst das tat ihm weh. »Tut mir leid.«

»Aber vielleicht brauchst du mich ja?«

»Komm mal her.« Stern zog Simon zu sich heran und ignorierte seinen schreienden Rücken, als er ihn so fest drückte, wie es eben nur ging.

»Ja, ich brauch dich. Sehr sogar. Und deshalb ist es ganz wichtig, dass du genau das tust, was ich dir gesagt habe, okay? Du gehst jetzt rein ins Krankenhaus und meldest dich sofort auf deiner Station, hast du gehört?«

Simon nickte in seinen Armen. »Ist gut. Und was machst du jetzt?« Der Kleine sprach dumpf in Roberts Oberhemd hinein.

»Ich werde den Fall lösen.«

Simon rückte etwas ab und sah zu ihm auf. »Echt?«

»Echt!«

»Das heißt, ich muss morgen doch niemandem wehtun?«

»Musst du nicht.«

»Das will ich nämlich gar nicht.«

»Ich weiß.« Robert strich Simon eine Haarsträhne hinter die Ohren und lächelte matt. »Schaffst du das wirklich allein?«, fragte er noch einmal.

»Ja, mir geht's gut. Hab nur noch Halskratzen.«

»Und das Zittern in deinem Bein?«

»Nicht so schlimm. Außerdem bekomm ich doch gleich was dagegen.«

Simon war bereits mit einem Fuß ausgestiegen, da legte ihm Robert noch einmal die Hand auf die Schulter.

»Erinnerst du dich noch an den schönsten Ort der Welt?«, fragte er. »Was du zu Doktor Tiefensee gesagt hast, als er dich in seiner Praxis fragte?«

»Ja.« Simon lächelte.

»Wir werden zu diesem Strand fahren, okay?«, gab er ihm noch mit auf den Weg. »Wenn das alles vorbei ist. Du, Carina und ich. Und dann gibt es das größte Eis des Universums, ja?«

Simon lächelte noch breiter und winkte ihm zu, bevor er sich entfernte. Es waren nur wenige Meter über den Parkplatz bis zum Eingang der Klinik, doch Stern verfolgte jeden einzelnen kleinen Schritt des Jungen mit nahezu hypnotischem Blick. Er startete den Motor. Nicht um wegzufahren, sondern um im Notfall in Sekundenschnelle zu ihm durchstarten zu können. Natürlich lauerten hier auf dem Gelände der Seehausklinik keine Gefahren wie die, denen der Junge in den letzten Stunden ausgesetzt gewesen war. Doch Sterns Angst ebbte erst ab, als Simon hinter den Schiebeglastüren im Bauch des Klinikgebäudes verschwunden war.

Er sah auf die Uhr und legte den Rückwärtsgang ein. Es war achtzehn Uhr sechsundvierzig. Er musste sich beeilen, wenn er nicht zu spät zum Volksfest kommen wollte.

24.

Okay, jetzt ist er da. Was soll ich tun?«

Der bärtige Mann in der Krankenhauscafeteria rührte den Schaum in seinem Latte macchiato um und beobachtete dabei, wie der Junge zu den Fahrstühlen ging.

»Simon will wohl direkt auf seine Station gehen«, informierte er weiter sein Handy und zog den langen Kaffeelöffel aus dem Glas, um ihn abzulecken. Doch dann kam Bewegung in ihn.

»Moment mal.« Er unterbrach die Stimme am anderen Ende der Leitung. »Gerade haben sie ihn erkannt. Ein Arzt. Ja, er spricht mit Simon. Schätze, hier wird gleich die Hölle los sein.«

Er löste seine riesigen Hände von dem geriffelten Kaffeeglas und stand auf, um den Pulk aus Pflegern, Schwestern und Ärzten besser sehen zu können, der sich langsam um Simon herum bildete. Rufe wurden laut. Das Krankenhaus summte vor hektisch aufbrandender Aktivität.

»Wirklich? Sind Sie sich sicher?«

Die aufgeregten Stimmen vor den Fahrstühlen wurden lauter, und der Mann hatte Mühe, sich auf die Instruktionen, die er über das Telefon erhielt, zu konzentrieren. Er bat seinen Gesprächspartner, etwas lauter zu sprechen. Schließlich hatte er alles verstanden und grunzte zustimmend.

»Alles klar, wird erledigt.«

Picasso legte auf und ließ sein Kaffeegetränk unberührt stehen.

25.

Diiiihouhhhh Pfffffaaaaarrrrrr....«

Die Buchstaben schwammen in ihren Ohren. Unnatürlich gedehnt, wie von einem viel zu langsam abgespielten Tonband, setzten sie sich zu unverständlichen Worten zusammen.

Wo bin ich? Was ist geschehen?

Carina fühlte sich, als säße sie auf einer Waschmaschine, die sich in der letzten Phase des Schleudergangs befand. Die harte Bank unter ihr ruckelte heftig. Hin und wieder wurde

sie von einer unsichtbaren Kraft nach vorne gedrückt und nur einen Augenblick später wieder zurück an die harte Lehne gepresst.
Sie blinzelte fiebrig, und ihr wurde schlagartig übel. Als atmete sie nicht durch die Nase, sondern durch die Augen, registrierte sie erst jetzt den Gestank um sich herum. Alkohol. Erbrochenes.
Sie hielt ihre Lider mühsam offen und konnte trotzdem nichts erkennen. Nichts, was ihr plausibel erklärte, was mit ihr geschehen war.
Ein hagerer Mann mit zimtbraunem Seitenscheitel und Oberlippenbart bückte sich zu ihr herab. Er hielt ihr eine Plastikkarte entgegen, als wolle er sich ausweisen.
»Wasch … issss … *mit mir passiert?*«, bemühte sie sich zu sagen. Aber ihre eigenen Worte klangen noch unverständlicher als die des Fremden mit dem strengen Gesicht. Der Mann klang unhöflich, sprach jetzt etwas lauter zu ihr, und diesmal verstand sie endlich, was er sagte. Wenn auch nur akustisch. Die eigentliche Bedeutung seines mürrischen Befehls blieb ihr verschlossen.
»Die Fahrkarten bitte.«
»Was? Wie?«
Carina drehte den Kopf und blickte mit großer Kraftanstrengung seitlich an dem Kontrolleur vorbei. Ihr gegenüber stand noch eine Bank. Sie war leer, bis auf die Rentnerin. Die musterte Carina angewidert und rollte geringschätzig die Augen, bevor sie sich wieder in einer Illustrierten vertiefte.
»Ich, ich hab … ich weiß noch …«
Carina roch, dass sie selbst die Quelle des Gestanks war. Billiger Rotwein. Die Flecken waren über und über auf dem Sweatshirt ihres Jogginganzuges verteilt.
Wie kann das sein?

Das Letzte, an das sie sich erinnerte, war diese grauenhafte Stimme gewesen. *Kalt.*
Und dann die Gewissheit, in einen ewigen, traumlosen Schlaf zu fallen. *Aber jetzt?*
Sie fasste sich an ihre hämmernde Schläfe und stellte verwundert fest, dass sie keine Wunde ertasten konnte. Noch nicht einmal eine Beule.
»Wird's bald, oder sollen wir Sie mitnehmen?«
Die Sekunden verstrichen, und immer mehr Einzelheiten ihrer Umgebung fügten sich zu einem merkwürdigen Gesamtbild zusammen. Die zerkratzten Fenster, die flackernde Neonröhre über ihrem Kopf, die Haltegriffe. Sie begriff sehr wohl, wo sie war, doch sie verstand es nicht. Ebenso gut hätte sie auf einer Eisscholle in der Antarktis aufwachen können. Das S-Bahn-Abteil, in dem sie durch die Berliner Nacht ratterte, war für sie genauso irreal.
»Ich dachte, ich bin tot«, sagte sie zu dem Kontrolleur, was dem Mann ein schwaches Grinsen entlockte.
»Nee, du siehst nur so aus.«
Er griff nach ihrer rechten Hand, die sie nicht schnell genug zurückziehen konnte, und nahm ihr etwas aus den Fingern.
»Da haben wir ihn ja.« Er kontrollierte den Stempel auf dem Fahrschein und war offensichtlich zufrieden.
»Das hab ich selten erlebt. Zu blöd zum Saufen, aber ein Ticket ziehen.«
Er gab ihr das Billett mit der Empfehlung zurück, es nächstes Wochenende etwas ruhiger angehen zu lassen. Dann zog er weiter.
Der Zug verlangsamte seine Fahrt und tauchte unter das Dach eines schwach beleuchteten Bahnhofs, dessen Schilder noch altdeutsche Schriftzeichen zierten: S-Bahnhof Grunewald.

Wir sind nur zwei Stationen vom Wannsee entfernt.
Carina stand auf, bemerkte, wie die anderen Fahrgäste ihr Platz machten, als ginge eine ansteckende Krankheit von ihr aus, und torkelte auf den Bahnsteig.
In ihrem Kopf summte es wie in einem Bienenstock. Die »Stimme« musste ihr einen Elektroschocker an den Kopf gehalten, sie mit Fusel übergossen und wie eine Obdachlose in der S-Bahn ausgesetzt haben.
Aber warum?
In der klaren Luft belebten sich ihre Sinne, doch das führte nur dazu, dass die Angst wieder stärker wurde. Die Frage war ja nicht, was mit ihr, sondern was mit Simon passiert war. Und mit Robert.
Sie blieb neben dem verlassenen Wartehäuschen mitten auf dem Weg zur Treppe stehen und ließ die wenigen Fahrgäste, die mir ihr ausgestiegen waren, an sich vorbeiziehen.
Und jetzt?
Sie fühlte sich genauso hilflos wie vor einer guten Stunde, als sie nicht wusste, wohin sie fahren sollte, um Simon und Robert zu retten. Nur dass es ihr jetzt körperlich um einiges schlechter ging. Ihr platzte der Schädel, ihr war übel, und der Bauch grummelte so stark, dass sie es als andauernde Vibration wahrnahm. Sie griff sich an den Magen. Ihre Hand blieb aus Versehen an der Kunststofftasche hängen. Jetzt vibrierten auch ihre Finger, und gleichzeitig begann etwas zu fiepen.
Carina brauchte zwei Anläufe, bis sie den Reißverschluss aufgezogen hatte. Sie wunderte sich kurz, dass alles Geld, die Medikamente und sogar ihre Waffe wieder in dem Hüftgürtel steckten, dann nahm sie den lärmenden Organizer aus der Tasche, den sie für Robert aufbewahren sollte.
Sie klappte die Lederhülle auf und starrte auf den blinken-

den Eintrag. Ein Termin. Das Fiepen sollte Robert an eine Verabredung erinnern, die er am Donnerstag erst getroffen hatte. Und zwar ihretwegen.
Carina stellte den Alarm ab und wusste, dass das kein Zufall sein konnte. Das Spiel, das vor drei Tagen auf dem abgelegenen Industriegelände neben der Stadtautobahn begonnen hatte, ging weiter.
Sie schlang fröstelnd die Arme um sich, rieb mit den Händen an ihrem Oberkörper auf und ab, als könne sie dadurch die Fäden zerreißen, an denen der unsichtbare Marionettenspieler sie durch den Wahnsinn steuerte.
Nach einer Weile setzte sie sich mit schlurfenden Schritten in Bewegung. Wenn sie sich beeilte, konnte sie es schaffen. Der Treffpunkt war nicht weit entfernt.

26.

Als ihm auf dem Parkplatz an der Clayallee die Plastikfesseln angelegt wurden, erinnerte sich Stern an einen Satz, den eine Mandantin vor Jahren einmal zu ihm gesagt hatte: *Es ist so, als ob du dein Leben an der Garderobe abgibst.*
Die Frau war zwar nicht ungerechtfertigt verhaftet worden, so wie er gerade, aber dennoch musste Stern zugestehen, dass die Geldfälscherin den ersten Moment der verzweifelten Hilflosigkeit recht gut beschrieben hatte.
»Warum hier?« Engler sah in den Rückspiegel und wiederholte noch mal seine Frage an Stern. »Warum wollten Sie sich unbedingt mit mir vor einem Rummelplatz treffen?«

Der Kommissar saß selbst am Steuer seines neutralen Dienstwagens. Nur Insider wussten, dass es sich bei der grauen Limousine um ein offizielles Einsatzfahrzeug handelte.
»Damit ich sehen konnte, ob Sie sich an unsere Abmachung halten.« Stern zwang sich, die Augen offen zu halten. So langsam wünschte er sich zwar mit all seinen Schmerzen eine gnädige Bewusstlosigkeit herbei, doch dafür war es jetzt noch zu früh.
»Ich musste sichergehen, dass Sie alleine kommen.« Stern empfahl Engler, durch die Heckscheibe einen Blick auf das blinkende Riesenrad zu werfen, von dem sie sich langsam entfernten. »Die Aussicht von da oben ist wirklich phantastisch.«
Er hatte den Polizisten vorhin aus einer Gondel heraus angerufen, damit er die Warnblinkanlage seines Fahrzeuges anschaltete. Nachdem er ihn so auf dem Besucherparkplatz lokalisieren konnte, blieb er noch für drei weitere Fahrten sitzen, bevor er beschloss, dass er das Risiko eingehen konnte. Und tatsächlich hatten ihn keine unsichtbaren Helfer aus dem Nichts angesprungen, als er zu dem Kommissar in den Wagen stieg.
»Verstehe.« Engler nickte anerkennend und musste plötzlich niesen.
»Aber Ihre Sorge war unbegründet«, sagte er, als sich seine Nase wieder beruhigt hatte. Er klang jetzt so erkältet wie bei ihrem allerersten Verhör. Unfassbar, dass es erst drei Tage her sein sollte.
»Wir werden per GPS getrackt«, hustete der Ermittler. »Die Zentrale weiß also immer, wo wir sind. Außerdem halte ich Sie für ein Arschloch. Nicht für gefährlich.« Er grinste in den Rückspiegel. »Wenigstens nicht für so gefährlich, dass ich nicht alleine mit Ihnen klarkommen würde.«

Stern nickte und betrachtete sein linkes Handgelenk, an dem die rauhen Kanten der Plastikhandschellen schon erste Spuren hinterließen.

»Aber warum wollten Sie sich unbedingt mit mir treffen? Wir sind nicht gerade ein Herz und eine Seele.«

»Eben drum. Mein Vater hat immer gesagt, man soll Geschäfte nur mit seinen Feinden machen. Von denen kann man nicht verraten werden. Außerdem ist mir Brandmann nicht koscher. Ich kenn ihn nicht.«

»Kluger Mann, Ihr Vater. Um welchen Deal geht es denn?«

»Ich werde Ihnen gleich Informationen geben, mit denen Sie in der Lage sind, mindestens zwei Verbrecher festzunehmen: einen Kinderhändler und den Rächer. Also den Kerl, der für die Männerleichen verantwortlich ist, die wir gefunden haben.«

Um sie herum wurde es plötzlich noch dunkler. Rechts und links der Fahrbahn verschwanden die Wohnhäuser hinter den regennassen Scheiben. Sie ließen den beleuchteten Teil des Hüttenwegs hinter sich und fuhren eine Verbindungsstrecke zwischen Charlottenburg und Zehlendorf, die sie einmal quer durch den Grunewald führte.

»Okay, und was wollen Sie als Gegenleistung?«

»Egal, was Sie gegen mich in der Hand zu haben glauben, und ganz gleich, was ich Ihnen jetzt erzähle – Sie müssen sofort die Kinder meiner Exfrau unter Polizeischutz stellen.«

»Warum?«

»Weil ich erpresst werde. Das bringt mich schon zu meiner zweiten Forderung: Sie müssen mich bis morgen früh sechs Uhr wieder freilassen.«

»Sie sind wohl übergeschnappt?«

»Mag sein. Aber nicht so sehr wie diese Wahnsinnigen hier.«

»Was ist das?« Engler warf einen flüchtigen Blick auf den Beifahrersitz. Stern hatte mit seinen gefesselten Händen mühsam ein winziges Videoband aus seinem Jackett gefingert und zu dem Polizisten nach vorne geworfen.

»Das ist ein Band aus dem Schlafzimmer des Maklers in Wannsee. Schauen Sie sich an, was er und seine Frau mit Simon machen wollten, wenn Sie die Nerven dazu haben.«

»Ist *er* der Drahtzieher?«

»Der Makler? Nein.«

Stern erklärte Engler so schnell es ging, was er in den letzten Stunden herausgefunden hatte.

»Morgen früh soll an einem Treffpunkt für Pädophile ein Baby verkauft werden. Simon hat die Vision, dass er bei dieser Übergabe den Kinderhändler töten wird. Aus Rache.«

»Und *das* glauben Sie?«

»Nein. Wenn überhaupt, wird morgen früh nicht Simon, sondern ein anderer Rächer auf der Brücke erscheinen. Und er wird den Verkäufer erschießen, sobald er die Gelegenheit dazu erhält.«

Engler fuhr langsam an die Kreuzung Hüttenweg, Ecke Koenigsallee heran.

»Schön, mal angenommen, an Ihrer haarsträubenden Theorie wäre etwas dran«, fragte der Kommissar misstrauisch, »woher weiß der Junge davon?«

Stern sah sich um, ob ihnen jemand folgte, aber außer einem Motorrad, das sich vor ihnen in Richtung Avus entfernte, standen sie momentan allein an der roten Ampel, mitten im Wald.

»Warum kann Ihr Mandant, Simon Sachs, jetzt auf einmal nicht nur in die Vergangenheit, sondern auch in die Zukunft blicken?«

»Keine Ahnung.«

Der Regen wurde dichter. Engler stellte den Scheibenwischer eine Stufe schneller.
»›Keine Ahnung‹ ist eine schlechte Antwort, wenn Sie von mir wieder freigelassen werden wollen. Woher weiß ich denn, dass Sie da nicht selbst mitmischen?«
Sie fuhren weiter, und Stern wunderte sich kurz über die veränderten Motorgeräusche. Es klang so, als hätte Engler Benzin mit einer zu niedrigen Oktanzahl getankt.
»Das ist der Grund, weshalb Sie mich nicht einsperren dürfen. Ich werde es Ihnen morgen früh beweisen. Auf der Brücke.«
»Und wo genau soll die sein?«
»Erst machen wir den Deal, dann verrate ich Ihnen die Adresse.«
Moment mal! Was ist das denn jetzt?
Stern beugte sich irritiert nach vorne. Er hatte sich geirrt. Mit dem Motor war alles okay. Das rasenmäherartige Geräusch, das er hörte, kam von außen. Und es wurde lauter.
»Weiß noch jemand von unserem Treffen?«, fragte Engler plötzlich. Er wirkte nervös, und die Anspannung übertrug sich unmittelbar auf Stern.
»Niemand«, antwortete Robert zögerlich.
»Und was ist das für eine Nummer gewesen?«
»Welche Nummer?«
Robert tastete nach dem Funktelefon in seiner Jackentasche. Es war immer noch angeschaltet. *Das bedeutete …*
»Über die Sie mich angerufen haben. Wem gehört das Handy?«
Engler wurde immer hektischer, drehte sich während der Fahrt nach hinten um.
»Dem Makler, aber wieso …?«
Die Scheibenwischer zogen nach rechts, verteilten das Re-

genwasser, das sich für einen kurzen Moment wie eine Lupe über die Windschutzscheibe legte, und dadurch konnte er es sehen.

Der Motorradfahrer. Er hatte gewendet. Das Licht ausgeschaltet und fuhr ohne Helm mit ausgestrecktem Arm direkt auf sie zu.

Die Ampel wurde grün, und Engler legte den Gang ein.

Oh, verdammt. Borchert hat uns doch alle ausdrücklich gewarnt. Jedes Kleinkind kann ein Handy orten und …

Es knallte. Und Sterns Gedanken setzten aus.

27.

Die drei Schüsse klangen völlig ungefährlich, wie das Zischen nasser Silvesterböller, bei denen nur die Hälfte des Schwarzpulvers gezündet hatte. Doch ihr schallgedämpfter Klang täuschte. Sie durchschlugen mit tödlicher Wucht die Windschutzscheibe und ließen das Sicherheitsglas wie Konfetti nach innen bröckeln.

Stern konnte nicht sagen, welcher davon den Kommissar zuerst getroffen hatte, dessen Kopf auf das Lenkrad sackte. Die Ampel stand weiterhin auf Grün. Etwas später, als sie auf Gelb wechselte, ging die Innenbeleuchtung an, was Robert in seinem ersten Schock aber nicht registrierte. Im Augenblick war sein Gehirn viel zu sehr damit beschäftigt, die entsetzlichen Bilder zu verarbeiten: der Fahrer auf dem Motorrad, die zersplitterte Scheibe, die unkontrolliert zuckende Hand des Kommissars.

Sterns Kiefer klackten unregelmäßig gegeneinander. Er fror. Vor Schock, Schmerzen, Panik, und weil ihm auf einmal ein Regenschauer direkt ins Gesicht klatschte. Erst dadurch wurde ihm bewusst, warum das Licht über ihm auf einmal brannte: Seine Tür stand offen. Jemand hatte sie aufgerissen.

»Sie haben sich nicht an die Absprache gehalten«, zischte ein Mann aus der Dunkelheit. Dann wurde es kalt an seiner Schläfe. Der Motorradfahrer hatte die Mündung direkt aufgesetzt.

»Schönen Gruß von der ›Stimme‹. Sie wollten doch wissen, ob es eine Wiedergeburt gibt.«

Stern drückte die geschlossenen Augen noch fester zusammen. Sein Kopf vibrierte vor Anspannung. Und in diesem Augenblick wusste er, dass alle Beschreibungen der letzten Sekunden auf ihn nicht zutrafen. Es gab keinen Film, der sich im Angesicht des Todes abspulte. Noch nicht einmal ein Standbild. Stattdessen konnte Stern für den winzigen Bruchteil einer Sekunde alle Zellen seines Körpers einzeln spüren. Er bemerkte das dumpfe Klopfen, mit dem jede Sekunde mehr Adrenalin aus dem Nebennierenmark in den Strudel seiner Blutbahn pulsierte. Er hörte, wie sich seine Bronchien weiteten, und spürte die gesteigerten Kontraktionen seines Herzens wie kleine Explosionen unter dem Brustkorb. Zeitgleich veränderte sich auch seine äußere Wahrnehmung. Er fühlte den Wind nicht als Einheit, sondern wie ein Sandstrahlgebläse aus unzähligen Sauerstoffatomen, die gemeinsam mit den Regentropfen einzeln auf seiner Haut einschlugen.

Stern hörte sich schreien. Er hatte Angst, so sehr wie noch nie zuvor in seinem Leben. Gleichzeitig erlebte er aber auch jede andere Emotion stärker als jemals zuvor. So als ob man ihm ein letztes Mal beweisen wollte, zu welchen Empfindungen er eigentlich fähig gewesen wäre, wenn er dem Leben nur eine Chance gelassen hätte. Dann, kurz vor dem Ende, glaubte er zu zerfließen. Er merkte, wie der aus Atomen und Molekülen zusammengesetzte Robert Stern sich in seine einzelnen Bestandteile auflösen wollte, um dem Projektil das Eindringen in seinen Körper zu erleichtern. Und während sich eine tiefe Traurigkeit wie ein Mantel um ihn warf, erlöste ihn der tödliche Schuss.

Die Kugel schlug ein. Treffsicher, wie vorgesehen. Mitten in die Schläfe. Dort riss sie ein fingernagelgroßes Loch in den Schädel, aus dem das Blut wie aus einer schlecht verschlossenen Ketchupflasche an den Rändern austrat.
Stern öffnete die Augen, fasste sich an den Kopf und betastete ungläubig die Stelle, wo der Killer eben noch seine Waffe aufgesetzt hatte. Und die jetzt noch vom Druck des harten Laufes schmerzte. Dann sah er auf seine Finger, rechnete fest damit, Blut an ihren Spitzen zu sehen, zu riechen und zu spüren. Doch nichts davon trat ein.
Endlich sah er nach vorne. Und hörte die Waffe Englers in den Fußraum plumpsen. Das halbe Gesicht des Kommissars schien in Blut getränkt. Erst sehr viel später registrierte Stern, dass dies vom Licht der wieder auf Rot stehenden Ampel herrührte, das ihn seitlich streifte.
Er hat mir das Leben gerettet!, dachte Robert. *Er hat es geschafft, zu seiner Pistole zu greifen und sich mit letzter Kraft nach hinten zu wenden, um den Killer …*
Für einen Moment hoffte Stern, dass der Kommissar doch nicht so schwer verletzt wäre. Engler saß immer noch nach hinten verdreht wie ein Vater, der kontrollieren will, ob auch alle angeschnallt sind, bevor es losgeht, und sah ihn zum ers-

ten Mal in seinem Leben freundlich an. Dann löste sich ein Blutstropfen aus seinem Mund. Engler öffnete ihn erstaunt, blinzelte ein letztes Mal und kippte schlagartig mit der Schläfe auf das Lenkrad zurück. Seine Hand, die eben noch die Pistole gehalten hatte, erschlaffte zusammen mit dem Rest seines Körpers.

Von der anschwellenden Hupe aus seinem Trancezustand gerissen, bekam Robert seinen Körper wieder in den Griff. Das weiße Rauschen hinter seinen Ohren verschwand, das Leben floss wieder in ihn hinein, und damit kamen auch die Schmerzen zurück. Er löste seinen Gurt und rutschte aus dem Wagen heraus. Dabei fiel sein Blick auf Englers Waffe am Boden. Er griff sie und hielt sie beim Aussteigen auf den Killer gerichtet. Vor ihm lag ein langhaariger Mann mit ungläubig aufgerissenen Augen, aus dessen Kopf der Rest seines Lebens auf den Asphalt sickerte. Stern hatte das glattrasierte Gesicht des Handlangers noch nie zuvor gesehen, und dennoch kam ihm der Tote bekannt vor.

Engler hat mich gerettet. Ausgerechnet Engler.

Er wollte nur ein kurzes Stück bis auf den Radweg gehen, stolperte jedoch nach wenigen Schritten und rollte eine Böschung hinab. Er fiel auf seine gefesselten Hände, schmeckte feuchte Erde, Laub und Holz, bevor er den Mut fand, seinen Kopf wieder vom Boden zu heben und sich aufzurichten.

Ich muss hier weg.

Robert schwankte, belastete aus Versehen das falsche Bein und lehnte sich stöhnend an einen feuchten Baumstamm. Doch selbst die stärksten Schmerzen schafften es nicht, seine wuchernde Angst zu übertönen. Weiter oben rauschte ein Fahrzeug vorbei, doch niemand hielt an. Keiner stieg aus, um ihm zu helfen. Oder ihn zu verhaften. Noch nicht. Die Einsatzfahrzeuge waren bestimmt schon unterwegs.

Sie werden mir nicht glauben. Ich muss hier weg.
Stern schrie erneut auf, diesmal aus seelischem Schmerz, der weitaus größer war als alle körperliche Qual, die er je erlebt hatte. Dann taumelte er in den Wald hinein und wollte sein kaputtes Leben zurückhaben, das er vor zwei Tagen noch so abgrundtief gehasst hatte.

28.

Zwanzig Uhr siebzehn. Das bedeutete, der Schweinehund war jetzt siebzehn Minuten zu spät, und wenn er eines hasste, dann war es Unpünktlichkeit. Und natürlich versetzt zu werden. Das war noch schlimmer. Was den Menschen immer nur einfiel? Keiner von ihnen war unsterblich, doch jeder benahm sich so, als gäbe es irgendwo ein Fundbüro für verlorene Stunden, zu dem man gehen und sich seine vergeudete Lebenszeit wieder zurückholen konnte.
Mit einem wütenden Schwall goss er den kalt gewordenen Kaffee in die Spüle und ärgerte sich auch über diese Verschwendung. Und über sich selbst. Er hatte ja gewusst, der Kerl würde schon wieder nicht kommen, warum musste er dann überhaupt erst welchen aufsetzen? Selbst schuld.
Im Nebenzimmer klirrte ein Löffel gegen eine Porzellantasse. »Wollen Sie vielleicht mal eine Tasse Tee zur Abwechslung?«, rief er mit brüchiger Stimme und drückte die filterlose Zigarette aus, die ihm fast bis auf seine eingedellten Fingerspitzen heruntergebrannt war. »Ich mach grad Wasser heiß.«

»Nein, danke.«
Der unangemeldete Besuch schien im Gegensatz zu ihm keine Probleme damit zu haben, Minute um Minute ungenutzt an den Tod zu verschenken. Vielleicht mussten einem aber auch erst die Zähne ausfallen, Hämorrhoiden wachsen und die Fußnägel gelb werden, bevor man sich weigerte, auch nur eine halbe Stunde auf eine ungewisse Verabredung zu warten. So lange saß das Häufchen Elend nun schon auf seiner gepolsterten Kiefernholzbank, das letzte Möbelstück, das er noch gemeinsam mit seiner Frau angeschafft hatte.
Maria war immer pünktlich gewesen. Meistens war sie sogar viel zu früh erschienen. Das hatte sie mit dem Krebs gemeinsam gehabt, der ihre Lunge befiel. Was für eine Ironie. Im Gegensatz zu ihm hatte Maria nie geraucht.
Nanu? Der Mann drehte den Wasserhahn über dem halb gefüllten Teekessel ab und trat ans Fenster. Mit seitlich geneigtem Kopf lauschte er, ob sich das kratzende Geräusch nochmals wiederholen würde. Womöglich hatte er die Mülltonne nicht richtig verschlossen, und das würde bedeuten, dass er bei dem Sauwetter noch einmal vor die Tür musste, damit die Wildschweine ihm nicht den Rollrasen umgruben.
Das kleine Holzfenster, vor dem er stand, ging nach hinten raus, und normalerweise reichte der Blick von hier über die Terrasse bis zu der kleinen Schlauchbootanlegestelle am Teich. Doch der Kontrast zwischen der hellen Küchenbeleuchtung drinnen und der tintenartigen Dunkelheit da draußen war so groß, dass die Sicht schon wenige Zentimeter hinter der Scheibe abriss. Umso mehr erschrak er, als ein zerbeultes Gesicht sich plötzlich von außen an das Glas drückte.
Was zum …

Der alte Mann wich zurück und stolperte fast über einen Küchenhocker. Die Fratze war hinter einem Kondensfilm verschwunden, den ihr warmer Atem auf der Scheibe hinterlassen hatte. Alles, was der Alte erkennen konnte, waren die gefesselten Hände, die in diesem Moment gegen sein Fenster hämmerten.

Er zuckte erneut zusammen, überlegte, wo er seine Harpune verstaut hatte, mit der er sich zur Not verteidigen wollte, und erkannte seinen Irrtum schließlich, als er ein Rufen hörte.

»Hallo? Bist du da?«

Auch wenn er nicht glauben konnte, dass die vertraute Stimme zu dieser verunstalteten Visage gehören sollte, war an einer Tatsache nicht zu rütteln: Der Kerl da draußen war kein Fremder. Im Gegenteil.

Der Alte schlurfte aus der kleinen Küche hinaus zum Hintereingang des Wochenendhäuschens.

»Du bist zu spät«, schnauzte er, als er die verkeilte Tür endlich aufgezogen hatte. »Wie immer.«

»Tut mir leid, Papa.« Das geschundene Gesicht kam näher. Der Mann zog ein Bein nach und hielt seinen gesamten Oberkörper merkwürdig steif.

»Was ist denn mit dir passiert? Bist du vor einen Bus gelaufen?«

»Schlimmer.«

Robert Stern ging an seinem Vater vorbei ins Wohnzimmer und konnte gar nicht glauben, wer hier auf ihn wartete.

29.

Was machst du denn hier?«, schaffte er gerade noch zu fragen, bevor der Boden der Laube sich auf einmal gegen den Uhrzeigersinn unter ihm wegdrehte. Das Letzte, was er hörte, war ein abgehackter Aufschrei, gefolgt von splitterndem Porzellan. Dann sackte Stern in sich zusammen und schlug genau neben den Scherben der Kaffeetasse auf, die der Frau bei seinem Erscheinen vor Schreck aus der Hand gefallen war.

Als er wieder zu sich kam, wusste er weder, wo er sich befand, noch warum Carina sich mit angstgeweiteten Augen über ihn beugte. Eine lockige Strähne ihres langen Haares tanzte wie eine Feder auf seiner Stirn, und Robert wünschte sich diese zarte Berührung am gesamten Körper. Doch stattdessen trieb ihm der Schmerz die unangenehmen Erinnerungen ins Gedächtnis zurück, als er seine Nackenmuskeln anspannte und den Kopf anheben wollte.

»Simon?«, krächzte er. »Weißt du …«

»In Sicherheit«, flüsterte sie erstickt. Eine Träne fiel aus ihrem blassen Gesicht. »Ich hab mit Picasso telefoniert. Sie haben eine Wache vor seinem Zimmer sitzen.«

»Gott sei Dank.« Stern zitterte plötzlich am gesamten Körper.

»Wie spät ist es?« Er hörte einen Wasserkessel in der Küche pfeifen, was ein gutes Zeichen war. Wenn sein Vater nebenan noch immer mit der Teekanne hantierte, konnte seine Ohnmacht nicht lange gedauert haben.

»Kurz vor halb neun«, bestätigte Carina.

Er beobachtete, wie sie sich mit dem Handrücken über die

Augen fuhr. Dann griff sie zu einem Messer, das sie schon bereitgelegt haben musste, und befreite ihn mit zwei kurzen Schnitten von seinen Fesseln.

»Danke. Hast du was von Sophie gehört? Weißt du, wie es den Zwillingen geht?« Seine Zunge schien zu einem Tennisball angeschwollen.

»Ja. Sie hat mir eine SMS geschickt. Irgendein Nachbar muss uns heute Morgen gesehen und die Polizei informiert haben. Sie durchsuchen gerade ihr Haus.«

Sterns Magen entkrampfte sich etwas. Wenigstens waren die Kinder außer Gefahr.

»Wir können hier nicht bleiben.«

Robert hielt inne, als er graugrüne Filzpantoffeln in sein Gesichtsfeld wandern und neben seinem Kopf zum Stehen kommen sah. Er biss die Zähne zusammen, presste beide Handballen in die zerschlissene Auslegeware und stemmte seinen Oberkörper hoch.

»Erst zu spät kommen und gleich wieder abhauen, schon klar.« Hätte Robert eine Münze in die Zornesfalten auf der Stirn seines Vaters gesteckt, sie wäre nicht zu Boden gefallen. Georg Stern hatte die letzten Worte seines Sohnes aufgeschnappt, als er mit der dickbauchigen Teekanne ins Zimmer kam, die er jetzt wütend auf einen Metalluntersetzer knallte. »Wundert mich, ehrlich gesagt, nicht im Geringsten.«

»Du hast ihm nichts erzählt, oder?«, fragte Robert Carina, die aussah, als hätte sie Ähnliches durchgemacht wie er. Überdies roch sie wie eine Bahnhofskneipe.

»Nein, nicht direkt. Nur dass wir in Schwierigkeiten sind und ein Versteck brauchen.«

»Aber woher wusstest du, dass …?«

»Ja. Schwierigkeiten«, unterbrach ihn sein Vater wütend. »Das ist es mal wieder, Robert, oder? Wenn's was zu feiern gäbe, wärst du wohl kaum damit zu mir gekommen.«

»Entschuldigen Sie mal, bitte …«

Stern zog sich an der Sitzbank hoch, während Carina sich drohend vor seinem Vater aufbaute.

»Sehen Sie nicht, dass Ihrem Sohn etwas zugestoßen ist?«

»O doch. Das sehe ich sehr wohl. Bin ja nicht blind, Schätzchen. Im Gegensatz zu ihm. Der scheint nicht zu sehen, dass hier kein Trottel vor ihm steht.«

»Wie meinen Sie das?«

»Ich meine, dass es Fernsehen gibt. Ihr haltet mich vielleicht für senil, aber ich erkenne meinen Jungen, wenn er wie ein entflohener Sträfling in den Abendnachrichten präsentiert wird. Außerdem hat mich ein gewisser Kommissar Brandmann mehrfach belästigt. Ist nur 'ne Frage der Zeit, bis er auch hier auftaucht. Robert hat also ausnahmsweise mal recht, wenn er sagt, dass ihr hier nicht bleiben könnt.«

»Dann verstehe ich nicht, wieso Sie so hässlich mit ihm umspringen – wenn Sie doch wissen, was er gerade durchmacht.«

»Aber das ist es doch gerade, Kindchen.« Der Vater klatschte in seine rauhen Hände.

»Natürlich weiß ich, dass er in Schwierigkeiten steckt. Zehn Jahre lang schon, und heute sind wohl noch ein paar Probleme mehr dazugekommen. Aber was soll ich tun? Robert redet ja nicht mit mir. Kommt ständig vorbei und quatscht über das Wetter, die Bundesliga oder meine Arztbesuche. Mein eigener Sohn behandelt mich wie einen Fremden. Lässt mich nicht an sich ran. Sogar jetzt, wo er dringend meine Hilfe braucht …«

Stern sah einen feuchten Glanz in den milchigen Augen seines Alten Herrn, als er sich zu ihm umdrehte.

»Ich beleidige dich sogar, Junge. Jedes Mal, wenn wir uns sprechen oder sehen. Aber du bist stumpf. Ich krieg dich nicht zu fassen. Dabei würde ich das doch so gerne ...«
Er räusperte sich, um den Belag auf seiner Stimme loszuwerden, und sprach jetzt wieder mit Carina, die verloren in der Mitte des niedrigen Zimmers stand.
»Aber vielleicht kriegen Sie das ja hin, Mädel. Hab gleich gewusst, dass Sie Schneid haben. Schon vor drei Jahren, als Sie mal mit ihm hier waren, haben Sie mir schon widersprochen, als ich dummes Zeug gequatscht habe. Und jetzt tun Sie's wieder. Find ich gut.«
Georg öffnete den Mund, als hätte er noch etwas Wichtiges zu sagen, klatschte dann aber nochmals in seine Hände und kehrte den beiden seinen krummen Rücken zu.
»Genug damit«, murmelte er in sich hinein. »Jetzt ist nicht die Zeit für Sentimentalitäten.«
Er verließ schleppend das Zimmer, um nur wenige Sekunden später mit einem kleinen braunen Kulturbeutel zurückzukommen.
»Hier.«
»Was ist das?«, fragte Carina und streckte die Hand aus.
»Marias Hausapotheke. Ihr Medikamentenvorrat. Meine Frau hat die Opiate zum Schluss wie Smarties geschluckt. Das Verfallsdatum ist sicher abgelaufen, aber vielleicht wirkt das Tramadolor ja trotzdem noch. Robert sieht aus, als ob er einen guten Schluck aus der Betäubungspulle vertragen könnte.« Er lächelte schief.
»Und das hier ist für euch beide.«
Stern fing den Schlüssel auf, den sein Vater ihm zuwarf.
»Wozu gehört der?«
»Zu einem Wohnmobil.«
»Seit wann fährst du ...?«

»Ich doch nicht. Das Ding gehört meinem Nachbarn. Eddie ist verreist, und ich soll das Ungetüm umparken, wenn der Heizöllieferant auf sein Grundstück muss. Nehmt es, haut ab und sucht euch für die Nacht ein sicheres Plätzchen.«
Georg kniete sich auf den Boden und zog eine Reisetasche unter der Sitzbank zwischen Roberts Beinen hervor. »Und hier sind frische Sachen, Pullis und so was, zum Umziehen.«
Stern stand auf und wusste nicht, was er sagen sollte. Am liebsten hätte er seinen Vater in die Arme geschlossen. Doch das hatte er noch nie getan. Seit er denken konnte, gaben sie sich zur Begrüßung wie zum Abschied immer nur die Hand.
»Ich bin unschuldig«, sagte er deshalb nur.
Sein Vater, der gerade wieder auf dem Weg zurück in den Flur war, drehte sich erschrocken um.
»Sag mal, wofür hältst du mich eigentlich?«, fragte er wütend. Seine Stimme klang wieder fast so zornig wie zuvor. »Glaubst du wirklich, ich hätte auch nur eine Sekunde daran gezweifelt?«

Später, lange nachdem die Geräusche des Dieselmotors verklungen und die roten Bremslichter hinter der Zufahrt zur Kleingartenkolonie verschwunden waren, stand Georg Stern immer noch in der Tür seiner kleinen Laube und starrte in die regnerische Dunkelheit hinaus. Er ging erst wieder in sein Häuschen zurück, als der Wind drehte und ihm den feinen Sprühnebel direkt in die Augen wehte. Im Wohnzimmer sammelte er die benutzten Tassen zusammen, wischte einmal feucht über den Tisch und goss in der Küche den kalt gewordenen Tee in den Ausguss. Dann zog er sein Handy aus der Ladestation und wählte die Nummer, die ihm der Mann für den Notfall gegeben hatte.

30.

Der Lkw-Rastplatz hinter dem Avus-Motel, direkt an der belebten Stadtautobahn, war angesichts der geringen Zeit, die ihnen verblieb, der bestmögliche Zufluchtsort für die Nacht. Hier, in der Nähe des Messegeländes, standen zu jeder Jahreszeit viele Lastwagen und auch Wohnmobile auf dem kostenlosen Parkplatz. Ein Fahrzeug mehr oder weniger würde also kaum auffallen.

»Das ist eine Falle«, sagte Carina, während sie zwei Haltebuchten entfernt von einem kleinen Umzugslaster anhielten.

Auf dem kurzen Weg hierher hatten sie es kaum geschafft, sich über das Nötigste auszutauschen.

»Du darfst morgen nicht zur Brücke. Auf keinen Fall.«

Stern wälzte sich mit verzerrtem Gesicht mühsam aus dem Beifahrersitz und stieg nach hinten. Er hatte mehrere Pillen aus dem Täschchen seiner Mutter geschluckt, und langsam setzte die betäubende Wirkung der Opiate ein. Völlig kraftlos legte er sich im hinteren Teil des Wohnmobils in eine erstaunlich bequeme Koje. Carina zog die Handbremse an, stellte den Motor ab und stieg aus der Fahrgastzelle zu ihm nach hinten.

»Mir bleibt keine andere Wahl.« Stern hatte alle Optionen bereits durchgespielt. »Ich kann mich nicht mehr stellen.«

»Wieso?«

»Dafür ist es jetzt zu spät. Ich hätte vorhin einfach in Englers Auto sitzen bleiben sollen, anstatt zu fliehen. Noch dazu mit seiner Dienstwaffe! Aber in dem ersten Schock dachte ich nur noch an Flucht. Ich dachte, sie werden mir nie glauben, dass ich mich allein mit Engler getroffen habe und dann auch noch als Einziger einen Anschlag überlebe.«

»Womit du ja auch recht haben könntest.«

»Außerdem muss es einen Insider geben. Die ›Stimme‹ ist über jeden unserer Schritte informiert. Wenn ich jetzt zur Polizei gehe, wird er seine Pläne ändern. Er wird das Treffen abblasen, untertauchen, und ich werde niemals wissen …«

…was mit Felix geschah, dachte Stern mutlos.

»Vielleicht hat er das schon getan?«

Carina setzte sich zu ihm aufs Bett und öffnete seinen obersten Hemdknopf, dann befahl sie ihm, sich aufzusetzen.

»Das Treffen abgesagt? Möglich. Er weiß sicher schon, dass ich noch am Leben bin. Aber er weiß nicht, ob ich die Adresse der Brücke herausgefunden habe. Außerdem will er den Rächer unbedingt stellen. Er wird das Ding durchziehen, solange ihn seine Quellen bei der Polizei nicht davor warnen. Und bislang haben sie dazu keinen Grund. Ich habe bisher nur mit Engler gesprochen, und der ist tot.«

Stern schälte sich wie eine Schlange aus dem durchgeschwitzten Baumwollstoff seines Oberhemdes und legte sich auf den Bauch. Er hörte, wie Carina geräuschvoll die Luft einsog, als sie die massiven Prellungen um die Wirbelsäule erkannte. Dann spürte er plötzlich eine unangenehme Kälte oberhalb der Lendenwirbel und verspannte sich.

»Tut mir leid. Die Salbe kühlt am Anfang, es wird aber gleich sehr warm werden.«

»Hoffentlich.«

Er wollte sich vor Carina keine Blöße geben, aber im Moment hätte er sogar schreien können, wenn sich ein Schmetterling auf seinen Rücken gesetzt hätte.

»Lass uns lieber über dich reden, Carina. Du wirst im Moment wegen Kindesentführung gesucht. Deine Fingerabdrücke befinden sich auf der Klingel der Maklervilla, dein Auto parkt direkt vor der Tür. Und solange ich nicht das Gegenteil beweisen kann, bist du mit einem Polizistenmörder auf der Flucht«, zählte Robert auf. »Wir müssen überlegen, wie du dich stellen kannst, ohne …«

»Sch …«, sagte sie, und er wusste nicht, ob sie ihn damit beruhigen oder zum Schweigen bringen wollte.

»Dreh dich mal um.«

Er biss die Zähne zusammen und rollte sich auf den Rücken. Die Bewegungen fielen ihm schon etwas leichter. Das Schmerzmittel zeigte erste Wirkung.

»… ohne dass sie dir am Ende auch noch etwas anhängen, so wie mir.«

»Nicht jetzt«, flüsterte Carina und strich ihm eine blutverklebte Haarsträhne aus der Stirn. Robert atmete tief aus und genoss die zarte Massage ihrer geschulten Hände. Ihre Finger wanderten mit sanftem Druck in konzentrischen Kreisen vom Hals über die Schulter herab. Sie strichen über seine nackte Brust, verweilten lange über seinem rasch schlagenden Herzen und glitten dann weiter nach unten.

»Uns bleibt kaum noch Zeit«, flüsterte er. »Lass sie uns sinnvoll nutzen.«

»Das werden wir«, unterbrach sie ihn und löschte das Licht.

Das ist doch Wahnsinn, dachte er und fragte sich, was ihn gerade mehr betäubte. Die Medikamente in seiner Blutbahn oder ihr Atem auf seiner Haut. Seine Schmerzen meldeten sich noch einmal zornig zu Wort, als er sich aufrichten wollte, um sie abzuhalten. Dann zogen sie sich wie ein schmollendes Kind in eine hintere Ecke seines Bewusstseins zurück, wo sie gemeinsam mit seinen drückenden Ängsten und Sorgen in Warteposition blieben.

Stern entspannte sich, fast gegen seinen Willen. Er öffnete die Lippen, schmeckte ihren süßen Atem in seinem Mund und seine eigenen Tränen, die Carinas Zunge aufgesammelt haben musste. Das Pfeifen des Windes, der an der Außenhaut des Caravans riss, verwandelte sich zu einer angenehmen Melodie. Stern wollte an Felix denken, an den Jungen mit dem Feuermal und an einen Plan, der ihre unwirklichen Probleme lösen würde, doch er schaffte es noch nicht einmal mehr, den Fehler zu bereuen, der ihn und Carina jahrelang voneinander getrennt gehalten hatte. Für wenige Stunden verwandelte sich das Wohnmobil in einen Kokon, der sie beide vor einer Welt abschirmte, die völlig aus den Fugen geraten war.

Leider hielt der Zustand trügerischer Sicherheit nicht lange an. Als ihn um kurz vor fünf ein Gewittergrollen in die Realität zurückriss, kämpfte Carina in ihren Träumen noch gegen irgendwelche unsichtbaren Gegner. Er wand sich aus ihrer unruhigen Umklammerung, zog sich an und setzte sich mit schmerzverzerrtem Gesicht hinter das Steuer des Wohnmobils. Als er zwanzig Minuten später vor dem Parkplatz der Seehausklinik stoppte, schlug sie die Augen auf, streckte sich, stand auf und kam langsam zu ihm nach vorne.
»Was wollen wir hier?«, fragte sie ihn. Sie setzte sich auf den Beifahrersitz und starrte nach draußen. Ihre Stimme klang hellwach. Als hätte man ihr ein kaltes Glas Wasser ins Gesicht gekippt.
»Du steigst hier aus.«
»Auf gar keinen Fall. Ich komme mit.«
»Nein. Es macht keinen Sinn, wenn wir beide draufgehen.«
»Und was soll ich *hier?*«
Stern hatte alles genau durchdacht, und am Ende war ein

Plan dabei herausgekommen, der so lächerlich war, dass er die stolze Bezeichnung gar nicht verdiente. Er erklärte es ihr. Sie protestierte, wie erwartet. Doch am Ende sah sie ein, dass ihnen keine andere Möglichkeit blieb. Wenn überhaupt.

Robert spürte ihren Widerwillen, als er sie ein letztes Mal an sich zog. Er wusste, dass ihr nicht der Kuss, sondern seine Bedeutung zuwider war. Nachdem sie sich gestern nach so langer Zeit wiedergefunden hatten, besiegelte er jetzt, nur Stunden später, eine Trennung, die diesmal vermutlich länger andauern würde als die verlorenen drei Jahre zuvor. Vermutlich eine Ewigkeit.

Die Wahrheit

Ich bin gewiss, wie Sie mich hier sehen,
schon tausendmal dagewesen und hoffe wohl noch
tausendmal wiederzukommen.

Johann Wolfgang von Goethe

Und wie es den Menschen gesetzt ist, einmal zu sterben,
danach aber das Gericht.

Hebräer 9:27

Vergebung ist eine Angelegenheit zwischen
dem Sünder und Gott. Ich bin nur hier,
um das Treffen zu arrangieren.

Denzel Washington in »Man on Fire«

This could be the end of everything
So why don't we go
Somewhere only we know?

Keane

I.

Stern hatte in den letzten Stunden viel gesehen: Leichen mit eingeschlagenen Schädeln, Tote in Arztpraxen und in Kühlschränken. Menschen waren vor seinen Augen zusammengeschlagen, erhängt und hingerichtet worden. Er hatte den Anblick eines Kindes ertragen müssen, das verzweifelt versuchte, durch eine Plastiktüte zu atmen, während ein nackter Mann vor ihm durch das Zimmer tanzte. Sein Weltbild war dabei aus dem Rahmen gerissen worden. Der knallharte Paragraphenreiter hatte sich zu einem Skeptiker verwandelt, der die Möglichkeit einer Wiedergeburt nicht mehr kategorisch ausschließen mochte, seit er von Simon von einem unerklärlichen Phänomen zum nächsten geführt wurde.

Mord, Erpressung, Kindesmissbrauch, Flucht und unvorstellbare Schmerzen. All das hatte Stern auf sich genommen, um zu erfahren, was mit seinem Sohn geschehen war. Und dennoch hatten sich einige Etappen seines Wochenendes gar nicht so gravierend von den Beschäftigungen der meisten anderen Berliner unterschieden: Er war im Zoo spazieren gegangen, hatte in einer Diskothek getanzt und auf dem Volksfest einige Runden im Riesenrad gedreht. Und auch sein nächstes Ziel stand als Ausflugstipp in verschiedensten Stadtmagazinen. Allerdings wurden dort deutlich andere Anfahrtsstrecken und Öffnungszeiten empfohlen.

Der Weg, den Robert eine Stunde vor Sonnenaufgang einschlug, führte ihn durch die ölige, regen- und sturmgepeitschte Dunkelheit des Berliner Grunewalds. Er hatte den Caravan bereits an der Heerstraße geparkt und war die letzten Meter zum See zu Fuß marschiert. Nun klatschten Fächer aus regennassen Tannenzweigen in sein Gesicht, und scharfkantige Äste rissen ihm die Haut blutig. Er kam nur langsam voran, weil er vorsichtig sein musste, nicht in einer Pfütze auszurutschen, über eine Wurzel zu stolpern oder aus sonst einem Grund seinen schlimmen Fuß zu belasten. Im Augenblick waren die Schmerzen erträglich, was er auf den erhöhten Adrenalinausstoß zurückführte. Medikamente hatte er keine mehr genommen.

Stern wollte nicht, dass seine Reaktionsfähigkeit beeinträchtigt war, wenn er gleich Zeuge eines Kinderhandels wurde.

Oder eines Mordes.

Bis dahin hatte er erst einmal mit einer anderen Gefahr zu kämpfen: dem Wind. Alle drei Schritte knickte der Sturm einen morschen Ast und fegte ihn herab. Zuweilen hörte es sich an, als würden ganze Baumkronen abgerissen, und Stern war froh, als ihn der schwache Strahl seiner kleinen Taschenlampe endlich wieder auf einen befestigten Weg führte.

Er musste nur noch wenige Meter zur Havelchaussee zurücklegen, dann war er am Wasser. Und die »Brücke« lag direkt vor ihm. Sie schwankte so sehr, dass man schon vom Hinsehen seekrank werden konnte. Unregelmäßige Böen zerrten an dem Zweimaster, spannten das ächzende Tauwerk und versuchten das Restaurantschiff vom Landungssteg wegzudrücken.

»Der frischeste Fisch der Stadt«, stand unter dem beleuchteten Wegweiser an der Zufahrt.

Seit gestern wusste Stern um die Doppeldeutigkeit dieser Werbung. Für Unwissende galt die »Brücke« als beliebtes Ausflugslokal, das vor allem in den wärmeren Monaten gut besucht wurde. Nur montags, am offiziellen Ruhetag, trafen sich hier »geschlossene Gruppen«.

Fotos, Videos, Adressen, Telefonnummern, Kinder …

Robert wollte gar nicht daran denken, welche Tauschbörse des Grauens hier Woche für Woche abgehalten wurde.

Er wischte sich den Regen aus dem Gesicht und sah auf die Uhr. Noch fünf Minuten.

Dann versteckte er sich hinter einem unbeladenen Bootsanhänger am Straßenrand und wartete auf den Mann, von dem er bislang kaum mehr als seine verzerrte Stimme kannte. Noch schien er nicht eingetroffen zu sein. Bis auf zwei kleine Positionslichter war das Schiff vollkommen unbeleuchtet, und auch der Besucherparkplatz war menschenleer.

Um diese Uhrzeit war die Havelchaussee zur Schonung der Tier- und Pflanzenwelt für den herkömmlichen Verkehr noch gesperrt. Deshalb konnte Stern trotz der starken Windgeräusche schon von weitem das tiefe Blubbern des Achtzylindermotors hören, das langsam, aber stetig aus Richtung Zehlendorf näher kam.

Der dunkle Geländewagen hatte nur sein Standlicht angeschaltet und fuhr mit leicht überhöhter Geschwindigkeit. Stern hoffte fast, der Fahrer hätte eine verfrühte Abkürzung am Wasser entlang genommen und würde gleich weiterfahren. Doch dann erloschen die Frontscheinwerfer komplett, und das bullige Vehikel bog mit knirschenden Breitreifen in die Zufahrt zur »Brücke«. Der Wagen blieb etwa fünfzig Meter vor dem Steg in der Einfahrt stehen. Ein Mann stieg aus. Stern konnte in der Dunkelheit nur scherenschnittartige Umrisse ausmachen. Doch was er sah, kam ihm bekannt vor. Die hochgewachsene, gerade Gestalt, die breiten Schultern und der stempelartige, kräftige Gang. Er kannte das alles. Hatte es schon gesehen. Sogar oft.

Aber bei wem?
Der Mann klappte den Kragen seines dunklen Trenchcoats hoch, zog sich eine Baseballmütze tiefer in die Stirn und öffnete die Heckklappe. Dann hob er einen kleinen Korb aus dem Kofferraum, über dem eine helle Decke lag.
Der Wind drehte für einen kurzen Moment in seine Richtung, und Stern war sich nicht sicher, ob seine angespannten Sinne ihm einen Streich spielten. Ihm war so, als hätte er gerade das Geschrei eines Babys gehört.
Robert wartete, bis der Mann ein Eisentor aufschloss, das den Zugang zur Gangway versperrte. Dann griff er in seine Hosentasche. Er hatte oft von der beruhigenden Wirkung gelesen, die sich einstellen würde, wenn man eine Waffe in den Händen hielt. Er selbst konnte das nicht bestätigen. Vielleicht lag es aber auch daran, dass er wusste, wem die Pistole gehörte. Einem Mann, der für ihn ein Leben geopfert hatte, in dem sie sich nur als Feinde begegnet waren.
Doch sein Plan sah ohnehin nicht vor, sich einen Schusswechsel mit einem erfahrenen Killer zu liefern. Sollte Simon aus irgendeinem Grund wirklich die Zukunft vorhergesehen haben, würde in wenigen Sekunden eine weitere Person auf der Bildfläche erscheinen. Der Käufer! Vielleicht handelte es sich bei ihm um einen Pädophilen. Möglicherweise aber war es tatsächlich der »Rächer«. Der Mann, der für die Morde an den Verbrechern in den letzten fünfzehn Jahren verantwortlich war. So oder so musste sich die Polizei beeilen, wenn sie eine Katastrophe verhindern wollte.
Stern sah zum letzten Mal auf die Uhr. Kurz vor sechs. Wenn Carina sich an den Plan hielt, würde sich in spätestens zehn Minuten die menschenleere Chaussee hier in eine Rennstrecke für Streifenwagen, Polizeitransporter und Einsatzfahrzeuge aller Art verwandeln. Doch für den Fall, dass irgendet-

was schiefgehen sollte – etwa, weil es tatsächlich einen Mitwisser bei der Polizei gab, der eine Verhaftung vereitelte –, wollte Stern sichergehen, zuvor die Identität der »Stimme« enttarnt zu haben. Die Identität des Mannes, der ihm sagen konnte, was damals auf der Säuglingsstation geschehen war. *Und ob sein Sohn noch lebte.*

Stern trat hinter dem Anhänger hervor. Es war so weit. Es ging los.

2.

Mit geducktem Oberkörper schlich er die kopfsteingepflasterte Zufahrt zur »Brücke« hinunter. Schon der kurze Weg bis zum Wagen brachte ihn außer Atem. Er lehnte sich gebückt an den Ersatzreifen, der außen an der Heckscheibe des Geländewagens hing. Als er sich wieder etwas beruhigt hatte, ließ er einmal kurz den Strahl seiner Taschenlampe aufblitzen. Gerade lang genug, um das Nummernschild zu erkennen. *Hinweis Nr. 1.*

Die kurzen Ziffern des Berliner Kennzeichens waren leicht zu merken. Natürlich ging er davon aus, dass eine Überprüfung der Zulassung im Sande verlaufen würde. Also machte er sich wieder auf, spähte um das Heck des Wagens herum und sah einen Lichtfinger über das Oberdeck der »Brücke« huschen. Offenbar tastete sich der Händler ebenfalls mit einer Taschenlampe voran.

Also gut. Hinterher!

Stern wollte jetzt zur Gangway aufschließen. Er musste der

»Stimme« so nah wie möglich kommen, wenn er einen Blick auf ihr Gesicht erhaschen wollte. Sein Puls beschleunigte sich. Er wusste, jetzt kam es darauf an, dass er schnell handelte. Solange der vermeintliche Käufer des Babys noch nicht erschienen war, würde die »Stimme« nicht misstrauisch werden, wenn sie eine Bewegung auf dem Parkplatz wahrnahm.

Stern betete, dass er die Schmerzen des kurzen Spurts zum Schiff aushalten würde. Er wollte gerade losrennen, als sein Blick auf die Beifahrertür des Wagens fiel.

Er stutzte. *Ist sie etwa …?* Tatsächlich. Offen. Sie war nicht richtig ins Schloss gefallen. Er zog sie auf und zuckte zusammen.

Verdammt!

Die Innenraumbeleuchtung war angegangen, und Stern fühlte sich, als ob er eine Leuchtrakete in den Himmel geschossen hätte. Er stieg schnell ein, zog die Tür wieder zu und beobachtete aus der Dunkelheit des Wagens heraus, ob der Unbekannte auf der »Brücke« etwas bemerkt hatte. Der Lichtfinger auf dem Deck war verschwunden. Dafür ging jetzt eine kleine Lampe im Führerhaus an. Stern sah einen Schatten. Noch also war er nicht von dem Mann entdeckt worden, den er für die »Stimme« hielt.

Schnell.

Er saß auf dem Beifahrersitz und sah sich um. FALLE!, blinkte eine Warnlampe vor Sterns geistigem Auge, als er sah, dass die Zündschlüssel steckten. Er griff nach seiner Pistole, überwand alle seine Fluchtreflexe, drehte sich um, kletterte auf die Rückbank und sah über die Kopfstützen hinweg in den offenen Kofferraum. Als er sich vergewissert hatte, dass er wider Erwarten der einzige Mensch in diesem Fahrzeug war, aktivierte er die Zentralverriegelung.

Doch keine Falle?
Stern prüfte im Rückspiegel, ob sich bereits ein anderer Wagen näherte. Doch hinter ihm gab es nicht die geringste Bewegung, wenn man einmal die Bäume außer Acht ließ, deren Äste sich wie Angelruten im Wind bogen. Er öffnete das Handschuhfach, in dem sich nur eine Plastikbox mit Frischhaltetüchern befand. Danach klappte er die Sonnenblende herunter und sah in die Seitentaschen: Nichts. Keine Hinweise auf die Identität des Fahrers.
Sterns Augen gewöhnten sich nur langsam an das fahle Zwielicht, und er erkannte, dass der gesamte Innenraum so sauber und leer war wie der eines Neuwagens. Hier gab es weder CDs noch alte Tankquittungen, Stadtpläne oder sonstigen Ballast, wie ihn jeder Autofahrer normalerweise mit sich spazieren fuhr. Er fand noch nicht einmal eine Parkscheibe. Stern tastete unter den Sitzen, auf der Suche nach versteckten Fächern. Vergeblich. Er stützte sich mit dem Ellenbogen auf der Konsole ab, die die beiden Vordersitze separierte, und beschloss wieder auszusteigen, als es ihm auffiel.
Die Konsole!
Natürlich. Für eine einfache Armlehne war sie viel zu breit. Er zog erst an der falschen Kante, doch dann öffnete sie sich mit einem leisen Knarren. Das unter dem Lederdeckel liegende Fach war so leer wie alles andere auch. Mit einer einzigen Ausnahme. Stern nahm die hüllenlose silberne Scheibe mit zwei Fingern heraus. Das spärliche Licht von der »Brücke« reichte aus. Er konnte das Datum lesen, das jemand mit grünem Filzstift auf die DVD geschrieben hatte.
Es war der letzte Tag im Leben seines Sohnes.

3.

In einem Krankenhaus von der Größenordnung der Seehausklinik fielen Besucher nur auf, wenn sie sich bemerkbar machten. Sie mussten den Pförtner nach dem Weg fragen, mit einer Zigarette den Eingangsbereich vollqualmen oder mit einem überdimensionierten Blumenstrauß in der Drehtür stecken bleiben. Eine Frau in einem grauen Jogginganzug ohne schweres Gepäck im Schlepptau war hingegen praktisch unsichtbar, selbst wenn sie zu so früher Stunde zu den Fahrstühlen eilte.

Carina wusste, dass die Vorbereitungen für das Frühstück bereits in vollem Gange waren und der Schichtwechsel unmittelbar bevorstand. Die Aufmerksamkeitsschwelle der übermüdeten Ärzte und Schwestern hatte folglich ihren Tiefstand erreicht, als sie die Glastüren öffnete und in den Flur der Neurologischen Station eintrat. Dennoch verbarg sie ihr Gesicht unter der Kapuze des Sweatshirts, das ihr gestern Abend Roberts Vater mitgegeben hatte, damit sie niemand erkannte, bevor sie am Ziel war.

Sie trat aus dem Fahrstuhl und warf einen Blick auf die große Bahnhofsuhr am Ende des Ganges. Noch zwei Minuten. Einhundertzwanzig Sekunden, in denen sie zuerst das Personal wachrütteln wollte. Das war der wichtigste Teil des Plans.

»Kurz vor sechs Uhr gehst du auf deine Station und schlägst Alarm. Ich möchte, dass so viele deiner Kollegen wie möglich davon Wind bekommen, wenn du zu der Wache vor Simons Zimmer gehst«, hatte Robert ihr eingebleut.

Es sollte später keinen Zweifel daran geben, dass sie sich

freiwillig gestellt hatte, damit man ihr nichts anhängen konnte. Und noch etwas anderes hatte sie ihm versprechen müssen.

»Sobald du dich gestellt hast, sagst du ihnen, wo ich bin. Aber erst Punkt sechs Uhr. Keine Sekunde früher«, erinnerte sie sich an ihre letzte Unterhaltung, während sie den Gang hinuntereilte.

»Warum nicht?«, hatte sie ihn gefragt. »Es dauert doch mindestens fünf Minuten, bis Hilfe kommt.«

»Ja. Das ist die Zeit, die mir bleibt, um herauszufinden, was mit meinem Sohn passiert ist. Sollte auf der ›Brücke‹ wirklich ein Baby verkauft werden, ist jedes größere Zeitfenster ein zu großes Risiko für das Kind.«

»Aber wenn sie zu spät kommen, bist du tot.«

Er hatte nur müde seinen Kopf geschüttelt.

»Ich glaube nicht, dass die ›Stimme‹ mich umbringen will. Dazu hätte sie in den letzten Tagen genug Gelegenheiten gehabt.«

»Aber was will sie dann?«

Statt einer Antwort hatte er sie ein letztes Mal geküsst und war dann gefahren, um es in dieser Sekunde herauszufinden.

Carina blieb stehen.

Die Milchglastür zum Schwesternzimmer stand normalerweise offen, doch jetzt hatte sich ein Teil der weiblichen Belegschaft offenbar für eine erste ungestörte Kaffeepause zurückgezogen. Carina hörte ein helles, unbekanntes Lachen hinter der Tür. Sie vermutete, dass es einer Aushilfe von einer anderen Station gehörte, die kurzfristig ihre eigene Schicht übernommen hatte.

Klack. Der Zeiger der Bahnhofsuhr fraß eine weitere Minute ihres Zeitplans. Sie hob die Hand, wollte anklopfen – und hielt inne.

Aber das ist doch unmöglich ..., schoss es ihr durch den Kopf. Als sie den Flur betrat, hatte sie keinen Blick in Richtung von Zimmer 217 riskiert. Der Polizist vor der Tür sollte sie erst bemerken, wenn *sie* es wollte. Nicht umgekehrt. Und trotzdem hatte sie aus den Augenwinkeln heraus etwas gesehen, was da eigentlich nicht sein durfte.

Und das war: *nichts!*

Sie drehte sich langsam um, sah den langen, antiseptisch gewischten Flur entlang.

In der Tat: Da war niemand. Kein Mann. Keine Frau. Kein Polizist.

Natürlich ist es möglich, dass der Beamte gerade eine Zigarettenpause einlegt.

Carina ging langsam den Gang zurück.

Gut. Vielleicht ist er nur auf Toilette. Oder sieht gerade nach dem Jungen. Aber stünde dann nicht trotzdem ein Stuhl vor der Tür?

Zimmer 203, 205, 207. Ihre Schritte wurden mit jeder Tür schneller, an der sie vorbeikam.

Oder hatten sie tatsächlich auf einen Personenschutz verzichtet? Nachdem Simon schon mal entführt worden war? Ausgerechnet heute?

Sie passierte Zimmer 209 im Laufschritt.

»Hallo? Carina?«, hörte sie eine aufgeregte Frau hinter sich rufen. Vermutlich die Aushilfe. Im Gegensatz zu dem Lachen von vorhin kam ihr die Stimme bekannt vor, aber sie drehte sich trotzdem nicht zu ihr um. Das konnte und musste warten.

Stattdessen riss sie die Tür mit der Nummer 217 auf und wollte schreien. Weil sie genau das sah, was sie befürchtet hatte. Nichts. Kein Kind. Kein Simon. Nur ein einzelnes frisch bezogenes Bett wartete auf einen neuen Patienten.

»Carina Freitag?«, fragte es wieder, diesmal direkt hinter ihr.
Sie drehte sich um. Tatsächlich, eine Neue. Die Rothaarige hatte einmal in der Caféteria neben ihr gesessen. Marianne, Magdalena, Martina … oder so. Völlig egal, wie sie hieß. Für Carina zählte in diesem Moment nur ein einziger Name, und der, der ihn trug, war verschwunden.
»Simon, wo ist er?«
»Sie haben ihn verlegt, aber ich …«
»Verlegt? Wohin?«
»In die Kennedy-Klinik.«
»*Was?* Wann?«
»Keine Ahnung, das steht als Eintrag im Wachbuch. Meine Schicht hat grad erst begonnen. Hör mal, mach mir jetzt bitte keine Schwierigkeiten. Ich hab Anweisungen, den Oberarzt zu holen, sobald du auftauchst.«
»Dann tu das. Und ruf am besten gleich die Polizei.«
»Wieso?« Die Schwester ließ die Hand mit dem Haustelefon wieder sinken.
»Weil Simon entführt wurde. Im JFK gibt es keine Neuroradiologie. Das ist eine Privatklinik für Innere Medizin.«
»Oh …«
»Wer hat das abgesegnet? Wer hatte vor dir alles Dienst?«
Die Rothaarige war jetzt völlig verunsichert. Sie zählte einige Namen auf, bis Carina sie bat, einen davon zu wiederholen. Sie stolperte fast über ihre eigenen Beine, als sie fluchtartig wieder an der Schwester vorbei aus dem Zimmer hinausrannte.
Picasso? Seit wann macht der denn wieder Nachtschichten?

4.

Stern drehte den Zündschlüssel so, dass die moderne Audioanlage des Geländewagens mit Strom versorgt wurde. Das Abspielgerät schluckte die Diskette mit einem gierigen Sauggeräusch. Er achtete nicht mehr auf die Bewegungen auf der »Brücke« vor ihm. Robert fixierte nur den Bildschirm und fühlte sich dabei wie ein Student, der seinen Namen nicht auf dem Aushang mit den bestandenen Examensklausuren finden konnte. Nur dass es bei dieser Prüfung hier um das Leben seines Sohnes ging. Oder, was wahrscheinlicher war, um seinen Tod.

Als sich das Bild aufbaute, dachte Robert zunächst, es würde sich nur um eine Kopie der DVD handeln, die er bereits kannte. Sie begann, wie die andere auch, mit den grünstichigen Aufnahmen der abendlichen Säuglingsstation. Wieder lag Felix in seinem Bettchen, wieder streckte er sein rechtes Fäustchen aus und spreizte seine winzigen Finger. Stern wollte sich abwenden und die Augen schließen, doch er wusste, wie sinnlos das war, weil sich das nachfolgende Standbild ohnehin auf ewig in seine Netzhaut eingebrannt hatte, und zwar von dem Moment an, als er es zum ersten Mal auf dem alten Fernseher in seiner Villa sehen musste: Felix' regloser Babykörper mit den viel zu blauen Lippen und den ausdruckslosen Augen, die seinen Vater noch ein Jahrzehnt später anklagten, warum er den Tod nicht aufgehalten hatte. Stern faltete die Hände zum Gebet, biss sich auf die Zunge und wünschte sich, endlich aus diesem Alptraum aufzuwachen. Er war nicht gekommen, um seinen Sohn erneut beim Sterben zu beobachten.

Aber weswegen dann? Bist du wirklich so blöd und hast gedacht, es gäbe eine andere Erklärung?
»Ja!«, gestand er sich ein und sprach seine Gedanken erstmals laut aus. »Felix lebt. Ich will nicht, dass sein Herz aufhört zu schlagen. Bitte, lass ihn nicht sterben. Nicht noch einmal.«
Es war mehr ein Flehen als ein Gebet, und obwohl er den Adressaten seiner verzweifelten Bitte nicht benannt hatte, schienen seine Worte dennoch etwas zu bewirken.
Was ist das jetzt?
Die Abfolge der Bilder unterschied sich auf einmal gravierend von der ersten DVD. Plötzlich warf sich ein Schatten über das Bett. Die Kamera zoomte heran, und die Aufnahmen wurden körniger. Dann geschah das Unfassbare. Männerhände huschten ins Bild. Erst eine, dann eine zweite. Nackt und rauh griffen sie nach Felix und legten sich um seinen zerbrechlichen Kopf. Stern blinzelte schwach und befürchtete, dass die folgenden Szenen noch sehr viel grausamer sein würden als alles andere, was er bislang ertragen musste. Er versuchte, seinen Fingern den Befehl zu geben, das Autoradio abzuschalten, doch während seine Seele die Qualen mit einem Knopfdruck ausblenden wollte, kämpfte sein Hirn dagegen an. Und schließlich fügte er sich in das unvermeidliche Grauen, damit die Reise der Erkenntnis hier in der Dunkelheit auf dem Parkplatz vor dem See endlich ihr Ende fand. Die DVD rotierte gnadenlos weiter, und Stern sah dem Mann dabei zu, wie er seine Hände nach dem Baby ausstreckte. Nach Felix! Die eine erfasste den Hals. Die andere den Oberkörper. Dann spannten sich die Muskeln der kräftigen Unterarme an, und der Unbekannte …
Lieber Gott, hilf mir …
… hob Felix an und …

Das kann nicht sein. Das ist …

… und nahm ihn aus seinem Bettchen!

Das ist unmöglich!

Nur wenige Sekunden später war die kleine Matratze wieder belegt. Wieder mit einem Säugling. Gleicher Babyschlafsack, ähnliche Größe, vergleichbare Statur. Es gab nur einen einzigen auffälligen Unterschied: Es war nicht Felix.

Oder etwa doch?

Das neue Baby sah seinem Jungen so verdammt ähnlich, aber etwas an seinem Anblick hatte sich verändert.

Die Nase? Seine Ohren?

Die Qualität des Videos war zu schlecht. Robert konnte es einfach nicht erkennen. Er rieb sich die Augen und stemmte sich mit beiden Armen auf dem Armaturenbrett ab. Dann rückte er mit seinem Gesicht so nahe an den Bildschirm heran, wie es nur ging. Es war sinnlos. Die Konturen des Säuglings wurden dadurch nur noch unschärfer. Alles, was er mit Sicherheit erkennen konnte, war, dass dieses Baby ebenfalls lebte. Und auf eine unheimliche Art und Weise kamen ihm dessen Bewegungen sogar noch vertrauter vor als die des Neugeborenen, das eben noch an seiner Stelle gelegen hatte.

Aber das würde ja bedeuten …

Robert sah auf die eingeblendete Datumsanzeige, und dann verstand er gar nichts mehr.

Mit fast autistischem Fokus konzentrierte Stern all seine Sinne nur noch darauf, die Videobilder zu begreifen. Doch es gelang ihm nicht.

Ausgetauscht? Es war unmöglich. Felix war der einzige Junge auf der Station gewesen. Und er hatte ihn doch sterben sehen. Welches der beiden Videos war nun echt?

Sterns Atem ging stoßweise, während er auf dem Monitor

die Vollendung der Täuschungshandlungen beobachtete. Der Bildausschnitt wurde wieder kleiner und erfasste ausschließlich den Kopf des Babys. Und die behaarten körperlosen Männerhände, die dem Säugling ein Nummernbändchen über sein rechtes Handgelenk streiften. Das Identifizierungszeichen der Babystation, das dem Kind bislang noch gefehlt hatte.
Dann war alles aus. Die Aufnahme war zu Ende. Der Bildschirm verdunkelte sich, und Stern sah auf das Handy, das schon seit geraumer Zeit in seiner Hand vibrierte.

5.

Guten Morgen, Herr Stern.«
Robert hatte sich längst an einem Punkt geglaubt, wo seine Verzweiflung nicht mehr gesteigert werden konnte. Als er die verzerrte Stimme hörte, wurde er eines Besseren belehrt. Im Barbereich des Restaurantschiffs wurde das Licht einmal aus- und wieder angeschaltet. Ein Schatten trat an das große Fenster zum Parkplatz.
»Was haben Sie mit meinem Sohn gemacht?«, schaffte Stern zu fragen.
Obwohl er sich nichts sehnlicher wünschte, konnte er die Antwort kaum glauben.
»Wir haben ihn ausgetauscht.«
»Das ist unmöglich.«
»Wieso? Sie haben es doch eben selbst gesehen.«
»Ja. Und vor drei Tagen haben Sie mir ein Video geschickt,

auf dem er stirbt«, brüllte Robert. »Was wollen Sie denn von mir? Welche Aufnahme ist echt?«

»Beide«, sagte die Stimme ruhig.

»Sie lügen.«

»Nein. Ein Baby ist gestorben. Ein anderes lebt. Felix ist jetzt zehn Jahre alt und lebt bei einer Adoptivfamilie.«

»Wo?«

Die »Stimme« machte eine längere Pause, etwa so wie ein Redner, der zu einem Glas Wasser greift. Ihr Klang blieb blechern, wenn auch wieder nicht so künstlich verzerrt wie beim allerersten Kontakt.

»Wollen Sie das wirklich wissen?«

»Ja«, hörte Stern sich selber sagen. Tatsächlich gab es nichts Wichtigeres in diesem Augenblick.

»Dann öffnen Sie das Handschuhfach.«

Er gehorchte wie ferngesteuert. »Und jetzt?«

»Nehmen Sie die Box und öffnen Sie sie.«

Stern griff mit zitternden Fingern nach der Verpackung mit den Frischhaltetüchern. Die Luft entwich mit einem wütenden Fauchen, als er den Plastikdeckel abzog.

»Hab ich getan.«

»Gut. Ziehen Sie ein Tuch heraus und pressen Sie es sich direkt über Nase und Mund.«

»Nein«, antwortete er instinktiv. Er brauchte keinen Totenkopfaufkleber, um zu erkennen, wie giftig die Substanz war, deren Dämpfe bereits das Auto erfüllten.

»Ich dachte, Sie wollen Ihren Sohn wiedersehen?«

»Ja, aber ich will nicht sterben.«

»Wer sagt denn, dass das geschieht? Ich bitte Sie doch nur, sich das Tuch aufs Gesicht zu legen.«

»Und was passiert, wenn ich mich weigere?«

»Nichts.«

»Nichts?«
»Nein. Sie können aussteigen und nach Hause laufen.«
Und niemals erfahren, wo mein Sohn ist.
»Aber es wäre ein Fehler. Jetzt, wo Sie schon so weit gegangen sind.«
»Sie lügen. Diese Aufnahmen sind eine Fälschung.«
»Sind sie nicht.« Die »Stimme« atmete schwer aus.
»Dann erklären Sie mir, wie Sie es gemacht haben. Sie sagen, es waren zwei Babys.« Sterns Stimme wurde brüchig, überschlug sich bei jeder Frage. »Warum haben wir es nicht bemerkt? Zu wem gehörte das andere? Weshalb haben Sie es vertauscht?«
Und wieso hat es all die Jahre niemand vermisst, nachdem es in Sophies Armen gestorben ist?
»Also gut, ich werde es Ihnen erklären. Doch dann sind Sie wieder an der Reihe.«
Stern schloss den Deckel und schüttelte den Kopf.
»Damit Sie alles verstehen, müssen Sie wissen, wie ich mein Geld verdiene.«
»Sie handeln mit Kindern.«
»Unter anderem. Wir haben viele Geschäftsbereiche. Aber der Handel mit Neugeborenen zählt zu den lukrativsten.«
Stern schluckte schwer und sah in den Rückspiegel. Zwei Minuten nach sechs Uhr. Der »Rächer« war immer noch nicht erschienen.
»Mein Geschäftsmodell basiert auf der wundervollen Erfindung der Babyklappe. Sie kennen doch diese Menschen-Mülltonnen in Krankenhäusern, in die eine Mutter ihr ungewolltes Kind hineinwerfen kann, anstatt es irgendwo anders auszusetzen oder gar zu töten?«
»Ja.«
Aber was hat das mit Felix zu tun?

»Wann haben Sie das letzte Mal davon gehört, dass ein Baby dort abgegeben wurde? Angeblich geschieht das sehr, sehr selten. Höchstens zweimal im Jahr. Doch das ist eine Lüge. In Wahrheit passiert es ständig.«
Die »Stimme« schnalzte mit der Zunge.
»Sobald eine Mutter ihr Kind in der Klappe entsorgt, wird ein stummer Alarm in der Klinik aktiviert. Jemand vom Personal erscheint und kümmert sich um den Findling. Und in zwei von drei Fällen ist es ein Pfleger, der auf meiner Gehaltsliste steht.«
»Nein!«, röchelte Stern.
»Doch. Das ist der Vorteil eines stummen Alarms. Niemand hört ihn. Überwachungskameras sind vor der Klappe aus Datenschutzgründen verboten. Die Krankenhausleitung bekommt also gar nicht mit, wie viele Kinder tatsächlich abgegeben werden. Ich muss sie nur noch einsammeln, wenn Mütter erscheinen, die freiwillig ihr Kind wegwerfen. Das Geniale daran ist: Es sind meistens deutsche Babys. Dafür werden von kinderlosen Paaren Höchstpreise gezahlt. Eigentlich ein ganz einfaches Geschäft, wenn nicht irgendjemand ständig meine Mitarbeiter umbringen würde.«
Sterns Übelkeit steigerte sich ins Unermessliche. Es war das perfekte Verbrechen. Die Kinderhändler mussten noch nicht einmal das Risiko einer Entführung eingehen. Die Babys wurden ihnen »freiwillig« übergeben, und es gab danach auch keine Eltern, die verzweifelt nach ihrem vermissten Kleinkind suchten.
»Ich verstehe immer noch nicht, was das mit *Felix* zu tun hat.« Robert fühlte sich am Ende seiner Kraft. Der Wind rüttelte mit unverminderter Härte von draußen am Wagen; er hätte leichtes Spiel mit ihm gehabt.
Die »Stimme« machte eine kurze Pause, in der Robert die

Luft anhielt. Dann brachen die Dämme: »Felix war zur richtigen Zeit im falschen Krankenhaus. Einen Tag vor seiner Geburt lag ein anderes, sehr niedliches Baby in der Klappe der Klinik. Ich informierte meine ungeduldigen Käufer von der glücklichen Fügung. Doch dann wurde bei der ersten Untersuchung durch einen meiner Ärzte ein tödlicher Herzfehler bei dem Findelkind diagnostiziert.«

Stern spürte, wie sich ein Ring um seine Brust legte.

»Es war von Anfang an zum Tode verurteilt. Eine Operation war aussichtslos und kam ohnehin nicht in Frage. Niemand durfte ja von der Existenz dieses Kindes wissen.«

Der Ring zog sich noch enger zu.

»Verstehen Sie meine schwierige Lage: Es war eines meiner ersten Geschäfte. Ich konnte und wollte den Deal nicht mehr rückgängig machen. Andererseits wollte ich auch keine schlechte Ware übergeben.«

»Also haben Sie die Säuglinge vertauscht?«

»Genau. Direkt nach der Entbindung. Das Klappenbaby sah Felix zum Glück sogar ähnlich. Aber selbst wenn er größer, dicker oder hässlicher gewesen wäre, hätten Sie so kurz nach der Geburt einen Austausch niemals bemerkt. Sogar das kleine Feuermal fiel Ihnen erst bei der zweiten Begegnung mit Ihrem Sohn auf. Und da hatten wir ihn schon ausgewechselt.«

Stern nickte widerwillig. Die »Stimme« hatte recht. Im erschöpften Glückszustand unmittelbar nach der schweren Geburt hatte man Sophie das nasse und blutverschmierte Lebewesen in eine Decke gehüllt übergeben. Und da Felix der einzige Junge auf der Station gewesen war, hatten sie auch gar keinen Anlass zur Sorge gehabt, als er zur Erstversorgung aus dem Zimmer getragen wurde. Warum auch sollte jemand ihnen etwas so Grausames antun wollen?

»Begreifen Sie endlich? Mit Ausnahme der ersten Sekunden nach der Geburt war es immer das Klappenbaby, das Sie gestreichelt und liebkost haben.«
Die verwackelten Bilder von der Säuglingsstation zuckten noch einmal blitzartig durch Sterns Erinnerung.
»Und dieses andere Baby …?«
»… starb, wie erwartet, zwei Tage nach dem Austausch. Sie haben die Aufnahmen des Überwachungsvideos selbst gesehen.«
»Moment mal, das waren doch niemals Bilder von einer …«
»… von einer fest installierten Überwachungskamera?«, fragte die Stimme amüsiert. »Wieso denn nicht? Wegen der Schnitte? Den verwackelten Bildern, Nahaufnahmen, dem Zoom und anderen digitalen Effekten? Was glauben Sie denn, was mit moderner Bildbearbeitungssoftware alles möglich ist? Man kann zum Beispiel ein Feuermal in der Form Italiens auf die Schulter eines zehnjährigen Jungen scannen. Ist es nicht eine Ironie des Schicksals, dass ich Sie anlügen musste, damit Sie mir die Wahrheit glauben?«
Stern schrie: »Was ist, wenn Sie schon wieder lügen?«
»Finden Sie es heraus. Mehr kann und will ich Ihnen nicht sagen. Treffen Sie eine Entscheidung. Nehmen Sie das Tuch aus der Box, wenn Sie Ihren Sohn wiedersehen wollen.«
Stern starrte auf die Plastikdose in seinen Händen.
»Oder leben Sie wohl.«
Auf der »Brücke« erloschen alle Lichter, und auf einmal war der gesamte Platz vor dem wogenden See in völlige Finsternis getaucht. Stern presste sich das Handy noch fester an sein brennendes Ohr. Doch die Leitung war tot. Die »Stimme« hatte aufgelegt.
Und jetzt?
Er betrachtete die Zündschlüssel, mit denen er den Wagen

hätte starten und wegfahren können. *Aber wohin?* Zurück in ein Leben, dessen Leere ab sofort mit quälenden Zweifeln gefüllt sein würde? Er ahnte, dass er eben die gut durchdachte Lüge eines Wahnsinnigen gehört hatte. Doch letztlich kam es darauf nicht mehr an. Wichtig war einzig und allein, wie sehr er an diese Lüge glauben wollte.
Stern öffnete die Box, hielt noch einmal kurz inne und zog dann das feuchte Zellstofftuch heraus. Es lag schwer und nass in seiner Hand, durchtränkt mit einer Substanz, die ihn vielleicht nicht umbringen, aber mit Sicherheit dem Tode näher bringen würde. Er musste an ein Grabtuch denken, als er damit sein Gesicht bedeckte. Dann hielt er die Luft an und dachte an Felix. Als seine Lungen zu platzen drohten, öffnete er Mund und Nase gleichzeitig und atmete tief durch. Er schaffte drei bewusste Züge, dann wurde alles um ihn herum unendlich still.

6.

In dem Raum stank es nach Schweiß und Erbrochenem. Carina befürchtete das Schlimmste, als sie das Ruhezimmer betrat, das vom Krankenhauspersonal für kurze Schlafpausen genutzt werden konnte, wenn die Sechsunddreißig-Stunden-Schicht es einmal zuließ.
»Hier hab ich ihn zuletzt reingehen sehen«, flüsterte die rothaarige Schwester, die vor der Tür im Gang stehengeblieben war. Carina versuchte erst gar nicht, das Licht in dem abstellkammergroßen Zimmer anzuschalten. Die Halogenstrahler

an der Decke funktionierten nicht, aber niemand hatte dem Hausmeister Bescheid gegeben. Wer sich hierhin zurückzog, brauchte keine Lampen. Deshalb waren die Rollos vor den Fenstern auch ständig zugezogen.
Doch selbst das spärliche Licht, das vom Flur in die Kammer fiel, zeigte genug von der Szenerie, um Carina erschauern zu lassen.
Picasso!
Er lag in einer Pfütze vor dem schmalen Sofa. Entweder war er heruntergefallen, oder er hatte es gar nicht erst dorthin geschafft.
»Was ist denn hier … o mein Gott.« Die Schwester hinter ihr presste sich zitternd ihre Hand vor den Mund.
»Holen Sie sofort einen Arzt und die Polizei«, flüsterte Carina, während sie sich zu ihrem reglosen Kollegen hinunterbeugte.
Die Rothaarige schien sie nicht mehr zu verstehen. Sie stand wie festgeschweißt und bekam ihre bebende Unterlippe kaum unter Kontrolle.
»Ist er …, ist er …«, fragte sie, zu kraftlos, um das entscheidende Wort auszusprechen.
Tot?
Carina kniete sich neben den Pfleger, und der Gestank wurde schlimmer. Sie packte ihn fest an seinen mächtigen Schultern und drehte ihn einmal, so dass er jetzt auf dem Rücken lag. Übelkeit stieg in ihr auf, bis sie merkte, dass das ein gutes Zeichen war. Sie roch Urin, Schweiß, Erbrochenes. Aber kein Blut!
Sie seufzte, als sich ihr Verdacht bestätigte. »Ein Arzt! Hol sofort einen Arzt!«, brüllte sie jetzt laut genug, um die andere Schwester aus der Erstarrung zu reißen.
Picassos Augen flatterten, dann öffneten sie sich. Trotz des

schummrigen Lichtes erkannte Carina, dass sie viel wacher aussahen, als sie angesichts seiner Vergiftungssymptome erwartet hatte.
»Kannst du mich hören?«
Er blinzelte.
Gott sei Dank.
Sie wollte ihn beruhigen, indem sie seine Hände hielt. Als sie nach ihnen griff, fühlte sie die Blätter, um die sich seine Finger geschlungen hatten.
»Was ist das?«, fragte sie laut, als wäre Picasso in seinem Zustand zu einer Antwort fähig gewesen. Er entkrampfte sich etwas, und sie konnte die Papiere an sich nehmen.
Es handelte sich um einen schlichten Computerausdruck. Im Restlicht des Flurs erkannte sie die Datentabelle der Klinik. Picasso hatte sich auf dem Krankenhausrechner den Bettenplan der Intensivstation ausgedruckt.
Aber wieso?
Sie sah die beiden rot unterstrichenen Namen auf der Tabelle. Und presste sich die Hand vor den Mund.
Das kann doch nicht sein.
Sie überprüfte nochmals das mehrere Wochen zurückliegende Datum des Plans. Doch es gab keinen Zweifel.
Plötzlich spürte sie eine Hand auf der Schulter. Sie schnellte herum, als hätte ein Einbrecher sie im Dunkeln von hinten überrascht.
»Hey, hey. Ganz ruhig. Sie kommen jetzt besser mit, bis …«
Carina drehte sich unter der Hand weg und stieß den leitenden Oberarzt zur Seite, der gemeinsam mit einer weiteren Schwester zu Hilfe geeilt war. Kurz danach riss sie den Reißverschluss ihrer Hüfttasche auf und zog ihre Pistole hervor.

»Er wurde vergiftet«, sagte sie mit Blick auf Picasso, der gerade versuchte, sich selbsttätig auf die Couch zu ziehen. Was immer es auch war, das ihm in seinen Kaffee gemischt worden war, damit Simons Entführung ungehindert vonstattengehen konnte – die Dosis war für den Bären zu schwach gewesen.

»Wagt es ja nicht, mir zu folgen. Wartet hier und sagt der Polizei, sie sollen sofort alle verfügbaren Einsatzkräfte zur Havelchaussee schicken. Höhe Schildhorn.«

»Carina?«

Die Rufe des Arztes hallten ihr eher halbherzig hinterher. Auch von den Schwestern traute sich niemand mehr, ihr zu folgen, seit sie eine Waffe in der Hand hielt.

Und nun?

Die Pistole nutzte ihr wenig. Sie konnte auch nicht warten, bis die Polizei eintraf. Sie musste Stern sofort zu Hilfe eilen. *Aber wie?* Ihren eigenen Wagen hatte sie vor der Villa abgestellt.

»Sie können hier nicht weg«, rief der Arzt.

Stimmt. *Es sei denn ...*

Carina stolperte in das Schwesternzimmer und griff sich Picassos Lederjacke. Auf dem Weg zurück zu den Fahrstühlen blieb sie kurz vor einem Zimmer stehen, das sich direkt gegenüber dem Raucherraum befand. Nur um sicherzugehen, öffnete sie die Tür. Leer. Ihre schlimmsten Befürchtungen bestätigten sich.

Noch während sie die Treppen nach unten zum Hauptausgang raste, tastete sie die Innentaschen der Jacke ab.

Bingo.

Brieftasche, Kaugummis, Schlüsselbund.

Carina spurtete durch die geöffnete Glastür nach außen, an dem hektisch telefonierenden Pförtner vorbei. Sie wusste,

wo Picasso heute Morgen wie immer seinen tiefergelegten Sportwagen abgestellt hatte.
»Er fährt zweihundertachtzig Spitze«, hatte er einmal geprahlt, als er sie zu einer Spritztour überreden wollte. Carina bezweifelte, dass das ausreichen würde, um die Katastrophe noch zu verhindern.

7.

Stern wachte auf, und das Leichentuch auf seinem Gesicht hatte plötzlich eine festere Konsistenz. Es war dicker, dichter, aus gröberem Stoff, der unangenehm auf der Haut kratzte. Wie ein Winterpulli aus billigen Wollfasern. Die Übelkeit war kaum zu ertragen. Und die rührte nicht nur von dem Chloroform her, das noch lange nicht aus seinem Körper geschwemmt war, sondern auch von dem Gegenstand in seinem Mund. Der Schwamm schmeckte gleichzeitig süß und salzig, als wäre er von schwitzenden Händen zusammengerollt und ihm unter die Zunge gepresst worden. Er begann zu würgen, und allein schon diese minimale Kontraktion seiner Halsmuskeln löste eine Schmerzwelle aus, die sich von seinem Nacken her bis unter die Stirn ausbreitete. Noch nie im Leben hatte er solche Kopfschmerzen gehabt. Und noch niemals zuvor solche Angst.
Er öffnete die Augen, und die Dunkelheit, die ihn umgab, schien tiefer zu werden, anstatt zu verschwinden. Unter seinen geschlossenen Lidern hatten bislang wenigstens noch Lichtschleier getanzt. Doch jetzt waren auch diese ver-

schwunden. Für eine Schrecksekunde setzte sein Herz aus. Dann für eine weitere.

Ich bin gelähmt, schoss es ihm durch den Kopf. *Vom Hals an abwärts. Ich kann noch nicht einmal meine Lippen bewegen.*

Er versuchte, den Mund zu öffnen. Doch es ging nicht. Erleichtert registrierte er, dass seine Kiefermuskulatur noch intakt war, bis ihm entsetzt klar wurde, warum er nur noch durch die Nase atmen konnte.

Sie haben mich erst geknebelt und mir dann einen Sack über den Kopf gezogen.

»Wo bin ich?«, grunzte er, so gut und so laut es das Plastikklebeband über seinem Mund erlaubte. Nackte Panik setzte sich wie eine Zecke in seinem Nervensystem fest. Er glaubte zu ersticken.

Dann ging plötzlich ein kleines Licht über ihm an, und er wünschte sich, sie hätten ihm auch die Augen verbunden.

Es war kein Sack, in dem sein Kopf steckte. Als seine Pupillen sich an die sanfte Lichtquelle gewöhnt hatten und die Blitze auf seiner Netzhaut langsam ausbrannten, brauchte er noch eine Weile, bis er erkannte, wessen angsterfüllte Augen ihn durch die Skimaske hindurch anstarrten. Seine eigenen!

Er blinzelte zweimal in den Rückspiegel. Dann drehte er seinen Kopf. Vorsichtig. Wie in Zeitlupe. Nur keine ruckartigen Bewegungen, die dazu führen konnten, dass er sich mit dem Knebel im Mund übergeben musste.

War das etwa wirklich …? Ja. Es gab keinen Zweifel. Er saß in einem leeren Wagen. Auf dem Beifahrersitz. Und er wusste, wem der Mercedes gehörte. Ihm selbst.

Wo bin ich hier?

Die grauschwarzen Flecken hinter der Windschutzscheibe

nahmen langsam Kontur an. Zuerst hatte er die schwankenden Masten für eine optische Täuschung gehalten. Eine weitere Nebenwirkung des Betäubungsmittels. Dabei waren es Bäume, die sich in etwa sechzig Meter Entfernung gegen den Wind stemmten. Zwischen dem Mercedes und dem Waldrand lag eine parkplatzgroße Freifläche.
Stern lehnte sich sachte nach vorn, um den Druck seines Körpergewichts von seinen gefesselten Handgelenken zu nehmen. Er kniff die Augen zusammen und überlegte, woher er diesen gottverlassenen Ort kannte, auf dem er stand. Gerade als ihn eine erste Ahnung beschlich, wurde er durch ein Geräusch auf der Rückbank abgelenkt. Kurz darauf hustete jemand dumpf in ein Taschentuch.
»Sehr schön, Sie sind also aufgewacht. Fast eine halbe Stunde vor der Zeit.«
Stern erkannte die Stimme. Ohne die technische Verfremdung klang sie deutlich menschlicher.
Ein kalter Luftzug strömte ins Auto, als der Mann aus dem Wagen stieg. Robert zuckte schmerzhaft zusammen. Das cremefarbene Licht der Leselampe war nur für den Bruchteil eines Momentes auf das markante Profil des Killers gefallen. Aber das hatte ausgereicht, damit er den Kerl im Rückspiegel erkennen konnte. Sein Anblick reduzierte Sterns Denkvermögen auf null. Denn das, was er gesehen hatte, war eigentlich nicht möglich.
»Na, glauben Sie jetzt doch an Wiedergeburt?«, lachte Engler, während er die Beifahrertür aufzog und Stern wie einen Sack Kartoffeln aus dem Wagen riss.
Dieser stolperte nach vorne, konnte sich mit seinen gefesselten Händen nicht abstützen und stürzte kopfüber auf den festgetretenen Lehmboden. Eine verklumpte Schicht aus Laub und nasser Erde dämpfte den harten Aufprall, was

Stern bedauerte, weil er dadurch nicht das Bewusstsein verlor.
Engler? Der Leiter der Mordkommission? Wie war das möglich?
Zwei starke Hände rissen ihn wieder hoch, und dann wurden ihm plötzlich zwei Dinge auf einmal bewusst: Er kannte den Parkplatz. Und er wusste, warum er hier war.
»Sie sollten nicht alles glauben, was Sie sehen«, sagte der Kommissar, während er Stern wieder aufrecht hinstellte. »Hallo, Doktor Tiefensee, sind Sie da?«, imitierte er belustigt die Scharade, die er in der Praxis des Psychiaters aufgeführt hatte.
Dann hielt er sich ein Plastikstück vor den Mund und sprach mit verzerrter Stimme weiter. »Sehen Sie die Verbandschere? Rammen Sie sie ihm ins Herz.«
Engler trat einen Schritt zurück und schmiss die offen stehende Beifahrertür zu. Das Geräusch erinnerte Stern an das Schlagen der Türen in Tiefensees Praxis. Erst jetzt fiel ihm auf, dass sich die beiden Stimmen damals nie überlagert hatten. Wann immer Engler den Verzerrer benutzte, war er in einen Praxisraum gegangen. Seine normale Stimme hatte er nur im Flur benutzt.
»Also, das hat echt Spaß gemacht, meinen Mitarbeiter da rauszuholen, den Sie in der Praxis überrascht haben.«
Engler lachte. »Fast genauso sehr wie der inszenierte Unfall. Scheiße, Mann. Alles lief nach Plan, und auf einmal wollten Sie sich stellen? Das musste ich verhindern. Aber zum Glück sind Sie überaus leichtgläubig. Drei Schüsse, eine zersplitterte Windschutzscheibe und etwas Theaterblut im Mund, mehr braucht man bei Ihnen nicht. Na ja, gut, vielleicht noch eine DVD.«
Sein Kichern klang jetzt schon fast hysterisch. Engler spuck-

te auf den feuchten Waldboden, als er sich wieder etwas beruhigt hatte. »Wie hat Ihnen denn die Einlage mit dem Motorradfahrer gefallen? Er wollte nur fünfhundert Euro dafür, dass er mir die Scheibe zerschießt und Ihnen dann die Waffe an den Kopf hält. Aber keine Sorge. Ist nicht schade um ihn. Der Kerl stand auf Kinder. Außerdem hat er Tiefensee auf dem Gewissen. Erinnern Sie sich? Das war der langhaarige Typ, dem Sie aus der Praxis hinterhergerannt sind.«
Stern machte einen Schritt vorwärts, taumelte auf den Kofferraum seines Mercedes zu. Er fühlte, dass er bald etwas benötigen würde, um sich abzustützen, wenn er nicht schon wieder hinfallen wollte. Hier, mitten auf dem Parkplatz des gottverlassenen Strandbads Wannsee.
»Ach ja.« Engler tat so, als wäre ihm gerade etwas Wichtiges eingefallen. »Von der ›Brücke‹ wussten mir auf einmal viel zu viele. Ich hab daher mit dem Mann, der mich töten will, einen neuen Treffpunkt vereinbart und das Date um eine Dreiviertelstunde nach hinten verschoben. Aber ich denke, es wird uns schon nicht langweilig werden, bis unser Überraschungsgast hier eintrifft.«

8.

Nichts. Keine Lichter, kein Auto. Kein Lebenszeichen. Die Abwesenheit von etwas konnte manchmal genauso spürbar sein wie die Gegenwart einer grölenden Menschenmenge. Carina stand auf dem Parkplatz vor der »Brücke« und spürte, wie die Einsamkeit sie erdrückte.

Wo sind sie? Wo ist Robert? Simon?
Außer dem Wagen, mit dem sie selbst gekommen war, stand kein weiteres Fahrzeug in der Zufahrt vor dem Restaurantschiff. Das Rauschen der Blätter, die knarrende Takelage und das nervöse Klatschen der Wellen mochten andere Geräusche der Umgebung übertönen. Doch ihre Instinkte sagten ihr, dass es hier nichts zum Übertönen gab. Sie war allein.
Carina griff sich ihr Handy, um noch einmal die Polizei anzurufen, wie sie es schon einmal auf der Herfahrt getan hatte. Bei Robert brauchte sie es nicht noch einmal zu versuchen. Sein Telefon war ausgeschaltet oder befand sich außerhalb eines Funknetzes.
Mit ihrer kleinen Pistole in der Hand ging sie noch einmal auf das verschlossene Tor vor dem Bootssteg zu und überlegte, ob sie hinüberklettern sollte. Oben an der geschwungenen Gitterpforte luden stacheldrahtumwickelte Spitzen dazu ein, sich den Bauch aufzureißen.
Carina musste an die Filme denken, in denen der Hauptdarsteller jetzt zu einem Tau greifen und sich zum Schiff hinüberhangeln würde. Aber ihre kraftlosen Arme vermittelten ihr eine sehr deutliche Botschaft: »Keine Chance.«
Hinter ihr mischte sich plötzlich der Klang eines schnell vorbeifahrenden Wagens in die wütenden Laute des Herbststurmes. Sie griff zu ihrem Funktelefon und suchte blind die Sprechtaste, um die Wahlwiederholung für den Notruf zu aktivieren. Dann lehnte sie sich mit dem Rücken an die schwankende Gittertür – und fühlte es. Genau in dem Augenblick, als sie ihre Augen schloss.
Vor Schreck ließ Carina ihr Handy fallen. Als es zu Boden knallte, brach erst der Akku, dann fiel der Rest des Telefons über den Steg ins dunkle, aufgewühlte Wasser. Carina drehte

sich langsam um, zu abgelenkt von ihrem Verdacht, um den Verlust ihrer einzigen Kommunikationsmöglichkeit zu bedauern.
Tatsächlich. Es war schon immer da gewesen. Groß und prominent hing das laminierte Pappschild, das sich eben noch in ihren Rücken gebohrt hatte, an dem verschlossenen Tor. Sie hatte es übersehen, gerade weil es so offensichtlich war. Bis eben war sie davon ausgegangen, dass die Restaurantleitung hier die Öffnungszeiten oder eine Warnung vor dem Betreten auf eigene Gefahr angeschlagen hatte.
Doch für einen permanenten Hinweis wirkte es auf den zweiten Blick viel zu unprofessionell. Wie auf dem Computer selbstgemacht und nur notdürftig mit vier Drähten an den Metallstäben befestigt.
Außerdem irritierte sie jetzt der große strahlende Smiley hinter dem letzten Wort. Das Einzige, was sie bei den schlechten Lichtverhältnissen im fahlen Mondschein überhaupt entziffern konnte.
Carina zog aus ihrer Hüfttasche ein Feuerzeug hervor. Als die gelbe Flamme den gesamten Text beleuchtete, verbrannte gleichzeitig die letzte Hoffnung in ihr.

An alle Nachzügler!
Der Morgenlauf startet heute ausnahmsweise
vom Strandbad Wannsee.
Kommt bitte pünktlich um sechs Uhr fünfundvierzig.
Robert hat eine kleine Überraschung organisiert.
☺

9.

Nichts ergab mehr einen Sinn, und trotzdem glaubte er die Dinge auf einmal ganz klar erkennen zu können. Hier und jetzt, in der langsam anbrechenden Morgendämmerung.

Die DVD, Englers Scheinhinrichtung durch den Motorradfahrer, Roberts eigener Mercedes, vor dem er gerade zusammenzubrechen drohte – all das konnte nur eines bedeuten: Englers sadistischer Plan sah mit Sicherheit nicht vor, ihm die Wahrheit über Felix zu verraten. Im Gegenteil. Der Ermittler würde sein größtes Vergnügen daraus ziehen, ihn am Ende unwissend in den Tod zu schicken. Stern nickte fassungslos mit dem Kopf, wie jemand, der endlich einen schweren Fehler einsieht. Nach und nach fügte sich alles zu einem Bild zusammen, auf dem er am Ende als Leichnam erkennbar sein würde.

»Schauen Sie nicht so entsetzt«, lachte Engler noch immer und stapfte mit kräftigen Schritten um das Auto herum. Er trug einen enganliegenden Trainingsanzug und Boxerstiefel und sah absurderweise darin aus wie ein eleganter Dressman.

»Das haben Sie sich alles selbst zuzuschreiben.«

Der Kommissar nahm eine Segeltuchtasche von der Rückbank und warf sie vor Stern auf den Boden.

»Erst Harald Zucker. Dann Samuel Probtjeszki. Sie konnten die Toten einfach nicht ruhen lassen.«

Stern spürte den Wind an seinen Hosenbeinen ziehen und wünschte sich, die Böe würde zu einem Orkan anwachsen, der ihn fortriss. Weg von diesem Alptraum.

»Ich hatte die Leichen meiner früheren Mitarbeiter schon

vor Jahren entdeckt, und wenn es nach mir gegangen wäre, würden die heute immer noch in ihren Verstecken verrotten.«
»Warum?«, grunzte Robert fassungslos. Es hörte sich an, als wollte er den Laut eines angeschossenen Tieres imitieren. Doch Engler konnte ihn trotz des Knebels verstehen und sah ihn an, als hätte er gerade etwas ganz Dummes gefragt.
»Weil ich nicht gegen mich selbst ermitteln wollte.«
O mein Gott!
In Sterns Gehirn schien sich eine Schleuse zu öffnen, so dass sich ein ganzer Stapel von Erkenntnissen gleichzeitig Bahn brach: Die Ermordeten waren allesamt Englers Mitarbeiter gewesen. Solange sie nur als vermisst galten, brauchte niemand nach ihnen zu suchen. Jeder war froh, dass der Abschaum verschwunden war. Bis Simon auftauchte und die Leichen fand. Jetzt suchte alle Welt nach dem Mörder. Und nach seinem Motiv. Engler hatte den »Rächer« finden müssen, bevor es jemand anderes tat. Und bevor jemand dahinterkam, dass auch Englers eigener Name auf dessen Abschussliste stand.
Stern fröstelte am gesamten Körper, als ihm langsam dämmerte, welche Rolle ihm für den letzten Akt dieses Schauspiels zugedacht war.
Der Kriminalpolizist sah auf die Uhr und nickte zufrieden. Was immer er vorhatte, er schien gut im Plan zu liegen. »Uns bleiben noch fünfzehn Minuten. Die Zeit will ich nutzen, um mich bei Ihnen für die Warnung zu bedanken. Ich kann mir zwar immer noch nicht erklären, woher Simon von der Verabredung heute früh auf der ›Brücke‹ wusste, aber es ist mir eigentlich auch egal. Seit Sie mir den Hinweis gegeben haben, war mir klar, dass der Käufer nur zum Schein bei mir ein Baby bestellt hat. Sehr gekonnt, übrigens. Also wird es

sich wohl um den ›Rächer‹ handeln, den wir in wenigen Sekunden hier erwarten.«

Und dem du mich an deiner Stelle opfern willst. Ich soll dein Sündenbock sein.

Stern riss an seinen Fesseln und wollte schreien, als er begriff, dass er in den vergangenen Stunden nichts anderes getan hatte, als sich ein Messer in den Bauch zu rammen. Er war freiwillig zur Schlachtbank gegangen. Er sollte hier und jetzt bei der Abwicklung eines Kinderhandels ermordet werden. Und zuvor hatte er selbst alles dafür getan, dass man ihn für einen Päderasten hielt, dem man eine solche Untat zutraute.

Stern musste schlucken und schmeckte dabei etwas Blut. Engler war ganz eindeutig nicht besonders zimperlich vorgegangen, als er ihn geknebelt hatte.

Wie konnte ich nur so blöd sein?

Die ganze Zeit hatte er gedacht, er würde nach der »Stimme« fahnden. Dabei war er immer nur den Spuren nachgegangen, die diese bereits für ihn gelegt hatte. Und die ihn letztlich in diese Falle hier lockten. Zuerst hatte er sich durch die Leichenfunde und die wilden Reinkarnationsbehauptungen verdächtig gemacht, dann entführte er einen kleinen Jungen aus dem Krankenhaus, hinterließ seine Fingerabdrücke bei Tiefensee sowie in der Villa eines Päderasten und drückte zur Krönung Engler persönlich ein Video in die Hand, auf dem zu sehen war, wie er mit nacktem Oberkörper in ein Zimmer stürzte, wo ein halbnackter Junge gefoltert wurde.

Auch Carinas Fingerabdrücke befanden sich auf der Klingel, und ihr Wagen stand direkt vor der Haustür der Maklervilla. Für Engler als Leiter der Ermittlungen würde es ein Leichtes sein, ihn und seine Komplizin als pädophiles Pärchen zu brandmarken. Und sein einziger Entlastungszeuge war ein ehemaliger Pornofilmproduzent, der schon mal wegen Vergewaltigung vor Gericht stand. Es war teuflisch. Engler schob ihm seine Untaten in die Schuhe. Nein, schlimmer: Er hatte dafür gesorgt, dass Stern sich die Schuhe von ganz allein angezogen hatte.

»Seien Sie nicht zu wütend auf sich selbst«, brummte Engler schließlich. Nach einem kurzen Hustenanfall zog er die Nase hoch und spuckte einen Schleimpfropfen neben die Tasche.

»Sie haben nicht alles falsch gemacht. Zuerst wollte ich tatsächlich nur, dass Sie mir den Namen des ›Rächers‹ beschaffen. Sie hatten den Zugang zur Quelle. Zu Simon. Herrgott, haben Sie mich beim ersten Verhör wahnsinnig gemacht. Die ganzen Jahre über vertreten Sie ein Sackgesicht nach dem anderen. Und dann kommt auf einmal ein Mandant zu Ihnen, der *mir* nützlich sein könnte, und Sie lehnen seinen Fall ab. Das konnte ich nicht zulassen. Also organisierte ich am nächsten Tag ein Druckmittel.«

Die DVD.

»Das war übrigens der einzige Zufall in dem gesamten Spiel. Dass ausgerechnet Sie, der Anwalt, dessen Kind von meinen Leuten vor zehn Jahren ausgetauscht wurde, der Schlüssel für die Lösung meines größten Problems sein könnten.«

Robert sah nach oben in den stürmischen Morgenhimmel, dessen Nachtschwarz langsam einem schmutzigen Grauton wich. Es erinnerte ihn an die Farbe des Verhörraums.

Engler, die »Stimme«, lachte wieder und bückte sich zu der Tasche. Während er den Reißverschluss öffnete, bekam Stern unerträgliches Seitenstechen.

»Schade übrigens, dass Sie Carina nicht mitgenommen haben. Sie könnte Ihnen jetzt schön Gesellschaft leisten. Aber lassen Sie mich raten: Vermutlich haben Sie mit ihr eine Uhr-

zeit ausgemacht, ab wann sie die Polizei informieren soll, oder? Nun, wollen Sie wissen, warum mir das egal ist?«
Engler nahm eine graue, prall gefüllte Plastiktüte aus der Tasche. Allem Anschein nach war der darin enthaltene Gegenstand groß, aber leicht. So wie ein Kissen.
»Weil die Polizei bereits hier ist. Mit drei Einheiten.«
Stern drehte sich im Kreis und versuchte vergeblich, in der Dämmerung etwas zu erkennen.
»Es sind etwa zwanzig Mann. Alle außer Sichtweite, um die Observation nicht zu gefährden. Sie warten nur noch auf mein Zeichen.« Er klopfte auf ein Funkgerät, das an seiner Hüfte in einem Waffengürtel steckte.
»Die Zufahrt zum Strandbad ist eine Sackgasse. Erst wenn ich das Eintreffen des Käufers signalisiere, werden die Straßensperren errichtet und der Zugriff vorbereitet.«
Der Kommissar trug die Plastiktüte zum Kofferraum. »Jetzt gucken Sie nicht so ungläubig. Ich habe diesen verdeckten Einsatz offiziell angemeldet, nachdem meine Ermittlungen ergeben haben, dass Sie sich hier und heute an genau dieser Stelle mit einem Kinderschänder treffen wollen.«
Er grinste breit. »Ich bin hier nicht zu meinem Privatvergnügen. Ich bin gekommen, um Sie zu verhaften. Ich fürchte nur, ich werde zu spät kommen und die Tragödie nicht verhindern können, die gleich ihren Lauf nimmt …«
Mit diesen Worten öffnete Engler den Kofferraum des Mercedes. Stern japste, als er hineinsah. Der Knebel in seinem Mund schien riesig anzuwachsen, um erst seinen Kiefer und danach seinen gesamten Schädel zu zersprengen. Mit einer einzigen Handbewegung zog Engler einen grünen Krankenhauskittel weg, der über dem Körper des bewusstlosen Jungen gelegen hatte. In dem fahlen Licht der Kofferraumbeleuchtung sah Simon aus, als wäre er bereits tot.

10.

Stern konnte seinen Blick nicht von dem Jungen abwenden, der zusammengerollt wie ein ausrangierter Winterreifen in dem Kofferraum lag.
»Stillhalten!«
Engler war hinter ihn getreten, und auf einmal fühlte er Druck gegen seinen Rücken. Seine Handgelenke wurden schmerzhaft verdreht, und er dachte schon, der Polizist würde sie ihm brechen wollen, als es auf einmal knackte und seine Hände plötzlich wieder frei waren. Engler hatte die Plastikfesseln durchschnitten.
»Keine falsche Bewegung«, flüsterte er ihm ins Ohr. Stern konnte seinen feuchten Atem durch den dicken Stoff der Skimütze fühlen.
»Zur Seite drehen!«
Ihm wurde schwindelig. Die größte Kraft kostete es ihn, Simon aus den Augen zu lassen, während er den Befehlen des Kommissars gehorchte. Als Engler wieder direkt vor ihm stand, hielt dieser eine Pistole in seiner linken Hand, auf deren Lauf eine Halogenleuchte montiert war. Mit der anderen Hand drückte er ein Baby an sich.
Sterns Augen weiteten sich, und es dauerte einen Moment, bis er begriff, dass der fleischfarbene Kopf zu einer Puppe gehörte. Es war der einzige Körperteil, der aus der weißen Leinendecke herausragte, mit der die lebensechte Attrappe verhüllt war. »Sie spricht sogar«, lächelte Engler zynisch und drückte ihr auf den Bauch.
Also doch. Stern erinnerte sich an das Wimmern, das er vor der »Brücke« gehört hatte.

Engler schlug die Heckklappe des Kofferraums wieder zu. Kein Stöhnen. Kein Zucken. Nichts. Simon schien sich die ganze Zeit über nicht ein einziges Mal bewegt zu haben.

»Ich gebe Ihnen jetzt Ihre finalen Anweisungen. Dann setze ich mich auf die Rückbank Ihres Wagens und werde Sie beobachten. Sollten Sie aus irgendeinem Grund auf die Idee kommen, von meinen Vorgaben abzuweichen, werde ich aussteigen, den Kofferraum öffnen und Ihren kleinen Freund darin ersticken. Haben wir uns verstanden?« Stern nickte.

»Machen Sie alles zu meiner Zufriedenheit, wird Simon bewusstlos neben Ihrer Leiche gefunden werden. Da er betäubt ist, wird er sich an nichts erinnern können. Es ist also kein Bluff. Ich kann ihn am Leben lassen. Ob Sie es glauben oder nicht, anders als Probtjeszki töte ich nur höchst ungern Kinder. Kein guter Händler vernichtet freiwillig seine Ware. Aber das hängt jetzt einzig und allein von Ihnen ab.«

Der Schweiß unter der Skimütze fühlte sich wie Säure an. Stern glaubte in einer wollenen Schraubzwinge zu stecken, die ihn langsam erstickte. Nachdem Robert alle Befehle Englers noch einmal wiederholt hatte, bekam er von ihm die Puppe in einem kleinen Rattankorb übergeben, den dieser von der Rückbank genommen haben musste. Dann fühlte er, wie der Polizist ihm einen Umschlag in seine hintere Hosentasche steckte.

»Was ist das?« Engler las die Frage in Steins gehetzten Augen.

»Ich halte meine Versprechen«, erklärte der Kommissar mit ironischem Unterton. »Ich habe Ihnen die Adresse von Felix aufgeschrieben. Wer weiß, vielleicht können Sie in einem anderen Leben ja etwas damit anfangen.«

Englers Lachen entfernte sich. Dann erstarb es vollends, als die schwere Tür des Mercedes zuschlug.

Stern musste alle Willenskraft aufbringen, um nicht vor Angst durch die Nase zu hyperventilieren. Er legte seinen Kopf schräg, damit sich seine Augen schneller an die weiterhin herrschende Dunkelheit gewöhnten, aber noch konnte er die angekündigten Lichtkegel nicht zwischen den Bäumen der Zufahrt ausmachen.
Doch das würde sich bald ändern. Der Tod war auf dem Weg und würde in wenigen Minuten eintreffen. Sterns gesamter Oberkörper verkrampfte sich in Erwartung des Schmerzes, der ihn gleich durchfahren würde. Dann setzte er sich zögerlich in Bewegung.

11.

E*s ist immer wieder ein Wunder, wie viel Kraft Gott einem verleiht, wenn man das Böse bekämpfen will,* dachte der Mann und räusperte sich. Kurz darauf musste er husten. Eilig nahm er seinen Fuß vom Gas, als er merkte, dass er in einem Moment der Unachtsamkeit die Geschwindigkeitsbegrenzung überschritten hatte. Schweiß lief ihm die faltige Stirn herab und verfing sich in seinen buschigen Augenbrauen.
Eigentlich war sein Körper den Belastungen, denen er sich heute aussetzen wollte, nicht mehr gewachsen. Zu sehr hatte er sich schon in den Jahren zuvor verausgabt. Den Jahrzehnten der Rache. Alles hatte mit einem kleinen Artikel über Kindesmissbrauch begonnen. Er hatte ihn für das kleine Wochenblatt nur geschrieben, weil die Chefredakteurin

krank wurde und er der Einzige war, der für sie einspringen konnte.

Heute sah er das als ein Zeichen. Es konnte kein Zufall gewesen sein, dass ausgerechnet er über diese schrecklichen Verbrechen schreiben sollte, wo doch sein eigener Bruder mit acht Jahren verschwand. Seine Leiche fand man ein halbes Jahr später in einem so schrecklichen Zustand, dass man seinen Eltern abgeraten hatte, noch einmal einen Blick darauf zu werfen.

Aus seinem ersten Artikel wurde eine Serie, aus der Serie das Manuskript eines Buchs, das allerdings nie den Weg zu einem Verlag fand. Er sah keinen Sinn mehr darin, die dunklen Kapitel zu veröffentlichen. Kein Kind würde davon die erlittenen Qualen vergessen können. Und kein Täter würde deshalb seine kranken Pläne fallenlassen. Auch sein Bruder würde nie wieder zu ihm zurückkehren. Alles würde so weitergehen wie bisher. Als er diese bittere Wahrheit eines Sonntags ebenso deutlich vor sich sah wie die Bilder, die ihn keine Nacht mehr schlafen ließen, beschloss er zu handeln.

Die ersten beiden Morde waren die schwierigsten gewesen. Die anderen danach waren alle leichter gestorben. Nicht so wie Zucker, bei dem es gar nicht mit der Axt geschehen sollte. Doch der Mann war kräftig gewesen, hatte sich bis aufs Blut gewehrt und ihm sogar die Pistole entwenden können. Zum Glück hatte Gott ihm ein Spitzbeil gereicht. Noch so ein Zeichen. Obwohl die Fabrikruine schon damals abgebrannt gewesen war, hing es immer noch neben einem verkohlten Feuerlöscher an der Wand. Seitdem konnte er keine Nüsse mehr essen. Das Knacken der Schale war einfach nicht mehr zu ertragen.

Der alte Mann wischte sich den Schweiß von der Stirn und wollte das Autoradio anstellen. Ließ dann aber davon ab. Er

hörte gerne Musik, doch den letzten Akt wollte er still einläuten.
Sein Wagen, der ihn nun auch schon seit vielen Jahren auf seinen finsteren Pfaden treu begleitet hatte, fuhr an der Ausfahrt Hüttenweg vorbei. Nur noch wenige Kilometer. *Bald sind wir da.*
Wie immer spürte er einen leichten Harndrang, bevor es losging. Reine Nervosität. Er würde das Ziehen in der Blase vergessen, sobald er dem Bösen ins Gesicht sah. Die Vorbereitungen für den heutigen Tag hatten Monate gedauert. Er musste sich, wie so oft zuvor, verleugnen und die schlimmste Identität annehmen, die es wohl gab: die eines Päderasten. Es war lange her, seit er das letzte Mal einen Schandfleck ausradiert hatte. Zweieinhalb Jahre. Viele seiner alten Kontakte waren verstaubt, andere wären misstrauisch geworden, wenn er plötzlich wieder auf der Bildfläche erschien. Doch schließlich war es ihm gelungen, mit dem Mann in Kontakt zu treten, den alle nur den »Händler« nannten. Über das Internet. Und heute sollte er ihn treffen. Natürlich konnte er nicht sicher sein, dass er nun wirklich die Gelegenheit bekam, das Übel an der Wurzel auszureißen. Er wusste auch nicht, was er davon halten sollte, dass der Treffpunkt in letzter Sekunde noch einmal verlegt und das Treffen um fünfundvierzig Minuten nach hinten verschoben worden war. Er wusste nur, dass Gott seine Geschicke lenken würde. Er war alt. Im Gegensatz zu den Kindern hatte er nichts mehr zu verlieren.
Der Mann nahm die Ausfahrt Spanische Allee und streichelte den Revolver neben sich auf dem Beifahrersitz. Natürlich hatte er sich oft gefragt, ob er rechtens handelte. Jeden Sonntag ging er mit dem Herrn ins Zwiegespräch. Bat um ein Zeichen. Um einen kleinen Hinweis, ob er innehalten sollte.

Einmal, als sie ihm von Simon erzählten, dachte er schon, jetzt hätte er ihn erhalten, den Wink Gottes. Doch er hatte sich geirrt.
Und weitergemacht. Bis heute.
Der alte Mann schaltete das Fernlicht ein, als er den dunklen Waldweg erreicht hatte. Die Sackgasse, die zum Strandbad Wannsee führte.

12.

Noch vierzig Meter.
Stern setzte einen Fuß vor den anderen. Erst den gesunden, dann den geschwollenen. Immer geradeaus auf das Licht zu, so wie Engler es ihm befohlen hatte.
Die Wartezeit in der regnerischen Kälte war ihm wie eine angsterfüllte Ewigkeit erschienen, dabei war das Fahrzeug nur wenige Minuten, nachdem Engler ihn allein gelassen hatte, mit aufgeblendetem Fernlicht von der Zufahrtsstraße in den verlassenen Parkplatz eingebogen. Robert überlegte ein letztes Mal, ob es nicht irgendeine Möglichkeit gab, das unvermeidliche Ende hinauszuzögern. Doch ihm wollte nichts einfallen. Also marschierte er wie ein Stück Schlachtvieh Schritt für Schritt dem langsam ausrollenden Wagen und damit seinem eigenen Tod entgegen.
Sein Puls beschleunigte sich nochmals, als das ältere Mittelklassemodell plötzlich mit einem Ruck stehenblieb.
Der Wind trug das metallische Knirschen einer ausgeleierten Handbremse zu ihm herüber. Fast zeitgleich sprang die Fah-

rertür auf, und eine Gestalt schob sich mit ungelenken Bewegungen aus dem Fahrzeug.
Wer ist das?
Bei jedem zweiten Schritt zuckten schmerzende Blitze seine Wirbelsäule entlang. So intensiv, dass Stern fast erwartete, sie würden die trübe Sicht auf den verregneten Parkplatz erhellen. Er suchte nach Anzeichen dafür, dass er den Mann kannte, der mit schleppendem Gang vor die Motorhaube trat und genau zwischen den Scheinwerfern seines Wagens stehenblieb. Vergeblich. Allerdings konnte er auch das Gegenteil nicht ausschließen. Im Augenblick fühlte er sich wie ein Verdurstender, der auf ein Trugbild in der Wüste zuging. So unwirklich war das alles. Immer mehr verschwammen die Konturen, je näher er der Lichtspiegelung kam. Nur eines stand fest: Der Mann war nicht mehr jung. Vielleicht sogar alt. Die langsamen Bewegungen, die kurzen Schritte, die leicht gebückte Haltung – er bemühte sich, noch mehr aus dem Schattenbild zu lesen, das jetzt direkt vor den grellen Scheinwerfern stehengeblieben war und sich nicht mehr rührte. Das spärliche Licht der aufgehenden Sonne fand nur mühsam seinen Weg durch die dicke Wolkendecke und verlieh dem Fremden eine unheimliche Aura. *Wie ein Todesengel mit Heiligenschein,* dachte Stern und blinzelte einen Regentropfen aus seinem Auge.
Noch dreißig Meter.
Er verlangsamte nochmals das Tempo. Soweit er sich erinnerte, war das der einzige Handlungsspielraum, der ihm verblieben war. Hiermit verstieß er gegen keine todbringende Regel.
Einfach geradeaus marschieren, hatte Engler gesagt. *Nicht nach rechts. Nicht nach links. Nicht wegrennen.*
Er kannte die Konsequenzen. Und er begriff auch die Perfi-

die des Plans, den er gerade ausführte. Mit jedem Schritt verkürzte er nicht nur den Abstand, sondern auch seine Lebenszeit.
Er presste den Korb vor seine Brust, in dem die Babyattrappe lag, aus der Engler vorsichtshalber die Batterien entfernt hatte. Nichts sollte den »Rächer« ablenken. Nichts sollte ihn warnen, dass ihm bald der Falsche gegenüberstehen würde. Engler hatte sich ein Duell ausgedacht, bei dem Stern ohne Waffen erscheinen musste. Sollte es sich bei dem Mann tatsächlich um den »Rächer« handeln, würde dieser sein Gegenüber für den »Händler« halten und ihn erschießen wollen. Bei der ersten Gelegenheit. In wenigen Sekunden.
Noch zwanzig Meter.
Jetzt war er in Rufweite. Doch der Knebel, der sich in seinem ausgetrockneten Mund von Sekunde zu Sekunde mehr auszudehnen schien, verhinderte jede Art der Kontaktaufnahme. Stern überfiel ein Gefühl unendlicher Hilflosigkeit, wie er es zuletzt auf Felix' Begräbnis empfunden hatte.
Oder auf der Beerdigung eines fremden Babys?
Er hatte keine Hoffnung mehr. Es gab keine Rettung. Alles, was er tat, gefährdete Simon. Alles, was er unterließ, tötete ihn selbst.
Noch fünfzehn Meter.
Stern begriff, wie unwahrscheinlich es war, dass Engler nach dieser provozierten Hinrichtung irgendjemanden überleben ließ. Sobald er eine Kugel im Kopf hätte, würde Engler auch den »Rächer« überwältigen und danach Simon erschießen. Dann bräuchte er noch eine Minute, um die Leichen zu drapieren, bevor er das Signal zum Zugriff gab. Stern sah den Aktenbericht vor sich:

Kinderhändler (Robert Stern) übergibt Kind (Simon Sachs) an Pädophilen (?). Übergabe scheitert. Es kommt zum Schusswechsel, in dessen Folge alle drei Personen tödliche Verletzungen erleiden. Versteckter Zeuge (Kommissar Martin Engler) konnte Eskalation nicht verhindern, ohne sich selbst zu gefährden.

Noch zehn Meter.

Aber wer weiß? Irrationale Hoffnung flackerte kurz in Stern auf. *Simon ist betäubt und daher kein gefährlicher Zeuge. Je mehr Leichen, desto größer das Risiko.* Vielleicht würde Engler nicht mehr Menschen umbringen, als unbedingt nötig war? Vielleicht würde er Simon am Leben lassen?

Der Schatten bekam auf einmal Ecken und Kanten, bei deren Anblick in Robert das unbestimmte Gefühl wuchs, dem Mann schon einmal begegnet zu sein.

»Ist die Ware gesund?«

Stern zuckte erschrocken zusammen und wäre fast stehengeblieben. Engler hatte ihn zwar auf den Codesatz vorbereitet, doch als er jetzt fiel, kam es ihm vor, als hätte ihn ein Scharfrichter nach seinen letzten Worten gefragt.

Noch sieben Meter.

Er blieb stehen. Wie vereinbart, ging er langsam in die Hocke und stellte so behutsam wie möglich den Korb auf den aufgeweichten Boden des Parkplatzes. Als Nächstes sollte er sich wieder aufrichten und mit dem Zeige- und Mittelfinger der linken Hand ein V zum Siegeszeichen formen.

»Damit ist der Deal besiegelt«, hatte Engler gesagt.

Damit mache ich mich zur Zielscheibe, dachte Stern und verharrte eine Sekunde länger als nötig über die Puppe gebeugt.

Und diese eine Sekunde veränderte alles. Vielleicht brach

sich das Licht der Scheinwerfer aus diesem Blickwinkel anders. Womöglich war es auch der geringere Abstand oder die immer höher steigende Morgensonne. Stern war es letztlich egal, warum er auf einmal ganz deutlich erkannte, wer da mit dünnen, vom Wind zerzausten Haaren vor ihm stand. Und das, obwohl er diesen Menschen erst ein einziges Mal in seinem Leben gesehen hatte.

Er gab sich einen Ruck, löste sich aus seiner Starre und stand langsam auf.

Was mache ich jetzt?

Der Schweiß sammelte sich unter der kratzenden Wollmaske.

Wie gebe ich ihm ein Zeichen? Ohne dass Engler misstrauisch wird?

Stern hob seinen Arm, der ihm auf einmal wie ein unkontrollierbares Bleigewicht an der Schulter pendelte.

Es muss etwas geben. Irgendetwas musst du doch tun können.

Er wollte sich die Mütze und das Klebeband vom Kopf reißen, um den Knebel zu entfernen, doch diese verdächtige Bewegung würde Simons Tod bedeuten.

Der Arm des Unbekannten war schon auf halber Strecke in Hüfthöhe angelangt. Stern ahnte mehr, als dass er wirklich sah, wie der Mann vor ihm etwas aus der Hosentasche zog.

Eine Pistole? Einen Revolver? Egal was. Nur noch zwei Sekunden, und du bist Geschichte. Stern würgte. War sich ganz sicher, dass in diesem Moment eine Waffe auf seinen Kopf zielte, auch wenn er die Hände des »Rächers« nicht sehen konnte.

Ein gutturaler Laut, so leise, dass nur er selbst ihn hörte, löste sich aus seiner trockenen Kehle. Und das löste endlich auch die Blockade in seinem Kopf.

Genau! Das ist es!

Es war idiotisch, banal und wahrscheinlich zum Scheitern verurteilt. Aber zumindest würde er nicht völlig untätig seinen Tod begrüßen.

Klick.

In sieben Meter Entfernung vor ihm hatte der bekannte Fremde einen Hahn gespannt. Stern hob dennoch seinen Arm, schloss die Augen und begann zu summen. Sechs Töne, die simpelste Melodiefolge, die er kannte. Aber die einzige, die Sinn machte und die er mit seinem Mumiengesicht überhaupt herausbekam.

»Money, Money, Money.«

Er hoffte, der alte Abba-Fan würde es erkennen. Betete, dass dieser Hinweis das Victory-Zeichen seiner linken Hand Lügen strafen würde. Dass es genug war, um den Mann stutzen zu lassen, über dessen Rollstuhl er erst vorgestern bei seinem Besuch im Krankenhaus gestolpert war.

»Money, Money, Money.«

Er summte den Refrain ein letztes Mal. Dann schloss er die Augen in Erwartung einer tödlichen Explosion in seinem Schädel.

Als nach zwei Sekunden immer noch nichts passiert war, blinzelte er zaghaft. Gewann etwas Hoffnung, spürte, wie sich sein Puls beschleunigte, und öffnete, euphorisiert von der Möglichkeit, dass sein Zeichen vielleicht verstanden worden war, die Augen. Genau in dem Moment fiel der erste Schuss.

13.

Engler sah, wie Stern nach hinten gerissen wurde, etwas schwankte, bevor er dann hart mit dem Kopf auf den Asphalt schlug. Noch während der Anwalt zusammenbrach, stürmte der Kommissar nach vorne und sprang dem Schützen in den Rücken. Die Wucht des Aufpralls stauchte dem alten Mann zwei Lendenwirbel und brach ihm eine Rippe. Der Ermittler stand wieder auf und trat seinem brüllenden Opfer die Waffe aus der Hand. Schließlich drehte er den Alten auf den Rücken, setzte sich so auf seine Hüften, dass dieser seine Arme nicht mehr bewegen konnte, und hielt ihm die Pistole direkt vor die Stirn.

»Wer zum Teufel bist du?«, schrie er.

Der Schein der Taschenlampe, die auf dem Lauf seiner Handfeuerwaffe steckte, traf auf ein faltiges Gesicht, das er noch nie zuvor in seinem Leben gesehen hatte.

»Losensky. Ich heiße Frederik Losensky«, keuchte der Alte. Dann spuckte er dem Kommissar einen blutigen Pfropfen ins Gesicht. Der wischte sich mit dem Ärmel die Wange ab und drückte ihm mit seinen Fingern den Kiefer auseinander. Kurz bevor er ihm die Pistole in den geöffneten Mund rammen wollte, hielt er nochmals inne.

»Zu wem gehörst du? Auf wessen Rechnung arbeitest du?«

»Auf Seine.«

»Wer soll das sein? Wer ist dein Boss?«

»Der, der auch Ihrer ist. Gott.«

»Das gibt's doch gar nicht.« Engler presste ihm den Lauf unter den Kiefer. »Da wurden wir jahrelang von einem bibeltreuen Rentner verarscht.«

Englers Lachen ging in ein bronchitisches Husten über.
»Okay, dann hab ich jetzt eine gute Nachricht für dich«, keuchte er. »Dein Chef, der liebe Gott, hat dich heute zu einer wichtigen Besprechung eingeladen, und ich soll dich zu ihm bringen. Er ist etwas in Eile, also …«
»Hände hoch.«
Engler zog die Augenbrauen hoch, hob den Kopf und sah nach links, zu der Ansammlung dreier Fichten, hinter denen die Frau hervorgetreten war.
»Herzlich willkommen auf der Party«, lachte er, als er Carina identifizierte. »Wurde ja auch langsam Zeit.«
Sie ging zwei Schritte auf ihn zu und blieb in einer Entfernung von etwa drei Autolängen vor ihm stehen.
»Lassen Sie den Mann in Ruhe und die Pistole fallen!«
»Und was, wenn nicht?«
Engler musste trotz der kurzen Entfernung gegen den Wind anschreien, der seit Carinas Ankunft noch eine Spur aggressiver geworden war.
»Dann erschieße ich Sie.«
»Mit diesem Ding da in Ihrer Hand?«
»Ja.«
Engler lachte. »Ist das etwa die Pistole aus der Tasche, die Sie gestern um die Hüfte trugen?«
»Worauf wollen Sie hinaus?«
»Drücken Sie doch bitte einmal ab.«
»Was soll das?«
Carina, die die Waffe bislang nur mit einer Hand gehalten hatte, legte jetzt auch noch die andere um den Knauf. Es sah fast so aus, als wolle sie beten.
»War nur so eine Bitte«, rief der Kommissar. Der Alte unter ihm atmete schwer. »Sie müssen ja nicht auf mich zielen. Schießen Sie einfach einmal kurz in die Luft.«

»Aber wieso?«
Carinas Oberarme begannen leicht zu zittern, als würde die Waffe in ihren Händen von Sekunde zu Sekunde schwerer.
»Weil Sie feststellen werden, dass das verdammte Ding nicht mehr geladen ist. Oder glauben Sie wirklich, ich gebe Ihnen eine Waffe zurück, ohne vorher das Magazin zu leeren?«
»Wer sagt Ihnen, dass ich es nicht wieder gefüllt habe?«
»Ihr entsetzter Blick, Frau Freitag.«
Engler nahm seine Waffe aus Losenskys Gesicht und zielte nun auf Carinas Oberkörper. »Bye, bye«, sagte er.
Klick, machte es, als Carina abdrückte. Klick, klick. Der vierte Fehlversuch ging in Englers erkälteter Lache unter. Die nutzlose Pistole glitt ihr aus den Fingern und schlug in den Matsch zu ihren Füßen.
»Schade auch.«
Der Kommissar spannte den Hahn seiner Waffe und richtete den Laserpointer direkt auf Carinas Stirn.

Als der Hall des Schusses über den aufgewühlten Wannsee peitschte, schien der Sturm für einen kurzen Moment seinen wütenden Atem anzuhalten. Dann schlugen die Böen wieder zusammen und verschluckten das todbringende Geräusch.

Der Anfang

Es ist nicht erstaunlicher,
zweimal geboren zu werden, als einmal.

Voltaire

Lebe jedes Leben so, als ob es das letzte wär'.

Viktor Larenz

Eine Kugel sagt immer die Wahrheit.

Christopher Walken in »Man on Fire«

Die Menschen werden von mir sagen, dass ich tot bin.
Ich glaube ihnen nicht, sie lügen.
Ich kann niemals sterben.

Klaus Kinski

1.

Die Stimmen zischten blechern, als kämen sie aus einem viel zu laut eingestellten MP3-Kopfhörer. Mit jedem Ruck, der durch das Fahrzeug ging, wurden sie lauter und deutlicher, bis sie schließlich so stark an seiner Wahrnehmung zerrten, dass Simon nicht mehr weiterschlafen konnte. Er öffnete für einen überbelichteten Schnappschuss die Augen. Gerade so lang, um zu erkennen, dass mit ihm noch zwei Männer im hinteren Teil des Krankenwagens saßen.

»Kryptomnesie?«, fragte die heisere Stimme, die er sofort erkannte.

Borchert!

»Ja«, antwortete Professor Müller. »Auf dem Gebiet der Reinkarnationsforschung ist natürlich alles umstritten, aber das gilt derzeit als der plausibelste Ansatz, um scheinbar übersinnliche Wiedergeburtserfahrungen logisch und naturwissenschaftlich zu erklären.«

Simon wollte sich aufrichten. Er hatte Durst, und das linke Knie juckte unter seiner dünnen Pyjamahose. Normalerweise war er allein, wenn er aufwachte. Er brauchte die kurze Zeit für sich, um wieder »einen klaren Kopf zu gewinnen«, wie Carina es nannte. Er musste immer an diese Schneekugeln denken, wenn sie das sagte. Die Dinger aus Glas, die man schüttelte und dabei zusah, wie die Styroporflocken langsam zu Boden rieselten. Nach dem Aufwachen dachte er manchmal, in seinem Kopf sähe es genau so aus. Die ersten Minuten des Tages wollte er erst einmal abwarten, bis sich die Bilder, Stimmen und Visionen wieder auf ihren richtigen Platz gelegt hatten. Deshalb beschloss Simon, sich noch eine Weile schlafend zu stellen, während er seine Gedanken sortierte und dabei heimlich den leisen Stimmen der beiden Männer zuhörte.

»Kapier ich das auch ohne Abitur?«, wollte Borchert gerade wissen.

»Ich denke schon. Es ist eigentlich ganz einfach. Bis vor kurzem ging die Wissenschaft davon aus, dass unser Gehirn über einen Filter verfügt. Sie müssen wissen, Ihr Gehirn ist dafür ausgerüstet, in jeder Sekunde Milliarden an Informationen parallel zu verarbeiten. Doch nicht alle davon sind wichtig. Im Moment zum Beispiel wollen Sie mir in erster Linie zuhören, meine Ausführungen verstehen und dabei nicht vom Sitz rutschen, wenn der Krankentransport sich in eine Kurve legt. Gleichzeitig ist es für Sie aber völlig unwichtig, welche Prüfnummer auf diesem Medikamentenkoffer hier steht oder ob ich Schuhe mit oder ohne Schnürsenkel trage.«

»Es sind Slipper.«

»Ja. Ihr Auge hat das schon die ganze Zeit gesehen, doch der Filter in Ihrem Gehirn hat diese irrelevante Information ausgesiebt, bis ich eben die Aufmerksamkeit darauf lenkte. Und das ist auch gut so. Stellen Sie sich mal vor, Sie würden auf einem Waldspaziergang jedes Blatt einzeln am Baum zählen? Bei einem Gespräch im Café könnten Sie plötzlich die Unterhaltungen an den Nachbartischen nicht mehr ausblenden.«

»Ich glaub, ich würde mich einpullern.«

»Sie lachen. Dabei haben Sie recht. Ohne Filter wäre Ihr Gehirn so sehr mit der Verarbeitung einer unvorstellbaren

Informationsflut beschäftigt, dass Sie wahrscheinlich nicht mal mehr die einfachsten Körperfunktionen beherrschen würden.«

»Aber Sie sagten doch eben, diese Filtertheorie wäre schon wieder Schnee von gestern?«

Simon spürte, wie ihn eine unsichtbare Kraft am Kopf nach vorne zog. Er lag also in Fahrtrichtung, und der Krankenwagen musste gerade anhalten.

»Nicht direkt«, antwortete Müller. »Es gibt allerdings eine neue, sehr plausible Theorie aus der Savant-Forschung.«

»Was soll 'n das sein?«

»Ihnen ist der Begriff Autist vermutlich geläufiger.«

»›Rain Man‹?«

»Ja, zum Beispiel. Lassen Sie mich kurz überlegen, wie ich es einem Laien am leichtesten erklären kann.«

Der Junge sah trotz seiner geschlossenen Augen die heruntergezogenen Mundwinkel des nachdenklichen Chefarztes bildhaft vor sich und unterdrückte ein Grinsen.

»Gut, also vergessen Sie den Filter und denken Sie stattdessen an ein Ventil.«

»Okay.«

»Dank der fast unbegrenzten Datenspeicherkapazitäten unseres Gehirns spricht vieles dafür, dass wir in einem ersten Schritt zunächst einmal alles abspeichern. Aber nur auf einer unterbewussten Ebene. Ein biochemisches Ventil in unserem Gehirn verhindert eine Überbelastung des Langzeitgedächtnisses und gibt nur die Daten zum Abruf frei, die wir wirklich benötigen.«

»Also, alles wird erst mal in einem Aktenordner abgeheftet, aber wir kriegen den Deckel nur schwer wieder auf?«

»So könnte man es auch ausdrücken.«

»Und was hat das alles mit Simons Wiedergeburt zu tun?«

»Ganz einfach. Sind Sie schon mal vor dem Fernseher eingeschlafen?«
»Andauernd. Letztens bei so einer langweiligen Doku über Hexenverbrennungen.«
»Gut. Sie haben also geschlafen, aber Ihr Gehirn war natürlich aktiv. Es hat alle Informationen aufgesaugt, die aus dem Fernseher kamen.«
»Davon weiß ich nichts.«
»Eben. Sie haben die gesamte Dokumentation abgespeichert, doch das Ventil verhindert, dass Sie sich aktiv daran erinnern. Unter Hypnose aber könnte ein speziell geschulter Therapeut Ihr Unterbewusstsein stimulieren.«
»Und den Deckel öffnen.«
»Richtig.«
Simon hörte ein Klickgeräusch und dann ein leises, ungleichmäßiges Kratzen unweit seines rechten Ohrs. Er vermutete, dass der Chefarzt etwas mit seinem Kugelschreiber aufzeichnete, um Borchert seine Ausführungen auch bildlich zu erläutern.
»Bei den meisten Rückführungen, in denen der Patient in Trance oder Hypnose versetzt wird, geschieht genau das. Die Menschen glauben, mit ihrem Geist in ein früheres Leben zu wandern. In Wahrheit erinnern sie sich nur an etwas, das sie völlig unwissentlich auf einer der tiefsten Bewusstseinsebenen ihres Gehirns abgespeichert haben. Würde man eine solche Rückführung zum Beispiel mit Ihnen machen, Herr Borchert, wäre es möglich, dass Sie sich an diese Mittelalterdokumentation im Fernsehen erinnern und sich deshalb für eine Hexe halten, die auf einem Scheiterhaufen verbrannt wurde. Und Sie würden sogar exakte Jahreszahlen und Orte benennen können, denn die haben Sie ja von dem Sprecher im Fernsehen erzählt bekommen.«

»Aber ich habe keine Bilder gesehen.«
»Doch, und zwar Ihre eigenen Bilder in der Phantasie, die oftmals stärker sind als reale Eindrücke. Sie kennen das vielleicht vom Lesen eines Buches.«
»Hmmm, ja. Lange her. Und das heißt Kryptomniedingsbums?«
Simon spürte nun, wie der Krankenwagen immer stärker beschleunigte. Zuletzt war Carina in so einem Tempo zu der Industrieruine gefahren, wo er das erste Mal seinen Anwalt getroffen hatte.
Robert und Carina. Wo waren sie überhaupt?
»Es heißt Kryptomnesie. Das ist der Fachausdruck, wenn Sie fremdes Wissen, das Sie unterbewusst wahrgenommen haben, als Ihr eigenes ausgeben. Können Sie mir noch folgen?«
»Noch geht's. Aber Simon ist doch wohl nicht vor einem Fernseher eingeschlafen?«
Simon war versucht zu blinzeln und kniff die Augen zusammen. Je stärker er die Lider auf seine Pupillen presste, desto schärfer wurden die Konturen eines Bildes, von dem er eben noch geträumt hatte.
Von der Tür. Mit der Nummer 17.
»Nein, das nicht«, antwortete Müller. »Aber so ähnlich. Ich glaube, Sie wissen, dass wir vor gut einem Monat bei ihm die Strahlentherapie unterbrochen haben?«
»Ja.«
»Anlass waren die Nebenwirkungen. Simon kam mit einundvierzig Fieber und Lungenentzündung auf die Intensivstation. Zur gleichen Zeit wurde ein anderer Patient eingeliefert.«
»Frederik Losensky.«
»Genau. Siebenundsechzig Jahre alt, Journalist, mit Verdacht auf einen leichten Herzinfarkt. Außer den ringför-

migen Schmerzen um seine Brust zeigte er keine größeren Auffälligkeiten, war bei vollem Bewusstsein und kam zur Überwachung erst einmal in intensivmedizinische Behandlung.«

»Ich rat mal: Er lag direkt neben Simon.«

»So ist es. Wie Sie durch die Presse erfahren haben dürften, war Losensky für die Serienmorde an den Pädophilen verantwortlich.«

»Der ›Rächer‹.«

»Und er war ein sehr gottesfürchtiger Mensch. Schon zu diesem Zeitpunkt stand er mit dem Kopf des Kinderhändlerrings in Verbindung. Ich denke, es ist kein Zufall, dass er seinen Infarkt erlitt, kurz nachdem er die Bestätigung bekam, dass sich der ›Händler‹ persönlich mit ihm treffen wollte.«

»Und in dieser Nacht auf der Intensivstation hat sich Losensky mit Simon unterhalten?«

»Nein. Zu einem Gespräch war Simon gar nicht in der Lage. Sein Fieber war so heftig, dass wir alle schon mit seinem baldigen Ableben rechneten. Aber Losensky hat trotzdem, oder gerade deshalb, zu ihm gesprochen.«

»Wie ein Fernseher?«

»Wenn Sie es so ausdrücken wollen. Wir vermuten, dass Losensky es als ein Zeichen von Gott ansah, ausgerechnet neben einem kleinen, todkranken Waisenjungen zu liegen. Für Kinder wie ihn hatte er doch die gesamte Schuld auf sich geladen. Also nutzte er die Nacht auf der Intensivstation und beichtete. Er erzählte Simon nacheinander von seinen Morden. Losensky war Autor, konnte die Taten also in allen Einzelheiten lebhaft und detailliert beschreiben.«

»Verrückt.«

Borchert hustete, und Simon hätte es ihm gerne gleichgetan,

aber noch wollte er die Aufmerksamkeit nicht auf sich ziehen.
Nicht, bevor er nicht verstanden hatte, was das Gespräch der beiden Erwachsenen mit dem Hotelzimmer in seinem Traum zu tun hatte, aus dem er gerade erwacht war.
»Ja, es ist verrückt. Aber vielleicht hätte es uns auch wahnsinnig gemacht, wenn wir gesehen hätten, was Losensky in seinem Leben an Gewalt gegen Kinder erfahren musste. Wie dem auch sei. Simon erholte sich wider Erwarten, und die Geschichte nahm ihren Lauf. Denn als er am Tage seines zehnten Geburtstages während einer Rückführung in einen hypnotischen Trancezustand versetzt wurde, war es so, als hätte Dr. Tiefensee mit einer chirurgischen Nadel in eine bestimmte Region seines Unterbewusstseins gestochen. Die Gedächtnisblase platzte, und Simon erinnerte sich an etwas, was vor einem Monat durch den Nebel der Fieberträume den Weg in sein Gehirn gefunden hatte.«
»Losenskys Beichte.«
»Logischerweise wusste er nicht, *wie* er an diese Erinnerung gelangt war. Verstehen Sie, was ich meine?«
Borchert lachte kurz auf. »Ich denke, es ist so, wie wenn man einen Zwanziger in einer alten Hose wiederfindet, sich aber nicht erinnern kann, das hässliche Ding jemals getragen zu haben.«
»Gutes Beispiel. Sie finden das Geld und geben es aus, weil Sie einfach davon ausgehen müssen, dass es Ihnen gehört. Simon fand die Erinnerung an diese schrecklichen Morde in seinem Kopf und war felsenfest davon überzeugt, er selbst wäre dafür verantwortlich. Deshalb bestand er auch den Lügendetektortest.«
»Und woher wusste er von der Zukunft?«
»Losensky schloss seine Beichte mit einer Bitte an Simon.

Hier …« Simon hörte das trockene Rascheln von Zeitungspapier.
»Es steht heute in jedem Revolverblatt. Sie haben Losenskys Tagebuch im Krankenhausschrank gefunden und Auszüge abgedruckt.« Müller las vor:
»Also erzählte ich Simon von meinem letzten großen Plan. Ich sagte ihm, dass ich es wieder tun wolle. Am ersten November, um sechs Uhr früh auf der ›Brücke‹. ›Simon‹, sagte ich wörtlich, ›ich werde das Böse erschießen, nachdem er mir das Baby übergeben hat. Aber ich bin mir nicht sicher, ob ich noch auf dem richtigen Pfad voranschreite. Deshalb bitte ich dich um einen letzten Gefallen. Wenn du bald …‹«
»… unserem Schöpfer gegenübertrittst, dann sag ihm, ich habe das alles aus reinem Herzen getan.« Simon schlug die Augen auf und ergänzte zur Verblüffung von Müller und Borchert die letzten Sätze von Losenskys Beichte.
»Frag ihn, ob ich falsch handele. Und wenn ja, dann soll er mir ein Zeichen senden. Dann werde ich sofort aufhören.«
»Du bist ja wach.«
»Ja, schon eine Weile«, gestand Simon. Er räusperte sich und warf dem Chefarzt einen schuldbewussten Blick zu.
»Dann stimmt es also?« Borchert beugte sich über ihn.
»Ich hab nicht alles verstanden, was ihr gesagt habt. Aber ich kann mich jetzt wieder an die Stimme erinnern. Er klang … irgendwie sehr lieb.«
Der Krankentransporter wurde wieder langsamer. Simon versuchte zaghaft, sich aufzurichten.
»Also hab ich doch nichts Böses getan?«
»Nein, überhaupt nicht.« Borchert und der Arzt antworteten gleichzeitig.
»Ich hab niemanden getötet?«
»Hast du nicht.«

»Aber warum sind dann Robert und Carina nicht da?«
»Weißt du …« Die langen Finger des Professors legten sich warm auf seine Stirn. »Du hast jetzt drei Tage lang die überwiegende Zeit nur geschlafen.«
»Und in dieser Zeit, na ja … da ist was passiert«, ergänzte Borchert.
»Was denn?« Simon war irritiert. Die beiden Erwachsenen klangen seltsam, als wollten sie etwas vor ihm verbergen.
»Hab ich doch was falsch gemacht? Können Sie mich nicht mehr leiden?« Er sah jetzt Borchert an.
»Quatsch. Denk doch nicht so was.«
»Dann verstehe ich es nicht.«
»Kannst du dich denn an gar nichts erinnern?«, wollte Andi wissen. Simon schüttelte nur den Kopf. Er war in den letzten Nächten immer mal wieder aufgewacht. Nur kurz. Und immer war er allein gewesen.
»Nein. Was ist denn los?«
Plötzlich schien die Sonne hinter den Milchglasscheiben unterzugehen, und der veränderte Klang des Dieselmotors erinnerte Simon unangenehm an den Moment, als sie in dem Wagen der hässlichen Frau in die Garage der Villa gefahren waren.
»Wir sind jetzt da«, rief jemand von vorne und stieg aus.
»Was ist mit Robert und Carina?«, fragte Simon noch einmal. Die Ladetüren des Transporters wurden aufgerissen.
»Nun, ich denke, dass solltest du besser von jemand anderem erfahren«, sagte Professor Müller und griff vorsichtig nach Simons Hand.

2.

Die schiefen Schwarzweißbilder ohne Ton waren von billigster Heimvideoqualität. Dadurch, dass die Autoscheinwerfer die Kamera blendeten, sahen die Aufnahmen zudem wie überbelichtete Ultraschallbilder aus.

»Wird's ein Junge oder ein Mädchen?«, hatte der Staatsanwalt gewitzelt, als sie ihm das Band zum ersten Mal zeigten. Tatsächlich brauchte Brandmann auch bei dieser Vorführung wieder eine Weile, bis seine Augen die beiden Männer vor dem Wagen unterscheiden konnten.

»Hier sehen Sie, wie Losensky die Waffe zieht.« Er räusperte sich und tippte mit der Kante eines Einwegfeuerzeugs auf die entsprechende Stelle der Leinwand.

»Sie stehen im Bild.«

»Oh, tut mir leid.« Brandmann trat aus dem Lichtkegel des Videobeamers. »So. Aufgepasst: Noch scheint der Alte zu zögern. Aber jetzt: Losensky hebt seine Waffe etwas höher. Und dann: Peng!«

Das Mündungsfeuer blitzte grell und hinterließ einen gelben Explosionsfaden als Echo auf der Leinwand. Dann wurde Stern, wie von einer Abrissbirne getroffen, zurückgeschleudert und schlug mit dem Hinterkopf auf dem Parkplatz des Strandbads auf, wo er reglos liegenblieb.

»Engler hat das selbst gefilmt. Seine Kamera lag auf der Hutablage des Wagens, in dem er sich versteckt hielt.«

Der Kommissar räusperte sich wie nach fast jedem seiner Sätze. Er verkniff sich die Frage nach einer Zigarette und stoppte kurz das Band.

»Es wäre der perfekte Videobeweis gewesen. Ein fehlgeschlagener Kinderhandel. Abschaum, der sich gegenseitig auslöscht. Engler war ein Videofreak. Wir gehen davon aus, dass er die Kamera einfach weiterlaufen ließ, um das Band später als Snuff-Film verkaufen zu können. Oder für den Hausgebrauch, wer weiß. Natürlich sollten wir die folgenden Aufnahmen nie zu Gesicht bekommen.«

3.

Wohin bringt ihr mich?«

Das Fußteil des Rollstuhls zog einen schwarzen Kratzer über die tapezierte Wand des Treppenhauses. Simon drehte sich auf seinem Sitz zu Borchert herum, der schwitzend von hinten an den Griffen zog. »Du musst zur Reha«, keuchte er.

Auch der Atem des Krankenwagenfahrers, der von unten schob, ging jetzt auf den letzten Metern etwas schneller.

»Was denn für eine Reha?«

»Spezialbehandlung. Für besonders schweeeeere ...«, Borchert stöhnte bei diesem Wort besonders übertrieben, »... Fälle wie dich.«

»Und wo sind wir hier?«

Sie hatten den letzten Absatz erreicht, und Simon sah zu Professor Müller hinunter, der noch abwartend am Fuße der Kellertreppe stand.

»In einer Privatklinik«, lächelte der Chefarzt und kam nun ebenfalls nach oben.

»Was soll 'n das für 'ne Klinik sein? Ohne Fahrstuhl?«

»Schau sie dir doch am besten selbst mal an. Huiiiii …«
Simon musste kichern. Auf einmal fühlte er sich wie beim Autoskooter auf dem Rummel. Er wurde erst nach vorne, dann zurückgerissen und rotierte jetzt wie ein Brummkreisel um die eigene Achse.
»Aufhören, bitte«, lachte er, doch Borchert drehte Simon noch zweimal im Kreis herum, bevor er ihn in Windeseile aus dem Treppenhaus hinaus in einen kahlen Gang schob.
»Mir wird schlecht«, stöhnte Simon. Sein Rollstuhl war endlich zum Stillstand gekommen. Im Gegensatz zu den schwankenden Bildern vor seinen Augen. Die Gesichter von Borchert, Müller und dem Fahrer pendelten langsam aus.
»Was… was ist *das?*«
Simon griff sich zum Test an seine Perücke. Wenn er schlief, lag sie neben ihm auf seinem Nachttisch. Doch jetzt spürte er sie ganz deutlich unter seinen kribbelnden Fingern, und deshalb konnte das alles kein Traum sein, obwohl es doch ganz danach aussah.
»Na, was sagst du?«
Simons stummes Staunen war Antwort genug. Mit verlangsamten Bewegungen, so als hätte er gerade seine Medikamente bekommen, faltete er unbeholfen die weiße Krankenhausdecke zusammen, die auf seinem Schoß lag, und legte sie auf die Armlehne.
Er konnte sich selbst nicht erklären, warum er das tat. Vermutlich nur, damit seine zitternden Hände irgendwie beschäftigt waren, bevor die Flut der wunderbaren Eindrücke hier ihn völlig lähmte. Dann musste er lächeln, und mit der Veränderung seiner Gesichtszüge fiel auch der bleierne Panzer von ihm ab.
Simon drehte sich herum. Zögerte. Sah fragend in die Gesichter seiner Begleiter, die ihm aufmunternd zulächelten.

Am meisten grinste Borchert, in dessen verschwitztem Gesicht nun sogar die Augen verschwammen. Also wagte er es. Er stand auf, ging zwei Schritte in den unglaublich großen Raum hinein. Obwohl es noch so viel anderes zu entdecken gab, konnte er den Blick nicht von den Palmen am Eingang abwenden. Er schloss die Augen und hatte Angst, die Fata Morgana wäre verschwunden, sobald er sie wieder öffnete. Doch eine Sekunde später war alles noch vorhanden: die rohrzuckerbraune Bambushütte, das allgegenwärtige Meeresrauschen und, etwas entfernt, die lachende Frau mit dem Blumenkranz im Haar.

»Herzlich willkommen«, sagte Carina und kam langsam auf ihn zu.

Eine wohlige Hitzewelle schlug von innen gegen Simons Brust.

»Darf ich?«, fragte er noch einmal schüchtern und wunderte sich selbst über den veränderten Klang seiner Stimme. Dann, als die Männer lachend anfingen zu klatschen, setzte er tapsig, wie ein junger Hund, seinen nackten Fuß in den cremeweißen Sandhügel.

4.

Brandmann drückte wieder auf »Play«, und das eingefrorene Standbild ruckelte vorwärts. Auf der Leinwand wurde Losensky von Engler überwältigt.

»Das ist die Stelle, an der Frau Freitag ins Spiel kommt«, erläuterte Brandmann den Grund, weshalb Engler im Film

den Kopf plötzlich zur Seite drehte. »Sie ist die ganze Zeit über nicht im Bild. Leider war ihre Pistole nicht geladen.«
»Oder zum Glück.«
»Ja, wie man's nimmt.«
Die Aufnahme zeigte Engler, der seinen Arm hob. Er zielte auf Carina, spannte den Hahn. Dann blitzte Mündungsfeuer auf. Hinter ihm. Engler wurde von einer Kugel direkt in den Hinterkopf getroffen.
»So war es«, bestätigte Robert Stern die Bilder, zog seinen kleinen Finger aus dem Brandloch der zerschlissenen Couch und stand mühsam auf. Dann begann er zu summen.
»Abba«, lächelte Brandmann. »Ich glaube wirklich, Losensky hat es als Zeichen Gottes gewertet und erst einmal einen Warnschuss in die Luft abgegeben, nachdem er ›Money, Money, Money‹ hörte.«
»Auf so was in der Art hatte ich spekuliert. Es war nur der Schreck, der mich umriss. Nicht seine Kugel. Als ich beim Fallen merkte, dass ich gar nicht getroffen war, wusste ich, dass ich meinen Sturz nicht abbremsen durfte. Sonst hätte Engler mich nicht für tot gehalten. Im Grunde genommen hab ich ihn mit seinen eigenen Methoden geschlagen. Der Trick mit dem Scheintod hat auch bei mir funktioniert. Brachte mir allerdings das hier ein.«
Stern tippte erst auf die fleischfarbene Halskrause, dann auf den Verband um seine Stirn. Trotz Gehirnerschütterung hatte er sich über den Parkplatz nach vorne geschoben. Zentimeter um Zentimeter auf die Waffe zu, die Engler zuvor Losensky aus der Hand getreten hatte. Doch ohne die letzten Sekunden, die er durch Carinas Störung gewann, hätte er es nicht rechtzeitig geschafft, den Revolver anzuheben, anzulegen und zu feuern.
Stern humpelte auf den Sonderermittler zu.

»Die ganze Zeit dachte ich, Sie wären mein Gegner. Deshalb habe ich mich auch nicht Ihnen, sondern ausgerechnet Ihrem Partner anvertraut.«

»Verständlich.« Brandmann räusperte sich bestimmt zum zwanzigsten Mal und drehte nervös mit seinem dicken Daumen am Zündrad des Feuerzeuges.

»Aber Engler war nicht mein Partner. Offiziell bin ich ein psychologischer Berater des Bundeskriminalamtes. Doch das ist Tarnung. In Wahrheit arbeite ich in der Abteilung für Interne Ermittlungen. Man vermutete schon länger, dass Engler in krumme Geschäfte verwickelt war. Es gab Hinweise auf Ferienhäuser in Mallorca und andere Geldanlagen, die man sich mit dem normalen Gehalt eines Polizisten nicht leisten kann. Mit dem Ausmaß seiner Nebentätigkeit hat aber niemand gerechnet. Am wenigsten ich.«

Brandmann machte ein vorwurfsvolles Gesicht, das wohl ihm selbst gelten sollte.

»Sie sollten also gar nicht in meinem Fall ermitteln?«

Brandmann schüttelte seinen gewaltigen Kopf.

»Nicht von Anfang an, nein. Wir dachten nicht, dass Englers Korruption und Simons Leichenfunde etwas miteinander zu tun haben.« Er räusperte sich und leckte sich seine trockenen Lippen.

»Unsere Strategie war es, ihn nervös zu machen, indem ich mich plump und penetrant in seine Arbeit einmischte. Wir hofften, dass er unvorsichtig wird. Eine unverschlüsselte E-Mail schreibt oder eine ungesicherte Handyleitung benutzt, wenn wir genügend Druck ausüben und ihn aus dem Konzept bringen. Irgendetwas, das uns zu seiner Geldquelle führt. Als der Fall um Simon jedoch immer verworrener wurde, meinte der Kommissariatsleiter, es könne nicht schaden, einen Mann mit meiner Erfahrung dabeizuhaben. Also griff ich dem Team etwas unter die Arme, kümmerte mich um Simons Lügendetektortest, sammelte Zeugenaussagen und half Engler bei der Tatortarbeit.«

»Und dabei haben Sie Picasso Ihre Telefonnummer gegeben?«

»Ja. So wie Ihrem Vater übrigens auch. Die beiden sollten mich anrufen, sobald sie etwas beobachteten. Leider wurde der Pfleger ausgeschaltet, bevor er den Abzug von Simons Wache beobachten konnte. Wir wissen übrigens schon, wer Picasso die Überdosis Rohypnol in den Kaffee gemischt hat.«

Stern zog die Augenbrauen hoch.

»Die Wache selbst. Ein Komplize Englers. Laut seiner Aussage ist er von Ihnen überwältigt worden. Zu schade, dass er bei seinem Verhör noch nichts von Englers Tod wusste.«

Brandmann musste lächeln.

»Alles war perfekt organisiert. Ich glaube, nach all den Jahren des Doppellebens hielt sich Engler für unantastbar. Sein Plan war genial, aber größenwahnsinnig. Er hat Sie, Carina, Simon und sogar seinen eigenen Mörder auf dem Parkplatz des Strandbads in eine Falle gelockt – und das direkt vor den Augen der Polizei.«

»Und wo waren Sie die ganze Zeit über?« Sterns Frage klang etwas unhöflicher als beabsichtigt. »Wenn Sie Engler überwachen sollten, warum haben Sie ausgerechnet von seinem letzten Großeinsatz nichts mitbekommen?«

Brandmann räusperte sich und hob entschuldigend die Hände.

»Hertzlich, der Kommissariatsleiter, hat mich abgezogen, als die Situation eskalierte. Wie gesagt, ich war ja nur dazu da, um finanziellen Unregelmäßigkeiten nachzugehen. Meine Arbeit sollte ab diesem Zeitpunkt erst einmal ruhen, um die weiteren Ermittlungen nicht zu behindern. Eigentlich war ich schon dabei, meine Koffer zu packen.«

»Und jetzt? Wie geht's weiter? Was ist mit Englers Komplizen? Irgendwer muss ihm doch bei allem geholfen haben?«

Brandmann grunzte nach jeder Frage zustimmend, wodurch sich sein Adamsapfel wie ein Zylinder unter seinem faltigen Hals bewegte.

»Ja, leider. Der ›Rächer‹ hat in den letzten Jahren stark ausgesiebt, aber Engler konnte die psychopathischen Helfer um sich herum immer wieder schnell ersetzen. Als Ermittler der Mordkommission saß er ja praktisch an der Quelle. Doch wir haben tonnenweise Material beschlagnahmt, das helfen wird, den Rest seiner Bande zu zerschlagen. Computer, Hefte, Bänder, DVDs – nicht zu vergessen Englers Wagen, dessen Kofferraum mit der neuesten Videotechnik vollgestopft ist ...«

Robert wurde bei der Aufzählung daran erinnert, wie Engler sich selbst mit Brandmann auf dem Tierfriedhof gefilmt hatte. Stern hatte damals gedacht, die Bilder wären live. Dabei waren sie nur zeitversetzt abgespielt worden. Ein billiger Trick. Genau wie das Theater in Tiefensees Praxis.

»Das einzig Erfreuliche, worauf wir bei Englers Hausdurchsuchung stießen, war sein Hund. Der Labrador wohnt bis auf weiteres bei mir«, hörte er Brandmann lächeln.

»Und sonst haben Sie nichts entdeckt?«, fragte Stern zögerlich.

»Nicht das, worauf Sie anspielen. Um ganz ehrlich zu sein: Ich will Ihnen in diesem Punkt keine zu großen Hoffnungen machen.«

Roberts Puls beschleunigte sich. Gleichzeitig wurde seine linke Körperhälfte taub, als hätte sie jemand von innen mit Kältespray besprüht. Er hatte fast damit gerechnet, aber es war immer etwas anderes, böse Vermutungen aus erster Hand bestätigt zu bekommen.

»Wir sind noch mitten in der Auswertung, doch bislang haben wir unter dem Beweismaterial keinerlei Hinweise auf Ihren Sohn gefunden. Keine Dokumente, Bilder oder Filme. Weder als Säugling noch in einem späteren Lebensjahr. Und auch die Theorie mit der Babyklappe ...«, er räusperte sich. Seiner belegten Stimme nach schien Brandmann jetzt wirklich einen Kloß im Hals zu haben.

»Nun, wir gehen selbstverständlich den Hinweisen nach und überprüfen jetzt bundesweit alle Krankenhäuser, ob so etwas tatsächlich möglich wäre. Aber bis jetzt haben wir noch nichts gefunden, was Ihre Aussage bestätigt.«

Natürlich.

Stern legte das gesamte Gewicht auf seine rechte Krücke und drückte sie so fest in den Betonboden des Kellers, wie es ihm möglich war. Mit der anderen Hand tastete er nach dem zerknitterten Umschlag in seiner hinteren Hosentasche. Engler hatte ihm zum Abschied ein Foto des zehnjährigen Jungen zugesteckt, der gerade seine Geburtstagskerzen ausblies. *April, April* stand in Druckbuchstaben einmal quer über der Torte.

Auch hier war er also wieder getäuscht worden. Stern blinzelte, als wäre ihm etwas ins Auge geflogen. Irgendwann würde man vielleicht herausfinden, wie Engler an die Überwachungsvideos gelangt war. Wie er sie so täuschend echt bearbeiten und verändern konnte. Vielleicht würde man sogar das Geburtstagskind finden, dessen Gesichtszüge mit irgendeiner hochmodernen Bildbearbeitungssoftware an seine eigenen angeglichen worden waren. Womöglich handelte es sich auch um eine komplette Kunstfigur. Ein Pixelwunder, am Computer entstanden.

Stern lockerte seinen wütenden Druck, als er das Blut in seinen Ohren rauschen hörte. All diese Überlegungen würden nichts an der Tatsache ändern, dass das Video dieses zehnjährigen Jungen nur ein billiger Köder gewesen war. Felix war tot, war es immer gewesen. Stern war froh, dass er seine gegenteiligen irrationalen Hoffnungen nie mit Sophie geteilt hatte.

»Wir werden allen Hinweisen nachgehen und überprüfen, ob Ihr Sohn damals ...« Der Sonderermittler hielt mitten im Satz inne und sah verwundert zur Decke. Aus den oberen Stockwerken drang dumpf Reggaemusik zu ihnen in den Kellerraum hinunter.

»Was ist das?«, fragte er verwundert.

»Das? Das ist unser Weckruf.«

Stern humpelte zur Tür des Kellerraumes.

»Ich danke Ihnen sehr, dass Sie mir das entlastende Band gezeigt haben. Aber ich fürchte, Sie müssen sich jetzt die Schuhe ausziehen.«

»Warum das denn, um Himmels willen?« Brandmann sah aus, als hätte Stern ihm ein Glas Eiswasser in den Schritt gekippt.

Robert öffnete die Tür, und die karibischen Klänge wurden lauter.

»Weil jetzt der offizielle Teil vorbei ist und ich ein Versprechen einlösen will.«

5.

Da bist du ja!«
Simon kam lachend durch die künstliche Strandlandschaft auf Robert zugestapft. Ein Dutzend Helfer einer Eventagentur hatte die ganze letzte Nacht dafür gebraucht, um den feinen Sand im gesamten Untergeschoss der Villa zu verteilen. Danach waren in Windeseile alle Wände und Fenster mit Südseemotiven abgeklebt und ein Heer an Kunstpalmen, Bananenblättern und Lichtfackeln in den Dünen verteilt worden. Sogar der mit Treibholz gefüllte Kamin wirkte jetzt wie eine Lagerfeuerstätte aus einem Robinson-Crusoe-Roman.

Doch richtig perfekt wurde das Inselszenario erst durch die Strandbar aus echtem Bambusholz in der Mitte des ehemaligen Wohnzimmers, hinter der Borchert gerade alkoholfreie Cocktails mixte.

Stern verspürte auf einmal den Drang, fortzulaufen. In die Richtung, in die ihn seine dunklen Gedanken ziehen wollten. Irgendwohin, nur weg von diesem Ort, den er nicht mehr als seine Villa erkannte. Nicht wegen des Korallensandes und der Palmen, sondern weil sie von Klängen erfüllt war, die er in diesen Räumlichkeiten jahrelang nicht zugelassen hatte: Lachen. Musik. Freude. Er sah Simon, Carina, Borchert, Brandmann, Professor Müller und sogar seinen Vater. Alles bekannte Gesichter, alles Menschen, die er selbst eingeladen hatte, und dennoch waren sie ihm fremd.

Dann, als Simon immer näher kam und der Drang zur Flucht unwiderstehlich wurde, geschah die schleichende Veränderung. Es war, als trage der Junge eine unsichtbare Fackel.

Um ihn herum wurde es heller. Und Stern merkte erst jetzt, wie sehr er den Jungen schon vermisst hatte.
Als Simon schließlich vor ihm stand und ihn mit einer Ehrlichkeit anlächelte, zu der die meisten Erwachsenen gar nicht mehr fähig waren, verstand Robert zum ersten Mal, warum Carina ihn damals auf das Industriegelände bestellt hatte. Der Junge hatte nie seine Hilfe benötigt. Es war genau umgekehrt gewesen.
»Vielen Dank!«, lachte Simon, und für eine Sekunde verstummten die quälenden Fragen in Roberts Kopf.
»Das ist toll, danke!«
Bei der Berührung seiner weichen Hand beschlich Stern die vage Vermutung, dass die Antworten, die er in den letzten Tagen gesucht hatte, womöglich gar nicht entscheidend waren. Und während er von dem Jungen zur Strandbar gezogen wurde, sah Robert zum ersten Mal, was seine geöffneten Augen bislang ignoriert hatten: Simon, Carina, die Zwillinge, er selbst. Sie alle hatten überlebt. Ein Kind an seiner Seite wurde nicht länger von unerklärlichen Mordphantasien gequält. Und konnte lachen, Eis essen, Lambada tanzen und sich für diesen Moment freuen, obwohl in seinem Kopf etwas viel Zerstörerischeres wütete als düstere Gedanken.
Wenn er es kann, schaffe ich es vielleicht auch, hoffte Stern. Nicht für immer. Nicht für lange Zeit. Aber vielleicht für heute. Für jetzt. Für diesen Moment.
Er lehnte sich an die Theke, nickte erst Borchert und dann Carina zu und freute sich, dass ihn seine Freunde auch ohne Worte verstanden – und ihm das Eis gaben, das er Simon versprochen hatte.

Die Feier dauerte über zwei Stunden, in denen erst das Lagerfeuer angezündet, dann ein Strand-Barbecue improvisiert und zuletzt getanzt wurde. Nachdem sich die größte Aufregung wieder gelegt hatte, gesellte sich Stern zu Simon und Carina, die ihre Unterhaltung abrupt unterbrachen, als er sich neben sie in den Sand setzte.

»Na, worüber habt ihr gerade gelästert?«, fragte er.

»Nichts«, antwortete Simon und grinste schelmisch. »Ich wollte nur nicht glauben, dass das wirklich dein Haus ist.«

»Ja, da hat Carina ausnahmsweise einmal recht.«

»Und hier wohnst du?«

»Wenn ich nicht gerade im Wohnwagen schlafen muss, dann ja.«

Stern warf Carina ein breites Lächeln zu, was sie ebenso großzügig erwiderte.

»Aber wo sind denn deine ganzen Möbel?«

»Ach, mach dir mal darum keine Gedanken«, lachte Carina, die nur zu gut wusste, dass Roberts Villa noch nie so wohnlich eingerichtet gewesen war wie heute. Sie stand auf, um sich etwas zu trinken zu holen. Stern sah den zierlichen Fußstapfen hinterher, die sie in dem weichen Sand hinterließ.

»Pass auf«, sagte er nach einer Weile zu Simon, der jetzt ausgestreckt neben ihm lag und zur Decke hochschaute. Dort, wo eigentlich ein Kronleuchter hätte hängen müssen, baumelte heute ein Netz voller echter Kokosnüsse.

»Professor Müller hat mir eben gesagt, dass er es vielleicht doch noch mal mit der Therapie versuchen will. Manchmal spinnt so eine Computertomographie-Aufnahme vom Gehirn, weißt du. Er wird morgen kontrollieren, wie weit dein Tumor wirklich in die andere Hirnhälfte gewachsen ist, und dann ...«

Stern stockte.

»Simon?«

»Ja?«
»Was hast du?«
»Ich… ich weiß nicht.«
Der Junge richtete seinen Oberkörper auf und sah genauso entsetzt auf seinen linken Fuß wie Stern selbst.
»Carina?«, rief Robert und stand auf.
»Keine Sorge, es ist nur ein epileptischer Anfall«, beruhigte er mehr sich selbst als den Kleinen. Das Zittern hatte vom Fuß aus mittlerweile sein gesamtes Bein erfasst. Und doch schien es anders als das Zucken, das Stern schon einmal miterlebt hatte. Es ergriff nicht seinen gesamten Körper, wirkte aber dennoch wesentlich bedrohlicher.
»Platz da«, rief Carina, die gemeinsam mit dem Chefarzt zu ihnen herübergeeilt war. In ihrer Hand befanden sich schon die Lorazepamtropfen.
»Ist gut, alles ist gut.«
Simons Perücke löste sich, als sie ihm die Haare aus der Stirn strich.
»Wir müssen ihn sofort zurückbringen«, erklärte Professor Müller leise.
Stern nickte und stand auf. Er fühlte sich wie nach einem Auffahrunfall. Eben hatten sie noch gelacht, und jetzt musste er zusehen, wie ein krankes Kind von Borchert zur Tür hinausgetragen wurde.
»Fahrt den Wagen vor. Schnell«, hörte er Carina rufen, während er dem Tross hinterhereilte. Der warme Sand unter seinen Füßen hatte sich zu einem Sumpf verwandelt, der seine Knöchel umklammerte, damit er nicht schnell genug laufen konnte. Erst nach einer gefühlten Ewigkeit war er in seinem Vorgarten angelangt, durch den er jetzt schneller spurtete, bis er im Krankenwagen endlich neben Simons Tragebett kniete.

»Hör mal«, sagte er leise, aus Angst, der Junge würde seine Furcht hören, sobald er lauter spräche.
»Hab jetzt nur keine Angst, okay? Das wird alles wieder gut.«
»Ja, vielleicht.«
»Nein, hör mir zu. Sobald Professor Müller das in den Griff bekommen hat, werden wir an einen richtigen Strand fahren, ja?«
Er griff nach Simons Hand. Spürte keinen Gegendruck.
»Du musst nicht traurig sein«, sagte der Junge.
»Bin ich nicht«, weinte Stern.
»Es war doch schön. Wir haben viel Spaß gehabt.« Simon klang immer müder. »Ich hab so was noch nie erlebt. Die Disco, der Zoo, der Videofilm mit den Zwillingen und dann die tolle Party …«
»Lass uns nicht von der Vergangenheit reden, okay?«
»Doch, das will ich aber«
Stern zog die Nase hoch. »Was meinst du?«
»Wir müssen jetzt los«, rief der Fahrer von vorne. Carinas Hand hatte sich auf seine Schulter gelegt und zog ihn sanft nach hinten. Stern schüttelte sie ab.
»Worüber willst du reden, Simon?«
Die Lider des Jungen senkten sich wie welkende Blätter.
»Über die Kellerlampe.«
»Wie bitte?« Der Motor wurde gestartet, und gleichzeitig erstarb etwas in Sterns Innerstem.
Knack.
»Sie hat wieder geflackert. Vorhin. Als ich so lange geschlafen habe.«
Nein, nein, nein, brüllten die wachsenden Schmerzen in Sterns Kopf.
Knack. Knack.

»Diesmal war es noch dunkler. Furchtbar dunkel. Ich konnte kaum was sehen.«
Nein, bitte nicht. Lass diesen Alptraum nicht von vorne beginnen, dachte Stern und fühlte ein eisiges Gift in seine Adern strömen, als ihm der Junge eine letzte Adresse nannte. Dann verlor Simon das Bewusstsein.

Zehn Tage später

Park Inn.
Fragen Sie nach unseren Wochenangeboten

Jemand hatte schon vor einer Ewigkeit die vergilbten Steckbuchstaben in die Rillen des braunen Filzbretts über der Rezeption gedrückt und rechnete zu dieser Jahreszeit offensichtlich nicht mehr damit, dass irgendwer dieser Aufforderung tatsächlich nachkommen wollte. Der Empfang des billigen Motels war genauso verlassen wie die Straßen des Ortes, durch die sie bei ihrer Ankunft gefahren waren.

»Hallo?«, rief Stern und sah sich nach einer dieser Tischglocken um, mit denen man sich üblicherweise in Hotels bemerkbar machen konnte. Aber auf dem Tresen standen nur zwei kleine Plexiglasständer mit Werbebroschüren.

»Und nun? Soll ich damit werfen?«

Er drehte sich achselzuckend zu Carina um, die sich mangels einer anderen Sitzgelegenheit auf ihre Reisetasche gesetzt hatte.

»Hallo, hier sind Gäste«, rief Stern so laut er konnte, ohne zu brüllen. Statt einer Antwort wurde in einem der Nebenräume eine Toilettenspülung gezogen.

»Wer sagt's denn«, murmelte Carina. Wenig später presste sich hinter der Rezeption eine Frau von quadratischer Figur durch eine halboffene Lamellentür.

»Was soll ’n die Hektik?«, fragte sie kurzatmig.
»Mein Name ist Stern«, ignorierte Robert die unfreundliche Begrüßung und legte seinen Ausweis auf die Rezeption. »Wir haben reserviert.«
»Ja, ja. Hätten Sie aber nicht tun brauchen. Ist eh alles frei.« Die schwieligen Finger der Frau zeigten auf das gefüllte Schlüsselbord zu ihrer Rechten.
»Ich könnt Ihnen einen guten Preis für die Suite machen.« Stern konnte sich vorstellen, wie die aussah. Vermutlich hatte sie einen Fernseher im Unterschied zu den anderen Baracken hier.
»Nein, ich will genau *das* Zimmer. Ich habe es Ihnen doch schon am Telefon erklärt.«
»Echt? Die Siebzehn? Hmm. Wirklich? Ist aber nicht unser hübschestes.«
»Ist mir egal«, sagte Stern wahrheitsgemäß. Hier würden sie sowieso keine Nacht bleiben.
»Die Siebzehn und kein anderes.«
»Wie Sie meinen.«
Sterns Finger berührten die staubtrockene Haut der Frau, als er ihr den Schlüssel aus der Hand nahm. Er zuckte zusammen, als hätte er sich gerade einen Splitter eingetrieben.
»Hochzeitsreise?«, fragte sie und warf Carina ein anzügliches Lächeln zu.
»Ja«, sagte Stern, weil das die kürzeste Antwort war, die ihm einfiel.
»Einfach zur Tür raus und den Schildern folgen«, rief sie ihnen hinterher. Ist das hinterste auf der rechten Seite.«

Der Regen der letzten Tage hatte pausiert, und der Wind über ihren Köpfen spielte Billard mit den grauen Wolken. Es war erst Mittag, aber die gefühlte Uhrzeit lag um viele

Stunden später. Auch jetzt schob sich wieder eine schmutzige Wand vor die Sonne und verdunkelte den betonierten Pfad zu dem Appartement.
Zimmer 17 war das einzig freistehende Gebäude des Motels. Das Schloss der Tür sah nicht danach aus, als freute es sich über den Schlüssel, den Stern erst im zweiten Anlauf herumdrehen konnte.
»Soll ich draußen bleiben?«, fragte Carina.
»Nein, aber fass bitte nichts an.«
Er tastete nach dem Kippschalter an der Wand, und eine einfache Glühbirne erhellte das überraschend aufgeräumte Zimmer.
Carina sog geräuschvoll die Luft durch die Nase. Auch Stern wunderte sich über das Fehlen jeglicher Staub- und Schimmelgerüche, die er hier eigentlich erwartet hatte.
»Sie hat ja gewusst, dass wir kommen«, murmelte er und machte sich an die Arbeit.
Zuerst nahm er sich die Schränke vor. Er raffte die wenigen Kleiderbügel zusammen und warf sie neben Carina und der Reisetasche aufs Bett. Dann klopfte er das Sperrholz nach Hohlräumen ab. Nichts.
Er ging ins Bad. Enttäuscht sah er, dass hier nur eine Dusche vorhanden war. Er hätte auf die Zwischenräume unter der Badewanne getippt. Doch hier gab es noch nicht einmal eine Duschkabine. Das Wasser versickerte einfach durch einen kleinen Ausfluss in den Bodenkacheln.
»Und?«, fragte Carina, als er nach fünf Minuten wieder ins Schlafzimmer zurückkam, nachdem er nach versteckten Hinweisen im Spülkasten und im Abfluss gesucht hatte.
»Nichts«, sagte er und krempelte sich seine nassen Hemdsärmel hoch. »Noch nicht.«
Er legte sich auf den Boden, sah unters Bett. Carina stand

auf seine Bitte hin auf. Während er die Matratze an verschiedenen Punkten mit einem Messer durchbohrte, suchte sie auf dem Steinfußboden nach einer Unebenheit in der Maserung, nach einer Delle.
Irgendetwas, hinter dem sich eine versteckte Tür oder ein geheimer Zugang hätte verbergen können. Doch sie konnte nicht die kleinste Rille entdecken.
Stern hatte unterdessen eine gelbe Handsprühdose aus der Reisetasche hervorgeholt, von der Sorte, mit der man normalerweise Zimmerpflanzen bestäubt. Damit pumpte er einen feinen Sprühnebel farblosen Kontrastmittels auf den Fußboden des Zimmers.
»Nicht erschrecken«, sagte er, als er damit fertig war. Kurz darauf erlosch die Glühbirne über ihren Köpfen, und der Raum war in völlige Finsternis getaucht.
»Worauf müssen wir achten?«, fragte Carina, als die UV-Taschenlampe in Roberts Händen ein gespenstisches Mondlicht über ihre Gesichter warf.
»Das wirst du schon sehen.«
Stern drehte sich im Uhrzeigersinn um sich selbst.
»Oder auch nicht«, sagte er nach einer weiteren Minute. An einer Stelle hatte vielleicht ein Gast einmal Nasenbluten bekommen, aber das UV-Licht machte keine größeren Blutmengen sichtbar, die hier irgendwann einmal entfernt worden wären.
»Und nun?«
Stern lag schwer atmend auf der zerlöcherten Matratze und starrte in die wiederbelebte Deckenlampe.
»Jetzt werde ich ihn wohl mal anrufen.«
Er zog sein Handy aus seiner Jeans und wählte die Nummer, die er von einem kleinen Notizzettel ablas.
»Robert Stern«, sagte er zur Begrüßung.

»Sie rufen spät an. Die Ausnahmegenehmigung für den Anruf gilt nur bis dreizehn Uhr.«
»Jetzt ist es zwölf Uhr siebenundvierzig, also geben Sie ihn mir bitte.«
Die mürrische Stimme am anderen Ende machte Platz für jemanden, der sehr viel freundlicher und gebildeter klang. Im Unterschied zu dem Leiter der Gefängnisklinik hatte dieser Mann jedoch zahlreiche Menschen getötet.
»Losensky?«
»Am Apparat.«
»Sie wissen, warum ich anrufe?«
»Ja – wegen Zimmer Nummer 17.«
»Was wissen Sie hierüber?«
»Nichts.«
»Sie haben dem Jungen gegenüber diese Adresse nicht erwähnt?«
»Nein, ich kenne dieses Etablissement überhaupt nicht. Ich habe Simon nie davon erzählt, und ich weiß nicht, weshalb er Sie dorthin geschickt hat.«
Stern hörte Losensky aufgeregt husten.
»Warum sollte ich denn lügen? Ich habe der Polizei doch bereits ein umfassendes Geständnis abgelegt und sie zu allen Tatorten geführt, die Simon noch nicht verraten hat. Sieben Leichen in fünfzehn Jahren. Mehr gibt es nicht. Warum sollte ich eine unterschlagen?«
Ich weiß es nicht.
»Ich liege in einem Gefängnishospital, in dem ich ohnehin sterben werde. Was also, junger Mann, habe ich zu verlieren?«
Nichts, gestand Stern dem Alten zu. Er bedankte sich kurz und legte auf.

»Kann ich mich noch duschen, bevor wir gehen und den Schaden bezahlen?«, fragte Carina.
Stern nickte nur stumm. Als er das Wasser im Bad rauschen hörte, stand er vom Bett auf und zog den Vorhang zur Seite. Er öffnete die verkeilte Glasschiebetür und zog sie so weit auf, wie er nur konnte. Frische, klare Luft drängte in den kleinen Raum hinein.
Stern trat nach draußen und sah in die Ferne. Der Strand, an dem sich das Park Inn-Motel befand, zog sich zu beiden Seiten kilometerweit am Meer entlang. Die Brandung, die bei ihrer Ankunft noch heftig gegen das Ufer gerollt war, hatte sich ein wenig beruhigt. Stern schloss die Augen und fühlte den Wind wie einen seidenen Schal auf seinem Gesicht. Dann spürte er eine behagliche Wärme auf seiner Haut. Als er die Augen öffnete, blendeten ihn die ersten dünnen Lichtfinger, die ihren Weg durch die löchrige Wolkendecke fanden. Und auf einmal war das schmutzige Tuch hinweggerissen, und die Sonne strahlte wie an einem der ersten Frühlingstage auf Robert Stern herab.
»Carina«, wollte er rufen, als ihn etwas sanft am Bein berührte.
Er sah nach unten und bemerkte einen bowlingkugelgroßen Gummiball zu seinen Füßen. Die Sonne wurde immer stärker, und er musste beide Hände an die Stirn legen, um seine Augen abzuschirmen, als er in die Richtung sah, aus der der Ball zu ihm herübergerollt sein musste.
»Darf ich ihn bitte wiederhaben?«, hörte er eine helle, sehr junge Stimme. Stern ging dem Kind zwei Schritte entgegen. Und dann war die Wärme in seinem Inneren kaum noch zu ertragen. Der Junge stand nur zwei Armlängen von ihm entfernt im Sand und biss eine winzige Kante aus dem Zitroneneis in seiner Hand. In diesem Moment wusste Stern,

warum er hier war, obwohl er ansonsten gar nichts mehr begriff.

Er erkannte das Kind. Sein zerknittertes Foto, abfotografiert von einem Fernsehbildschirm, steckte immer noch in seiner hinteren Hosentasche.

Und als der zehnjährige Junge ihn anlächelte, war es so, als würde Robert Stern in einen Spiegel schauen.

Danksagung

Na, wo erwische ich Sie gerade? Im Sessel, auf der Couch, in der U-Bahn, im Bett? Oder stehen Sie vielleicht noch in der Buchhandlung und überlegen sich, ob Sie wirklich die Investition in einen deutschen Thrillerautor wagen sollen, noch dazu einen mit einem so merkwürdigen Namen? Egal: Ich danke Ihnen. Sie halten mein Buch in den Händen und lesen darin – sei es auch nur, weil Sie kurz mal nach hinten geblättert haben, um zu sehen, ob jemand, der so eine Geschichte zu Papier bringt, überhaupt Freunde hat, bei denen er sich bedanken kann. Und kaum zu glauben, dem ist so.
Ich beginne mal mit denen, die mir den größten Ärger bereiten, sollte ich sie vergessen, da ich ihnen fast täglich über den Weg laufe:

Manuela – bitte treib weiterhin so viel Sport und ernähre dich gesund. Wenn du irgendwann mal ausfällst und mein Leben nicht mehr organisierst, bin ich geliefert.

Gerlinde – danke für die Hilfe, Unterstützung und Liebe, die sich unter anderem darin manifestierte, dass du mir während der Intensivphase des Schreibens immer mein Essen an den Schreibtisch geworfen hast. Sonst wäre ich sicher verhungert.

Clemens & Sabine – ihr wünscht euch sicher langsam, ich würde mal irgendetwas schreiben, wo weder Krankheiten noch Psychosen im Mittelpunkt stehen. Aber leider werdet ihr auch in Zukunft als mein medizinisches Beraterteam herhalten müssen. Ihr macht den Job einfach zu gut.

Patty – danke für die eindrucksvolle Schilderung der Rückführung, die du erlebt hast, und die Erlaubnis, deine Erfahrungen in diesem Buch zu verwenden.

Zsolt Bács – ich hatte dich schon in mein Herz geschlossen, bevor ich deinen Namen richtig aussprechen konnte. Es gibt keinen besseren Brainstormer als dich!

Ender – danke, dass du mich immer wieder mit merkwürdigen Personen bekannt machst, die mich zu Figuren in meinen Geschichten inspirieren (Borchert!). Aber bitte sag ihm, ich bin eigentlich ganz okay und er soll mir nicht die Daumen brechen.

Sabrina Rabow, Thomas Koschwitz, Arno Müller – danke für die freundschaftliche und zugleich professionelle Unterstützung in all den Jahren, und das, obwohl ich euch meine Bücher immer als Manuskripte in hässlichen Aktenordnern aufnötige.

Peter Prange – du hast mit einer Walze den Weg für mich geebnet, den ich jetzt gehen darf. Allein dafür hast du dir einen Ehrenplatz in jeder Danksagung verdient. Außerdem macht es sich immer gut, hier einen Bestsellerautor als Freund aufzuführen.

Roman Hocke – ich weiß nicht, wie du das alles schaffst, aber du bist der Beste. Ohne deine Agententätigkeit würde ich nicht in fast zwanzig Ländern verlegt und verfilmt werden, sondern immer noch für mich und meine Hunde schreiben. Aber du hast mit Claudia von Hornstein, Christine Ziel und Dr. Uwe Neumahr auch ein exzellentes Team um dich, bei dem ich mich ebenfalls bedanken will.
Apropos Agent(in): Tanja Howarth – ich sage nur zwei Worte: England & Amerika. Danke für alles!

Stellvertretend für das wunderbare Team bei Droemer Knaur bedanke ich mich bei:
* Dr. Hans-Peter Übleis – dafür, dass Sie so sehr an mich glauben und mich in Ihrem Verlag fördern.
* Dr. Andrea Müller – Sie haben mich mit Ihren umfassenden Anmerkungen wieder ganz schön ins Schwitzen gebracht und mit Ihrer pausenlosen Arbeit erneut das Beste aus mir herausgeholt. Dafür – und für die Grundsteinlegung meines Weges als Autor – danke ich Ihnen tausendfach.
* Carolin Graehl – der unglaublich konstruktive Endspurt hat schon Spaß gemacht. Ich freue mich auf den nächsten Lektoratsmarathon!
* Beate Kuckertz – danke für Ihr untrügliches Gespür als Verlagsleiterin, immer zu wissen, welche meiner wirren Ideen das Zeug zu einem richtigen Thriller hat.
* Klaus Kluge – danke dafür, dass du dein geballtes Marketingwissen an mich und meine Werke verschwendest. Es macht unheimlichen Spaß, mit einem Profi wie dir zusammenzuarbeiten. Das Gleiche gilt für Andrea Fischer.
* Andrea Ludorf – Sie jagen mich einmal quer durch die Republik, und das ist gut so! Bitte organisieren Sie meine Veranstaltungen und Lesereisen weiterhin so perfekt.

* Susanne Klein, Monika Neudeck, Patricia Kessler danke ich dafür, dass sie gemeinsam den Blätterwald zum Tosen bringen.
* Dominik Huber – obwohl ein Meister der virtuellen Welt, freue ich mich, dich in der Realität kennengelernt zu haben.

Weiterhin danke ich allen Buchhändlerinnen und -händlern sowie den Vertretern, die meine Bücher dorthin bringen, wo sie hingehören. Stellvertretend für eine Heerschar, die es alle verdient hätten, möchte ich dieses Mal ganz besonders Droemer-Vertriebsleiterin Iris Haas, Heide Bogner, Roswitha Kurth, Andreas Thiele, Christiane Thöming und Katrin Englberger danken. Ach ja, und natürlich Georg Regis. Es ist keine Kunst, mir eine positive Zukunft aus den Händen zu lesen, wenn du dich so unermüdlich für mich einsetzt.

So, und wer fehlt jetzt noch? Tausende, wie zum Beispiel mein Vater Freimut Fitzek, von dem ich nicht nur die Liebe zur Literatur erbte, Simon Jäger, Dirk Stiller, Michael Treutler, Tom Hankel, Matthias Kopp, Andrea Kammann, Sabine Hoffmann, Daniel Biester, Cordula Jungbluth – ihr alle wisst schon, wofür. Falls nicht, hab ich was gut bei euch.

Ich freue mich übrigens weiterhin über jeden Besuch unter www.sebastianfitzek.de, oder schreiben Sie mir direkt an fitzek@sebastianfitzek.de, ob und wie Ihnen das Buch gefallen hat. Ich antworte garantiert noch in diesem Leben.

Sebastian Fitzek, Berlin, im September 2007

PS. Und ich danke natürlich dir, Simon Sachs. Wo immer du gerade bist …